KB125091

사진으로 읽는 시종쉰 習仲勳 전기

사진으로 읽는 시종쉰 전기

초판 1쇄 인쇄 2018년 12월 26일
초판 1쇄 발행 2018년 12월 28일
지 은 이 샤멍(夏蒙)·왕샤오창(王小强)
옮 긴 이 김승일(金勝一)
발 행 인 김승일(金勝一)
디 자 인 조경미
펴 낸 곳 경지출판사
출판등록 제2015-000026호

판매 및 공급처 도서출판 징검다리
주소 경기도 파주시 산남로 85-8
Tel : 031-957-3890~1 **Fax** : 031-957-3889 **e-mail** : zinggumdari@hanmail.net

ISBN 979-11-88783-28-1 03820

※ 이 책의 한국어판 저작권은 중국인민출판사와의 독점계약으로 경지출판사에 있습니다.
(잘못된 책은 바꾸어 드립니다. *책값은 뒤표지에 있습니다.)

사진으로 읽는 시종쉰 習仲勳 전기

샤멍(夏蒙) · 왕샤오창(王小强) 지음 김승일(金勝一) 옮김

경지출판사

▲ 시종쉰이 리청중학교에서 공부하던 교실.

▲ 창우현(長武縣) 야오탕동(藥王洞) 유적지.

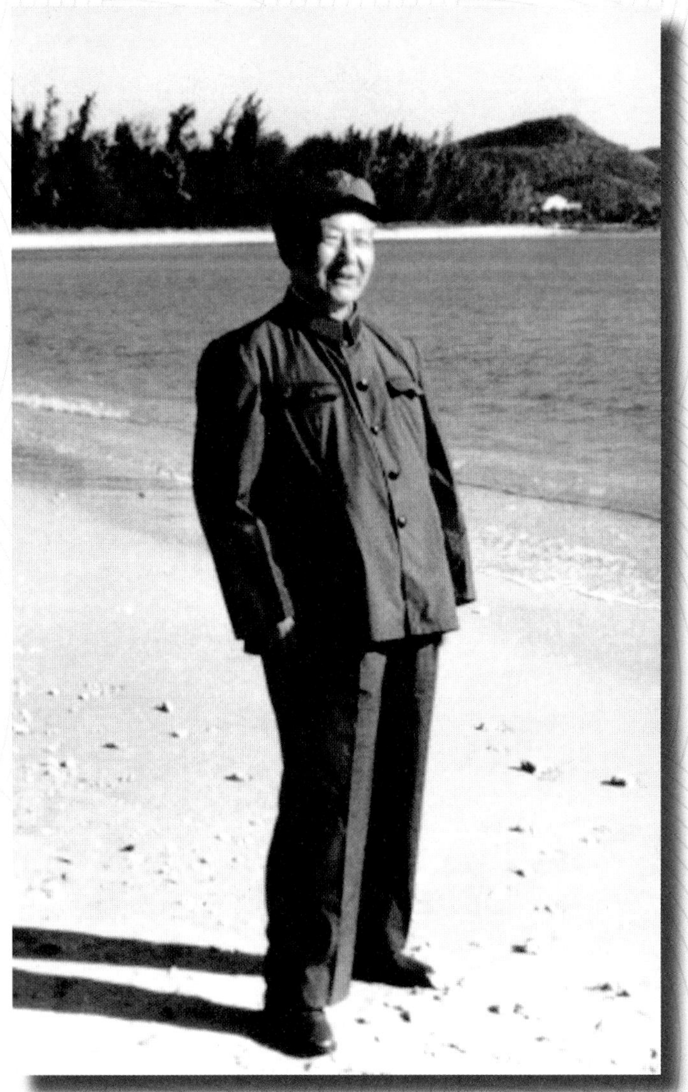

▲ 1979년 1월 하이난(海南) 산야(三亞)에서의 시종쉰

▲ 1981년 봄 중난하이에서의 시종쉰.

▲ 1983년 12월 5일 시종쉰이 스위스를 방문하던 당시 제네바 호숫가에서 남긴 기념사진.

사진으로 읽는 시종쉰 전기

習仲勳

▲ 시종쉰

▲ 1999년 국경절 기간 시종쉰과 후진타오가 만나 악수하고 있다.

▲ 1959년 시종쉰과 그의 가족들

▲ 독서를 하고 있는 시종쉰.

▲ 중난하이(中南海) 친정전(勤政殿)에서 업무를 보고 있는 시종쉰.

사진으로 읽는 **시종쉰** 전기

習仲勋

▲ 만년의 시종쉰.

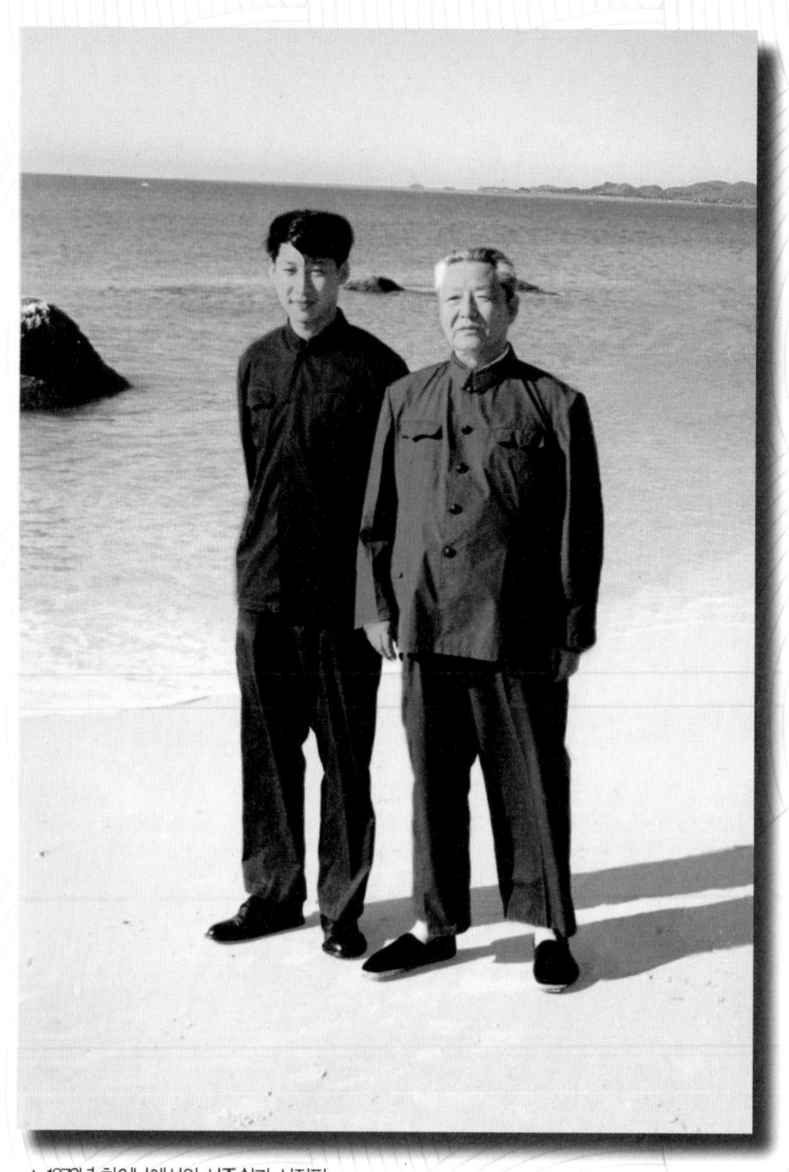

▲ 1978년 하이난에서의 시종쉰과 시진핑.

사진으로 읽는 시종쉰 전기

習仲勛

▲ 선전에서의 시종쉰과 부인 치신.

▲ 자이즈만(寨子灣) 산간변구(陝甘邊區)에 소비에트정부가 있던 옛터.

▲ 시안의 성벽 일각.

▲ 2000년 10월 6일 시종쉰과 가족들.

▲ 시종쉰과 시진핑 일가. 앞줄 좌측으로부터 펑리위안(彭麗媛), 시밍저(習明澤), 시종쉰, 휠체어를 밀고 있는 시진핑.

▲ 산시 푸핑현의 인민들은 자발적으로 도로 양변에 서서 고향으로 돌아오는 시종쉰의 영령을 맞이하고 있다.

▲ 2005년 5월 치신이 베이징의 집에서 시종쉰의 유상을 유심히 올려보고 있다.

본문의 일부 사진은 중국 신화통신사,
중앙 신잉(新影) 등 단위와 시종쉰 동지의 친속 및 신변에서 함께한
동지들이 제공하였다. 진귀한 사진을 제공해주신 모든 분들에게
진심으로 감사를 표한다.

CONTENTS

CONTENTS

1

단촌(淡村)고원의 농촌 소년

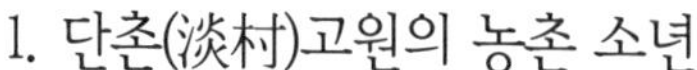

1. 단촌(淡村)고원의 농촌 소년

중국 역사에서 관중(關中)의 대지는 너무나도 많은 찬란함과 무거움을 담고 있다. 진(秦), 한(漢), 수(隋), 당(唐) 등 13개에 달하는 왕조가 이곳에다 도읍을 정할 정도로 왕기(王旗)가 펄럭였지만, 한편으로는 일월(日月)이 늘 상 뒤바뀌곤 했던 곳이었다. 이에 시성 두보(杜甫)마저 걸음을 멈추고 "진중(秦中)은 자고로 제왕의 주(州)라네"라 읊으며 감개무량해 했었다.

산시(陝西)의 중부에 있는 푸핑(富平)은 자고로 "관중의 유명한 고을"이라는 명성을 갖고 있던 지역인데, 북쪽으로는 차오산(橋山)에 인접해 있고, 남쪽으로는 위수(渭水)와 손잡고 있으며, 황토고원의 웅장함과 800리 친저우(秦州)의 광활함을 겸유(兼有)하고 있어 "가히 사방의 형세를 파악할 수 있는, 관푸(關輔)의 으뜸 고을"로서 명성이 자자했다. 푸핑은 진려공공(秦厲共公)[1) 11년(기원전 456년)에 현이 설치되고서부터 지금까지 무려 2,400여 년이나 지속되어 오고 있다.

푸핑(富平)이라는 이름은 부유하고 태평스럽다는 의미를 갖고 있는데, 고향에 대한 선인들의 소박하고 경건한 이상을 엿볼 수 있다.

---

1) 진려공공(秦厉共公): 춘추전국시기 진(秦)나라의 국군.

이곳에서는 남녀노소가 다 아는 노래가 있다.

"문관으로는 양작(楊爵)이 있고, 무관으로는 왕전(王翦)이 있다네. 효자로는 양열(梁悅)이 있고, 충신으로는 장담(張紞)이 있다네. 태보(太保)로는 손비양(孫丕揚)이 있고, 위징(魏徵)은 꿈속에서 용왕의 목을 베었다네." 천백년 이래 나라와 민족을 위한 뜻을 세우고 기여했던 뛰어난 인물들을 기리는 마음과 아름다운 신화가 어우러진 노래이다. 근현대에 들어서는 또 장칭윈(張青云), 자오즈징(焦子敬), 장이안(張義安), 후징이(胡景翼) 등 영웅호걸들이 등장하여 나라와 민족을 구하는 길에 앞장서기도 했다. 바로 이런 곳에서 1913년 10월 15일(음력으로 계축년 9월 16일) 한 농가에서 시종쉰(習仲勛)이 태어났다. 시 씨 가문과 푸핑현 서부의 단촌고원(지금은 단촌진 중허[中合]촌 중허조[中合組]에 속함)과의 인연은 19세기 초로 거슬러 올라간다.

한 쌍의 아들딸을 지게에 짊어지고 허난(河南) 덩저우(鄧州)로부터 서쪽을 향해 떠돌이 생활을 하던 시종쉰의 조부 시용성(習永盛)과 아내 장(張)씨는 1885년(광서(光緒) 11년) 초에 단촌고원의 더우촌천(都村川)에 자리를 잡음으로써 수 년 동안의 떠돌이 생활에 종지부를 찍게 되었다. 이들은 남의 머슴살이를 하며, 한편으로는 땅 몇 무(畝)를 소작 맡아 경작하면서 생활을 꾸려나갔다.

단촌고원은 사방 수십 리를 넘지 않았는데, 사방 천지가 "황토진흙이어서 경작하기에는 알맞은 곳"이었다. 특히 더우촌(都村) 일대의 땅이 비옥했기에, 당지에서는 "단촌에서 거름을 내면 더우촌에 쌓인다"는 말이 있을 정도였다. 광서(光緒) 초년에 푸핑은 삼년 동안 큰 한재가 들어, 전답은 황폐해지고 인구수가 급격히 줄어들었다. 그럼에도 허난(河南), 후베이(湖北), 산동(山東), 쓰촨(四川) 등지의 굶주린 백성들이 계속 모여드는 바람에 더우촌 고원은 "아홉 성(省)에 열여덟 현(縣)"이라는 전설을 남길 정도로 사방에서 난민들이 모여들었다.

시용성은 행상을 하다가 고향으로 돌아가던 길에 그만 병사하고 마는 바람에 아내 장 씨는 아들딸을 거느리고 어렵게 생활을 영위해나가야 했다. 호랑이라는 아명으로 불리던 맏아들이 종군하고 나서는 둘째아들 시종더(習宗德)가 호주노릇을 하게 되었고, 따뉘(大女)라는 아명을 쓰던 딸과 셋째아들 시종런(習宗仁)이 함께 농사일을 거들었다.

| 단촌진 중허촌의 풍경.

먹물을 좀 먹은 시종더는 고향에서 꽤나 덕망이 있었다. 아내 자이차이화(柴菜花)는 인근 동네의 가난한 농가의 딸이었다. 소문에 의하면 결혼할 때 신었던 수놓인 신도 빌려온 것이라고 했다.

1900년 초 쯤의 일이었다. 수 년 동안 군대에 가 있던 장남 호랑이가 갑자기 돌아왔다. 자희태후(慈禧太后)와 광서(光緖)황제를 호위하여 시안(西安)에 왔다가 잠깐 들렀다는 것이다. 호랑이는 8국 연합군(八國聯軍)과의 교전 당시 대포 소리 때문에 그 진동으로 귀가 먹었다고 했다. 그는 밥 한 끼 먹을 시간도 없이 잠깐 들른 가운데 은전 수십 냥만을 내려놓고는 바쁘게 돌아갔는데, 그 뒤로는 끝내 소식이 없었다. 시 씨 네는 이 은전으로 전답 수십 무를 마련했을 뿐만 아니라, 담뱃가게도 하나 차렸는데, 이때부터 형편이 점차 나아지게 되었다.

시종쉰은 집안의 장자였다. 족보의 돌림자인 "국옥영종, 중정명통(國玉永宗, 中正明通)"의 순서에 따라 시용성의 둘째 아들 시종더는 자신의 아들이 나중에 커서 성공하기를 바라는 마음에서 사람을 청하여 이름을 지어달라고 청했는데, 돌림자 '종(中)'자를 써야 했기에 그 마을 사람은 시종더의 뜻에 맞게 종쉰(中勛)이라고 이름을 지어주었다. 그러다가 나중에 리청(立誠)중학교에서 공부할 때, 담임이었던 옌무싼(嚴木三)이 '종쉰(仲勛)'으로 이름을 고쳐주어 쓰게 되었는데, 옌무싼은 '종쉰(中勛)'의 '중(中)'자의 의미가 너무 무겁다고 하여 사람 '인(亻)' 변을 하나 추가해주었던 것이다. 즉 정의롭고 정직하다는 의미를 취했던 것이다. 이밖에도 부친 시종더는 그에게 샹진(相近)이라는 아명도 지어주었다. 시종쉰은 자기의 아명에 대해 다음과 같이 말했다. "아버지는 샹진(相近)이라는 아명을 지어주셨다. 성이 시(習) 가이니까 시샹진(習相近)이라 불렸는데, 마침 『삼자경(三字經)』의 '성상근, 습상원(性相近, 習相遠: 성품은 서로 가까우나 습관은 서로 멀다는 뜻 역자 주)'이라는 말과 의미가 상반되었기에, 학교 다닐 때는 이 때문에 적지 않은 친구들이 왜 이름을 그렇게 지었냐고 묻곤 했었다."

1922년에 8살이 된 시종쉰은 마을 동쪽의 더우촌(都村)초등학교에 입학했다. 초등학교 동창인 그의 외사촌 동생 차이궈동(柴國棟)의 기억 속에는 시종쉰에 대한 찬사로 가득 차 있었다. "그때 공부라는 게 참으로 어려웠어요. 무작정 책을 읽고 외워야 했기 때문이죠. 우리는 읽기가 끝나면 여기서 놀았는데, 그는 우리와 같이 놀았으면서도 이튿날 아침에는 백여 명의 학생들 가운데서 맨 먼저 손을 들어 외우곤 했어요. 정말 참으로 총명했었지요."

1925년 삼사월 사이에 더우촌소학교에서는 학생들을 조직하여 두 차례 북쪽으로 십여 리 밖에 있는 좡리진(庄里鎭)의 리청중학교에 갔었다. 한 번은 손중산(孫中山)의 추도회에 참가하러 갔었고, 다른 한 번은 유명한 애국장령인 후징이(胡景翼)의 추도회에 참가하러 갔었다. 이처럼 단촌고원을 두 차례 벗어날 수 있었던 경험은 어린 시종쉰으로 하여금 외부세계를 동경하는 계기를 만들어 주었다.

1926년 봄 시종쉰은 우수한 성적으로 리청중학교 고소부(高小部)[2]에

---

2) 고소부(高小部): 당시 일부 중학교에 설치했던, 초등학교 고학년을 이름.

합격하게 되었는데, 더구나 인원수가 제한된 공비생(公費生)으로 뽑히기까지 했다. 시종쉰은 품행과 학업이 모두 우수했다. 당시 늘 성적 게시문을 썼던 동창생 류마오쿤(劉茂坤)은 다음과 같이 회억했다. "매 번 게시문을 쓸 때마다 종쉰은 늘 수석이었지요."

리청중학교는 후징이(胡景翼)가 1920년에 세웠다. '리청'은 『대학(大學)』에 나오는 "진심을 깨닫고 나서 마음을 바르게 가져야 하고, 마음을 바르게 하고 나서 수신을 해야 하며, 수신을 한 다음에 제가를 해야 하고, 제가를 한 다음에 치국을 해야 하며, 치국을 한 다음이라야 천하가 태평하게 된다(意誠而后心正, 心正而后身修, 身修而后家齊, 家齊而后國治, 國治而后天下平)" 라는 문장에서 따온 것이다.

| 더우촌소학교 옛터.

1958년 9월 7일 시종쉰은
더우촌소학교에 와서 교사와
학생들을 만나보았다.

| 리청중학교의 교훈.

闡發最新的學說陶冶理想的人格創造健全的社會

후징이는 21자에 달하는 교훈을 만들었는데, "최신의 학설을 깊이 파고들어 이상적 인격을 길러 이를 통해 건전한 사회를 만들어야 한다(闡發最新的學說, 陶冶理想的人格, 創造健全的社會)"는 뜻이었다. 즉 학생들이 천하를 자기의 소임으로 간주하고 진취적으로 사회를 개척하는 일에 일익을 담당해야 한다는 가르침이었다.

후징이(胡景翼, 1892-1925)의 자는 리성(笠僧)이고 산시성 푸핑 좡리 사람으로 산시 정국군(靖國軍)의 유명한 장령이었다. 1924년 10월 펑위샹(馮玉祥)·손웨(孫岳)와 연합으로 베이징정변(北京政變)을 일으켰고, 후에 허난도독(河南督辦)을 지냈다.
리다자오(李大釗)는 그를 "앞으로 우리 당과 합작할 수 있는 믿음직한 사람이다"라고 높이 평가했다.

리청학교의 교가에 학생들에게 “백면서생이 되지 말고 높은 곳을 바라보라(莫作白面書生, 東在高閣上)”고 고무시키고 있는 데서도 학교 설립의 의지를 엿볼 수 있다.

| 시종쉰이 리청중학교에서 공부하던 교실.

이 학교는 위수(渭水) 이북에서 가장 먼저 마르크스주의를 전파한 근거지의 하나였다. 옌무싼(嚴木三)의 가르침으로 시종쉰은 다양한 활동에 적극 참가하면서 『중국청년(中國青年)』, 『공진(共進)』 등 진보적인 간행물을 접촉할 수 있었다. 1926년 3월 입학한지 한 달밖에 안 된 그는 벌써 리청의 청년사(青年社)에 가입했다.

| 리청중학교 장서루(藏書樓).

『중국청년』 제123기(1926년 6월)에는 "리청청년사는 푸핑현 리청중학교에 있으며, 사원은 30여 명이고, 경험 있는 일꾼들이다"라고 기술했다. 5월 송원메이(宋文梅), 우즈전(武之縝)의 소개로 시종쉰은 중국공산주의청년단에 가입했는데, 그때 그의 나이는 13살이었다.

역시 그해 5월 옌무싼의 주도하에 푸핑 최초의 당조직인 리청당소조가 설립되었다. 7월 좡리진에서는 악질 토호에 대해 투쟁하는 군중대회가 열렸고, 시종쉰 등 진보적 학생들은 유격대오의 진두에 서서 활약했다. 그는 당조직의 지도하에 부근의 스커(石窠), 동자좡(董家庄), 징자야오(景家窯), 산타오꺼우(三條溝) 등지에서 전단지를 뿌리고 표어를 붙이며 군중집회를 조직했다. 당시 시종쉰은 같은 농촌소학에서 온 친구들인 송원메이,

청젠원(程建文) 등과 함께 "더우촌 삼걸(都村三杰)"이라 불렸다. 리청중학에서의 혁명 활동 중 뛰어난 적극성을 보여주었기 때문이었다.

시종쉰은 리청중학교를 비록 1년밖에 다니지는 않았지만, 그는 다음과 같이 회억했다. "당시 저의 생각에 공산당이 좋았고 공산당을 따라 끝까지 가야겠다고 생각했습니다."

1927년 봄 시종쉰은 푸핑 현립(縣立) 제1고등소학(第一高等小學, 이후 '1고(一高)'로 약칭함)으로 전학하였다. 당시 리청중학교 이사회에 의해 사전에 해임된 옌무싼이 이미 이곳에서 교장을 담임하고 있었다.

'1고'는 푸핑 현성 동남쪽에 위치해 있었는데, 캠퍼스에 우뚝 선 망호루(望湖樓)는 당시 푸핑 현성에서 가장 높은 건물이었다.

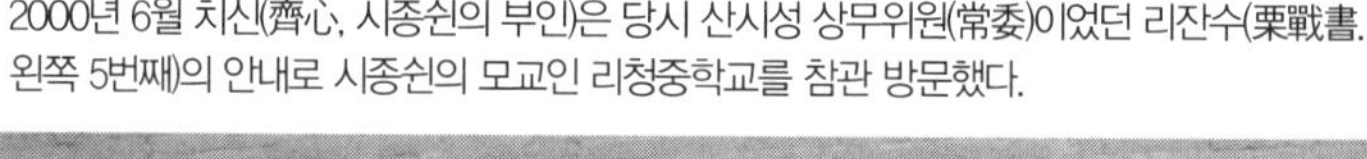
2000년 6월 치신(齊心, 시종쉰의 부인)은 당시 산시성 상무위원(常委)이었던 리잔수(栗戰書, 왼쪽 5번째)의 안내로 시종쉰의 모교인 리청중학교를 참관 방문했다.

난간에 기대어 멀리 바라보면 "남문 밖 호수의 물이 좋아 벼와 연꽃이 다투어 피고, 북문 밖으로 흐르는 물은 다리 아래로 넘쳐나며, 서문 밖 성불사에는 다보탑이 있고, 동문 밖 더우촌바오(竇村堡)에는 수많은 집들이 살고 있네(南門外湖水好稻子蓮花, 北門外水長流橋上橋下, 西門外圣佛寺一座宝塔, 東門外竇村堡千家万家)"라고 칭송했듯이 전설적인 풍경을 한 눈에 굽어 볼 수 있었다.

전 푸핑 현립(縣立) 제일고등소학(第一高等小學) 교정 남단에 있는 망호루(望湖樓)

이 무렵 시종쉰은 국비장학생에서 자비생으로 바뀌었고, 매 주마다 도보로 30여 리 길을 오가며 집에서 찐빵과 반찬을 날라다 먹곤 했었다.

푸핑 현성의 새로운 모습.

그러한 열악한 환경에서도 시종쉰은 열심히 공부하면서 '붉은 5월을 기념(紀念紅五月)'하는 등의 혁명 활동에 적극 참여했으며, 군벌 장쭤린(張作霖)과 허징웨이(何經緯)의 반동 행위을 성토하는 시위에 참가하기도 했다. 1927년 5월 20일자 『산시국민일보(陝西國民日報)』 에는 이런 글이 실렸다.

"푸핑 5.9 국치기념대회는 규모가 엄청나고 참가자들의 열의가 높았는데 이는 전대미문의 일이었다(富平五九國耻紀念大會規模宏大, 參加者熱烈, 爲從來所未有)." 그해 말 백색테러가 덮치면서 혁명 활동은 지하로 들어가게 되었다. 중공(中共) 푸핑 특별지부는 비밀리에 회의를 열고 시종쉰의 입당문제를 토의했는데, 14세가 채 되지 않았고 리청에 온지도 얼마 되지 않았다는 이유로 결국 통과되지 못했다. 그러나 옌무싼 선생은 만년에 들어 감개무량해 하면서 다음과 같이 말했다. "시종쉰의 행동과 의지는 그때 이미 공산당원이 될 수 있는 기준에 완전히 부합되어 있었다."

2

옥중에서 공산당원이 되다

2. 옥중에서 공산당원이 되다

1928년 봄(15세) 시종쉰은 산시성 성립제3사범(省立第三師范: 이후 3사범[三師]으로 약칭함. 산위안[三原] 현성에 있었다)에 입학했다. 이곳은 옌무싼 선생의 모교이자 위북(渭北) 혁명활동의 주무대이기도 했다.

그러나 입학한지 얼마 되지 않아 '좌'경 맹동주의에 의해 일어난 사조가 시종쉰에게 4개월여의 감옥 생활을 선사할 줄은 아무도 생각지 못했다. 반동당국(국민정부)은 시종쉰 등 몇몇 진보 학생 및 중공 산위안현위(三原縣委) 학생운동 간부 우팅쥔(武廷俊) 등을 체포한 지 두 달 후에 시안(西安)에 있는 군사법정에 넘겼다. 4월의 어느 날 우팅쥔은 시종쉰과 비밀담화를 갖고 시종쉰이 중국공산당 정식 당원이 되었음을 알려주면서 공산당원이면서 공청단적(團籍)의 신분으로 활동할 것을 지시했다. 그때 시종쉰의 나이는 아직 15살이 채 되지 않은 시기였다.

우팅쥔의 지도하에 시종쉰 등은 감옥을 교실로 삼아 불굴의 투쟁을 벌였다. 그들은 각자에게 주어지는 얼마 안 되는 음식비에서 일부를 떼내어 함께 수감되어 있던 마홍빈(馬鴻賓)부대의 병사들 식사를 개선하는데 주었다. 학생들은 저마다 무거운 족쇄를 차고 있었는데, 이들의 행동에 감동한 병사들은 바지를 찢어 학생들이 족쇄에 아프지 않도록 하기 위해 족쇄를 감싸주었다. 시종쉰은 당시의 이런 상황에 대해 다음과 같이 회억했다. "옥중에서 나의 모든 행동은 우팅쥔의 지시에 따른 것이었고 그가 나에게 무엇을 어떻게 하라고 하면 나는 그대로 따라 집행했다."

8월이 되자 산시성 정부의 주석인 송저위안(宋哲元)이 직접 학생들을 심문했는데 그는 아직 애티를 벗지 못한 학생들을 보자 즉석에서 '보석석방'시켰다. 당시 시종쉰의 사촌동생 시종야오(習仲耀)는 "나의 아버지(즉 시종쉰의 숙부 시종런[習仲仁])는 시안에서 보증인을 찾았는데, 그는 우리 단촌 마을사람이었고 거기서 가게를 열고 있었으며 결국 그가 데리러 왔다"고 회억했다.

시종쉰이 집으로 돌아오자 내내 걱정하시던 아버지 시종더는 일말의 위안을 느끼면서 아들의 혁명적 선택을 원망해 하지 않았으며 오히려 다음과 같은 말을 해주었다.

| 전 산시(陝西)성립 제3사범학교 소재지. 현재는 유치원으로 됨.

"너는 아직 어리다. 그러나 네가 커서 공산당 대표쯤 되면 가난한 사람들을 위해 일할 수 있을 것이다."

11월 부친 시종더가 불행하게도 병으로 세상을 떠나자 소년 시종쉰은 인생에서 처음으로 거대한 충격을 받게 되었다.

시종쉰은 감옥에서 심각할 정도의 습진에 걸렸는데 걸을 수가 없을 정도였다. 그러한 상태를 친구인 송원메이가 그를 보러 왔다가 알고는 되도록 빨리 푸핑의 당조직에 전달해주겠다고 했다.

시종쉰은 그 무렵 여전히 "어느 학교에라도 들어가 몇 년간 더 공부를 해서 자신의 지식을 충실히 해야겠다는 꿈"을 접지 않고 있었다. 그러나 공산당 혐의로 옥살이까지 한 그를 받아 줄 학교가 없었기에 신청하는 곳마다 퇴짜를 맞아야 했다. 그때 관중(關中)에서는 재해가 끊이지 않아 기황이 만연되어 있었다. 15살의 시종쉰은 소금으로 쌀을 바꾸는 기황민들의 대오에 가담해 푸핑의 동부 염전에서 생산되는 소금을 가지고 북쪽 산악지역으로 가서 강냉이와 동부(豇豆) 등의 잡곡으로 바꾸었다. 생활의 쓴맛과 무서운 기근은 그를 그림자처럼 따라다녔다. 1929년 6월에 어머니도 갑자기 병으로 세상을 떠나고 말았다.

| 소설『소년 유랑자』

소년 시종쉰은 돈이 한 푼도 없어 장례를 치를 수가 없어서 얇은 널로 짠 관에다 어머니를 모시고 집에 두고 지내다가 2년 후에야 장례를 치렀다.

| 동생 시종카이(習仲愷)와 함께 있는 시종쉰.

인민들의 어려운 생활고와 자신의 비참한 상황은 소년 시중쉰의 마음에 큰 타격을 주기도 했지만 그를 단련시키는 일면도 있었다. 그 무렵 그는 현대작가인 장광츠(蔣光慈)의 소설 『소년 유랑자(少年飄泊者)』를 읽으면서 자신과 비슷한 운명을 가지고 불굴의 의지로 투쟁하는 주인공에게 큰 감명을 받았다. 그때 단촌과 이웃해 있던 산위안(三原)현 우즈취(武字區)에서 구제위원회가 설립되었다. 그는 수차례나 우즈취를 오가면서 구제위원회 주임 황즈원(黃子文) 등과 연락을 취하며 단촌에서 구제사업을 위한 조직을 적극적으로 행하면서 비밀리에 의형 저우동즈(周冬志)와 같은 마을의 청년들인 후전칭(胡振淸), 야오완종(姚万忠), 류밍스(劉銘世) 등을 입당시켰다.

그해 겨울 시종쉰은 단촌 농민협회에서 장창칭(張長慶) 민단(民團, 무장단)에 대한 투쟁에 참여했다. 농민협회 회원들은 민단의 장총과 단총 20여 자루를 빼앗아 장창칭을 결박해 스자바오(石家堡) 성루에 묶어놓고 군중대회를 열어 그의 20여 가지 죄상을 낭독했다. 그러나 감독 소홀로 인해 장창칭이 도망치면서 당국에 알리자 당국에서는 신속하게 잔혹한 진압을 감행했다. 농민협회 회원이며 시종쉰의 이모부인 당정쉐(党正學)는 앞에 나서서 자신들이 행한 행동의 합리성을 주장하다가 살해당하고 말았다. 시종쉰은 밧줄을 가지고 스자바오 성루에 갇혀있던 당정쉐를 구하려다 끝내 구해내지 못했는데, 만년에 아우인 시종카이(習仲愷)에게 당시 그를 구하지 못한 안타까움을 털어놓았다.

이는 시종쉰이 공산당원이 된 후 처음으로 참가하고 지도한 군중사업이자 무장투쟁이었으며, 당원을 발전시킴에 있어 건실한 기초를 다져주었다. 그는 후에 다음과 같이 말했다. “1932년 겨울 나는 얼마 안 되는 무기로 무장을 하고 푸핑 서부의 고향 일대에서 군중을 동원해 식량분배 투쟁을 벌이고 유격활동을 펼칠 수 있었던 것은, 내가 1929년 고향에서 행했던 활동 경험이 매우 큰 도움을 주었기 때문이었다.”

3

량당병변(兩當兵變)의 총소리

3. 량당병변(兩當兵變)의 총소리

1932년 4월 2일(19세) 새벽 산깐(陝甘)변계에 있는 롱난(隴南)산성의 량당(兩当)에서 갑자기 격렬한 총소리가 어둠의 정적을 깨뜨렸다. 시종쉰과 류린푸(劉林圃)가 지도한 량당병변(兩当兵變)이 예정대로 시작되었던 것이다. 3명의 반동파 중대장은 격살당했고 대대장은 총소리가 울리자 서산을 넘어 도망쳐버렸다. 닭이 홰를 칠 무렵 3백여 명의 혁명대오는 현성 북문 밖 야오꺼우쥐(窯溝渠) 부근에 집결해 맑디맑은 샹허수(香河水) 북쪽 타이양사(太陽寺) 방향으로 진군했다.

1930년 2월 6일(음력 정월 8일) 시종쉰은 당의 지시에 따라 서쪽에 있는 창우(長武)로 가서 지방무장대인 피메이쉬안(畢梅軒) 부대 왕더시우(王德修) 지대(支隊)의 사업을 돕게 되었다.

3, 4월 사이 시종쉰과 리빙롱(李秉榮), 리터성(李特生) 등은 2차에 걸쳐 창우현 서대문 밖 야오왕동(藥王洞)에 모여 비밀회의를 열고 당 소조 건립을 결정했으며, 2중대를 중점으로 사업을 전개하였다. 후에 시종쉰은 부대 서기(文書)에서 2중 견습관(見習官)으로 임명되었다. 당 소조는 병사들을 데리고 일상적인 투쟁을 진행하는 동시에 비밀리에 홍군지우사(紅軍之友社)를 창립했다.

6월 이 부대는 전서우산(甄壽珊)에 의해 서북민군 제1사 제2지대로 개편되었다. 7월 시종쉰이 소속된 2중대는 팅커우(亭口)를 수비하게 되었다. 팅커우는 옛 비단길에 있는 중요한 역이었다. 시종쉰의 영향을 받아 여관방 주인 왕즈쉬안(王志軒), 신사 류스롱(劉士榮), 소학교장 류징톈(劉警天) 등이 모두 혁명의 길에 나섰고 여관은 비밀연락 거점이 되었다.

11월 이 부대는 양후청(楊虎城) 장군에 의해 산시(陝西) 기병 제3여단 제3연대 제2대대로 개편되어 빈현(彬縣)을 수비하게 되면서 시종쉰은 2중대 특무장(特務長)에 임명되었다. 이를 전후해서 대대위원회가 설립되면서 리빙롱, 리터성 등이 서기를 담당했다. 각 중대에는 지부를 두었는데 당원들이 모두 30여 명에 달했다.

1931년 봄에 접어들어 사업은 몇 차례 어려움을 겪게 되었다. 제3여단에서 사업하던 류즈단(劉志丹)이 여단장 수위성(蘇雨生)에 의해 빈현에 억류되자, 류즈단의 수종이었던 왕스타이(王世泰)가 시종쉰을 찾아와 어디로 가야 하는지를 의논해왔다. 무기를 구해서 탈출시켜야 한다는데 대해 시종쉰은 군벌들은 무기관리가 매우 엄격하므로 총을 탈취하기가 쉽지 않으며, 빈현 또한 시란공로(西蘭公路) 옆에 자리하고 있어 총기를 운반하기 어려우며 역량을 보존하는데도 불리하다고 판단했다. 이런 의견을 낸 시종쉰은 왕스타이에게 깊은 인상을 남겨주었음을 다음의 말에서 확인할 수 있다.

"나는 시종쉰과 처음 만나 처음 얘기를 나눠봤는데 그에 대한 인상이 매우 깊었다. 비록 젊지만 정황을 분석하는데 있어서 매우 실제적이었다."

4월 수위성은 부대를 이끌고 양후청에게 투항했다. 이 중요한 순간에 시종쉰은 리빙롱, 리터성 등과 함께 당원 간부들을 모아 회의를 소집하고 "제1연대를 궤멸시키고 양후청에게 가자"는 구호를 내놓아 전 대대 관병들의 호응을 이끌어냈다. 2대대는 수위성이 빈현에 남겨놓은 제1연대를 향해 맹렬한 공격을 개시했고 양후청의 부대가 왔을 때는 이미 전투가 결속된 뒤였다. 그 뒤 이 부대는 또 양후청에 의해 산시 경비 제3여단 제2연대 제1대대로 개편되었다.

5월 1대대는 펑샹현(鳳翔縣) 베이창(北倉)을 수비하게 되었고 시종쉰은 대대위원회 서기를 담당했다. 군 운동사업은 날로 성숙되어 갔고 전 대대 4개 중대에 모두 지부가 있었고 지부마다 당원이 20여 명씩 되었다. 그 사이 중공 산시성위(陝西省委)에서는 두 차례나 사람을 파견해 봉기를 독촉했다.

| 창우현 약왕동 유적.

1931년 겨울 1대대는 룽난(隴南)에 가서 사천군과 전투를 벌였고 그 뒤 산시성과 간수성에 나뉘어 주둔했으며 대대 본부와 1중대, 기관총중대는 펑저우청(鳳州城)에, 2중대는 솽스푸(双石鋪. 오늘의 펑현 현성)에, 3중대는 량당 현성에 주둔했다. 이리하여 이 부대는 2년 사이에 세 차례나 개편되면서 주둔지 역시 천리나 옮겼다.

혁명 활동은 상부의 주목을 받게 되었고 연대장은 "모래를 섞는" 방법으로 1대대 4명의 중대장(連長) 가운데 셋을 교체시키고 기관총중대를 중점으로 중대장 리빙롱을 다른 데 보내고 중대를 해체시키고 재조직했다. 시종쉰은 군서기 류수린(劉書林)을 데리고 적시에 새로 조직된 기관총련에 가서 사업을 전개하고 적극적으로 분대장과 소대장 직을 얻어냈다. 그는 또 원창궁(文昌宮) 국민모범소학 교사인 류시시안(劉希賢)을 혁명적극분자로 양성해 류 씨네 집을 비밀 연락하는 거점으로 삼았다.

류수린은 다음과 같이 회억했다. "시종쉰은 다음과 같이 말했지요. '어머니(당조직)가 말했소. 우린 반드시 기관총중대에서 당원을 발전시키고. 그들과 친구로 사귀면서 점차 사업을 심도 있게 전개해야 할 것이오.'" 시종쉰은 또 류수린, 류시시엔 등과 "진한 우정이 깃든 사진(金蘭照)"을 찍었는데 이는 그가 지금까지 본 가장 최초의 사진이었다.

| 병운시기(兵運時期)의 시종쉰.

| 시종쉰(좌1)과 류수린(좌2), 류시센(우1) 등이 합동촬영한 진란자오(金蘭照).

| 펑저우 원창궁 국민모범소학교 옛터.

1932년 3월 연대 본부에서는 갑자기 진지를 옮기기로 결정하고 1대대에게 서남 방면으로 백여 리가량 이동해 간수성 훼이현(徽縣), 청현(成縣) 일대에 주둔하라고 했다. 이 결정은 병사들의 강렬한 불만을 자아냈다. 형세가 아주 긴박했기 때문이었다. 3월 하순 시종쉰과 산시성 군사위원회 비서이며 특파원인 류린푸(劉林圃)는 솽스푸 북쪽 펑허산(丰禾山)의 옛 절간에서 회의를 열고 주둔지를 옮기는 기회를 보아 간수성 량당현에서 군사정변을 일으키기로 결정하고 거사 후 북쪽 류즈단이 이끄는 산간(陕甘) 유격대와 회합하기로 했다.

| 류린푸(劉林圃)

4월 1일 대대는 량당에 주둔했는데 1중대는 북쪽 거리 남단에, 2중대는 남쪽 거리에, 대대 본부는 현 정부 서쪽 지주 집에, 3대대는 현 정부와 서쪽 거리에, 기관총대대는 북쪽 거리에 주둔했다. 저녁 9시 시종쉰은 북쪽 거리 여관에서 대대 지도부 확대회의를 소집하고 류린푸가 군사정변 지휘를 맡고 시종쉰이 전 대대의 행동을 지도하도록 결정했다.

군사정변은 예정된 계획대로 진행되었고 성공을 거두었다. 3일 점심 부대는 타이양스에서 중국 공농홍군 산간유격대 제5지대로 개편하고 류린푸가 정위(政委, 정치위원)를 맡았으며 시종쉰이 비서로, 우진차이(吳進才)가 대장을 맡았다. 며칠 뒤 쉬텐제(許天洁)가 대장으로 교체되었다. 부대는 손상된 지도 한 장에 의지해 웨이허(渭河)를 건너 산시성에 들어갔는데, 린유현(麟游縣) 차이자허(蔡家河)에서 국민당 군대에 의해 행군이 차단되었다. 시종쉰은 대대 위원회 회의를 소집하고 쉬텐제에게 부대를 이끌고 용서우현(永壽縣) 웨위스(岳御寺)에서 휴식정돈하며 명령을 기다리도록 하고 시종쉰과 줘원훼이(左文輝)는 팅커우에서 징허(涇河)를 건널 준비를 하며 류린푸와 뤼젠런(呂劍人)은 첸현(乾縣)에서 류원버(劉文伯) 부대와 담판하면서 시간을 벌도록 했다.

사흘 뒤 부대가 웨위스에서 숙영하면서 토비 왕제즈(王結子) 부대에 포위되어 뿔뿔이 흩어진 소식을 듣게 되자 시종쉰은 하는 수 없이 임시로 왕즈쉬안이 경영하고 있던 여관방 땅굴에 숨어 있었다.

| 량당병변이 일어났던 옛터.

| 타이양사(太陽寺).

류린푸, 뤼젠런 등은 군사쿠데타가 실패한 소식을 듣고 시안으로 가서 성위(省委)에 정황을 보고하다가 체포되었고, 얼마 지나지 않아 류린푸는 피살되고 말았는데, 그때 그의 나이 23살이었다.

량당병변은 비록 실패했으나 그 쿠데타의 총소리는 산시 간수(甘肅) 일대를 뒤흔들어 놓았으며 영원히 서북의 혁명사에 기록되었다.

4

류즈단(劉志丹) · 세즈창(謝子長)과의 만남

4. 류즈단(劉志丹), 세즈창(謝子長)과의 만남

1932년 6월 초 시종쉰은 비밀리에 고향으로 돌아갔다. 8월 산시성위 조직부장과 위북(渭北)에서 순시사업을 하던 청젠원(程建文) 등과 만난 뒤 시종쉰은 북상해서 자오진(照金)에 가 산간(陝甘) 유격대와 류즈단을 찾기로 결정했다.

| 자오진(照金) 양류핑(楊柳坪).

| 류즈단(劉志丹).

| 세즈창(謝子長).

자오진은 차오산(橋山) 산맥 남쪽에 있고, 북으로는 즈우링(子午嶺)과 잇닿아 있으며, 남으로는 위북(渭北)고원을 굽어보며 동으로는 시안위(咸楡) 공로와 인접하고 서북으로는 간수 정닝산자위안(正宁三甲塬)과 맞붙어 있는 산이 높고 골짜기가 깊으며 숲이 무성한 고장이었다. 시종쉰은 현지 농민 저우밍더(周明德. 저우동즈의 셋째 삼촌)의 도움으로 소금으로 식량을 바꾼다는 걸 빙자해서 자오진으로 가 라오예령(老爺岭)에 있는 저우동즈(周冬志) 집에 머물렀다.

9월 초 시종쉰은 자오진 서쪽 양류핑(楊柳坪)에서 세즈창(謝子長)과 류즈단을 만났다. 류즈단과 세즈창은 서북혁명의 전기적 인물로 두 사람은 량당병변을 발동하고 영도한 시종쉰을 매우 중시하고 있었기에 약속이나 한 듯이 시종쉰에게 근거지 창건과 유격대 조직이라는 중임을 맡겼다.

"식량과 돈을 모금하고 겨울옷을 마련하기(籌粮籌款, 征集冬衣)" 위해 산간(陝甘)유격대는 남쪽으로 이동할 준비를 했다. 세즈창은 시종쉰에게 말했다. “예전에 우린 근거지가 없었지만 지금은 만들려고 하오. 관중에서 온 피난민들이 많은데 당신은 이곳 사람들과도 익숙하고 지리도 밝으니 사업환경이 좋은 편이요. 우린 총과 탄약을 남겨줄 형편도 못되지만, 당신은 군중을 충분히 동원할 수 있을 것이므로 이를 기초로 해서 농민협회를 설립하고 유격대를 조직해서 유격전을 펼치도록 하시오.”

류즈단이 시종쉰을 격려해 주었다. “혁명을 하면서 실패하지 않는다는 법이 어디 있겠소? 실패하면 다시 시작하면 되는 거지요!” 그는 특히 특무대(즉 류즈단의 경위대)를 자오진에 남겨두며 당부했다. “당신은 관중사람이고 농사도 지어보았기에 농민들과 잘 어울릴 수 있을 것이니 이를 통해 근거지 개척 사업을 잘할 수 있을 것이오. 대오가 떠나면 당신들은 매우 큰 어려움에 봉착하게 될 테지만 정책이 틀리지 않고 군중에 잘 의존하기만 하면 곤란은 이겨나갈 수 있는 것이요.”

이 일이 있기 전인 6월 1일과 8월 25일에 중공 산시성위에서는 『산간변구의 새 소비에트구와 유격대를 창설하기 위한 결의(關于創造陝甘邊新蘇區与游擊隊的決議)』와 『제국주의 국민당 4차 ‘포위토벌’과 산간 새 소비에트구의 창설에 대한 결의(關于帝國主義國民党四次“圍剿”与創造陝甘新蘇區的決議)』를 계속해서 내놓았었다. 성위의 지시정신과 류즈단, 세즈창 두 사람의 부탁으로 시종쉰은 자오진에 남아 ‘근거지 개척사업’을 떠안게 되었다.

시종쉰은 저우동즈 집 옆에다 거처 하나를 마련하고 사람들에게 부탁해서 고모님을 모셔왔다. 그는 매일 대중들과 농사를 지으며 사촌동생 시종제(習仲杰), 동생 시종카이(習仲愷), 사촌동생 차이궈동(柴國棟) 등을 불러 혁명 사업에 참가토록 했다. 라오예령은 자오진 거리에서 동남쪽으로 십여 리 떨어진 곳에 있는 서북에서 동남 방향으로 뻗은 산등성이었다. 시종쉰과 저우동즈는 주변 마을들인 난탕즈(南趟子), 진펀완(金盆湾), 베이량(北梁), 천자포(陳家坡), 한자산(韓家山), 양산(楊山), 후자샹(胡家巷) 등에서 대중을 동원하고 농공회 등 조직을 건립하며 라오예령의 왕진주(王金柱), 후자샹의 지서우샹(姬守祥. 즉 지라오류(姬老六)), 후젠하이(胡建海), 난탕즈의 위더하이(于德海), 진펀완의 왕즈저우(王治周), 왕즈린(王治林) 형제, 베이량의 왕만탕(王滿堂), 팡얼상(房耳上)의 왕완량(王万亮) 등을 적극분자로 발전시켜 "서로 형제나 다름없는 사이"처럼 가까이 했다. 이들은 자오진 지구에서 빈곤한 농민 가운데서 양성된 첫 혁명 골간들로서 홍색정권의 건립을 위해 육성된 간부들이었다.

| 라오예령(老爺嶺).

그러나 무장단에서 늘 찾아와 사람을 체포해가는 바람에 마을에서는 밤에 머물 수가 없어 시종쉰은 산허리께에 있던 숯구이 가마에서 잤다. 그는 만년에 감개무량하면서 다음과 같이 말했다. “백성들은 참 좋은 사람들이에요. 백성들이 아니라면 절대 불가능한 일이지요.”

10월 중하순 특무대 중대장 천커민(陳克敏)이 배신하며 대장 청쐉인(程双印)을 살해한 돌발적인 사건이 발생했다. 시종쉰은 다음과 같이 회억했다. “그때가 바로 목화를 수확할 때였지요. 나는 곧바로 이 특무대를 우즈취(武字區)로 데려갔어요.”

산위안(三原)의 우즈취와 신즈취(心字區)를 중심으로 하는 위북(渭北) 소비에트구역은 산위안과 푸핑, 야오현(耀縣), 징양(涇陽), 춘화(淳化) 등 현들의 접경지에 있는, 당이 산시에서 창건한 첫 혁명근거지였다. 특무대는 우즈후취(武字后區) 유격대로 개편되었고 위북(渭北)유격대 제2지대로 불렀으며, 시종쉰이 지도원을 맡았다. 이들은 야오현의 시위안(西塬), 화리팡(華里坊), 랑뉴촌(讓牛村) 일대에서 토호열신들을 공격하여 농민연합회를 건립했으며 쌀을 나누어 주고 땅을 나누어 주었다.

‘좌(左)’경 맹동주의의 선동으로 위북(渭北) 소비에트구역은 연속해서 3일 동안 군중대회를 소집하고 대대적인 시위행진을 진행하면서 ‘10월 혁명’을 기념했다. 11월 9일 당국에서는 산위안, 푸핑 등 6개 현 무장단과 한 개 대대의 주둔군을 긁어모아 ‘숙청’을 진행함으로써 소비에트구역은 말끔하게 털리고 말았다.

시종쉰은 자오진으로 이동했고 자오진 사방에서 사람을 체포했기에 우즈허우취 유격대는 쉰이(旬邑)로 이동해야 했다. 시종쉰은 두 자루의 화전통에 두 자루의 권총과 두 자루의 장총을 들고 몰래 고향인 단촌으로 돌아갔다. 이 해 말에 탕자바오(唐家堡)의 동창 웨창밍(岳强明) 집에서 단촌의 당지부를 설립하고 야오완종(姚万忠)이 비서를 담당했으며, 단촌유격대를 건립하고 웨창밍과 류밍펑(劉鳴鳳)이 책임지도록 했다. 우즈첸취(武字前區)유격대도 단촌으로 찾아왔고 시종쉰은 그 유격대의 정위를 맡았다.

세밑이 되자 백성들의 먹거리가 큰 문제로 되었다. 시종쉰은 대중을 동원하여 푸핑 서구에서 쌀 나누기 투쟁을 적극 전개시켰다. 반 달가량 되자 수 천 명이 모여 농민총회를 설립했다. 1933년 1월 자퉈푸(賈拓夫)는 『위북(渭北) 투쟁정황에 대한 보고』에서 다음과 같이 말했다.

"더우촌(都村), 단촌, 판롱(盤龍) 일대에서도 대중들을 동원해 토호열신들을 죽이고 쌀을 나누어 갖는 투쟁을 진행했고, 이곳은 소우즈취와 더불어 적색구역이 되었으며, 푸핑의 국민당과 토호열신들의 통치는 이곳에까지 미치지 못하게 했다."

1933년 2월 시종쉰은 공청단 산위안 중심현 현위서기로 임명되었고, 현위서기 자오버핑(趙伯平)의 지도하에 성립제3중학교와 산위안 주재 왕타이지(王泰吉) 부대에서 당원들을 발전시켜 당조직을 건립했다.

단촌 유격대에서 사용하던 마도(馬刀).

5

자오진(照金) 혁명근거지의 창건

5. 자오진(照金) 혁명근거지의 창건

1933년 2월 말 시종쉰은 시안(西安) 동관(東關) 38여사(三八旅社)에서 산시성 성위서기 멍젠(孟堅)과 2차례 담화를 진행하면서 홍26군으로 가서 사업할 구체적 임무를 전달받았다.

홍26군은 1932년 12월 24일 산간(陝甘)유격대를 기반으로 개편된 부대인데, 정위 두헝(杜衡)의 강력한 명령에 의해 "먼저 먀오완(廟湾) 쌰위산(夏玉山)의 민단(民團, 무장세력)을 공격하게 하자 부근의 민단들이 연합해서 홍군에 대항하게 하더니, 나중에는 샹산스(香山寺)를 불살라 1천여 명의 스님들까지 원수가 되게 하였다. 싸우면 싸울수록 적들은 많아지고 세력범위는 점점 더 좁아졌다." 시종쉰은 우즈취의 한 비밀아지트에서 시안으로 돌아오는 도중 두헝과 조우했는데 그게 첫 만남이었다. 두헝은 량당병변을 조직한 시종쉰에 대한 인상과 태도가 그런대로 "괜찮았다"고 했다. 시종쉰은 남하한 위북(渭北) 홍2연대와 함께 행동하면서 임시로 소년선봉대 지도원을 맡고 있었으며 '좌'경 기회주의노선의 착오에 대해 점차 파악하게 되었다.

3월 8일 중공 산간변구 특별위원회가 자오진 투얼량(兔儿梁)에서 설립되었고, 진리커(金理科)가 비서를, 시종쉰이 특위 위원 겸 군사위 비서를 맡았고, 지방무장과 정권주비(籌備, 어떤 일을 미리준비하고 계획하는 것 -역자 주)사업을 책임지게 되었다. 그 뒤 시종쉰은 공청단 특위 비서도 겸직했다.

시종쉰은 수개월 전 라오예령 일대에서 대중동원사업을 하면서 첫 혁명의 불씨를 뿌려놓았었다. 자오진에 다시 간 시종쉰은 저우동즈(周冬志), 지서우샹(姬守祥), 왕만탕(王满堂), 왕완량(王万亮) 등과 함께 마을마다 다니며 조사연구를 하고 집집마다 방문하여 군중사업을 전개하면서 신속하게 농회, 빈농단과 적위군을 조직하였고, 적극적으로 대중을 이끌어 식량을 나누어주는 투쟁을 지도했다. 유격활동도 그에 걸맞게 확대되어 덴이(旬邑), 야오현(耀縣), 춘화(淳化) 등의 유격대는 삽시에 20여 개로 발전하였다.

| 투얼량(兔儿梁).

대중사업과 무장투쟁의 건실한 기초 위에서 1933년 4월 5일 청명절(淸明節)을 맞이해 중공 산간변구 특위는 투얼량에서 공농병 대표대회를 소집하고 산간변구 혁명위원회를 창립했으며, 고농(雇農, 고용살이를 하는 농민 역자 주)출신인 저우동즈(周冬志)를 주석으로 선출하고 시종쉰을 부주석 겸 당단서기(党團書記)로 선출했다. 투얼량은 동서주향(走向)으로 앉아 있어 멀리서 보면 마치 조용히 누워있는 토끼 모양을 하고 있었으며 언제라도 몸을 솟구칠 준비를 하고 있는 듯했다.

그 기슭에는 작은 산언덕이 있었고 그 자락에는 수십 호의 인가가 흩어져 살고 있었으며, 홍군전사들과 간부 및 백성들이 다니며 각종 사업들을 질서정연하게 해나가고 있었다.

혁명위원회는 산하에 토지, 양식, 경제, 숙반(肅反) 등의 위원들을 두고 왕만탕(王滿堂), 지서우상(姬守樣), 양자이취안(楊再泉), 왕완량(王万亮) 등에게 각각 책임지게 하였으며, 황즈원(黃子文)이 사실상의 비서장 직을 담당했고, 정치보위대를 설치하여 저우동즈가 지도원을 겸하고 있었다. 『중화소비에트정부 조직법』에 따라 기층정권건설은 신속히 전개되어야 하며 혁명위원회는 구・향・촌 3급 정권시스템을 지도해야 하고, 그중 구급 혁명위원회는 자오진, 안즈와(庵子洼), 타오취위안(桃曲塬) 등 세 곳에 있게 했으며, 향급 혁명위원회는 샹산(香山), 위위안(芋園), 천자포(陳家坡), 헤이톈구(黑田峪), 진펀완(金盆湾), 시우팡꺼우(綉房溝), 베이량(北梁), 라오예령, 치제스(七界石), 마란촨(馬欄川) 등 십여 개를 설치하여 비교적 완벽한 홍색정권시스템을 구축하고 있었다.

혁명위원회는 적극적으로 『중화소비에트정부 조직법』 등 법령을 관철시켜 누가 심으면 누구의 소유로 하는 원칙을 견지토록 했으며, 말뚝을 박는 등의 방식으로 토지경계선을 정했는데, 천지(川地)[3]는 나누고, 산지(山地. 산비탈에 있는 땅-역자 주)[4]는 따로 나누지 않았다. 부농의 것은 많이 남는 토지만 몰수하는 정책을 펴고, 중농을 보호하는 주장을 명확히 했으며, 토지가 부족한 중농에게는 보충도 해주었다. 토지분할은 우선 시우팡꺼우(綉房溝)에서 시작되었는데, 위위안향(芋園鄉)에서만 야오현 학당(學堂과 샹산스의 2,000여 무의 토지를 분배했고, 진펀향(今盆鄉)에서는 이씨와 매씨 두 대지주의 토지 5,000여 무를 분배했다. 아울러 지주의 소작문서와 국민당정부의 가렴잡세를 폐지한다는 명령을 명시하고 쌀을 분배하고 소와 양을 분배(부농의 소와 양의 잉여 부분은 분배하지 않음)했으며 아편, 도박, 전족을 금지시키는 정책을 펴 백성들의 진심어린 환영을 받았다.

혁명위원회는 대중들이 땅을 많이 경작하고 곡식을 많이 거두는 것을 격려했으며, 이를 위해 의창(義倉)[5]을 설립했는데 주로 "타지 사람들이 와 먹을 것이 없는 경우에 대비하거나, 일부 이곳에 와서 밭을 경작하려 하는 사람들에게 십시일반으로 모은 식량을 밑천으로 대주기 위함이었다."

---

3) 천지: 川地, 산간이나 하천 양쪽의 평탄한 저지대의 땅

4) 산지: 山地, 산비탈에 있는 땅

5) 의창: 义仓, 옛날, 흉년에 대비해서 곡식을 모아 두던 지방의 식량 창고.

| 쉐자자이(薛家寨).

같은 달 홍26군 당위원회는 산간(陝甘)변구 유격대 총지위부를 재조직했는데, 시종쉰이 정치위원을 맡고 황즈원이 총지휘를 맡았다. 그러는 사이에 "누구나 혁명할 수 있다"는 이상한 생각으로 대오의 분위기가 불순해지고 빈농들의 이익을 침해하는 행위가 발생하자 재조직 한 후 유격대 총지휘부는 유격대를 이끌고 철저한 재정비를 하여 불순분자들을 단호히 추방하고 새로이 재편성하는 방법을 통해 야오시(耀西), 춘화(淳化), 쉰이(旬邑)의 3개 유격대로 편성했고, 정치사상제도를 수립하여 근거지의 주요 무장을 보호하도록 했다.

같은 달 산간(陝甘)변구 당정군 지도기관은 쉐자자이(薛家寨)에 진입했다.

쉐자자이는 설강(薛剛)[6]이 군대를 주둔시켜서 당나라에 저항했다는 데서 유래된 이름으로, 동 · 서 · 남 삼면이 절벽이고 서북쪽에만 다리(懸橋)를 놓아 다른 산들과 이어지게 했다. 유격대 총지휘부는 대중들을 조직해 산채를 개조하고 공사를 벌였으며, 동굴을 수리 건축하고 성벽을 다시 쌓았으며, 4개의 천연동굴을 이용해 유격대 주둔지, 의복공장과 병원, 병기수리소, 지도기관 주둔지 등을 마련하고, 군수물자 창고와 임시 감옥까지 만들어 놓았다.

쉐자자이 복장공장은 홍군시기 가장 일찍이 설립한 의복공장의 하나로 당시에는 여공 3, 40명이 있었는데 평소에는 노동자였지만 전쟁시에는 유격대원으로 변모했다. 의무를 담당하는 일군들은 민간요법으로 총상을 치료하고 중초약(中草藥)으로 심지를 꼬아 상처에 밀어 넣어 상처를 치료했다. 병기수리소 노동자들은 가장 많을 때 6, 70명에 달했는데, 기술자들은 산시성위에서 시안에 파견해주었다. 그들이 만든 "마변수류탄(麻辮手榴彈)"은 반 "포위토벌"전투에서 매우 큰 역할을 했고, 지금도 암벽 위에는 당년에 거푸집을 지었던 구멍들이 뚜렷이 남아 있다.

---

6) 설강(薛刚): 당나라의 장군 설인귀(薛仁貴)의 손자임.

류즈단, 시종쉰 등이 지도하고 창건한 자오진 혁명근거지는 서북 제1산구(山區) 혁명근거지로 많은 옛 흔적들은 80여 년의 풍상을 거치면서도 오늘날까지 완벽하게 보존되어 있다. 사진은 1호 동굴(유격대 주둔 옛터).

2호 동굴(홍군병원과 의복공장 옛터).

3호 동굴(기계수리소 옛터).

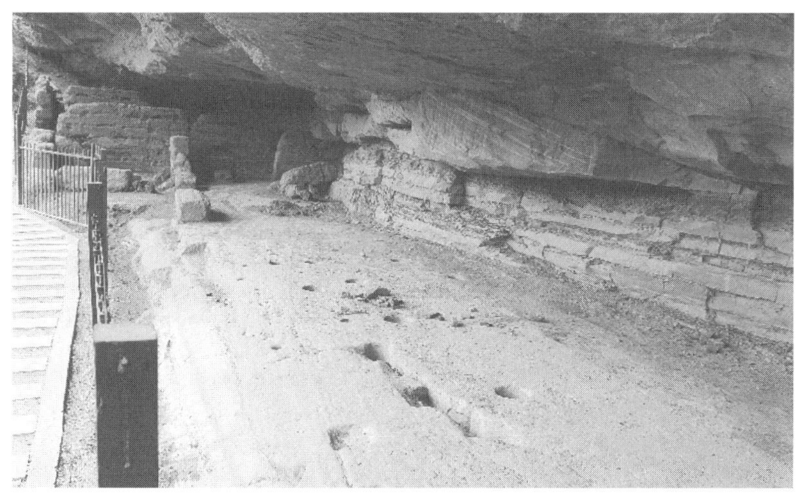

| 기계수리소 내에 거푸집을 두었던 구멍들.

| 4호 동굴(특위와 혁명위원회 기관 주둔지와 창고 옛터).

| 홍군 잔도(棧道) 유적.

유통을 추진하기 위해 혁명위원회는 쉐자자이 산하 팅즈꺼우(亭子溝)에 시장을 개설하고 주로 식량과 남새(나물)를 거래하게 했다. 대중이 우선적으로 사도록 하고, 공정하게 팔고 사는 원칙을 견지한데서 시장이 활기를 띠고 홍군들은 식량을 모을 수 있게 되었다. 시장은 백성들의 사랑을 듬뿍 받으며 애초에는 5일장이던 것이 나중에는 매일장이 되었다.

정권 건설과 토지 혁명, 경제 발전을 거쳐 자오진을 중심으로 하는 산간변구 소비에트 구역은 날로 공고해지고 확대되면서 야오 현, 쉰이, 춘화, 이쥔 등 접경지대의 백여 리에 달하는 넓은 지역을 확보했다. 이는 중국공산당이 대서북(大西北)에서 성공적으로 건립한 첫 산구 혁명근거지였다.

일찍 홍2연대 연대장이었던 왕스타이(王世泰)는 다음과 같이 시종쉰의 사업을 평가했다. "종쉰은 산간변구 특위 군위서기와 총지휘부의 정위로, 많은 군사 활동은 그가 지도하고 지휘했습니다. 그는 또 근거지 민주정권을 조직 건설한 핵심책임자로서 많은 구체적 사업들은 그가 한 것입니다.

혁명위원회 주석은 비록 저우둥즈였지만, 이는 '반드시 고농 출신이 주석을 담당해야 한다'는 상급의 요구에 따른 것이었고, 또한 그는 너무 솔직하고 문화가 없었기에 대량의 사업들은 결국 시종쉰이 할 수밖에 없었으며, 대소사들은 시종쉰이 친히 물어보고 친히 지휘하고 친히 손을 댔었습니다."

1933년 5월 하순 시종쉰과 황즈원은 정치보위대를 거느리고 안즈퍼에서 토비 천커민(陳克敏) 부대와 조우하게 되었다. 그는 황즈원과 전사들의 철수를 엄호하다가 부상을 당했는데, 이때 그의 뜨거운 피는 소비에트의 대지를 붉게 물들였었다.

6

천자포(陳家坡) 회의에서 위기를 극복하다

6. 천자포(陳家坡) 회의에서 위기를 극복하다

1933년 6월 17일 산간(陝甘)변구 특위와 홍26군(紅26軍) 당위는 자오진 베이량(北梁)에서 연석회의를 열었다. 여러 번 실패하면서 신임을 잃은 두헝(杜衡)은 정위의 신분으로 홍2연대가 있는 곳으로 남하하여 웨이화(渭華)로 이동하도록 강제 명령을 내렸다. 쉐자자이에서 치료 중이던 시종쉰은 이 회의에 참가하지 못했다. 그를 대신해 유격대 총지휘부 정위를 맡았던 장시우산(張秀山)은 당시 상황을 다음과 같이 회억했다.

"변구 특위서기 진리커(金理科) 등이 남하를 반대하면서 류즈단의 의견에 찬성했지요. 시종쉰은 회의에 참가하지는 않았지만 그는 진리커를 통해 회의에 산간변구에서 투쟁할 것을 견지해야 한다는 의견을 전달했지요." 류즈단과 왕스타이는 압박에 못이겨 홍2연대 300여 명을 거느리고 남하하여 웨이화에 갔지만 결국 실패하고 말았다.

당시 중공 산시성위 서기였던 위안웨동(袁岳棟)과 두헝은 시안에서 연이어 체포되자 투항하고 말았으며, 다음과 같이 해서 산시성의 당 단 조직은 모두 파괴당하고 말았다.

왕타이지(王泰吉, 1906-1934). 산시 린통(臨潼) 사람으로, 1924년 광저우에 있던 황포군관학교 제1기생이었고, 재학 중에 중국공산당에 가입했으며, 웨이화(渭華)봉기를 지도했으며, 1934년 시안에서 용감하게 희생되었다. 홍25군 42사 사장이었고 산간변구 혁명근거지 창건자의 한 사람이었다.

베이량(北梁).

이 위기의 시점에서 국민당 제17로군 기병연대에서 연대장으로 있던 왕타이지(王泰吉)가 부대를 이끌고 기의하여 적들과 치열한 전투를 벌인

끝에 부대를 서북민중 항일의용군으로 개편하고 자오진 지구로 진군했다.

이때 장방잉(張邦英), 천쉐딩(陳學鼎) 등이 이끄는 새로 조직된 야오현 유격대와 양선(楊森), 황즈샹(黃子祥) 등이 이끄는 위북(渭北) 유격대는 홍4연대로 개편되어 역시 앞서거니 뒤서거니 하며 자오진으로 진군했다.

왕타이지 기의부대가 자오진에 이르렀을 무렵 상처가 아직 채 낫지 않은 시종쉰은 이 소식을 듣자 너무나 기쁜 나머지 친히 정치보위대와 야오시(耀西), 춴화(淳化), 쉰이(旬邑) 등 세 지역의 유격대를 이끌고 마중을 나갔다. 그들은 온갖 애를 써서야 저녁 무렵 쉐자자이 기슭에 있는 시우팡꺼우(綉房溝)에서 마침내 상봉할 수 있었다. 시종쉰은 왕타이지의 손을 으스러지게 잡으며 소리쳤다. "타이지 동지, 환영합니다!" 왕타이지는 자책어린 목소리로 말했다. "보세요. 전 사람을 요만큼 밖에 데려오지 못했습니다." 그러자 시종쉰이 웃으며 위안조로 말했다. "갈 사람은 가고 혁명의지가 가장 굳센 사람들은 다 남았네요. 이런 힘만 있다면 우린 이후 크게 발전할 수 있습니다!"

이때는 상급 당조직의 지시가 별도로 없었고, 또 핵심자가 없었으며, 국민당 군대 역시 수시로 산에 들어와 토벌을 감행하고 있었다. 혁명 무장대오는 어디로 가야 할지, 근거지는 지켜야 하는지 등에 대한 여러 의견들이 난무하면서 분사되는 분위기가 심각해졌다.

8월 14일 산간변구의 당정군 연석회의가 천자포(陳家坡)에서 열렸다. 특위서기 친우산(秦武山)과 특위 군위서기 시종쉰 등이 회의주석을 담당했다. 회의의 중심내용으로 홍군 주력을 재건하고 피동적인 국면을 전환하는 것에 대한 문제가 토론되었다. 회의참가자들로는 리먀오자이(李妙齋), 장시우산(張秀山), 까오깡(高崗), 장방잉(張邦英), 천쉐딩(陳學鼎), 양선(楊森), 황즈샹(黃子祥), 왕버동(王伯棟), 황뤄빈(黃羅斌), 자오바오성(趙宝生 즉 바오선(包森)) 등 중대 이상급 당원간부 10여 명이었다.

| 천자포(陳家坡) 회의 옛터.

천자포는 서북에서 동남방향으로 뻗은 산등성이로 서쪽은 산이고 동쪽은 골짜기이며 쉐자자이에서 베이량, 진펀완, 후자샹(胡家巷), 가오산화이(高山槐) 및 위북(渭北) 등지로 통하는 길목(必經之路. 반드시 지나야 하는 길-역자 주)이었다.

| 진펀완(金盆湾).

회의는 오후부터 줄곧 이튿날 해가 중천에 떠오를 때까지 열렸다. 주로 세 가지 문제를 둘러싸고 논쟁이 벌어졌다. 첫째는 세 방면으로 나뉘진 무장세력을 통일적으로 지휘해야 하는가 하는 문제와 집단적으로 행동을 해야 하는가 아니면 분산적으로 활동을 해야 하는가 하는 문제였다. 소수의 사람들은 비관하는 정서가 있어 주력부대는 목표가 너무 크므로 각지에서 유격전을 벌여야 한다고 주장했고, 대다수 사람들은 집중적으로 적들을 공격해야 유력하게 타격을 가할 수 있을 것이라고 주장했다.

그 다음은 총지휘를 누가 할 것인가 하는 문제였다. 다수 사람들은 왕타이지가 총지휘를 담당해야 한다고 주장했고, 소수 사람들은 "이는 의용군이 홍군을 이끄는 격이 됨으로" 동의하지 않았다. 그 다음은 까오깡이 정위를 맡는 문제였다. 다수 사람들은 동의했고 소수 사람들은 반대표를 던졌다. 회의는 시종쉰과 친우산, 장시우산 등 다수인들의 정확한 의견을 받아들여 산간변구 홍군 임시총지휘부를 설치하기로 결정하고, 의용군, 홍4연대와 유격대를 통일적으로 지휘하기로 했으며, 왕타이지를 총지휘자로 하고 까오깡이 정위를 맡기로 결정했다. 시종쉰의 제의에 따라 남하해서 돌아오지 않은 류즈단은 부총지휘 겸 참모장으로 결정하고 잠시 선포하지는 않기로 했다.

천자포 회의에서는 여전히 산간변구 소비에트 구역을 확대 건립하는 것을 중심 슬로건으로 하고, 주력을 집중해서 큰 전투를 피하고 작은 전투를 벌이며, 작은 전투를 누적시켜 큰 전투를 대체하면서 유격전쟁을 활발하고도 폭넓게 펼치고, 민중사업을 심도 있게 전개시키는 전략방침을 정했다. 이리하여 산간변구 혁명투쟁은 역사적인 전환점을 맞게 되어 위기를 극복할 수 있었으며, "주먹을 으스러지게 쥐면서 힘을 집중시켰다." 이는 역사에 기록될만큼 아주 중요한 회의로서 당이 홍군과 유격대를 통일적으로 지휘하는 것을 강조했고 홍군을 주력으로 한 재건과 군사투쟁의 형세를 변화시켰고, 후에 자오진에서 철수하여 난량(南梁)을 중심으로 산간변구 근거지를 개척하게 했다는 점에서 극히 중요한 역사적 의의를 갖게 하는 회의가 되었다.

새로 재건된 산간변구 홍군의 주력은 니우촌(牛村) 레이텐(雷天) 1무장단과 먀오완(廟湾), 위산(夏玉山) 무장단 일부를 각각 섬멸시켰고, 이어서 류린(柳林) 무장단을 습격해 디먀오(底廟) 무장단 일부를 섬멸시켰으며, 지혜롭게 쉰이현성 소재지인 장홍진(張洪鎭)을 탈취했다는 첩보를 연속해서 올리게 됨으로써 그 위망을 떨쳤다. 홍군주력이 출격할 경우 시종쉰과 리먀오자이, 장시우산 등은 군민들을 이끌고 "마변(麻辮)수류탄"을 이용해 적들의 공격을 물리치면서 쉐자자이를 보위하는 첫 승리를 이룩했다.

시종쉰은 만년에 다음과 같이 회억했다. "그 뒤(천자포 회의 후) 그들은 모두 북쪽으로 갔지요. 까오깡이 정위였는데, 좋은 총은 그들이 전부 가져갔지요. 그 뒤 나는 또 쉰이유격대, 춘화유격대, 야오시유격대를 건립했지요. 대중들의 혁명에 대한 열의가 매우 높아서 그들을 잘 지도하자 바싹 마른 장작에 불을 댕기듯이 활활 타올랐습니다.

| 후자샹(胡家巷).

그때는 유격대에 몇 사람이 가느냐가 문제가 아니라 혼자라도 가기만 하면 바로 유격대를 건립할 수 있었지요. 총과 탄약도 있었고요. 무장단은 우리가 통일했고 때로 무장단 사람들이 우리에게 물건을 보내오기도 했지요. 내 생각에는 그때가 가장 즐겁게 일했던 때인 것 같네요."

추석이 지나 돌아온 류즈단의 첫 사업은 바로 요양 중에 있는 시종쉰을 찾아보는 일이었다. 그는 흥분하면서 말했다. "이제 제대로 된 것 같네요! 천자포 회의가 비로소 잘못된 노선을 바로잡고 정확한 궤도에 들어서게 했군요."

7

변구(邊區)정부의 “아기 주석”

7. 변구(邊區)정부의 "아기 주석"

1933년 10월 12일 국민당군 4개 정규연대 및 각 현의 무장단을 합해 6,000여 명에 의한 '포위토벌'을 맞이해 류즈단은 홍군의 주력을 이끌고 주도적으로 자오진에서 철거했다.

자오진 소비에트구역은 서북지역 당과 홍군이 처음으로 산구에 건립한 근거지로 홍26군의 발생지이기도 했다. 같은 해 11월 초 산간변구의 당정군 책임자 연석회의가 간수(甘肅)성 허수이(合水)현 바오자자이(包家寨)에서 열렸다. 회의에서는 안딩(安定. 오늘의 산시(陝西)성 즈창(子長)현), 난량과 자오진을 중심으로 세 갈래 유격구를 개척하기로 결정했다. 이 무렵 시종쉰은 여전히 자오진에 남아 있었는데 그 이유는 "군중 기초가 좋고 낮에는 숲 속에 숨었다가 밤이면 나와서 군중사업을 펼칠 수 있기 때문이다"라는 것이었다.

1934년 음력 설 전야 시종쉰은 난량지구로 가서 제2로 유격 총지휘부대 서기 겸 의용군 지도원을 담당했다.

난량은 간수성 화츠(華池)현 동부에 자리 잡고 있고, 치오산(橋山) 중부 다량산(大梁山) 남쪽 기슭에 있으며, 산시(陝) · 간수(甘) 두 성과 허수이, 푸(富)현, 바오안(保安. 오늘의 산시성 즈단(志丹)현) 접경지에 있으며 후루허(葫芦河) 상류 및 그 지류들과 계곡들을 종횡으로 누비는 광활한 지역을 가리킨다.

시종쉰은 이곳에 도착한 후 난량바오(南梁堡)를 중심으로 "먼저 대중사업을 전개하고 혁명무장을 건립하며 유격운동을 전개하고 근거지를 개척하며 공농정권을 건립한다는 방침"을 실시했다. 그는 유격대를 거느리고 옌자와즈(閻家洼子), 동화츠(東華池), 난량바오 등지의 무장단과 얼장촨(二將川)의 지주 무장세력을 궤멸시키고, 집집마다 찾아다니며 조직사업을 선전하면서 대중을 발동해 양식을 나누어 주고 소와 양을 나누었다. 고농회, 빈농단, 농민연합회, 적위군 등이 얼장촨, 바이마먀오촨(白馬廟川), 난량바오, 리위안바오(荔園堡), 뱌오즈촨(豹子川),

| 난량바오(南梁堡).

이정촨(義正川), 우바오촨(五堡川), 바이마촨(白馬川) 등 몇몇 강줄기를 따라 잇달아 설립되었다. 시종쉰은 또 우다이펑(吳岱峰), 류웨산(劉約三)을 바오안(保安)에 파견해 유격대를 조직하게 했고, 왕즈량(王子良)을 허수이에 파견해 유격대를 정돈하게 했으며, 우야숑(吳亞雄)을 안사이(安塞)에 파견해 유격대를 건립하게 했고, 양피성(楊丕胜)을 파견해 의용군을 조직하고 확대시키도록 했다.

노적위대(老赤衛隊) 대원 장청잉(蔣成英)은 다음과 같이 회억하였다. "시종쉰은 사람들에게 어떻게 토호를 뒤엎고 땅을 분배하며 어떻게 자신의 땅을 보호할 것인지를 말해주었지요. 땅을 잘 보호하고 지주를 엎어버리면 아무도 압박하고 착취할 수가 없잖아요. 이곳 사람들은 대부분이 산뻬이(陝北)에서 피난해온 가난한 사람들이지요. 그는 대중들과 무척 잘 어울렸는데 누구든 남녀노소를 불문하고 다 허물없이 지냈지요."

난량을 중심으로 하는 산간변구 적색구역은 신속한 발전을 가져와 바오안, 안사이, 간취안(甘泉), 푸현, 칭양(慶陽. 오늘의 간수 성 칭청(慶城)현), 허수이, 닝(宁)현, 정닝(正宁), 쉰이, 춘화, 야오 현, 퉁관(同官. 오늘의 산시성 퉁촨(銅川)시), 이쥔(宜君)과 중부(오늘의 산시성 황링(黃陵)현 등 14개 현의 대부분 지역들을 장악하게 되었다. 1934년 2월 25일 홍42사 당위는 샤오허(小河溝) 스허타이(四合台)촌에서 군중대회를 열고 재차 산간변구 혁명위원회를 선출하여 설립하고 시종쉰을 주석으로, 황즈원을 비서장으로 선출했다. 그리하려 5월 28일 중공 산간변구 특위는 자이즈완(寨子湾)에서 부활하게 됐던 것이다.

이 시기 시종쉰과 류즈단 등은 상급 당조직과 연락이 닿기를 눈이 빠지게 기다렸고, 수차례 사람을 파견해 찾게 했는데 많은 돈을 들여 찾았으나 아무런 소득이 없었다.

10월 산간변구 군정간부학교가 리위안바오(荔園堡)에서 설립되고 류즈단이 교장을 겸하고 시종쉰이 정치위원을 겸했다. 하루는 류즈단이 군사훈련을 조직하다가 시종쉰이 오는 것을 보고 즉시 경례를 하며 시종쉰에게 대오를 검열해 달라고 요청했다. 시종쉰은 처음 겪는 일이라 당혹감을 감추지 못했다. 사후에 류즈단이 그에게 고백했다. 우리 공산당원들은 스스로 건립한 정권을 옹호해야 하는데, 만일 우리 스스로도 존중하지 않는다면 백성들도 대수롭지 않게 여길 것이라는 것이었다.

| 리위안바오(荔園堡).

근거지가 확대됨에 따라 소비에트정부의 건설은 이미 확대발전하는 중요한 단계에 진입했다. 1934년 11월 1일부터 6일까지 산간변구 공농병 대표대회가 리위안바오사원(荔園堡大廟, 라오예사원[老爺廟])에서 열렸고, 백 여 명 각계 대표들은 근거지 건설을 둘러싼 각종 중대한 문제들에 대해 열렬한 논쟁을 벌였다. 시종쉰은 사회자의 한 사람으로 대회를 위해 많은 중요한 서류들을 기초했다. 회의는 민주선출 방식으로 무기명투표를 진행해 산간변구 소비에트정부를 건립했으며, 시종쉰은 소비에트정부 주석, 자성시우(賈生秀), 뉴용칭(牛永淸)은 부주석, 차이즈웨이(蔡子偉)는 정치비서장으로 선출되었다. 회의는 토지, 노동, 재정, 양식, 문화, 공농감찰, 숙반(肅反), 부녀 등 위원회의 담당자를 선출했으며 전족 폐지, 아편과 도박 금지 등의 위원회를 설치하고 정치, 군사, 토지, 재정, 식량 등 각종 결의안을 통과시켰다.

| 산간변구 혁명위원회 및 산간변구 소비에트정부의 인장.

| 리위안바오 라오예먀오(老爺廟) 대전(大殿).

| 칭인러우(淸音樓).

초겨울의 산간고원을 붉은 해가 중천에서 비춰주고 있었다. 11월 7일 오전 산간변구 소비에트정부 창립대회가 리위안바오에서 성대히 거행되었다. 대회 주석대는 라오예먀오의 맞은편에 있는 칭인러우(淸音樓, 연극무대) 위에 가설되었다. 정식대표, 홍군, 유격대 및 주변 수십 리의 백성들을 합쳐 모두 3,000여 명이 대회에 참가했다. "산간변구 소비에트정부 창립대회"라는 붉은색 표어가 특히 눈길을 끌었고, 낫과 도끼가 그려진 깃발이 바람에 펄럭였으며, 북소리, 꽹과리소리, 환호소리, 구호소리가 하늘과 땅을 진동시켰다.

시종쉰은 격앙된 어조로 연설을 하면서 무장역량을 진일보적으로 발전시켜야 할 것이라고 호소하고, 대중을 더 광범위하게 발동시키고 투쟁을 더욱 새롭게 고조시키도록 끌어올려 보다 큰 승리를 쟁취할 수 있어야 한다고 호소했다. 그와 류지단은 공동으로 부대를 사열했다.

산간변구 소비에트정부의 설립은 혁명근거지를 공고히 하는 중요한 표지였으며, 산간변구 내지 서북혁명사에서 중요한 이정표가 되었다.

같은 달 소비에트정부 기관지인 『홍색서북(紅色西北)』의 창간호가 출간되었다.

당시 정부의 소재지는 난량바오 남쪽에서 얼마 떨어지지 않은 자이즈완에 있었기에, 백성들은 습관적으로 '난량정부'라 불렀다. 시종쉰이 주석을 담당할 때 나이가 21살이었기에 백성들은 그를 친근감 있게 '아기 주석'이라 불렀다. 자이즈완(寨子湾)에서 백성들은 어려운 일이 있으면 시종쉰을 찾았고, 누가 찾아오던간에 시종쉰은 즉시 만나주었다. 이에 류즈단은 칭찬을 아끼지 않았다. "당신은 참 모든 일을 잘합니다. 당신의 이 같은 풍격이 있기에 우리는 패배할 수 없는 것입니다."

시종쉰은 군중사업, 정권건설 및 경제사회발전 등 다양한 분야에서 대량의 독창적인 사업들을 펼쳐나갔다. 그는 또 류즈단 등과 더불어 토지, 재정, 양식, 군사, 민단에 대한 대응(對民團), 토비에 대한 대응(對土匪), 사회, 숙반, 지식분자, 포로에 대한 대응(對俘虜), 문화교육 등 10대 정책을 출범시켰다.

| 자이즈완(寨子湾).

| 자이즈완 산간변구 소비에트 정부가 주둔했던 옛터.

적색정권은 우후죽순처럼 성장했다. 1934년과 1935년 사이 산간변구에서는 지구급 적색정권 2개를 창건했는데, 남구혁명위원회와 동구혁명위원회가 그것이며, 현급 적색정권 20개를 창건했는데 간수 룽동(隴東) 지구의 화츠, 허수이, 칭베이(慶北), 츠안(赤安), 신닝(新宁) 등 5개 현과, 산간(陜甘) 접경지대의 신정(新正), 용훙(永紅) 두 개 현, 산시(陜西) 경내의 중이(中宜), 푸시(富西), 안사이, 츠안, 츠춘(赤淳), 푸간(富甘), 훙취안(紅泉), 푸간(膚甘), 딩벤(定邊), 츠촨(赤川), 징벤(靖邊), 춘야오(淳耀), 츠수이(赤水) 등 13개 현이었다.

변구정부는 자오진에서의 토지분배를 실현한 경험의 기초 위에서 적극적으로 토지혁명을 밀고 나갔는데 주로 지주와 부농이 세를 준

부분의 토지를 몰수하고 지주와 부농들도 노동에 참가할 수 있도록 땅을 분배해주었으며, 하천의 땅(川地)을 분배했으나, 산지(山地)는 분배하지 않았다. 그리고 중심지구는 분배했고 변경지구는 분배하지 않았으며 변경지구가 중심지구로 변화되면 다시 분배하고 홍군가족은 토지를 나누어 받는데 우선권을 주는 등의 조치를 실시했다.

변구정부는 리위안바오에다 1일 장터를 개설했는데 수십 리 밖의 백성들도 찾아와 매우 활기를 띠었고 매매 역시 공평하게 했다. 바이취(白區. 적 통치구역-역자 주)의 상인들에 대해서는 보호정책을 폈으며, 산에서 나는 물건들이나 양 등의 가축들을 팔게 했고 피륙, 목화 등 물건들을 들여와 군민들의 수요를 해결했으며, "간부들에게는 손전지(후레쉬)를 쓸 수 있게 하고, 전사들은 양재기를 쓸 수 있도록 했다."

유통을 원활하게 하기 위해 변구정부에서는 근거지에서 자신만의 화폐인 소폐(蘇幣)를 발행했는데 백성들은 이를 소표(蘇票)라고 불렀다. 소폐는 목판에 조각을 동유(桐油)를 칠한 뒤 하얀 천에 인쇄를 했고 총 3,000위안을 발행했으며, 액면가는 1위안, 50전, 20전, 10전 등 네 가지로 해서 은전과 대등한 가치를 갖도록 했다. 변구정부에서는 리위안바오에 환전소를 두어 수시로 환전이 가능하도록 했다.

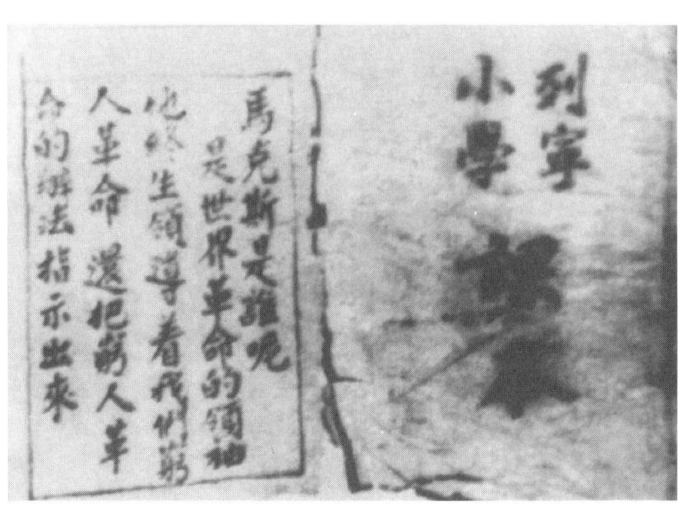

列寧小學

馬克斯是誰呢
是世界革命的領袖
他終生領導着我們窮
人革命 還把窮人革
命的辦法指示出來

| 레닌소학교 교과서.

문화교육사업도 괄목할만한 성과를 거두었다. 난량지구에는 본래 학교가 없었다. 1934년 2월 변구정부는 샤오허의 스허타이(四合台)에다 첫 레닌소학교를 설립했다. 교사와 학생들은 널판자로 책상을 만들었고 돌을 쌓아 걸상으로 삼았으며 석판을 흑판으로 하고 가마밑굽에 있는 검댕이를 먹으로 삼았다. 교과서는 입에 잘 오르내릴 수 있게 만들었는데, 예를 들면 "마르크스, 엥겔스는 세계혁명의 두 도사", "칼을 들어 토호를 베고 총을 들어 백군을 족치네" 등과 같이 간단명료하면서도 통속적이어서 알아듣기 쉽게 만들었다. 변구정부는 창립 초기에 한 가지 법령을 반포했다. 모든 당정군 간부들이 만일 10위안 이상을 탐오했을 경우 사형에 처한다는 것이었다.

시종쉰은 다음과 같이 회억했다. "(난량 시기) 그 법령이 있었기에 간부들 가운데서 횡령사건은 일체 발생하지 않았다."

8

잘못된 숙반(肅反)운동과의 조우

8. 잘못된 숙반(肅反)운동[7]과의 조우

1935년 2월 5일 중공 서북 공위(工委, 공작위원회)가 츠위안(赤源)현 저우자시엔(周家嶮, 오늘날 즈창[子長]현)에서 창립되었고, 시종쉰은 공위 위원을 담당했다. 서북공위의 창립은 당이 산간변구와 산뻬이 두 근거지에 대한 통일적 지도를 말해주는 것이며 서북 근거지의 형성을 대변하고 있는 것이다.

2월 중순 국민당 당국은 서북 근거지를 향해 제2차 대규모 '포위토벌전'을 감행했다. 류즈단이 인솔하는 홍군주력은 산뻬이(陝北)로 이동해 전투를 벌였고, 시종쉰이 인솔하는 난량지구 제2로 유격대와 적위군은 라오예령(老爺嶺)에서 신출귀몰하게 적군을 미혹시키는 등의 전술로 소비에트구역 마홍빈(馬鴻賓) 부대를 1달여 가량 묶어두었다.

4월 13일 시종쉰이 이끄는 후방 사업일꾼들과 보위대, 적위군, 칭양 유격대 등 100여 명이 자이즈완에서 철거해 동쪽의 뤄허촨(洛河川, 오늘날

---

7) 숙반운동 : 반 혁명분자에 대한 숙청운동

산시(陝西)성 간취안[甘泉]현의 경계)으로 이동했다. 도중에 2차례나 적의 포위망에 들어가기도 했지만, 가까스로 위험에서 벗어날 수 있었다. 이를 벗어나기 위해 얼마나 노심초사 했는지 시종쉰은 포위망을 벗어나고서야 두 발이 말등자와 마찰하는 바람에 피멍이 든 것을 발견했을 정도였다. 게다가 말에게 사정없이 채찍을 안기다보니 백마의 잔등에도 온통 굵다란 채찍자국이 남아 있을 정도였다. 후에 류즈단은 시종쉰이 타던 백마를 토닥여 주면서 "주인을 구해준 백룡마로군!"하면서 칭찬해 주었다.

5월 산간변구 당정군 기관은 뤄허촨 샤스완(下寺湾) 일대로 옮겨 왔고 변구정부는 이즈꺼우(義子溝)에 자리 잡았다. 변구정부는 후피터우(胡皮頭)에 시장을 개설하고 소비에트화폐를 발행했으며, 치오전(橋鎭)·옌자(閻家溝)·왕자핑(王家坪) 등에 레닌소학교를 꾸리고 왕자핑에 군사학교를 세워 군정간부들을 양성했다. 시종쉰은 또 왕중시우(王忠秀), 왕다유(王大有), 왕뎬빈(王殿斌) 등을 각각 뤄촨(洛川), 바오안(保安), 삼변(三邊: 징볜[靖邊] 딩볜[定邊] 안볜[安邊]) 등지에 파견해 유격대를 건설하도록 했다.

7월의 산간지구 고원은 해가 높이 떠서 햇볕을 내리 비추자 생기가 넘쳐흘렀다. 그러나 반면에 중앙주재 북방대표 콩위안(孔原), 서북에 파견한 대표 주리즈(朱理治), 상하이 임시종앙국 대표 녜훙쥔(聶洪鈞) 등이 부추긴 '좌'경 기회주의의 구름장이 산간변구를 뒤덮기 시작했다.

주리즈는 서북 공위 위원인데 조직부장인 궈훙타오(郭洪濤) 등의 일방적인 회보만 듣고 형세에 대해 잘못된 판단을 내리고는 리징린(李景林)과 훼이삐하이(惠碧海)를 산간변구에 보내 사업을 돕게 했다. 리징린은 특위

서기를 담당한 뒤 누가 부농이라는 말만 들으면 곧바로 그에게 투쟁토록 했다. 훼이삐하이는 토지개혁사업단을 거느리고 극좌적인 수법으로 '밭 조사'를 벌이고 부농의 물건을 전부 나누도록 하고는 그들을 "산으로 쫓아 풀을 먹게 했다." 백성들은 열광적으로 어떤 것을 보던간에 나누어 가졌다. 한번은 소비에트정부 재정위원장 양위팅(楊玉亭)이 뤄허를 지나고 있었는데 백성들이 그를 발견하자 건너편에서 건너와 그가 몸에 지니고 있던 공금을 모두 몰수해 가버렸다. 그러자 시종쉰은 다음과 같이 해서는 안 된다며 견결히 자제할 것을 촉구하고 이러한 잘못된 행태를 바로잡으면서 특위회의에서 훼이삐하이의 직무를 해임시켰다.

| 샤스완(下寺湾) 이즈(義子溝) 산간변구 소비에트정부가 주둔하던 유적지.

| 시종쉰이 이즈구에서 머물렀던 토굴집.

9월에 들어서자 바로 좋은 소식이 들려왔다. 쉬하이동(徐海東), 청즈화(程子華) 등이 이끄는 홍25군이 어려운 고비를 넘기며 산간 변구로 들어왔던 것이다. 시종쉰, 리우징판(劉景范) 등은 사람을 파견해 소와 양을 잡아 멀리서 온 홍25군 장병들을 위로해 주었다. 9월 중순 시종쉰은 용닝산(永宁山)에서 대회를 개최하고 홍25군이 산뻬이에 도착한 것을 환영했으며 열정에 넘치는 연설을 통해 그들을 위로해 주었다.

당시 산간변구의 형세는 그다지 낙관적이지 못했다. 장제스(蔣介石)가 장정(長征)에 오른 홍군을 가로막고 추격하면서 10만 정예부대를 풀어 산간소비에트구역에 대한 군사적 '포위토벌전'을 감행하고 있었기 때문이었다.

홍25군과 홍26군, 홍27군은 회합한 뒤 홍15군단을 설립하고 쉬하이동이 군단장을, 청즈화가 정위를, 류즈단이 부군단장 겸 참모장을 담당했다.

9월 17일 중공 서북공위는 해산되었고, 중공 산간진(陝甘晋)성위가 설립되면서 주리즈가 서기(書記)를, 궈훙타오가 부서기를 담당했다. 서북군사위원회도 재편성되었는데 녜훙쥔이 주석을 담당했다. 산간진성위가 설립되자 소위 '우파' 조직 및 성원들은 주로 산간변구의 당조직과 홍26군에 이들 성원들이 있다고 생각하고 21일부터 용핑전(永坪鎭)에서 사람들을 체포하기 시작했다.

시종쉰은 다음과 같이 회억했다. "처음에 30여 명의 명단이 작성되었고 나와 리우징판은 모두 회의에 참가했지요. 거기에는 부주석, 통신원, 비서장 등이 있었는데 모두 우파였지요. 전 이래서는 안 된다고 했지요. 우선 내력이 분명치 않는 몇 사람을 체포하자고 했지요. 그래서 처음에 9명 만 체포하고 나머지는 제가 보증을 섰지요. 만일 그들에게 문제가 발생하면 먼저 저를 체포하라고 말입니다. 나중에는 갈수록 많은 사람들이 체포되었어요. 그때 저의 이름으로 그 사람들을 다른 곳으로 보내야만 지킬 수 있었지 아니면 그들을 살리는 것이 불가능했어요. 그래서 많은 사람들이 저를 통해 다른 곳으로 이동하게 되었는데 그때 저는 커다란 공포를 느꼈어요.

그래서인지 이상한 괴현상이 나타났습니다. 홍군은 전방에서 싸우면서 장제스의 공격을 막으며 끊임없이 첩보를 올렸는데 좌경 기회주의노선의 집행자들은 후방에서 정권을 탈취하고 사람들을 체포했지요. 그때 류즈단 동지 등 간부들이 수없이 잡혔거든요. 홍26군 대대 이상급 주요 간부들과 산간변구의 현 이상급 주요 간부들은 누구도 요행을 바랄 수 없었어요. 백비군(白匪軍)[8]들은 비행기로 대거 공격해 오는 바람에 변구는 날이 갈수록 좁아지면서 백성들의 의구심은 극대화되고 있었습니다. 더구나 지주와 부농들이 기회를 틈타 선동하기 시작하면서 바오안, 안자이, 딩볜, 징볜 등 몇몇 현들은 모두 반역물결이 일어났고 근거지는 심각한 위기에 빠지게 되었습니다."

그때 누군가가 시종쉰에게 도망치라고 권하면서 무모한 희생을 피해야 한다고 귀띔하자 그는 태연스럽게 다음과 같이 말했다. "날 죽인다 해도 난 가지 않을 거요. 저 동지들을 전부 내가 나의 이름으로 불러왔는데 나에게 어떻게 가라는 거요?"

얼마 지나지 않아 "우파 전선 위원회 서기"로 낙인찍힌 시종쉰 역시 체포되었다. 녜홍쥔은 시종쉰에게 보낸 편지에다 다음과 같이 썼다. "종쉰 동지, 당신은 이번 숙반을 대하는 태도가 애매한데 이는 무산계급의 의식이라 할 수 없습니다. 당신과 담화할 필요가 있다고 봅니다." '죄상'은 세 가지였다. 첫째는 대중을 토비라고 욕한 것. 둘째는 토지혁명을 하지 않았으며 하천지역(川地)만 나누고 산지(山地)는 나누지 않은 것. 셋째는 부농에게 정보를 전해준 것 등이었다.

와요바오(瓦窯堡)에서 시종쉰과 류즈단 등은 훼이촨퉁(匯川通)전당포의 토굴에 갇히게 되었다. 날은 차고 땅이 얼었는데도 바닥에는 짚을 대충

---

8) 백비군(白匪军): 한 때 국민당 군대를 이르던 말.

갈아주었고, 잠 잘 때는 손발을 묶어놓았다. 그리하여 몸에는 이가 벌벌 기어 다녔고 먹을 것과 마실 것이 충분하지 못했을 뿐 아니라, 화장실도 필요할 때 곧바로 가지 못하게 했다. '숙반' 집행자들은 제멋대로 린치를 가해 괴롭히면서 '우파'이며 '반혁명자'임을 자백하라고 강요했다.

류즈단의 딸 류리전(劉力貞)은 당시 6살이었는데 어머니 퉁궤이룽(同桂榮)과 함께 아버지에게 면회를 가고자 했다. "모두들 어머니를 말렸지요. 큰일 났다구요. 사람을 묻어버릴 구덩이까지 다 파놓았다고 했지요. 그래도 어머니는 저를 데리고 가서 보았어요. 구덩이가 얼마나 깊던지, 어머니는 보자마자 울음을 터뜨렸지요."

잘못된 숙반은 산뻬이(산간변구와 산뻬이를 포함)라는 이 유일한 소비에트구역을 심각한 위기로 내몰았던 것이다.

| 와요바오(瓦窯堡) 훼이촨퉁(匯川通) 전당포의 시종쉰이 갇혔던 곳.

9

서북(西北)의 소비에트구역이 홍군 장정의 근거지로 되다

9. 서북(西北)의 소비에트구역이 홍군 장정의 근거지로 되다

잘못된 숙반운동은 인심을 황폐하게 만들었지만 중앙홍군의 장정은 오히려 "버드나무가 우거지고 꽃이 만발하는(柳暗花明)" 중대한 전환점을 맞이하게 되었다.

천신만고 끝에 하다푸(哈達鋪)에 도착한 중앙홍군은 신문지상에서 산뻬이에 류즈단의 홍군이 있다는 소식을 접하고 기쁨을 감추지 못했다. 1935년 9월 20일 마오쩌동(毛澤東)은 하다푸의 한 관제묘(關帝廟)에서 연대급 이상의 간부대회를 열고 다음과 같이 말했다. "민족의 위기는 날이 갈수록 커지고 우리는 반드시 계속 활동해 북상항일의 원래 계획을 실행해야 합니다. 우선 산뻬이로 갑시다. 거기에는 류즈단의 홍군이 있습니다. 여기에서 류즈단이 창건한 산뻬이 혁명근거지까지는 불과 7, 8백리 밖에 안 됩니다. 모두의 사기를 진작시켜 계속 북상합시다."

장정을 거쳐 산뻬이에 도착한 마오쩌동(毛澤東).

10월 중앙홍군은 2만5천리 장정을 거쳐 우치진(吳起鎮)에 도착했다. 마오쩌동, 장원텐(張聞天) 등은 소식을 듣자마자 곧바로 명령을 내렸다. "체포, 심사, 살인을 금지하고 모든 것은 중앙에서 해결한다!"

11월 7일 중앙기관이 와요바오에 진입해 친방센(秦邦憲)을 위수로 동삐우(董必武), 왕서우다오(王首道), 장윈이(張云逸), 리웨이한(李維漢), 궈홍타오(郭洪濤)가 참가한 5인 당무위원회를 조직하고 산뻬이의 잘못된 숙반문제를 해결하는데 착수했다. 심사를 거쳐 류즈단 등에게 억지로 뒤집어씌웠던 잡다한 죄명들이 벗겨졌다.

시종쉰과 류즈단, 양선 등 18명이 첫 번째로 석방되고 기타 동지들도 속속 석방되었다.

"산뻬이 근거지가 희망이 있게 되었다!"며 군민들은 기쁨에 겨워 환호했고 서로 다투어 소식을 전했다. 한 중앙홍군전사는 다음과 같이 말했다. "만일 '좌'경 기회주의가 이 근거지를 훼멸시킨다면 중앙은 쉴 곳이 없게 됩니다." 이로써 산간변구와 산뻬이라는 이 두 근거지로 이루어진 서북 소비에트구역은 중앙홍군의 장정 근거지와 항일전쟁의 출발점으로 자리매김하게 되었던 것이다!

매번 그 비상시기를 회억할 때마다 시종쉰은 늘 격동된 심정을 금치 못했다. "마오 주석이 산뻬이에 오지 않았더라면 근거지는 끝장났지요. 마오 주석이 나흘만 늦었어도 류즈단과 우린 모두 잘못되었을 겁니다. 마오 주석이 긴급제동을 걸지 않았더라면 나도 벌써 이 세상 사람이 아니겠지요. 그들은 류즈단과 우리를 위해 구덩이까지 파놓았거든요."

시종쉰은 와요바오의 중앙당교(中央党校)에서 공부하고 훈련반 제3반 담당교원을 맡았다. 12월 27일 시종쉰은 중공중앙이 중앙당교에서 소집한 당의 활동분자회의에 참가해 처음으로 오래도록 경모해오던 마오쩌둥을 만났고 『일본제국주의를 반대하는 책략에 대하여』 라는 그의 연설을 경청했다. 그는 당시의 만남을 마음에 아로새겼다. "저는 마오 주석의 연설을 주의 깊게 들었어요. 그의 말은 완전히 실제에 부합되었고 노선 역시 완전히

| 와요바오 중공중앙당교 옛터.

정확했지요. 저는 삽시간에 안개가 걷히는 듯한 감을 느끼면서 믿음이 생겼어요. 이는 제가 처음으로 마오 주석의 연설을 들은 것인데, 속으로 기쁘기 그지없었지요."

그때 그는 또 처음으로 앙모해마지 않던 저우언라이(周恩來)를 만날 수 있었다. "멀리에서 홍군의 검정색 군복을 입은 사람을 보았는데 가슴팍까지 기다란 수염과 붓으로 찍어놓은 듯한 짙은 눈썹아래 형형하게 빛나는 눈이 매우 인상적이었지요. 마치 모든 것을 환히 꿰뚫어보기라도 하는 듯한 지혜로운 눈빛이었지요. 존경할만한 분이라 생각 했습니다."

시종쉰은 만년에 산간변구 혁명근거지에서의 역사에 대해 깊이 사고를 하고나서 『역사적 회고』 라는 글에서 다음과 같이 말했다. "10년 간의 토지혁명 투쟁을 거치며 산간변구의 당 조직, 홍군전사와 인민대중들은 장기적이고도 참혹한 반혁명 포위토벌과 당내 '좌', '우'경 노선의 영향을 받으면서 엄청난 고난을 이겨냈고 수차례나 어려운 고비를 겪어야 했으나 마침내 검은 구름이 가시고 붉은 해를 맞이할 수 있게 되어 승리의 서광이 고원의 산과 물을 비출 수 있게 했습니다. 그리하여 소비에트의 씨앗은 혁명형세가 비교적 뒤떨어져 있던 중국 서부에 뿌려졌고, 왕밍(王明)의 '좌'경 기회주의노선이 실패한 뒤로 유일하게 남은 근거지로 되었습니다. 그리하여

처음 산뻬이에 왔을 때의 저우언라이(周恩來).

중국공산당이 지도하는 중국인민 대중들의 해방 사업을 위해 지대한 공헌을 할 수 있게 됐지요.”

시종쉰이 창건한 산간변구 근거지의 혁명여정에 대해 익히 알고 있는 노전우인 왕스타이는 다음과 같이 말했다. “1935년 당 중앙과 중앙 홍군은 장정 길에서 극히 어려운 상황을 극복하고 산뻬이에 왔습니다. 마오 주석이 말했지요. 산간닝(陝甘寧)변구[9)]의 작용은 매우 중요한데 이곳은 중앙과 중앙홍군의 근거지이고 항일전쟁의 출발점으로, 만일 산간닝변구라는 이 근거지가 없었다면 중앙은 어려움이 컸을 것이며, 서북에서 발을 붙이기 어려웠을 것입니다. 그 때문에 이 공적은 누구나 익히 아는 것입니다. 종쉰 동지는 자오진 근거지, 난량 근거지를 창설하면서 첩첩의 곤란을 이겨냈는데, 제가 볼 때 이러한 공로는 모두 시종쉰에게 있습니다!”

---

9) 산간닝변구(陝甘宁边区): 산시(陝西) · 간수(甘肃) · 닝샤(宁夏)의 변경지역을 이르는 말.

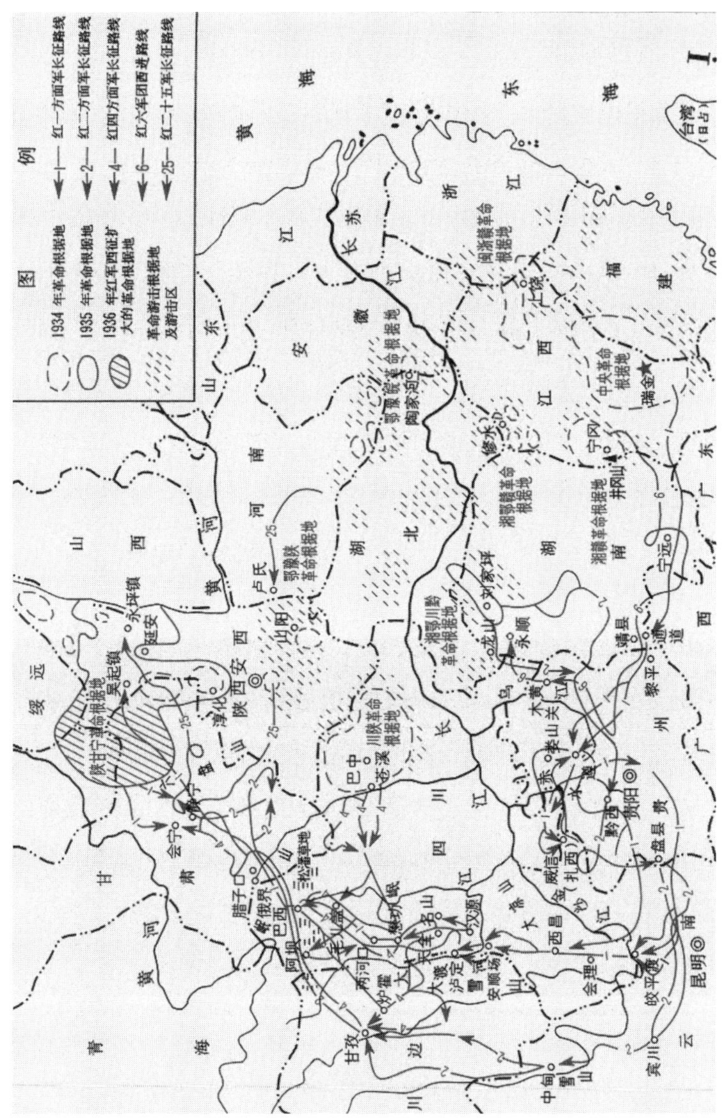

| 중국공농홍군 장정노선 시의도(1934년 10월부터 1936년 10월까지).

10

옌안(延安)을 위해 남쪽대문을 사수하다

10. 옌안(延安)을 위해 남쪽대문을 사수하다

1936년 1월 중앙에서는 시종쉰을 새로 설립한 관중특구(關中特區. 원 산간변구 남구의 기초 위에 설립함)에 파견해 소비에트정부 부주석 겸 당단(黨團)서기를 맡게 했다. 2월 하순 시종쉰은 관중특구 당정기관 주둔지인 신정(新正)현 난이(南邑)촌(오늘날 간수성 정닝(正宁)현 경내)에 도착했다. 4월 관중은 동북군 11개 사의 대규모 공격을 받게 되어 특위는 철수해야 했으며, 철수 시 간부들은 분산해서 철수했다. 자오진에서의 철수 때와 마찬가지로 시종쉰은 갓 창립된 관중 공위서기를 맡아 끝까지 남아서 투쟁을 지속했다.

5월 시종쉰은 명령을 받들어 관중을 떠나 펑더화이(彭德怀)가 사령관으로 있는 홍군서방야전군(紅軍西方野戰軍)을 따라 서쪽 정벌(西征)에 참가했다. 6월 1일 취즈전(曲子鎭)이 해방되자 시종쉰은 중공 취환(曲环) 공위를 조직하고 서기직을 맡았다. 그는 대중을 동원해 연자 맷돌을 바주위안(八珠塬)에 집중시켜 밤낮을 이어 곡식을 찧어 부대에 공급해주었다.

| 난이(南邑)촌 시종쉰이 머물렀던 동굴 앞 마당.

4월 환(环)현이 해방되었다. 시종쉰은 환현 북쪽에 자리잡은 홍더청(洪德城)에 가서 중공 환현 현위를 만들어 현위서기를 담당했다. 현위 기관은 홍더청 싱얼푸(杏儿鋪)에 있었고 전쟁시기에는 수시로 거처가 변했다.

시종쉰은 환현에서 3개월 가량 업무에 종사했는데, 그 기간 동안 신속하게 국면을 돌려세웠고 조직 창건사업을 완수했으며, 환현 소비에트 정부를 지도 창립시켰다. 현위 산하에는 조직, 선전, 군사, 공회, 청년, 부녀 등의 부서를 두었고 경위대도 두었다. 그는 친히 환현의 첫 당원들을 발전시켰으며, 환현, 홍더, 후자동즈(胡家洞子) 등 3개 유격대를 조직했는데, 유격대원들은 40여 명에 장단총 30여 자루가 되었다.

8월 중순 중공 산간닝 성위서기 리푸춘(李富春)이 주둔지 허렌완

(河連湾)에서 시종쉰과 담화를 하면서 그에게 바오안(保安. 당시 중공중앙 주둔지)으로 가서 새로운 임무를 인수하라는 중앙의 결정을 말해주었다.

이러한 사업 변동의 중요한 원인은 시종쉰이 관중을 떠난 몇 달 사이에 관중 근거지가 참혹하게 파괴당했고, 중앙에서는 정황을 익숙히 아는 동지를 파견해 관중지구의 투쟁을 지도하는 것이 절박하게 필요하게 되었고, 다른 원인으로는 중앙지도자들이 잘못된 숙반을 당한 동지들이 부당한 대우를 받는 문제가 존재한다는 것을 의식하기 시작했다는 것이었다.

당시 중앙 조직부 부장이었던 리웨이한(李維漢, 즉 뤄마이[羅邁])은 후에 옌안에서 다음과 같이 말했다. "그때 저는 상황을 제대로 파악하지 못했고 그들의 의견을 많이 들었지요. 특히 종쉰 동지에 대한 부당한 대우를 많이 들었기에 그곳으로 보내 현위서기를 맡게 했지요." 그는 만년에 다음과

| 취환(曲环) 공위(工委)가 주둔했던 유적지.

같이 회억했다. “좌경노선을 숙청하지 않았기에 산간변구 소비에트구역의 지방간부들과 부대간부들은 여전히 기회주의 모자를 쓰고 있었고, 따라서 그들의 사업배치 특히 일부 고급간부들의 사업배치는 매우 부당했었지요.”

| 바주위안(八珠塬).

| 중공중앙 산시 바오안 주둔지 옛터.

9월 15일 시종쉰은 바오안에서 중앙정치국 확대회의에 참가했는데 회의에 참석한 3명의 지방간부 중 한 사람이었다. 이는 시종쉰이 처음으로 중앙의 회의에 참가한 것이었다. 마오쩌둥은 그가 회의장에 들어서자 흥분하여 그의 손을 잡고는 연거푸 주변사람들에게 치하의 말을 했다. "여러분, 이 사람이 얼마나 젊은지를 보세요. 아직 어린애 같지 않은가요?"

당중앙에서는 시종쉰에게 다시 관중으로 내려가 사업을 지도하면서 관중 특위서기를 담당할 것을 결정했다. 시종쉰은 자신의 일생에서 당중앙으로부터 두 번이나 남쪽대문을 사수할 것을 명령받았다고 했다. 그 첫 번째가 바로 관중에 다시 내려간 것이었다. 중앙사업을 지도하던 장원톈은 시종쉰을 만나자 그에게 "먼저 시험을 해보시오. 무장단 연대장들과 모두 통일전선을 이룰 수 있는 지를요. 보갑장(保甲長)과 연보(聯保)주임들을 포함해서 말입니다."

4개월 뒤 다시 관중에 내려간 시종쉰에게 지워진 짐은 매우 무거웠다. 관중은 산간닝특구 최남단에 위치해 있고, 동·서·남 삼면이 국민당통치구역이며, 시안(西安)과 2백Km도 떨어져 있지 않아 전략상 매우 중요한 위치였으며, 국민당 완고파의 눈에는 '주머니지형'으로 비쳤다. 관중특구의 산하에는 춘야오(淳耀), 츠수이(赤水), 용홍(永紅), 신정(新正), 신닝(新宁) 등 다섯 개 현이 있었는데 모두 국민당 부대가 점령하고 있었고, 모든 중심구역에는 거점들이 세워져 있었다. 다만 신닝현 핑다오촨(平道川) 한 향만이 아직 침입을 받지 않고 있었다. 당시 관중의 유격대는 오로지 분산적이고 비밀적인 활동만 하고 있었다.

목적지까지 가는 길에서 그는 많은 봉쇄선을 넘어야 했고 산을 넘고 골짜기를 지나며 수림을 뚫고 지나가야 했으며, 매일 적들과 조우했다. 추석 역시 긴장된 행군 중에 총망히 지나가고 말았다.

10월 초 시종쉰은 쉰이현 경내의 스먼산(石門山)에 이르렀고, 도착하자마자 관중을 지키고 있던 장펑치(張鳳岐) 등과 스먼관에서 상황을 파악했다. 중순에 시종쉰은 치제스(七界石)에서 30여 명이 참가한 '관중 당의 활동분자회의(關中党的活動 分子會議)'를 소집하고, 현을 단위로 해서 유격대를 정돈 확대하여, 집중해서 싸우고 분산해서 활동하며, 관중유격대 지휘부를 설립하고, 지휘는 궈빙쿤(郭炳坤)이 하고, 정위는 시종쉰이 맡기로 했다. 또 가능한 한 동일전선사업을 진행하고, 진보인사 · 무장단 · 보갑조직을 받아들여 가장 악질적인 소수 분자들에게는 공격을 가해 타격을 주고, 각지의 당 사업을 정리하며, 당의 조직생활을 건전히 하고 각 현의 소비에트 정권을 회복하고, 새로운 소비에트구역을 개척할 것 등의 문제들을 결정지었다. 교통원(交通員)이었던 장궤이더(張貴德)는 다음과 같이 기억하고 있다. “당시 저는 처음 그(시종쉰을 가리킴)를 보았고, 그는 당시의 형세가 매우 심각하며, 군사상에서 적들이 우세를 점하고 있지만, 정치상에서는 우리가 우세를 점한다고 말했지요.”

시종쉰은 재빨리 관중의 사업국면을 돌려세웠다. 관중 유격대는 신정현 마위안(馬塬), 춘야오현 랑뉴(讓牛)촌, 츠수이현 궈자장(郭家掌) 등에서 연속적인 전투에서 승리를 거두었고, 관중 지구의 토비들을 대거 숙청했다. 유격대 역시 14개로 발전했고, 대원들은 500명에 달했다. 지방정권도 상당한 정도로 회복되었고, 징허산취(涇河三區), 춘야오(淳耀) 샤오차오(小橋), 통이(同宜) 야오샹산(耀香山) 등지에서 새로운 소비에트구역을 개척했다. 12월 중순 당 중앙으로부터 시안사변 후의 지시를 접수하지 못했기에 특위에서는 각지의 홍군과 유격대를 외부에 출격시키기로 결정하고, 무장단과 보갑들은 자원해서 총을 바치도록 했다.

| 관중시기의 시종쉰.

10일 사이에 관중 소비에트구역의 판도는 전반적으로 회복되었고, 춘야오, 츠수이, 신정, 신닝 등 네 개

현의 소비에트정부가 설립됨으로서 당 사업이 모두 회복되었다. 평더화이가 징양(涇陽)현 안우바오(安吳堡)에서 시종쉰 등 책임동지들에게 시안사변에 대한 당의 정책을 전달한 다음에야 관중에서는 소비에트구역을 확대하고 국민당 부대를 궤멸시키는 행동을 중지했다.

1936년 12월부터 1937년 4월까지 사이에 중공 산간성위 서기를 맡고 있던 리웨이한은 『관중사업의 일부 총화』라는 글에서 높은 평가를 내렸다. "내가 가본 산간의 소비에트구역들 가운데서 관중이 가장 훌륭한 소비에트구역이었다."시종쉰은 다음과 같이 회억했다. "관중 소비에트구역은 신설된 신닝, 신정, 츠수이와 춘야오 등 4개의 현을 포함하며 쐐기처럼 국민당 통치구역 깊이 파고 들어가 그 전략적 중심지인 시안을 위협했다. 관중 근거지 역시 전부 회복되었고 유격대도 장대해졌다.

| 스먼산(石門山).

비록 국민당 정권이 아직 존재하고 있지만, 우리의 정권 역시 비밀리에 설립되었다. 공개적인 이름은 '항일구국회'였다."

주목할 것은 관중 근거지가 회복된 후 즉시 홍군 주력의 중요한 거점으로 되었으며, 관중특위 주둔지인 타오취위안(桃渠塬)은 옌안(중공 중앙의 주둔지)과 징양현 윈양진(홍군 이전에는 적군의 총지휘부 주둔지였음)을 이어놓는 연결고리가 되었다는 것이다. 이 아름다운 산간 마을은 대번에 풍운의 집거지가 되어 당시 홍1군단 정치부 주임이었던 덩샤오핑(鄧小平) 및 녜룽전(聶榮臻), 양상쿤(楊尚昆), 쉬하이동(徐海東), 뤄루이칭(羅瑞卿), 천광(陳光), 왕서우다오(王首道) 등 홍군장령들이 머무르는 곳으로 되었다. 그들이 머무는 곳의 '주인'은 다름 아닌 관중특위의 서기였던 시종쉰이었다.

| 스먼관(石門關).

| 관중 특위의 주둔지인 타오취위안(桃渠塬. 1936년 12월부터 1937년 4월까지).

1937년 8, 9월 사이 팔로군(八路軍)[1] 주력부대가 항일에 나서기 직전 시종쉰은 관중 특위에서 정치 군사 소질이 뛰어난 500여 명의 산간(陝甘) 홍군 간부 전사들을 긴급히 선발해 보충연대를 편성해서 120사가 주둔하고 있던 푸핑현 좡리(庄里)진으로 보내주었다. 이는 팔로군이 창립된 이후 보충된 첫 병사들로 당시 팔로군 총사령이었던 주더(朱德), 총정치부 부주임 덩샤오핑(鄧小平)과 120사 사장 허룽(賀龍) 등에게 깊은 인상을 남겨주었다.

43년 후 덩샤오핑과 시종쉰은 각각 중공 중앙 부주석과 중공 광동 성위

1) 팔로군(八路軍): 1937~1945년에 일본군과 싸운 중국공산당의 주력부대의 하나로, 정식명칭은 '국민혁명군 제8로군'임.

제1서기로 있으면서, “어떻게 중국개혁개방의 첫 걸음을 뗄 것인가?”라는 주제를 둘러싸고 범상치 않은 대화를 하였다. 그러나 그들 사이에는 잊을 수 없는 산간닝 특구에 대한 추억이 있었고, 관중 특구에서 지냈던 풍운의 나날들을 잊을 수는 없었다.

11

"당의 이익이 첫째이다"

11. “당의 이익이 첫째이다”

1936년 두 차례에 걸쳐 관중에 갔고, 1942년 8월 명령에 따라 서북당교(党校) 교장을 지냈던 6년 사이에 시종쉰의 지도하에 이루어진 관중의 각종 사업들은 괄목할 만한 성과를 거두었다.

제2차 국공합작을 전후로 해서 보면, 관중의 당 조직 역시 그에 따라 두 개의 시기로 나뉜다. 즉 1936년 9월부터 1937년 10월까지가 관중 특위의 시기이고, 그 후가 관중 분구 당위의 시기인 것이다. 1936년 12월 타오취위안(桃渠塬)에 주둔했을 당시 시종쉰은 “향마다 지부가 있고 촌마다 당원이 있게 해야 한다”는 요구를 명확하게 제기했었다. 그 후 1937년 10월 마자바오(馬家堡)로 와 1939년 9월 상창촌(上墻村)에서 열린 2차 당 대회에서 각급 조직과 당원 수는 거족적인 발전을 가져왔다. 통계에 따르면 1941년 5월에 이르러 중공 서북 중앙국 설립 당시 관중에서는 이미 현위(縣委) 5개와 구위(區委) 20개, 당 지부 68개가 발전되어 있었다.

당교(黨校)를 이용하는 등의 형식으로 당원간부들에 대해 정책이론과 문화교육 양성을 진행하는 것은 관중 당의 큰 특색이었다. 자료에 따르면 1941년에 이르러 관중의 향과 현 이상급 간부들은 기본적으로 초중문화 수준에 도달했거나 그에 상응하는 문화수준에 이르렀고, 본래 문맹이었던 대다수 간부들은 신문을 볼 수 있었고 편지를 쓸 줄 알게 되었다.

시종쉰은 모범적으로 항일민족통일전선 정책을 집행하면서 적극적으로 국민당과 경계선을 나누는 담판을 추진시켰다. 관중 특구에는 또 춘화, 쉰이에 두 개의 홍군 모보처(募補處)를 설치하고 닝 현의 류톄산(劉鐵山), 이쥔(宜君)의 사빙옌(沙秉炎) 무장단과 상호불가침조약을 체결했으며, 투차오(土橋) 무장단의 병졸들은 소비에트구역을 공격하는 틈을 타 아예 총을 든 채 투항해오기도 했다.

관중에서는 두 차례의 대규모 보선운동이 진행되었다. 첫째는 1937년 7월부터 8월까지로 민주선출 방식으로 대표들과 각급 정부 구성원들을 선출했다. 둘째는 1941년 봄으로 '33제'[2]정권 설치요구를 관철시켰다. 선출은 '콩알투표(후보자 뒤에 사발을 놓고 투표자는 자기가 선출하고 싶은 후보자 사발에 콩알을 집어넣음)'를 하거나 이름을 부르면 '향불'로 구멍을 내는 식으로 투표를 했다. 이동투표함을 이용할 때도 있었는데 투표율은 70%와 80%에 달했다. 개명된 신사들은 다투어가며 정부에 임직했는데, 그중 츠수이현의 신사였던 징톈위(景田玉)는 현정부 재정과장을 담당하였고, 신정현의 중의사(中醫師)인 장즈핑(張治平), 쉰이현의 저명한 은사(隱士)인 시즈바오(蕭芝葆) 등은 관중 분구 참의원으로 임직했으며, 장즈핑은 산간닝변구의 참의원으로도 당선되었다.

시종쉰의 지도하에 관중의 대생산 사업은 전체 변구에서 앞자리를

---

2) 삼삼제(三三制); 중국공산당이 1940년부터 채택한 변구(邊區) 각급 정권기관의 조직 원칙으로, 변구 정권조직에 있어서 공산당은 1/3의 의석을 차지하고, 다른 당파 및 무소속의 진보세력이 1/3, 중간세력에 속한 자가 나머지 1/3을 차지하도록 한다는 정책이었다.

차지했다. 신정현을 예로 들면, 시뉴좡(西牛庄) 농장을 세워 연간 생산량이 800여 섬에 도달하게 했을 뿐만 아니라, 정부에서는 5만 위안을 주어 소비생산합작사를 설립하고 그 산하에 방직공장, 운수대, 상업부 등의 부서들을 설치하게 했으며, 대중들의 출자금이 16만 위안이나 되게 모았다. 기관의 주둔지는 투쟁형식이 끊임없이 변화됨에 따라 몇 차례나 이전되곤 했는데, 다오취위안(桃渠塬), 마자바오(馬家堡), 창서터우(長舌頭), 류자좡(劉家庄), 양포터우(陽坡頭), 레이좡춘(雷庄村), 마란(馬欄) 등으로 옮겨 다녔다. 사무조건을 개선하기 위해 시종쉰은 군민들을 이끌고 친히 손을 써서 마란허 서북쪽 비탈에 300여 개의 토굴집을 파고 병원, 복장공장, 기계수리공장, 창고 등을 건설했다.

관중의 문화교육사업도 전 변구에서 앞자리를 차지했다. 1939년 늦가을 관중의 극단이 마자바오에서 설립되었고, 1940년 4월 12일에는 신문인 『관중보(關中報)』가 레이좡촌(雷庄村)에서 출판 발행되었다.

| 마자바오(馬家堡)에서 특위가 주둔하던 옛터(1937년 4월부터 1940년 5월까지).

| 양포터우(陽坡頭)에 있던 관중분구 당정기관이 주둔하던 옛터(1940년 6월부터 1941년 7월까지).

| 시종쉰(오른쪽 3)이 전우들과 함께 관중 소비에트구역에서 합동 촬영.

| 관중분구 제2차 당 대회 대표들과 합동촬영.

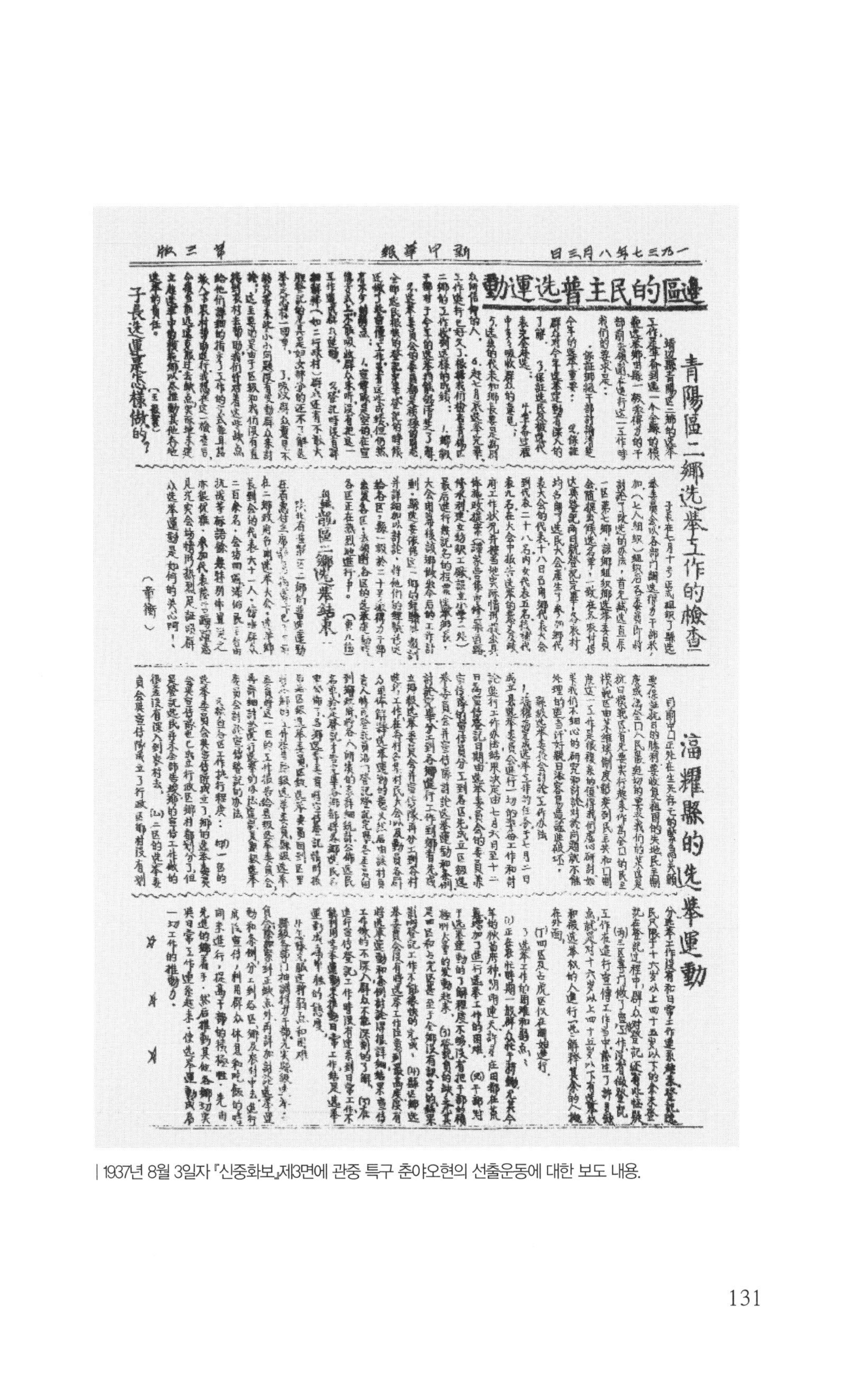

一九三七年八月三日　新中華報　第三版

邊區的民主普選運動

青陽區二鄉選舉工作的檢查

淳耀縣的選舉運動

子長選運是怎樣做的?

| 1937년 8월 3일자 『신중화보』제3면에 관중 특구 춘야오현의 선출운동에 대한 보도 내용.

초급소학교는 170개소에서 243개소로 늘어났고, 재학생은 7,000여 명에 달했으며, 완전소학교(完全小學)는 하나도 없었는데 9개소나 설립하였고, 재학생은 400여 명에 달했다. 중등교육 역시 새로 생겨났다. 1940년 3월 15일 산간닝변구 제2사범학교가 마자바오에서 설립됐고 시종쉰이 교장을 겸했다. 그는 학교와 대중들이 서로 보완해주어야 하며, 학생들이 인민들을 위해 김을 매주면 백성들은 학교를 위해 밭갈이를 해주면서 학교의 어려움도 해결하는 등 대중과의 관계를 밀접하게 할 수 있도록 조치했다. 1941년 음력설을 전후로 하여 90여 명의 교사와 학생들이 갑작스럽게 장티푸스에 걸리자 시종쉰은 친히 중의사(中醫師) 장즈핑에게 진찰 치료를 하게 하면서 보관해두었던 주사약을 학교에 보내주었다.

산뻬이공학(陝北公學, 1938년 7월부터 1939년 7월까지)과 루쉰사범(魯迅師范, 1938년 4월부터 1939년 7월까지) 역시 관중에 들어왔다. 산뻬이공학의 학우였던 허자이(何載)는 다음과 같이 회억했다. "당시 산뻬이공학에서는 곤란에 부딪치면 바로 시종쉰을 찾아갔지요. 식량이 떨어져도 그이를 찾았는데 그이는 모두 해결해주었지요. 그래서 산뻬이공학의 조건은 당시 옌안보다 좋았지요."

국민당 완고파들은 관중을 노린지가 오래되었다. 1938년 겨울부터 끊임없이 사단을 일으키고, 1939년 5월에는 팔로군 부상병들을 저격하는 '쉰이사건(旬邑事件)'을 저지르기도 했으며, 1940년 3월에는 '춘화사건(淳化事件)'을 도발하고 관중의 주둔부대를 포위공격하기도 했다.

이 시기 시종쉰은 관중의 군민들을 이끌어 "적들이 국부적으로 공격하면 우리는 국부적으로 유격전을 하고, 적들이 전면 공격하면 우리는 전면적으로 유격전을 펼친다는 정책"에 따라 국민당 완고파들과 첨예한 투쟁을 벌이고 있었다. 1940년 봄 여름 기간에만 해도 90여 차례나 전투를 벌였고, 장단총 410자루, 탄알 8,000여 발을 노획하고, 248명의 적군을 생포했다. 그렇게 해서 관중 근거지는 공고화되고 확대되었으며, 9월에는 동이 야오현이 새로 일어섰다. 불완전한 통계에 따르면, 그해 1년 사이에 시종쉰이 산간닝변구정부에 제출한 적아투쟁에 대한 보고서만 해도 27부, 10여 만 자에 달했다 했다.

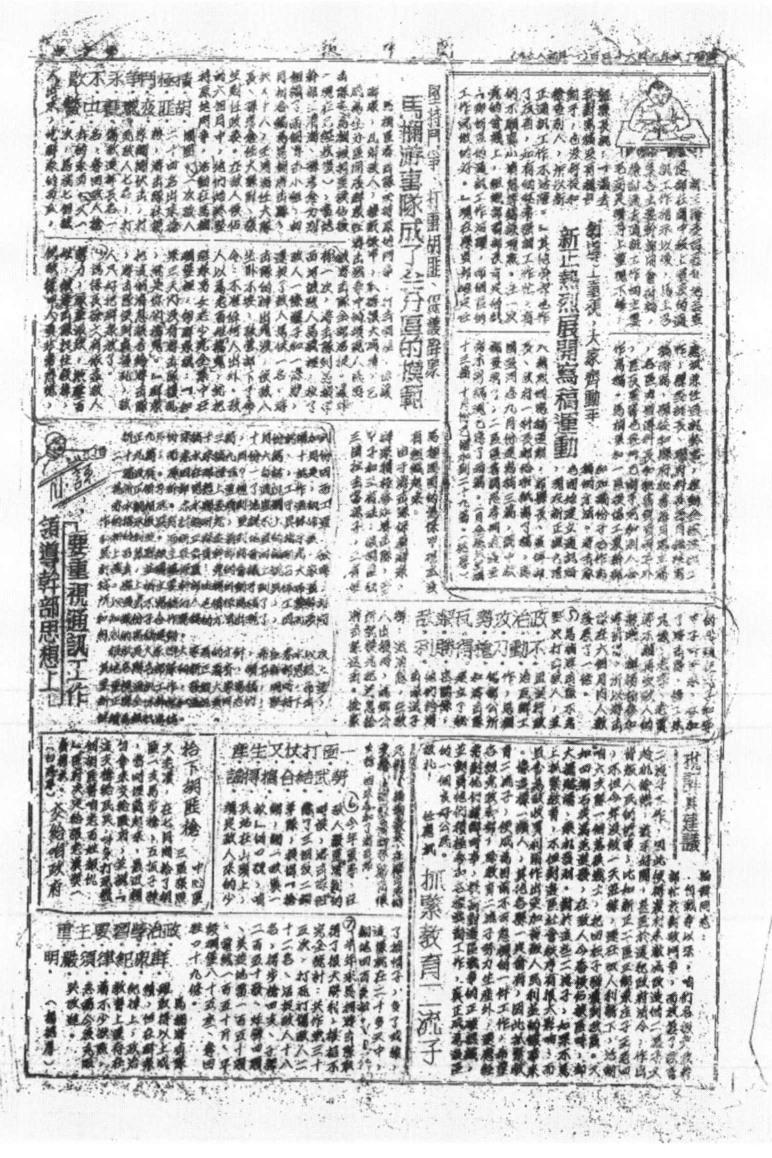

新正熱烈展開寫稿運動

領導上重視，大家齊動手

馬欄游擊隊成了三分區的模範

領導幹部思想上要重視通訊工作

政治攻勢瓦解敵人 不動刀槍得勝利

抓緊教育二流子

| 『관중보』 샘플.

| 시종쉰이 마란(馬欄)서 팠던 토굴집.

1941년 여름 시종쉰과 원넨성(文年生)은 부대를 지휘해 빈(彬)현의 펑황산(鳳凰山) 일대에서 국민당군과 3일간 격전을 벌여 적들을 펑황산 이남으로 쫓아냈으며, 이어 츠수이현 투치오진과 신정현 부분적 지역들을 수복하고 투쟁을 일시 마무리했다.

관중에서 있던 6년 사이 시종쉰은 언제나 백성들과 함께했다. 백성들은 어려운 일만 있으면 바로 "시종쉰을 찾아가게" 라고 할 정도였다. 1942년 조직의 한 검증서에는 그를 "당의 보배스런 대중지도자"라고 칭찬한 내용이 있다. 양포터우(陽坡頭)에서 시종쉰과 분구 보안사령 장중량(張仲良) 등이 회의를 열었다. 부대에서 백성들이 심은 나무를 베고 돈을 적게 준 사실이 언급되면서 백성들은 분해도 감히 말을 못한다고 했을 때 시종쉰은 격분해 하며 질책했다. "우리가 인민의 군대 맞나요? 어떻게 이럴 수가 있습니까? 백성들이 나무를 키우는 일은 쉬운 일이 아닙니다. 당신은 사령관이고 나는 정위입니다. 어찌 이런 일이 일어날 수 있도록 그냥 두었습니까? 돈 없이 인민들이 키운 나무를 잘라도 된단 말입니까?" 그날 밤 장중량은 시종쉰을 찾아와 잘못을 시인했다.

1942년 10월 19일부터 이듬해 1월 14일까지 중공 서북중앙국은 옌안변구 참의회(參議會) 강당에서 88일 동안이나 고급간부회의를 열었다. 이 회의를 산간닝변구 고급간부회의라고 한다. 마오쩌둥은 이 회의를 "정풍학습의 시험(整風學習的考試)"이라고 했고 런비스(任弼時)는 중앙의 위임을 받아 시종 "회의에 참가"했고, 주더(朱德), 류사오치(劉少奇) 등은 단계별로 출석해 의견을 발표했다. 이는 당의 역사에 있어서 단 한 번뿐인 회의였다.

회의에서는 집중적으로 정풍학습을 진행했으며 중점적으로 서북 근거지(산간변구와 산뻬이를 포함)의 역사문제에 대해 토론하고 종합했다. 11월 11일 시종쉰은 이 대회에서 연설할 때 산간변구의 역사와 산간변구 당내 각종 정책상의 논쟁과 투쟁, 산간변구와 산뻬이의 잘못된 숙반 및 그 악과에 대해서 회고하면서 비판과 자아비판을 진행했다. 1943년 1월 8일 시종쉰은 『관중당사간술(關中党史簡述)』이라는 제목으로 발언을 하면서 관중 당의 역사적 경험을 진지하게 종합했다. 회의가 진행되면서 중공중앙에서는 1942년 12월 12일 『1935년 산뻬이(산간변구와 산뻬이를 포함) '숙반' 문제를 다시 재심사하는 것에 대한 결정』을 내렸다.

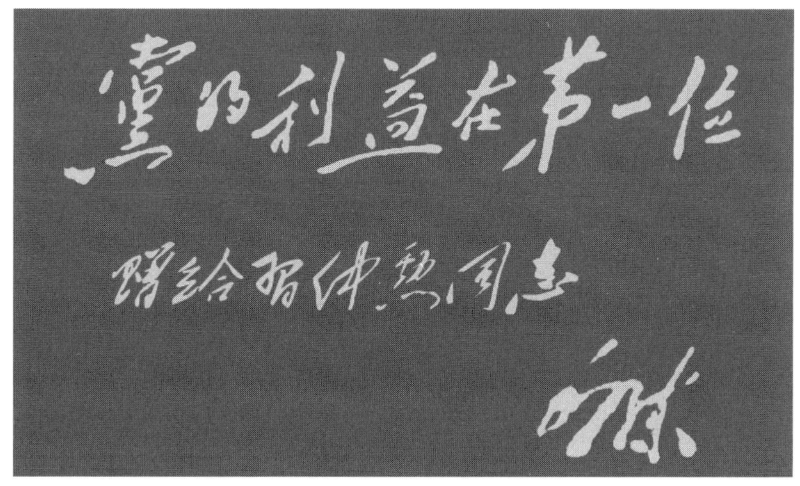

| 마오쩌동이 시종쉰에게 써주었던 제사.

시종쉰의 발언은 마오쩌동의 많은 칭찬을 받았다. 이 시기 마오쩌동은 시종쉰에 대해 보다 깊이 인식하게 되었다.

1943년 1월 14일 서북국 고급간부회의 폐막식에서 마오쩌동은 경제건설을 지도하면서 성적이 빼어난 22명의 간부들에게 제사(題詞)를 써주고 부상을 수여했다. 그중 시종쉰에 대한 제사는 다음과 같았다. "당의 이익이 첫째이다" 제사는 한 자 길이, 오 치 넓이의 하얀 천에 썼고, 위에는 "시종쉰 동지에게 드림"이라고 쓰고, 아래에는 '마오쩌동'이라고 서명했다.

마오쩌동의 제사는 시종쉰을 크게 고무격려시켰다. 그는 다음과 같이 말했다. "그 제사를 저는 오랫동안 몸에 지니고 다녔습니다. 그 제사는 저를 격려해 세계관을 개조하도록 노력하는 거울 같은 작용을 했지요."

12

연안을 위해 북쪽대문을 사수하다

12. 연안을 위해 북쪽대문을 사수하다

1943년 2월 중순 시종쉰은 수이더(綏德)지위(地委) 서기 겸 수이더 경비사령부 정위로 임명되었다. 떠나기 전 마오쩌동은 양자령(楊家岭)의 토굴집에서 그를 격려해주었다. “한 사람이 한 곳에 너무 오래 있게 되면 민감성이 떨어지게 되니, 새로운 곳에 가는 것 역시 단련하는 것이요!”

수이더는 산간닝변구의 북쪽대문이라 할 수 있다. 인구는 52만 명으로 전 변구의 3분의 1을 점했다. 국민당이 장기간 반동선전을 한 탓에 많은 대중들은 공산당에 대한 인식이 모호했고, 정치적 각오 역시 보편적으로 낮았다.

시종쉰은 조사연구를 깊이 해야 한다고 주장하면서 당에 대한 선전을 확대하고 당의 취지 · 방침 · 정책으로 간부와 대중들을 선전 교육하며 정풍과 생산을 하는데 온힘을 기울여야 한다고 했다. 그는 “당의 이익이 첫째이다”라는 제사를 정중하게 사무실 벽에 걸어놓고 시시각각 스스로를 채찍질하곤 했다.

그때 정풍과 간부 심사사업은 캉성(康生)의 주도하에 잘못된 길로 가고 있었다. 소위 "실족자 구조운동"[3]은 산간닝변구의 구석구석에 파급되었다. 그 영향으로 정풍과 간부 심사사업은 수이더 사범 등 단체에서 신속하게 숙반운동으로 번졌다. 한때 '가탄백(假坦白, 거짓으로 말하는 것-역자 주)'이 붐을 이루자 열두어 살 되는 학생들마저 스스로를 '특무(간첩)'라고 거짓말을 하기까지 했다. 당시 교사와 학생들 대부분이 심사과정에서 의심을 받지 않는 자는 몇 안 되었다. 항대총교(抗大總校, 항일 총대학)의 소대 이상급 간부 1,052명 중에 혐의분자라고 거짓말한 자가 602명으로 57.2%에 달했다. 수이더 경비사령부 및 각 연대의 '문제'분자 역시 425명에나 달했다.

| 수이더(綏德) 사범(전신은 산시성립 제4사범)의 옛터.

---

3) 실족자 구조운동(搶救失足者運動): 1943년 옌안정풍운동 후기 캉성(康生)이 주도한 정치투쟁운동.

시종쉰은 민감하게 문제의 심각성을 인식했다. 그는 연설 좌담 등의 형식으로 끊임없이 모두에게 반드시 바른 말을 해야 하고 당에 충실해야 한다고 귀띔해주면서 아무 말이나 하는 것은 특무보다 그 죄질이 더 나쁘다고 강조했다. 그는 서북국과 당 중앙에 이러한 정황을 여실히 보고하면서 자신의 우려를 말했다. 그리고 이를 극복하기 위해서는 '핍박하여 진술케 하는 것'을 제지하고 '좌'적인 경향을 바로잡을 것을 건의했다. 그는 위험을 무릅쓰고 반복적으로 여러 사람들에게 말했다. "우리는 흔히 당성(党性)을 말하는데 제가 볼 때 실사구시 하는 것이야말로 최대의 당성입니다."

중앙에서 진위를 가리고 방향을 바로잡기로 결정했을 때 시종쉰은 친히 교사와 학생 대표 야오쉐룽(姚學融), 바이수지(白樹吉) 등을 불러 담화를 하고, 학생 학부모들과 간부 및 대중 3,000명이 참가한 대회를 조직해 공산당은 "절대 좋은 사람을 억울하게 하지 않으며 아울러 나쁜 사람은 절대 가만두지 않는다"는 당의 정책을 선전했다. 그는 또 학부모들을 교정에 모셔다 아이들과 함께 며칠을 보내면서 친히 정상적인 학습과 생활을 지켜보도록 했으며 당 정책의 정확성을 믿도록 했다.

진위를 가리고 방향을 바로잡은 결과 많은 외지 지식분자의 간부들을 보호할 수 있었으며, 모든 억울함을 뒤집어쓴 동지들의 신원을 회복시켜주었다. 시종쉰은 억울함을 당한 동지들에게 사과 하고, 지위(地委)를 대표해 책임을 짊어졌으며, 운동이 남겨준 각종 문제들을 타당성 있게 해결해주었다.

어떻게 생산을 발전시키고 경제 사업을 잘할 것인가 하는 것은 시종쉰이 부임한 뒤 가장 우선적으로 여긴 임무였다. 4월 중순 시종쉰은 대오를 이끌고 수이더 서쪽 20리 되는 곳에 있는 하오자차오(郝家橋)촌에 들어가 한 달 가량 조사를 벌여 노력영웅 류위허우(劉玉厚)라는 전형을 발굴해냈다. 류위허우는 전 촌 대중들을 이끌고 정성들여 경작하고 품앗이하는 등의 방식으로 식량산량과 생활수준을 뚜렷이 제고시켰다.

수이더 지위에서는 류위허우에게 모범당원, 노력영웅의 칭호를 수여하고 전 구에서 "마을마다 하오자차오를 따라 배우고, 사람마다 류위허우를 따라 배우자"는 활동을 전개했다. 아울러 시종쉰과 전원(專員)[4] 위안런위안(袁任遠) 등 지도자들이 서명한 '농촌모범'이라는 편액을 하오자차오 촌에 수여했다. 1943년 5월 18일자 『해방일보』 에는 류위허우의 선진 사적에 대한 단독보도를 실었다.

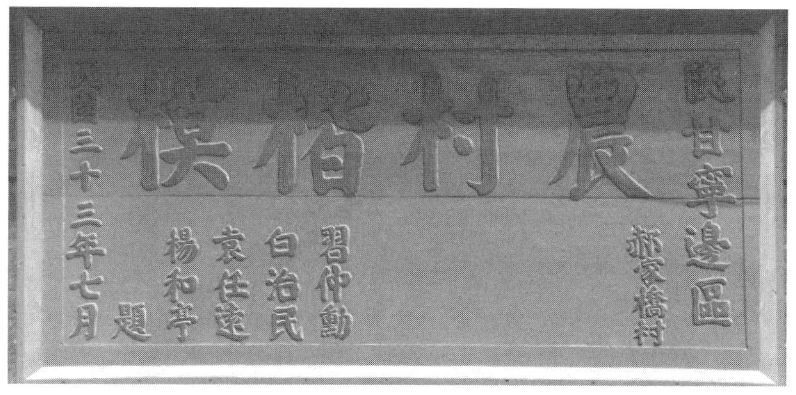

| 농촌 모범 편액.

---

4) 전원(專員): 지구(地區)의 행정 책임자. -

解放日報 中華民國三十二年十一月二十一日 星期日 第二版

綏德分區生產展覽會閉幕

勞動英雄向毛主席致敬

你是中國人民的救星，你是咱們勞動人民的救星，咱們心向着你，聽你的一切號召。

安塞展品全部運延

各界群眾熱烈迎送勞動英雄

德寇在斯摩林斯克的暴行

——蘇聯國家非常委員會聲明書——

興縣反「掃蕩」戰中

陽會崖我殲敵百餘

高等法院計劃

明年生產千六百石細糧

一個月獲利百萬

慶陽召開鄉級以上幹部會議

討論試行農業統一累進稅

| 1943년 11월 21일자 『해방일보』에는 수이더 분구에서 생산전시회를 연 정황을 보도했다.

수이더 분구에서는 대번에 대생산운동 붐이 일어났다. 따라서 그 해의 양식생산은 비교적 좋은 수확을 거두었고 수많은 모범농민들이 나타났다. 그럼에도 시종쉰은 스스로 생산한 물품을 절약하는 계획을 세웠다. 즉 근무병과 함께 목화와 배추를 심고, 매일 털실을 한 시간씩 뽑으며, 사무용품들을 3분의 2정도 절약하기로 하고, 1년 동안 의복과 이불을 정부에 청구하지 않으며, 겨울에는 차가운 침대에서 자면서 난로만 피우고 구들에 불을 때지 않고, 반 달 가량 앞당겨 난방을 끊고, 신체를 단련해 가급적이면 정부의 의료비를 쓰지 않는 등의 조치를 솔선해서 실천했던 것이다.

부전원(副專員) 양허팅(楊和亭)은 진심으로 시종쉰의 이러한 정신에 탄복했다. "본래 중앙의 규정은 3에서 1을 절약하는 것이었는데, 그는 하나를 생산하면 하나를 남기도록 했습니다. 그는 실로 강한 정신력을 가진 강자였습니다."

문화교육이 굉장히 낙후한 실제에 비추어 시종쉰은 수이더에서 교육혁신을 지도했다. 그는 문화교육사업은 전체 구의 6개 현 52만 백성들을 위해 복무하고, 노동과 사회와 결합하였으며, 정부와 가정과 결합하는 방향으로 노력해야 한다고 주장했다. 이에 대해 마오쩌동은 다음과 같이 칭찬했다. "교육은 문제점이 많습니다. 그러면 이를 어떻게 해결할 것인가? 수이더에서 제기한 '몇 가지 결합'은 좋은 본보기입니다. 이는 방향문제라고 할 수 있습니다."

| 시종쉰이 하오자차오(郝家橋)촌에서 머물렀던 토굴집.

1944년 가을에 이르러 수이더 분구에서 소학교는 260개소를 세웠고 학생 11,400여 명을 받아들였으며, 민간학교 22개소를 세웠다. 아울러 야간학교, 훈련반 등을 개설하고 독서회, 흑판보, 만화, 양걸대(秧歌隊)[5], 연설회, 평서(評書), 코이반(快板)[6] 등 다양한 교육방식과 교육활동을 활발히 펼쳤는데 그중 동계교육(大辦冬學)을 조직한 것이 가장 특출했다.

---

5) 양걸(秧歌): 주로 북방 농촌에 유행하는 한족(漢族) 민간 가무의 하나로, 노래하고 춤을 추며 징과 북으로 반주함.

6) 콰이반(快板): 비교적 빠른 박자로 '파이반(拍板)'과 '주판(竹板)'을 치며 기본적으로 7자구의 압운된 구어가사에 간혹 대사를 섞어 노래하는 중국 민간 예능의 한 가지.

| 1984년 2월 11일 시종쉰은 베이징 저택에서 류위허우(劉玉厚)와 정담을 나누고 있다.

1944년 3월 11일 『해방일보』는 『수이더 국민교육 대혁신』이라는 제목으로 보도를 하고 그들의 경험을 보급했다.

동계교육의 고조는 1943년 겨울에 이미 시작되었다. 그해 전체 구에서 이런 학교가 905개소로 늘어났고, 참가자수는 70,715명에 달했다. 1944년 겨울 시종쉰은 즈저우(子洲)현 저우자거라오(周家圪崂)에서 조사연구를 하고 『동계학습운동에서 얻어야 할 방침』이라는 글을 써서 11월 23일자 『해방일보』에 발표했다.

그 외 민중극단의 기초 위에서 수이더 분구 문공단(文工團, 문화 선전 공작단)을 조직했다. 시종쉰은 특히 문공단을 위한 자금 확보를 강조하면서 특히 영양에 대한 특별지시를 내렸으며, 신발과 양말 등을 특별히 공급해

주어 공연이 순조롭게 진행될 수 있도록 보장해주어야 한다고 했다.

1944년 가을 시종쉰은 수이더 분구 사법사업회의에서 각급 당원간부들은 반드시 입장을 굳건히 하고 종지(宗旨)를 마음속에 깊이 새길 것을 요구했다. 그러기 위해 그는 또 "굳건한 입장이 흔들리지 않게 백성들 편에 서야 한다"고 명확히 요구했다.

수이더는 또 '삼삼제' 항일민주정권 건설의 모범경험구이기도 했다. 지위 서기로서 시종쉰은 당 외의 인사들과 다정하게 사귀는 일에 대해 관심을 갖고 그들의 의견과 건의를 허심탄회하게 경청하면서 주도적으로 그들에게 의견과 책략을 내놓도록 요청했다. 그와 산간닝변구 참의회 부참의장 안원친(安文欽, 수이더현), 변구 정부 부주석 리딩밍(李鼎銘, 米脂[미즈]현), 변구 참의원 류제산(劉杰三, 수이더현), 류사오팅(劉紹庭, 수이더현), 지버숑(姬伯雄, 미즈현) 등은 모두 허물없이 지내는 좋은 친구가 되었다.

1943년 6월 시종쉰은 수이더에서 환영식을 마련하고, 총칭(重慶)회의 참석차 수이더에 들린 국민당군 제12전구 부사령관 겸 진수이(晉綏)변구 총사령관 덩바오산(鄧宝珊) 장군을 맞이해 그와 더불어 우호적이고도 깊은 대화를 나누었고, 그로부터 그와 수십 년에 이르는 우의를 맺게 되었다.

수이더 지구가 교통요로에 있던 관계로 당시 각 항일근거지에서 옌안으로 가는 많은 동지들은 거의 수이더를 거쳐야 했고, 직위의 고저를 막론하고 모두 열정적인 관심과 도움을 받았다. 이에 대해 런비스는 다음과 같이 칭찬했다. "수이더를 지나온 동지들은 모두 그랬습니다. 시종쉰 동지는 훌륭한 지위 서기라고 말입니다."

13

혁명적인 "양지서(兩地書)"

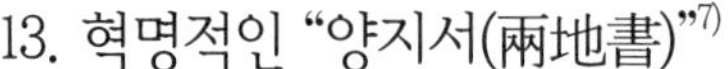

13. 혁명적인 "양지서(兩地書)"[7]

1944년 4월 28일 시종쉰과 치신(齊心)은 수이더 지위 소재지의 주전관(九貞觀)에서 소박하면서도 장중한 결혼식을 올렸다.

치신은 1923년 11월 11일 허베이(河北) 가오양(高陽)현의 한 학자집안에서 태어났다. 아버지 치허우즈(齊厚之)는 일찍이 베이징대학을 졸업하고 허베이 부핑(阜平)과 산시(山西) 리청(黎城) 등지에서 현장을 지냈다.

루구교(盧溝橋) 사변이 일어난 후 치신은 언니 치윈(齊云)과 함께 북평을 떠났고, 1939년 3월 태항산 항일근거지에서 혁명에 참가하고 같은 해 8월 14일 후보당원이 되었다. 그때 당 조직의 규정에 따르면 18세가 되어야 정식 당원이 될 수 있었는데, 당시 치신의 나이는 16살도 되지 않았기에 후보로 2년을 더 있어야 했다. 그녀는 '소탕 투쟁'에서 빼어난 행동을 보여주어 1년도 안 돼 중공의 정식 당원이 되었다. 조간생((調干生))[8]인 치신은 옌안대학 중학부에서 수이더사범으로 전학해 공부하면서 학생사업도 하고 학교 총지부 위원도 담당했다.

---

7) 양지서(兩地書): 루쉰과 그의 부인이었던 징송(景宋)이 1925년 3월부터 1929년 6월까지 주고받았던 편지들을 모아서 출간한 책.

8) 조간생(調干生): 사업하다가 조직의 필요에 따라 학교에 가서 공부하는 학생.

치신이 수이더에 왔을 때 벽에 "시종쉰 동지께서 수이더 지위에 오셔 사업하시는 것을 환영합니다"라는 표어를 보고 시종쉰의 이름을 기억하게 되었다고 한다. 그녀는 다음과 같이 회억했다.

"종쉰 동지는 친히 학교에 오시어 동원 상황에 대한 보고를 하셨는데 그때 연단에서 연설하시는 종쉰 동지를 처음 보게 되었지요. 우리가 처음 만났을 때는 여름이라 해가 쨍쨍 비추고 있었는데, 제가 교실에서 나오다가 갑자기 종쉰 동지를 보게 되었지요. 우리 학급담임 선생님(수이더 사범 당총지 위원 양빈[楊濱])이 거주하고 있던 산비탈에서 내려오더군요. 전 그를 보자 급히 군례를 올렸고 그는 미소를 지으며 고개를 끄덕이고는 지나갔어요."

| 1947년 초 옌안에서의 시종쉰과 치신.

둘이 알게 된 때는 바로 '실족자 구조' 운동이 수이더사범에서 공포를 몰아오던 시기였다. 5백여 명 남짓한 학교에서 4백여 명이 '구조' 대상이었다. 이는 시종쉰의 우려와 불안을 자아냈다. 그는 치신 등 학생대표를 지위에 불러 담화하면서 학부모에게 학교에 들어갈 것을 요청하고 적시에 당 중앙에 '자백 강요'를 금지하고 '좌'적 편향을 바로잡을 것을 건의했다. 또 억울한 누명을 쓴 동지들에게 친히 사과하고 주도적으로 책임을 짊어졌으며 여러 사람들에게 실사구시 하는 당의 원칙을 견지할 것을 반복적으로 주문했다.

이 모든 일들은 치신으로 하여금 그해 여름에 대한 기억을 낱낱이 각인하게 해주었다.

| 치신이 하오자차오 촌에서 머물렀던 토굴집.

바로 그 시기 치신은 시종쉰의 사무실에서 처음으로 벽에 걸린, 마오쩌동의 친필로 쓴 "당의 이익이 첫째이다"라는 제사를 보게 되었는데, 그녀는 "그 제사는 붓으로 하얀 천 위에다 쓴 것"이라고 기억하고 있었다. 지위 선전부장 리화성(李華生)과 수이더사범 당총지부서기 송양추(宋養初)가 두 사람의 연분을 알아채고는 인연을 맺게 해줘 두 사람은 점차 서로에 대해 좀 더 깊이 알아 가게 되었다.

시종쉰은 치신에게 자기소개서를 써서 달라고 부탁했다. 치신은 다음과 같이 회억했다. "종쉰은 저에게 자기소개서를 써서 직접 자기에게 달라고 했지요. 그때 저는 언니 치윈(齊云)의 말을 빌린다면 한 장의 백지처럼 소개할만한 것이 아무 것도 없었지요. 그래서 자기소개서가 굉장히 간단했어요." 치신은 자기소개서에서 자신이 혁명에 참가하기 위해 두 번이나 집에서 몰래 도망친 이야기를 썼고, 두 번 다 아버지에게 붙들려 끌리다시피 집으로 되돌아간 이야기를 썼다. 시종쉰이 이를 보고나서 웃으며 말했다. "나도 젊었을 때는 동무와 같았소." 항대총교 부교장 겸 교육장인 허창궁(何長工)은 어느 한 편지에서 시종쉰에게 치신의 정황을 소개하면서 특별히 다음과 같이 강조했다. "그녀는 옌안에서 컸답니다."

시종쉰과 치신이 서로 알게 되고 사랑하게 된 것은 한 통의 편지로부터 시작되었다. 편지에서 치신은 시종쉰이 산간변구 혁명근거지를 창건한 가장 젊은 지도자임을 알게 되었다. 편지에 시종쉰은 다음과 같이 썼다. "큰 일이 생겨도 나는 반드시 잘 해결할 것이다." 치신은 "그것이 바로 나에게 우리의 혼인문제를 고려해보라는 것임을 알았다"고 했다.

혼례는 주정관의 한 토굴집에서 진행되었는데 간소하면서도 장중했다.

허창궁과 항대총교 정위 리징취안(李井泉), 수이더 경비사령 겸 독립1여단 여단장 왕상룽(王尙榮), 정치부 주임 양치량(楊琪良), 분구 전원 위안런위안(袁任遠), 부전원 양허팅(楊和亭), 지위 부서기 바이즈민(白治民) 등 동지들이 참석해 축하를 해주었다. 하객들과 신혼부부는 한 상에 앉아 간소한 밥과 반찬을 들었는데 이런 혼례는 당시로서는 매우 성대한 것이었다. 그날 수이더 분구 보안처장이며 '붉은 셜록홈즈'라 불리는 부루(布魯)가 혼례식에서 시종쉰과 치신을 위해 두 장의 사진을 찍어 기념으로 남겼다.

2000년 여름 치신은 당시 산시성위 상무위원이었던 리잔수(栗戰書. 좌 4)의 안내 하에 하오자차오 촌에 가서 고향사람들을 만났다.

결혼 후 얼마 안 되어 시종쉰은 아내 치신에게 말했다. “이제부터 우리는 생사고락을 같이해야 하오. 그러나 우리는 작은 울타리에 갇혀 살아서는 안 되오.” 1944년 여름 수이더사범에서의 공부를 마친 치신은 사탄핑(沙灘坪)구 제1향(하오자차오 촌에 있음)에 비서로 가게 되었고, 그 후에는 이허(義合)구위 부서기로 부임하게 되었다. 그리고 그 후에는 중앙당교 6부에서 단기학습을 한 것 외에는 줄곧 농촌에서 기층사업에만 열중했다.

대부분의 시간을 헤어져 있던 그들 부부는 매일 한 통의 편지를 주고받았는데, 이들 편지는 모두 비할 데 없이 소중한 것들이었다. 시종쉰이 편지에서 가장 많이 거론한 것은 그녀가 백성들과 밀접히 연계하면서 사업을 잘하라는 것에 대한 문제였다. 그는 편지에서 아내에게 농촌은 대학교에서 배워도 배워도 다 못 배워낼 지식이 있고, 자신이 산간변구 근거지를 창설할 때 집집마다 다니며 대중들에 대한 사업을 하던 체험들을 예로 들며 아내에게 조사연구를 중시할 것을 알려주었다. 그는 아내에게 만일 향의 사업을 잘하려면 먼저 구의 사업부터 잘해야 한다고 말했다.

치신의 친구 우중치우(伍仲秋)는 우연히 편지를 보고는 놀랍기도 하고 호기심도 생겨 다음과 같이 말했다. “맙소사! 이게 무슨 부부사이의 편지래? 이건 완전히 혁명적인 양지서(兩地書)네 그려!” 바로 이와 같은 혁명적인 양지서가 있었기에 그들의 사랑은 승화될 수 있었고 아름다운 꽃송이를 피워올릴 수 있었다. 치신의 말을 빌린다면, 그들의 혼인은 “양호한 정치적 기초와 감정적 기초가 있었기에 가능했던 것”이라고 했다. 바로 그러했기에 이들 한 쌍은 반세기를 넘는 세월동안 아무런 원망도 후회도 없이 풍상과 고초를 함께할 수 있었던 것이다.

"전투의 일생이 곧 즐거움의 일생이요, 매일 분투하는 것이 바로 매일 즐거운 것이다." 이는 시종쉰의 명언이다. 시종쉰이 서거한 뒤 치신은 친히 이 명언을 썼고 시종쉰의 능묘 조각상 뒷면에다 새겼다.

어떤 말이 이것보다 더 혁명적 동반자의 낭만적인 정취와 고상한 정조를 표현할 수 있단 말인가?

14

예타이산(爺台山)의 반격전

14. 예타이산(爺台山)의 반격전

항일전쟁의 승리를 앞두고 중공 7차 대회가 옌안에서 열렸다. 시종쉰은 1939년 11월 산간닝변구 제2차 당대표대회에서 7차 대회 대표로 선출되었다. 1945년 4월 23일부터 6월 11일까지 시종쉰은 7차 대회에 참석하고 중앙후보위원에 당선되었으며, 모든 중앙 위원과 후보 위원 가운데 나이가 가장 어린 위원이었다.

마오쩌동은 7차 대회에서 "우리는 마땅히 전력을 다해 광명한 전도와 운명을 쟁취해야 하며 어두운 전도와 운명을 반대해야 한다"는 결론을 내리고 『연합정부를 논함』이라는 정치보고를 서면으로 제출했다. 서북국 소재지 화스벤(花石砭)에서 진행된 소조토론회에서 시종쉰과 대표들은 마오쩌동이 신민주주의 강령과 정책을 제기했을 뿐만 아니라 중국혁명의 방향을 제시했다고 인정하면서 깊은 감명을 받았다고 했다.

| 항일전쟁 시기의 시종쉰.

| 예타이산(爺台山)의 주봉.

시종쉰은 이어 6월 26일부터 8월 2일까지 열린 서북 당사(党史) 좌담회에 참가했다. 회의는 주더, 런비스, 천윈(陳云)의 지도 하에 열렸다. 7월 11일 시종쉰은 발언에서 서북지구에서의 투쟁역사와 경험 · 교훈을 체계적으로 종합하여 보고했다. 그는 "역사는 진실성이 가장 귀중하다. 비록 불완전하게 알아도 괜찮고 몰라도 괜찮지만, 역사를 곡해하거나 지어내는 것은 아주 해로운 것이다"고 신중하게 지적했다.

좌담회가 한창 진행되고 있을 때 시종쉰은 갑작스런 긴급명령을 받았다. 마오쩌둥이 친히 그를 예타이산(爺台山) 반격전 임시 지휘부 정위로 임명했던 것이다.

예타이산은 춘야오현 동부(오늘의 춘화현 경내)에 있으며 산간닝변구 남쪽을 병풍처럼 막고 있었다. 예타이는 선타이(神台)를 의미하는데, 관중 사람들이 신불(神佛)을 '할아버지(爺)'라고 존경한 데서 비롯된 이름으로, 예타이산은 신선과 부처가 거주하는 산이라는 뜻이었다. 멀리서 바라보면 산은 첩첩으로 둘러쌓여 있고 구름은 산허리를 감돌았다. 1945년 7월 국민당 후중난(胡宗南)은 9개 사단을 네 갈래로 나누어 갑작스레 예타이산 주변 동서 1백 리, 남북 20리에 이르는 광대한 지역을 점령하고, 예타이산에 견고한 방호공사를 벌이고 있었다.

당중앙에서는 침범해온 적들을 끝까지 반격해야 한다고 결정했다. 옌안의 왕자핑(王家坪)에서 마오쩌동, 주더, 예젠잉(叶劍英) 등은 친히 장종쉰(張宗遜), 시종쉰 등에게 작전명령을 내려 예타이산 반격전 임시지휘부를 설립토록 했다. 장종쉰이 사령관, 시종쉰이 정위, 왕스타이(王世泰), 왕진산(王近山), 황신팅(黃新廷)이 부사령관, 탄정(譚政)이 부정위, 간스치(甘泗淇)가 정치부 주임, 장징우(張經武)가 참모장에 임명되었다. 이는 명장들이 운집한 호화진영이었다. 이들 8명의 지휘관 중 1955년 신 중국에서 첫 군대의 계급을 정할 때, 시종쉰과 왕스타이가 불참한 것 외에 대장(탄정) 1명, 상장(장종쉰, 간스치) 2명, 중장(왕진산, 황신팅, 장징우) 3명이 배출되었다.

예타이산 반격전 임시지휘부는 마란(馬欄)에 자리 잡았고 산하에 신편 제4여단, 교도(敎導) 제1여단, 교도 제2여단과 358여단 등 총 8개 연대의 병력을 두었다. 임시지휘부는 적들이 아직 제대로 발을 붙이지 못한 기회를 틈타 우세한 병력으로 섬멸전을 벌이기로 했다.

| 장종쉰(張宗遜).

| 시종쉰.

신편 4여단이 주공격의 임무를 맡았고 제1여단 3연대가 협동작전을 하기로 했으며, 358여단은 제2제대(梯隊)로 평황산과 자오진 지구에 집결해 기회를 보아 습격을 통해 반격해오는 적들을 주로 타격하기로 했으며, 제1여단과 제2여단은 링완(岭湾), 상전즈(上畛子) 지구에서 동서에 있는 적들을 감시하면서 후방의 안전을 책임지도록 배치했다. 시종쉰은 전투 개시 전 정치적 동원(動員, 전투에 대비하기 위해 군대의 평시 편제를 전시 편제로 옮기는 것-역자 주)에서 다음과 같이 말했다. "완고파들은 흔히 '야외전을 하고(打野外)' '도주병을 잡는다(抓逃兵)'는 명분으로 시비를 조장한다. 적들이 이번에 예타이산 주변 41개 마을을 강점했는데, 이는 우리 관중 분구를 탈취하려는 목적으로 새로운 내전을 도발한 것이다. 우리는 반드시 '도리가 있게, 유리함이 있게, 절제가 있게(有理, 有利, 有節)'라는 원칙에

따라 하나의 적도 도망치지 못하도록 해야 할 것이며, 방어선을 한 발자국도 넘지 않게 해야 할 것이다." 동시에 시종쉰은 관중 지위(地委) 책임자 동지와 협상하고 군 지원 방안을 내놓았다. 지위의 명의로 『관중을 보위하고 내전을 제지하는데 관한 긴급지시(關于保衛關中制止內戰的緊急指示)』를 발표하고 "부대가 어떤 것을 요구하면 어떤 것이라도 주어야 하며, 얼마를 요구하면 얼마라도 줘야 한다"는 슬로건을 내걸었다.

참전부대는 무장을 갖추고 명령을 기다렸으며 백성들의 전선지원은 "열정으로 가득 찼다." 츠수이현에서만도 동원된 사람이 1,400여 명에 달했고, 담가(들것) 400여 개, 군량 10,000여 근, 신발 10,000여 켤레를 준비했다. 8월 7일 임시지휘부는 예타이산 주봉에서 20리도 되지 않는 평황산 기슭의 타오취위안 동쪽 투루(兔鹿)촌으로 움직였고 그 뒤 타오취위안으로 옮겼다.

8일 밤 폭우가 쏟아지자 23시에 총공격이 시작되었다. 아군 작전부대는 맹렬하게 공격했고 적들은 완강하게 저항했다. 전투를 신속하게 마무리 짓기 위해 9일 새벽 임시지휘부는 358여단에 명령을 내려 전투에 개입하도록 했고 포화로 적들을 제압하라고 했다. 10시 358여단 8연대 2대대 6중대가 적들의 토치카 바깥 참호까지 가서 수류탄으로 공격하고 창을 들고 육박전을 벌였다. 전투는 반복되었고 아주 격렬했다. 14시가 되자 주봉을 지키던 적들을 전부 섬멸했다.

10일 전투가 끝났고 아군부대는 예타이산 주변 잃었던 전 지역을 수복했다. 적들은 5개 중대와 1개 대대가 섬멸되었다. 주봉으로 돌격한 2대대 6중대는 전역이 끝난 후 '강골6중대(硬骨頭六連)'로 불렸다. 장종쉰, 시종쉰이 지휘한 부대는 3일도 걸리지 않아 적들을 몰아내고 잃었던 전 지역을 되찾았다.

마오쩌동은 『항일전쟁 승리 후의 시국과 우리의 방침』 이라는 글에서 다음과 같이 높은 평가를 내렸다. "얼마 전 국민당은 6개 사단으로 우리의 관중 분구를 넘보며 3개 사단으로 쳐들어와 너비 1백 리, 길이 20리에 달하는 지방을 점령했다.

| 예타이산에 있는 반격전 기념비.

우리도 그들의 방법을 본떠 너비 1백 리, 길이 20리의 땅 위에서 국민당 부대를 모조리 철저하게 섬멸해버렸다." 예타이산의 승리는 변구 군민들의 승리에 대한 믿음을 크게 북돋아주었다. 그러나 이는 시종쉰 입장에서 볼 때 서북전장을 누비는 서곡에 지나지 않았다.

12일 미군 조사팀은 '제3자'의 신분으로 소위 '현지조사'를 진행했는데, 사방에 널려 있는 탄알깍지와 탄약상자에 쓰여 있는 영문자모 및 노획한 미식 무기들은 국민당 군대의 것이었기에 조사팀을 난처하게 만들었다.

화염이 아직 가시지 않은 가운데 먼지를 뒤집어 쓴 시종쉰은 중앙 조직부 부부장에 임명되어 새로운 일터로 떠나게 되었다.

15

마오쩌둥에게서 온 아홉 통의 편지

15. 마오쩌동에게서 온 아홉 통의 편지

1945년 10월, 까오깡(高崗)은 동북으로 전근하게 된다. 마오쩌동(毛澤東)의 제의 하에 시종쉰은 중국공산당 서북 중앙국의 사업을 주관하게 되었다.

마오쩌동은 당의 동지들에게 "젊은 동지를 선발하여 서북국 서기를 맡겨야 하는데 시종쉰이 바로 그 적임자다. 그는 군중 속에서 나온 군중의 영수이다"라고 소개하였다.

| 중국공산당 서북 중앙국 서기 시종쉰이 부서기 마밍팡(馬明方)과 친근하게 대화를 나누고 있다.

"군중 속에서 나온 군중의 영수"라는 칭호에 시종쉰은 한 점의 부끄러움도 없다. 그와 함께 쉐이더(綏德)에서 옌안(延安)까지 함께 한 미국적의 학자 리텐버그[9]는 다음과 같이 회억하였다. "어디로 가든 모든 촌민들은 그를 알고 있었다. 그는 당신 아주머니의 병이 나았는지, 당신 아버지의 허리통증이 나아 졌는가 하면서 촌민들을 볼 때마다 안부를 문곤하였다."

시종쉰의 사업 배치에 대하여 마오쩌동은 여러 가지를 고려하였다. 첫째는 왕전(王震)과 함께 부대를 거느리고 남하하게 하는 것, 둘째는 까오깡과 함께 동북으로 가게 하는 것, 아니면 천이(陳毅)와 함께 화동으로 가게 하는 것이었다. 결국 마오쩌동은 "내가 재삼 고려하였지만 역시 당신은 산뻬이에 남아 있는 것이 제일 적당한 것 같다. 산간닝변구를 건설하고 공고히 하는 것이 우선이고 현제 상황에서는 가장 급한 일이다"라고 하였다.

그해 시종쉰의 나이는 32세였는데, 여러 분국들 중에서 가장 나이 어린 서기였다. 그해 9월에 시종쉰은 이미 산간닝 진쉐이 연방 군 대리 정위를 겸임하여 당 중앙을 보위하고 산간닝변구를 보위하는 중임을 맡았다.

1946년 초 여름, 『쌍십협정』[10]이 체결 된지 얼마 지나지 않아 국민당은 30만 명의 막강한 병력으로 먼저 중원의 해방구를 향하여 대규모 공격을 시작하였다.

마오쩌동은 사태의 발전을 긴밀히 주시하고 있었다. 그는 왕자핑(王家坪)

---

9) 리텐버그(李敦白, Sidney, Rittenberg): 1944년부터 1979년까지 중국에 거주한 미국인으로, 중국공산당 당원임. 중국에서의 생활을 기록한 저서 『붉은 장막 뒤의 서양인, 리텐버그 회고록(紅幕后的洋人：李敦白回憶泉)』이 있음.

10) 쌍십협정: 双十協定, 1945년 10월 10일, 중국공산당 대표단과 중국 국민당 대표단에서 정식 서명한 『국민정부와 중국공산당 대표 회담 요록』을 가리킴.

근거지에서 시종쉰을 불렀다. 그는 중원에서 안전하게 포위를 뚫고 변구로 돌아오는 왕전을 맞이할 것과 변구를 침범하는 후종난(胡宗南) 부대의 문제에 대하여 토론하였다. 그는 직접 시종쉰에게 의견을 물었으며 두 달도 안 되는 시간에 시종쉰에게 아홉 통의 친필 편지를 보냈다.

7월 26일 마오쩌둥은 시종쉰에게 편지를 보내 "왕평(汪鋒) 혹은 합당한 한 두 명의 고위 관리를 파견하여 리·왕 두 부대를 도와주면 좋을 것 같은데 고려해보시오"라고 하였다.

그전 6월에 시종쉰은 이미 서북국 통일전선부 민족운동과 과장인 류경(劉庚)을 산시 남부에 파견하여 부대를 맞이하게 하였다. 8월 10일에는 왕평을 파견하였다. 왕평은 마란(馬欄)에서 출발하여 9월 18일에 상뤄(商洛)에 도착하여 어위산(鄂豫陝)의 업무를 주관하였다.

8월 10일 마오쩌둥은 시종쉰에게 두 통의 편지를 보냈다. 처음 편지에는 "유격대(무장공작대[11] 성질을 띤 부대)를 파견하여 리셴넨(李先念)과 협동작전을 하여 왕이동 유격근거지를 창설하는 업무를 도와 장래의 발전에 유리할 수 있게 할 것을 고려해 달라"고 하였고 두 번째 편지에는 "국민당 17군 84사가 산시성 남부 포핑(佛坪)에서 아군의 왕전 부대를 가로 막고 있다. 84사 내부에 우리의 동지들이 있는데 아군의 상황에 동정을 표하는 군인들의 정서에 대하여 자세히 조사하여 상황을 보고하기 바란다!"고 하였다.

---

11) 무장공작대: 항일 전쟁 당시 피점령지에서 군사, 정치, 경제, 문화 등의 투쟁과 활동을 전개한 무장 조직.

11일 시종쉰은 롱동(隴東) 지방 위원회 서기 리허방(李合邦), 간수(甘肅) 중국공산당 중앙 직속기관 공작위원회(工委)서기인 손줘빈(孫作賓), 경비 제3여단 여단장 황뤄빈(黃羅斌), 정위 궈빙쿤(郭炳坤)에게 전보를 보내, 156명으로 구성된 무장부대로 롱동에서 유격구를 설립해 아군을 맞이할 준비를 잘 할 것을 명령하였다. 그리고 약간의 무장공작대를 하이위안(海原), 구위안(固原), 징닝(靜宁), 좡랑(庄浪) 일대에서 활동하게 하였으며 이 일들을 절대적인 비밀에 붙일 것을 요구하였다. 동시에 그는 한 개 여단의 경비 부대와 두 개의 강화중대(加强連) 300여 명으로 구성된 시푸(西府)유격 지대를 결성하였다. 이 부대는 자오보징(趙伯經)의 지도하에 린유산(麟游山) 지역에 들어가 후종난 부대를 견제하여 359여단의 부담을 줄여 주었다.

| 시종쉰, 우란푸(烏蘭夫), 왕웨이저우(王維舟), 마밍팡이 옌안(延安)에서 합동촬영

仲勋同志：

王震行进甚速，拟以十一天到达宁镇武构亚地区。王来两电请阅并摘要抄告陕中陇东。关于策应工作，[illegible]调团位於适中地点，以便迅速出动策应王震，此事请於两日内布置好，并即速出动於边境附近待命策应为要。

敬礼！

毛泽东

八月十九日

| 1946년 8월 19일 마오쩌동이 보낸 편지.

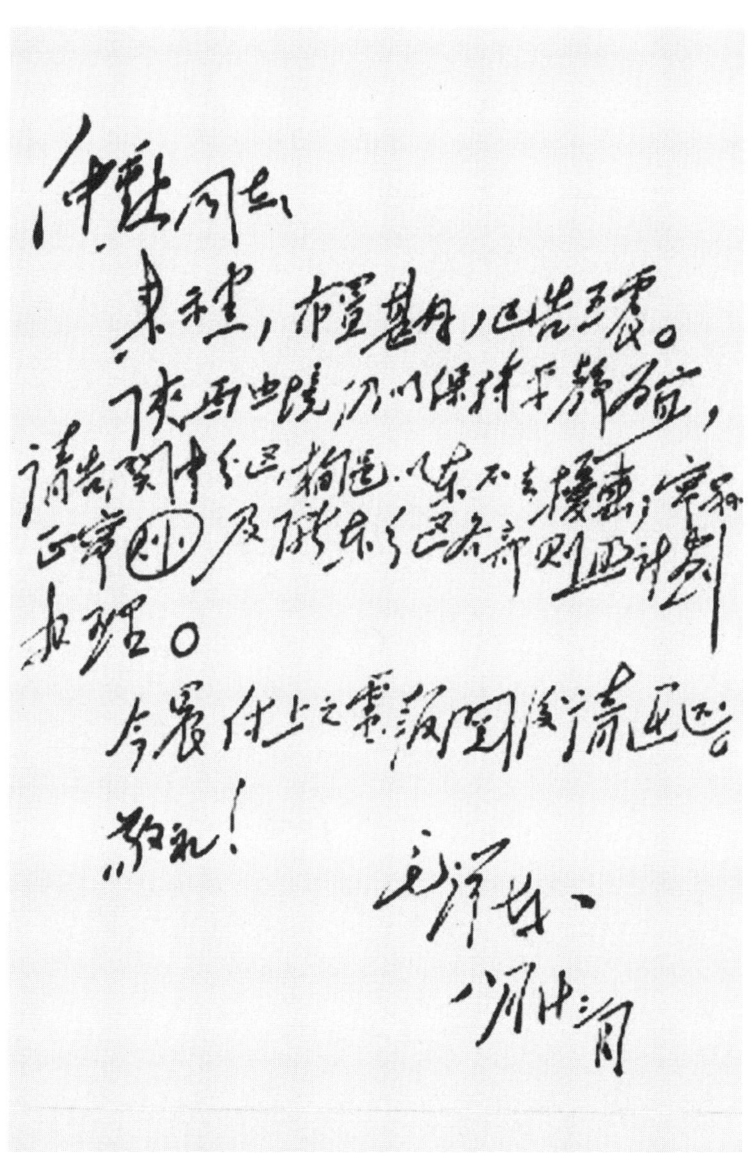

仲勋同志：

来示，布置甚好，已告王震。

陕[illegible]出院仍以保持平静为宜，请告关中分区、[illegible]、[illegible]不去扰乱，宁和正宁(圈)及陇东分区各[illegible]照此计划办理。

今晨付上之电报阅后请还[illegible]

敬礼！

毛泽东

八月廿三日

| 1946년 8월 23일 마오쩌둥이 보낸 편지.

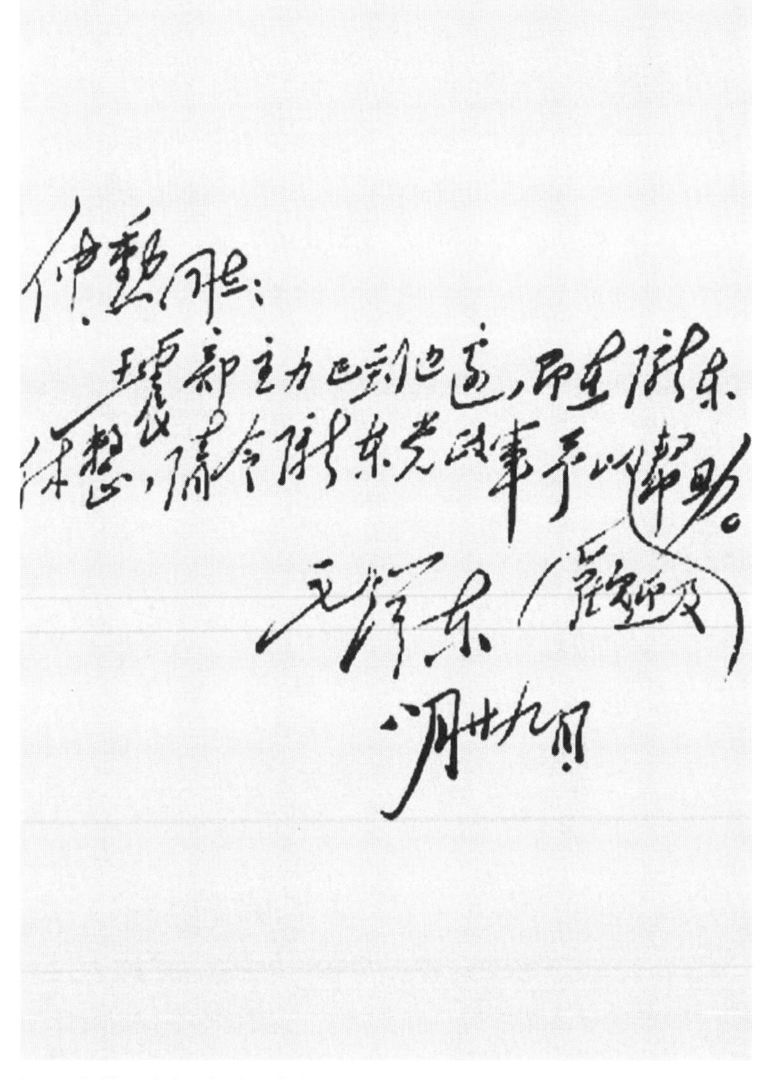

仲勋同志：

王震部主力已到边区，即至陇东休整，请令陇东党政军予以帮助。

毛泽东（[illegible]）

八月廿九日

| 1946년 8월 29일 마오쩌둥이 보낸 편지.

8월19일 마오쩌동은 시종쉰에게 편지를 보내 "세 개 연대의 강력한 병력을 준비하여 즉시 출동하여 변경부근에 도착해 협동작전에 참가할 수 있도록 준비하라"고 지시하였다.

19일 밤 10시, 시종쉰과 연방군 대리 사령인 왕스타이(王世泰) 등은 신4여단 전 병력과 경비 3여단 7연대에 이틀 내에 경장비로 전투준비를 한 후 명령을 기다리라는 전보문을 보냈다.

20일 밤 10시 시종쉰과 왕스타이는 남부 병력을 조직하여 출격하라고 하였다. 신4여단을 좌익부대로 하여 창우(長武), 빈현(彬縣) 사이의 돌파구를 돌파하여 부대를 맞이하라는 임무를 내렸으며, 경비 3여단 7연대 등 부대를 우익부대로 하여 핑량(平凉), 징촨(涇川) 사이의 돌파구를 돌파하여 맞이하라고 하였으며, 경비 1여단은 소규모 유격대를 조직하여 춘화(淳化), 순이(旬邑) 등 지역에서 낮에는 잠복하고 밤에 출동하여 적들을 견제하라고 하였다. 22일 시종쉰은 장중량(張仲良), 리허방 등에게 전보문을 보내 한시도 늦추지 말고 즉각 출동하라고 명령을 내렸다. 밤낮으로 전황을 생각하며 잠들지 못한 마오쩌동은 시종쉰에게 친필 편지를 보내 창우, 빈현, 핑량, 룽더(隆德), 징닝(靜宁), 정닝(正宁), 닝현(宁縣), 시펑(西峰), 전위안(鎭原), 구위안(固原) 등 지역의 적군의 병력 배치 상황을 물었다. 23일 남쪽 전선에서의 전투는 시작되었다. 359여단은 룽현(隴縣)으로 길을 빙 돌아 북쪽으로 나아갔다. 시종쉰은 남쪽 전선의 상황과 적군의 병력배치 상황을 마오쩌동에게 전보로 보고하였다. 마오쩌동은 당일 시종쉰에게 "소식을 받았으며 배치를 잘하였다. 이미 왕전에게 소식을 알려주었다"고 답문을 보냈다.

| 1946년 9월, 왕전은 359여단을 거느리고 산뻬이에 돌아왔다.

24일 시종쉰과 왕스타이(王世泰)는 전보 명령을 내려 "이번 전투의 주요 임무는 왕전부대를 맞이하여 안전하게 변구로 들어오는 것이다. 아군을 추격하고 가로 막는 적군을 용감하게 무찌르고 타격을 가해 섬멸하여 왕전의 부대가 안전하게 통과하게 한 후 천천히 전투를 마무리하여 변구로 철퇴하는 것"이라고 하였다.

29일 359여단은 창우·징촨 사이의 시란(西蘭)도로를 넘고 징하(涇河)를 건너 전위안툰즈진(鎭原屯子鎭)에서 경비 3여단과 성공적으로 합류하였다.

당일 마오쩌동은 기쁨을 감추지 못하고 다시 한 번 시종쉰에게 편지를 써서 "왕전의 주력부대가 이미 벤벤(邊邊)[12]도착하였고, 곧바로 롱동에서 휴식하며 정돈할 것이니 롱동의 당정군(党政軍)에서 필요한 도움을 줄 것을 명령하라"고 지시하였다.

9월 1일 마오쩌동은 시종쉰에게 편지를 써서 "후종난이 롱동으로 공격할 계획이 있는 것 같은데 우리의 대응책을 잘 기획하여 보고하라"고 하였다.

2일 적군과 아군에 대한 형세와 작전방안에 대한 시종쉰의 보고를 받은 마오쩌동은 다시 시종쉰에게 편지를 보내 "편지는 이미 잘 받았다. 제정한 방안에 따라 실행하시오. 작전 시 6~8개 연대의 병력을 모아 집중적으로 적군의 한 개 연대를 섬멸하려는 편지의 내용처럼 절대 우세의 병력으로 적군을 섬멸하시오"라고 지시하였다. 시종쉰은 마오쩌동에게 아홉 통의 편지를 보낸 이야기를 할 때 깊이 감명을 받았다는 어투로 "마오 주석은 나를 불러 행군노선과 웨이하(渭河)를 건너는 지점 등을 물었으며, 나에게 사람을 파견하여 맞이하라고 하였다. 그 사이 주석께서는 며칠에 한 통씩 편지를 보내주셨는데 때론 하루에 한 통씩 보내오기도 했다. 한 달 남짓한 시간에 총 아홉 통의 편지를 보내주셨다"고 하였다.

---

12) 벤벤: 산간닝변구(陝甘宁边区)의 변경.

16

형산기의(橫山起義)를 기획하다.

16. 헝산기의(横山起義)를 기획하다.

항일전쟁에서 승리한 후, 국민당 군부에서는 신속하게 군사 배치를 조정하였다. 헝산으로 부터 위린(榆林) 일대에 주둔하고 있는 부대의 병력을 강화하여 남북으로 산간닝변구를 협공하려 하였다. 시종쉰은 즉시 헝산기의(横山起義)를 기획하고 지도하여 국민당 군의 전략배치를 혼란시켰으며, 우딩하(无定河) 남부의 넓은 영역을 해방시킴으로써 변구의 북쪽 전선을 안전하게 보장하였다.

1946년 6월 마오쩌동은 시종쉰을 불러 서북국과 변구의 각항 업무에 대한 보고를 들었다. 시종쉰은 헝산 보뤄보(波羅堡)에 주둔하고 있는 후징둬(胡景鐸)[13] 부대에서 기의를 책동할 것을 제기하였는데 이는 마오쩌동의 중시를 받았다. 마오쩌동은 기회를 놓치지 말고 즉시 위헝(榆横-위린, 헝산)지구를 해방시켜 적들과 유격전을 벌일지역을 확대하라고 지시하였다.

장성(長城) 기슭, 우딩하(无定河) 유역의 광활한 대지는 역대 군사요지로서 누구나 탐내는 지역이었다. 명나라 시기의 장성 36보(三十六堡)의 하나인

13) 당시 후징둬는 산뻬이 보안 지휘부 부 지위를 맡고 있었다.

보뤄보(波羅堡)는 우딩하 양안의 교통요충지이며 중요한 군사요충지였다.

후징둬는 저명한 애국 장령 후징이(胡景翼) 장군의 여섯째 동생이다.

시종쉰과 후징둬 및 후징이의 아들인 후시종(胡希仲)은 리청(立誠)중학의 같은 학급 동창생이었다. 그들은 잊을 수 없는 학교생활을 함께 하였으며 긴밀한 통일전선 관계를 유지하고 있었다.

그해 봄에 시종쉰은 후징둬와도 동향 학우인 스위안(師源)에게 쉐이더 지방위원회 통일전선부 부장을 맡겼다. 그는 스위안을 두 번에게 보뤄보에 들어가 후징둬와 연락을 하게 하였다. 또한 30여 명의 정예요원들을 후징둬의 부대에 파견하여 통일전선 사업을 하게 하여 이후의 기의를 위하여 튼튼한 기초를 마련토록 했다. 스위안은 두 차례의 보뤄보 행에서 후징둬의 중국공산당 가입을 성사시켰다. 시종쉰이 후징둬의 입당소개인이며 그해 7월 1일을 입당일로 한다고 하였다. 동시에 서북국에서는 장야숑(張亞雄), 쉬슈치(許秀岐) 등도 중국공산당 당원으로 발전시켰다. 그리하여 기의는 실질적인 시행단계에 들어섰다.

| 옌안시기의 시종쉰

8월 시종쉰은 왕스타이 등과 함께 북쪽 전선의 작전 방안을 연구하여 북쪽전선의 작전지휘부를 설립하였다. 왕스타이가 총지휘를 맡고 장중량이 정위를 맡아 기의부대를 맞이할 준비를 하였다. 8월 말 마오쩌동은 시종쉰 왕스타이와 회담을 진행하여 우세한

병력으로 집중적인 섬멸작전을 진행한다는 원칙을 강조하였다. 8월 28일 시종쉰은 『해방일보(解放日報)』에 『경각성을 높여 변구를 보호하자』는 글을 발표하였다.

9월 중순 시종쉰은 서북국 통일전선부 부장 판밍(范明)에게 바이링(白綾)에서 쓴 자신의 친필 편지를 가지고 보뤄보에 가서 후징둬와 기의계획을 상의하게 하였다.

출발 전 시종쉰은 기의 계획에 관한 여러 사항에 대하여 세 차례에 걸쳐 판밍과 담화하였다. 보뤄보에 도착 후 판밍과 후징둬 등은 기의계획과 행동방안에 대해 구체적으로 상의하였다. 판밍은 "나는 당당하게 나를 소개하였다. 당신에게 기의를 일으키라고 시종쉰이 나를 보냈다. 비록 직설적으로 말하였지만 우리들 사이의 믿음을 알기에 그들은 나를 안으로 들어오게 하였다"고 회억하였다. 판밍은 옌안으로 돌아와 시종쉰에게 기의에 대한 준비상황을 보고하였다. 시종쉰은 즉시 왕스타이(王世泰) 판밍과 함께 짜오위안(棗園)에 있는 마오쩌동에게 상황을 보고하였다.

| 후징둬(胡景鐸)

10월 13일 동틀 무렵 북쪽 전선의 전투가 시작되었다. 붉은 깃발이 보뤄보의 성루에서 서서히 올라갔다. 후징둬는 보안 제9연대 5개 대대 2,100여 명의 관병을 거느리고 기의를 선포하였다.

| 보뤄보의 옛 터

| 헝산(橫山)기의 기념비

같은 날 스완(石湾), 가오진(高鎮)의 보위 9연대 소속 1,900여 명의 관병들도 기의를 일으켰다. 또한 후징둬는 헝산에 주둔하고 있는 국민당 제22군 독립 기병연대의 기의도 촉구하였다. 16일 이 부대 2,000여 명의 군사들도 기의를 하였다. 24일 변구의 부대는 상쉐이보(響水堡)를 점령하여 북쪽 전선의 전투는 끝나게 되었다. 헝산기의는 5,000여 명의 장령과 병사들을 혁명의 길로 이끌었으며 우딩하(无定河) 이남의 5,000여 ㎡의 광활한 지역을 해방시켰으며, 이후의

산뻬이 전전(轉戰)에 지역적 기초를 마련했다.

이와 동시에 국민당군 후종난 부대도 집결하여 변구에 대한 공격준비를 하고 있었다. 마오쩌둥은 11월 6일에 시종쉰에게 편지를 보내 "후종난의 제1군 90군이 위먼커우(禹門口)에서 강을 건너 서쪽으로 진군하는데 옌안을 직접 공격할 모양이다"라고 전해주면서 전투준비를 하라고 지시하였다. 13일 시종쉰은 변구에서 정부기관 간부 동원회의에서 전체 군민이 동원하여 옌안을 보위하고 변구를 보위하며 마오 주석을 보호하자고 호소하였다.

| 옌안(延安)보위 동원대회에서 연설하고 있는 시종쉰.

21일, 그와 왕스타이 등은 연명으로 『적들이 옌안을 공격하는 것을 저지하는 데에 관한 명령』을 발표하였다.

12월 16일 시종쉰과 중국공산당 중앙군사위원회 부주석 겸 참모장인 펑더화이(彭德怀)는 산시 리스현(离石縣) 가오자구(高家溝)에서 열린 산간닝변구(陕甘宁边区), 진쉐이(晋綏)군관구, 타이웨(太岳)지구 고급간부회의에 참석하여 황허(黃河) 양안 두개 해방구역의 연합방위 배치와 배합작전 등의 문제를 연구하였다. 또한 5,000만 파삐(法幣)[14)]를 동쪽 전선으로 가져가 군의 수요를 보충하게 하였다. 그리하여 빠른 시간에 옌안을 공격하여 점령하려던 후종난의 계획은 어쩔 수 없이 수포로 돌아가고 말았다.

24일 시종쉰은 류사오치(劉少奇), 저우언라이(周恩來), 주더(朱德), 런비스(任弼時) 등 중앙 지도자들을 모시고 옌안 짜오위안(棗園) 강당에서 후징둬 등 기의에 참가한 관병들을 접견하였다. 그날 밤 마오쩌동도 저녁 만찬에 참가하였다. 그는 “징둬 동지, 적의 병력이 강하고 우리가 약한 상황에서 덩바오산(鄧宝珊)의 배에서 내려 시종쉰의 배에 올랐는데, 이 길을 선택한 것은 매우 정확한 선택이었오”라며 유쾌하게 말했다.

---

14) 파피: 국민당 정부가 발행한 법정 지폐. 1935년 11월 4일에 발행되었음.

| 1946년 산뻬이(陝北)에서의 시종쉰.

17

변구의 각 부대는 “통일적으로 펑더화이(彭德懷)와 시종쉰(習仲勳)의 지휘를 받는다.”

17. 변구의 각 부대는 "통일적으로 펑더화이(彭德懷)와 시종쉰(習仲勳)의 지휘를 받는다."

1947년 3월 3일 산간닝(陝甘宁) 야전집단군은 사령관 장종쉰(張宗遜), 정위 시종쉰의 지휘 하에 허쉐이(合水) 시화츠(西華池)에서 적군 48여단 1,500여 명을 섬멸하였으며, 여단장 허치(何奇)를 사살하였다. 역사상 이를 "시화츠 첫 전투(西華池序戰)"라고 일컫는다.

이때 후종난은 34개 여단을 소집하여 약 25만의 병력을 6갈래로 나누어 옌안을 중심으로 공격을 하였는데 그는 한방에 전루를 끝내려고 망상하였다.

| 해방전쟁 시기의 시종쉰

마오쩌동과 중앙군사위원회에서는 이를 중시하고 심사숙고한 후 펑더화이와 시종쉰이 합작하여 이 어렵고도 영광스러운 임무를 완성하게 하였다.

펑더화이는 당시 중앙군사위원회 부주석이며 대부대를 지휘한 경험이 풍부하였다. 시종쉰은 산간 근거지와 서북 홍군(紅軍)의 창건자이며 지도자의 한사람으로 서북의 지리와 당지 백성들의 형편을 잘 알고 있었기에 변구 군민들의 사랑을 받았고, 군대의 사상정치 사업경험이 풍부하였다. 펑시(彭習) 연합은 적들과의 투쟁에서 변구의 모든 역량을 동원하는데 유리하였으며, 침범하려는 적들을 하루 빨리 인민전쟁의 소용돌이에서 구해낼 수 있는 능력이 충분했다.

13일 옌안보위 전투가 시작되었다. 14일 중앙군사위원회에서는 시종쉰에게 전보를 보내 "즉각 옌안으로 돌아와 펑더화이 동지와 함께 변구의 전체 국면을 주관하라"고 명령을 내렸다.

이틀 동안 시종쉰은 말에 채찍을 가하여 16일 남부전선에서 마오쩌동이 이끄는 중앙군사위원회가 있는 왕자핑(王家坪)으로 왔다.

만나자 마자 펑더화이는 마오쩌동이 초안을 작성한 중앙군사위원회 주석령을 그의 손에 넘겨주었다. 명령에는 우익병단(장종쉰[張宗遜], 랴오한성[廖漢生]), 좌익병단(왕전, 뤄위안파[羅元發])과 중앙병단(장셴웨[張賢約], 수리칭[徐立淸])을 조직하여 저항케 하고 반격하라고 하였다. 명령에는 "상술한 각 병단(兵團) 및 변구의 모든 부대는 3월 17일부터 모두 펑더화이, 시종쉰 동지의 지휘를 받는다"고 명시하였다.

이것은 마오쩌동과 중앙군사위원회가 옌안을 떠나기 전에 내린 마지막 명령이었다. 비록 정식적인 부대번호가 있는 명령은 아니었지만, 이때부터 서북야전병단(西北野戰兵團)이라는 명칭이 사용되기 시작하였다.

| 1947년 봄 시종쉰과 펑더화이(좌측 첫 번째)가 함께 작전을 연구하고 있다.

옌안에서 철거하기 3일 전인 3월 21일 펑더화이와 시종쉰은 공동으로 중앙군사위원회에 "적군이 옌안을 점령한 후의 동향을 아직 명확하게 판단하지 못하였다. 아군의 각 병단은 최대한 은폐하여 22일부터 7일간의 휴식기를 가진다. 변구의 전면적인 배치는 오늘 저녁 중앙의 지시를 받은 후 다시 각 구역에 전달할 것이다"라고 보고하였는데, 이는 펑더화이와 시종쉰이 처음으로 연명으로 보낸 전보였다. 후종난은 "공산당 군대가 한방에 무너지는 것"처럼 보이자 더욱 오만방자해졌다. 그는 10개 여단을 옌안 남쪽에 배치하고 10개 여단을 이용하여 서북야전병단의 주력을 찾는데 급급해 했다.

3월 23일 서북야전병단은 칭화볜(青化砭)에 '호주머니 진'을 치고 기다리고 있었다. 25일 10시 경 적군 31여단이 '호주머니 진' 안으로 깊숙이 들어왔다. 전투가 시작되기도 전에 적군은 길이 14 ~15리, 너비 2~3백m 산골짜기에서 독 안에 든 쥐가 되어 혼란에 빠졌다. 1시간 47분 만에 끝난 전투에서 적군 2,993명을 섬멸하였으며, 여단장 리지윈(李紀云)을 생포하였고, 30만 발의 탄알을 탈취하였다. 리지윈은 "다음과 이렇게 끝나다니? 이렇게 빨리 끝날 줄은 정말 몰랐다!"고 한탄했다.

칭화볜의 지형을 관찰하고 있는 시종쉰과 펑더화이(좌측 두 번째), 쉬리칭(徐立淸-좌측 첫 번째), 장원저우(張文舟-좌측 네 번째).

4월 10일 서북야전병단은 즈창현(子長縣) 윈산사(云山寺)에서 여단장 이상의 간부회의를 개최하여 부대의 규율을 정돈할 것을 강조하였다. 시중쉰은 정찰부대의 "적에게 주기보다는 차라리 우리가 먹어 버리자"는 잘못된 생각과 행동에 대하여 비판하고 기율 검사제도를 만들 것을 제기하였다. 그는 군민 단결은 승리하는 기초이며 단결이 좋아야 승리의 확률도 커진다고 하였다.

4월 14일 서북야전병단은 양마하(羊馬河) 북쪽에 다시 한 번 매복하였다. 10시 경 적군 135여단이 매복 함정에 빠졌다. 아군은 4개 여단의 병력으로 적 한개 여단을 상대하는 절대적인 우세에 처하게 되었다. 후종난의 동자오(董釗), 류칸(劉戡) 두개 군(軍)의 주력은 비록 몇 리 떨어지지 않은 가까운 곳에 있었지만 우리 군의 밀착 마크 때문에 구하려는 마음만 있지 꼼짝달싹할 수가 없었다. 6시간의 격전을 거쳐 4,700여 명의 적을 섬멸하고 적군 여단장 마이종위(麥宗禹)를 생포하였다. 이 전투는 처음으로 여단 전체를 섬멸한 사례였다. 이 전투는 "호랑이 주중이에서 먹이를 빼앗은 전투"라고 불렸다.

시중쉰은 당시의 전투에 대하여 다음과 같이 회억하였다. "적군의 주력은 우리 군과 불과 몇 Km 떨어지지 않은 곳의 산봉우리에 있었다. 그들은 우리 군이 총을 노획하고 포로를 잡는 것을 보고도 어찌할 방도가 없었다. 이 전투는 칭화볜(靑化砭)에서 승리를 거둔지 20일이 지난 후의 전투였다."

| 양마하(羊馬河) 전쟁이 치러졌던 곳.

시종쉰은 휴식 정돈하는 기간에 전쟁시기의 정치사업에 대하여 적극적으로 토론하도록 했다. 모든 당원들이 전투가 시작되기 전, 전투가 진행되는 중, 전투가 끝난 후 등 모든 시점에서 자신의 임무를 명백히 알게 하고, 당의 기층 조직이 파괴되었을 때 즉각 회복할 수 있는 방법, 모든 취사원, 사양원(飼養員)들의 행동들을 지휘하는 방법, 해방된 국민당 병사들을 신속하게 부대에 보충하는 방법 등 구체적인 문제들을 토론하였다.

장제스(蔣介石)는 후종난에게 급령을 내려 주력을 이끌고 북쪽으로 가게 하고, 덩바오산(鄧宝珊)의 부대를 남쪽으로 이동시켜 서북야전병단을 자현(佳縣), 우바오(吳堡)지역에서 섬멸하고자 했다. 후종난의 주력이 북상한 후 판룽(蟠龍)의 수비군은 7,000명으로 줄어들어 독안에 든 쥐가 되었다.

판룽은 국민당 군이 산뻬이에 있는 중요한 물자 보급 지역이었다. 펑더화이, 시종쉰은 기회를 놓치지 않고 판룽의 적들을 섬멸시키고자 하였다. 5월 2일 해질 무렵 판룽을 공격하는 전투가 시작되었다. 몇 차례의 공격이 있었으나 효과가 없었다. 펑더화이와 시종쉰은 간부회의와 분대를 단위로 하는 전사(戰士)회의를 열어 경험과 교훈을 종합하고자 했다. 지도자들과 전사들은 분분히 계책을 내놓았다. "참호를 파서 철조망과 보루에 접근하자", "땅을 폭파하여 돌격할 수 있는 도로를 만든 후 교대로 공격을 하여 적들의 화력을 소모하자"는 등 여러 가지 방법이 나왔다. 이것은 펑시(彭習)대군이 전투 중에 만들어 낸 것으로 "최전방의 제갈량 회의(火線諸葛亮會)"라고 불렀다.

1947년 봄, 시종쉰과 랴오한성(廖漢生–좌측 세 번째), 장중량(張仲良–좌측 네 번째) 등이 전투 중에 잠깐 휴식하는 모습.

3일 오후에 총 공격을 다시 시작하였다. 4일 밤 12시에 적군 전원을 섬멸하고, 여단장 리쿤강(李昆崗)을 생포하였으며, 군복 40만복을 획득하고, 밀가루 1만여 포대, 탄약 백만여 발 및 대량의 약품들을 얻었다.

이에 신화통신사의 종군기자는 타유시(打油詩)[15]라는 재미있는 시를 지어냈다.

"후만(胡蛮)[16]은 후만처럼 쓸모가 없다네
옌위(延榆)도로도 막히고
판롱도 잃고 쉐이더도 잃었네
한 번 나서니 양쪽으로 손해를 보았네
6천 명의 관병들은 생포되었고
아홉 개 반의 여단은 밥통이 되었네
상처받은 위린의 덩바오산은
이리저리 갈 곳 없는 형편이라네.
(胡蛮胡蛮不中用，延榆公路打不通，丢了蟠龙丢绥德，一趟游行两头空，
官兵六千当俘虏，九个半旅像狗熊，害得榆林邓宝珊，不上不下半空中)"

5월 14일 안싸이현(安塞縣) 전우동(眞武洞)에서 서북야전병단의 승전 축하회가 열렸다. 회의 전에 조직에서는 치신(齊心)과 시종쉰을 위하여

15) 타유시: 옛날 시체(詩體)의 하나. 내용과 시구가 통속 해학적이며 평측(平仄)과 운율(韻律)에 구애받지 않음. 당(唐)대 장타유(張打油)가 한 데서 유래한 명칭임.
16) 후만: 당시 후종난을 오랑캐라고 비꼬아 이르던 말.

특별히 치신에게 산간닝변구의 위문단에 참가하게 하여 전우동에서 시종쉰과 만나게 하였다. 하지만 시종쉰은 아내 치신을 보자 냉정하게 비판하였다. “지금 형편이 매우 어려운데 당신은 왜 왔소?” 그러면서 “만약 이 전쟁이 10년 지속된다면 10년간 만나지 못 할 수도 있소”라고 하였다.

치신은 뭐라 반박할 말이 없었다. 그녀는 시종쉰의 어깨에 짊어진 책임의 무게를 누구보다 잘 알고 있었기 때문이었다. 하지만 그녀는 천군만마가 날뛰는 전쟁터에서 이렇게라도 그를 만날 수 있었던 것으로 만족하였다.

5월 20일 정치부 주둔지 두구(杜溝)에서 열린 정치사업회의는 시종쉰의 주최 하에 개최되었다. 회의에서는 군중들의 규율, 해방된 국민당 병사와 실제 행동 중에서의 정치사업 등에 대하여 토론하였다.

| 서북야전병단이 판룽에 진을 치고 있는 적군을 향하여 공격을 하고 있다.

그는 한동안 내 정치사업의 중심은 해방된 국민당 병사에 대한 사업이라고 하였다. 같은 날 마오쩌동은 전문에서 "우리 펑시군(彭習軍)은 비록 불완정한 6개 여단의 병력이지만, 이 병력으로 후종난의 31개 여단의 공격을 막아내고 두 달간의 전투에서 후종난 군의 사기를 완전히 꺾어 놓았다.

이제 몇 달만 지나면 적들을 대량으로 섬멸하여 좋은 국면을 맞이할 수 있을 것이다"라고 하였다. 반대로 후종난은 부득이하게 장제스에게 자신의 군대가 "여러 차례 열세에 처하게 되었으며, 상대가 항전에 능하여 깊은 위험에 빠지지 않을 수 없었다"고 털어놓을 수밖에 없었다.

| 승전 소식을 읽고 있는 군민들

5월 30일, 서북야전병단은 룽동전역을 일으켰다. 19일간 지속된 전투에서 적군 4,300여 명을 섬멸하고 환현(环縣), 취즈(曲子) 및 칭양(慶陽), 허쉐이(合水) 서쪽의 광대한 지역을 수복하였다. 전쟁을 하는 중에 일부 지휘관들과 병사들, 특히 허쉐이 전투 중에 마부팡(馬步芳) 부대의 적군을 생포한 병사들은 포로우대 정책을 이해하지 못했다. 시종쉰은 좌담회를 열어 "포로가 된 마부팡의 병사들은 병사이기 전에 모두 노동인민들이며, 우리 군이 포로들을 모두 잡아 죽인다는 그릇된 소문을 믿고 있다. 그렇기 때문에 허쉐이 전투는 여느 전투보다 더욱 치열했던 것이다.

우리는 포로들을 우대하여 그들에게 교통비를 주어 고향으로 돌아가게 함으로써 마부팡의 허위적인 선전을 폭로해야 한다"라고 일깨워주었다. 6월 25일 서북야전병단은 삼변(三邊)에 주둔하고 있는 마홍쿼이(馬鴻逵)집단을 공격하기 위해 환현에서 삼변으로 진군하였다. 시종쉰은 몇 갈래 하천의 수질에 문제가 있는 것을 발견하고 전군에 명령하여 모두 비상식량과 물을 가지고 출발하라고 하였으며, 군중들의 우물을 마시면 군중들이 마실 물이 적어지니 군중들의 물을 마시지 말라고 하였다. 7월 초 안볜(安邊), 옌츠(鹽池)를 공략하여 삼변분구 전 구역에 대한 수복을 끝냈다.

5월 21일부터 7월 7일까지 48일 동안에 서북야전병단은 남북으로 370Km, 동서로 180Km에 달하는 룽동과 삼변지역에서 여러 차례 전투를 했다. 이들 전투를 거쳐 칭닝(青宁)의 두 마 씨 부대[17]를 공격하였다.

---

17) 두 마 씨 부대: 당시 "칭하이왕(青海王)"이로 불리던 마부팡(馬步芳)과 "닝샤왕(宁夏王)"으로 불리던 마홍쿼이(馬鴻逵)의 부대를 지칭하는 말.

이 전투는 많은 간부들과 군중들에게 승리에 대한 믿음을 가져다주었다.

산뻬이에서 전투를 지휘하면서 시종쉰과 펑더화이는 친밀한 우정을 쌓았다. 야전병단의 전투는 점차 치열해졌으며 규모도 점차 커졌다. 여덟 차례의 전투에서 적군 2.6만 명을 섬멸하고 난 후 야전병단의 병력은 2.6만여 명에서 4.5만 명으로 장대해졌다. 인민전쟁의 위력을 발휘한 전투는 국민당 군대가 옌안을 공격하려는 계획을 여지없이 격퇴하였으며, 서북전선의 형세를 전환시켰다. 4개월 동안 펑시(공동명의) · 중국공산당 중앙 · 중앙군사위원회와 마오쩌동 간에 오간 전보문은 96통이 넘었다. 마오쩌동은 서북야전병단을 '펑시군'이라고 애칭하였으며, 펑더화이와 시종쉰은 전투를 통해 두터운 우정을 맺었던 것이다.

| 삼변으로 진군하고 있는 서북야전병단

18

토지개혁에서 '좌(左)'를 바로잡고, 마오쩌동은 "완전동의"라는 서면 지시를 내리다.

18. 토지개혁에서 '좌(左)'를 바로잡고, 마오쩌동은 "완전동의"라는 서면 지시를 내리다.

1947년 7월 21일부터 23일 사이, 시종쉰은 징볜현(靖邊縣) 샤오허촌(小河村)에서 열린 중국공산당 중앙확대회의[18]에 출석하였다.

샤오허 회의에서는 서북전선을 강화하는 문제에 관하여 연구하였으며 처음으로 5년 내에 국민당 정부를 무너뜨리겠다는 목표를 정하였다. 회의에서는 진쉐이(晋綏) 군관구는 다시 산간닝진쉐이 연방군에 편입되며, 허롱(賀龍)이 사령관을 맡고, 시종쉰이 정위를 맡으며, 서북야전병단을 서북인민해방군 야전군으로 명명하며, 펑더화이가 사령관 겸 정위를 맡으며 시종쉰이 부 정위를 맡는다고 하였다. 중국공산당 서북야전군 전선위원회 회원들로는 펑더화이, 시종쉰, 장종쉰(張宗遜), 왕전, 리우징판 등 다섯 명이었다. 펑더화이는 서기를 맡겠다고 하였고, 하동(진쉐이)과 하서(산간닝)의 통일된 후방사업은 허롱이 책임지며, 서북국은 후방으로 이동하여 사업을 한다고 결정하였다.

---

18) 역사에서는 샤오허회의(小河會議)라고 한다.

전략적인 공격으로 전환되는 시점에서 시종쉰은 전방의 펑더화이, 후방의 허룽이라는 두 명의 저명한 고급 장교들과 협동으로 사업을 하게 되는데, 이는 마오쩌동과 당 중앙이 서북전선을 강화하려는 하나의 중대한 결정이었다고 볼 수 있다.

1947년 8월 18일 시종쉰과 허룽, 린보추(林伯渠)는 서북국, 변구정부와 연방군 기관을 거느리고 시리위(螄蜊峪) 동쪽에서 황허(黃河)를 건너 산시 린현(臨縣), 리스현(离石縣)에 잠시 주둔하였다. 이때 후중난의 부대는 서북야전군의 주력을 찾아 결전을 하려고 황허의 서쪽에 이르렀다. 이는 서북야전군에 주어진 유리한 전투기회였다. 펑더화이는 20일 주력군을 지휘하여 사자점(沙家店) 전투에서 승리하였다.

| 샤오허 회의

| 허롱(賀龍)과 시종쉰

"풍치전체(風馳電掣)[19]의 속도로 서북전선의 '3대 주력'의 하나인 재편성한 국민당군 36사를 섬멸하였다." 그리하여 "전 산뻬이의 전투 국면이 완전히 되돌려졌다." 서북전선은 반격 단계에 들어섰다. 21일 시종쉰과 허롱은 연명으로 서북야전군 주력군과 배합하여 반격전에 들어간다는 지시를 내렸다. 10월 중순 시종쉰과 허롱, 린보추는 산뻬이로 돌아와 쉐이더현 이허진(義合鎭)에 주둔하였다. 서북국의 주둔지는 진(鎭) 북쪽에 위치한 쉐자추촌(薛家渠村)이었다.

11월 1일 서북국은 쉐자추촌의 맞은편에 있는 양완다창(陽湾大場)에서

19) 풍치전체(風馳電掣): 바람같이 신속하고 번개같이 빠르다. -

산간닝변구 간부회의를 열었다. 회의에서는 전국 토지개혁회의 정신을 전달하고 토지개혁과 당 정비 사업을 배치하였다. 이 회의를 '이허(義合)회의'라고 한다. 회의에서 나타난 '좌'적 정서가 시종쉰의 경각성을 불러일으키게 하여 그를 깊은 생각에 빠지게 하였다. 그는 변구 부 참의장(參議長)이며 민주인사인 안원친(安文欽)의 재산을 몰수하고 쫓아내려는 것과 같은 잘못된 방법을 바로잡을 것을 명확하게 지시하였다. 먼저 열린 샤오허 회의에서 시종쉰은 마땅히 중농과 민족 공상업의 이익에 손해를 끼치고 목적없이 투쟁하고 무지막지하게 때리며 '화형지주(化形地主)[20]'를 마구 잡아대는 현상을 즉시 규제할 것을 제기하였다.

| 시종쉰이 거주했던 산시(山西) 린현(臨縣) 난거둬촌(南圪垜村)의 정원

20) 화형지주(化形地主): 돈이 없어 못사는 것처럼 남의 동정심을 받으려고 하는 얄미운 짓만 하지만, 사실상 집도 있고 자산도 있는 자들을 이르는 말.

'이허회의' 이후, '좌'적 경향은 더욱 심해져 갔다. 제일 심각한 것은 자현(佳縣)에서 중농 · 빈농들의 모든 물건들을 몰수하는 일이었다. 일부 열사의 가족들은 모든 재산을 몰수당하여 집밖에 나앉게 되었다. 심지어 빈고한 고농을 해방시키는 일이라 떠들며 마부(馬夫)가 마부 반장과 투쟁하는 일도 일어났다. 당시 『해방(解放)일보』의 기자 장광(張光)은 "참으로 참혹했다. 하지만 그때에는 누구하나 감히 나서지 못했다. 누군가 나서서 이를 반대하게 되면 그 사람은 곧 끌어 내려졌다." 그럴 때도 시종쉰은 마오쩌동에게 진실을 말하는 용기를 갖고 있었다. 마오쩌동은 그런 시종쉰에 대해 "실사구시적인 시종쉰은 나에게 특별한 깊은 인상을 남겨주었다"고 회억하였다.

12월 25일부터 28일까지 시종쉰은 미즈현(米脂縣) 양자구(楊家溝)에서 열린 중국공산당 중앙 확대회의[21)]에 참가하였다.

정식회의 전에 열린 예비회의에서 마오쩌동은 시종쉰을 호명하며 토지해결 문제에 대하여 발언하라고 하였다. 시종쉰은 자신이 파악한 현실 정황을 단숨에 3시간이나 말하였다. 듣고 있던 마오쩌동의 안색이 점점 어두워졌다. 마오쩌동은 아예 시종쉰의 맞은편으로 자리를 옮겨 시종쉰의 발언을 열심히 들었다.

---

21) 이 회의를 12월회의 혹은 양자구회의 라고 함. -

| 시종쉰이 쉐자추촌(薛家渠村)에 거주했던 토굴집(오른쪽 두 번째 구멍)

토지개혁이 시작된 후 그는 처음으로 다음과 같이 많은 실제 정황들을 듣게 되었던 것이다. 모두들 옆에서 시종쉰의 직설적인 대화에 손에 땀을 쥐며 듣고 있을 때 마오쩌동이 갑자기 일어나더니 큰 소리로 "좋소! 서북을 당신에게 맡기오! 난 믿소!"라고 외쳤다.

회의가 끝난 후 시종쉰은 사업팀을 거느리고 쉐이더, 자현(佳縣)에 내려가 회의정신을 전달하고 토지개혁사업을 검사하였다. 시종쉰은 존재하는 돌출된 문제에 대하여 1948년 1월 4일부터 2월 8일까지 한 달 남짓한 시간에 당 중앙, 서북국, 마오쩌동 등에게 세 차례의 전보와 편지를 써서 '좌'경 정서에 대하여 거리낌 없이 반대하고 즉시 '좌'적 경향을 바로 잡을 것이라고 보고했다.

| 12월회의가 열렸던 옛 터

1948년 1월 4일 시종쉰은 쉐이더에서 서북국에 편지를 보내 중국공산당 중앙에 전달하게 하였으며, "만약 옛 근거지에서 지주 부농이 중국 농촌인구의 8% 좌우를 차지하도록 하는 정책을 계속 견지한다면 반드시 그릇된 길로 가게 될 것이다"라고 하였으며 "옛 근거지의 군중들을 동원하여 '좌'경 형식주의를 견결히 반대"하여야 하며 "이런 '좌'적 정서는 군중들이 본래 가지고 있던 것이 아니라 간부들이 가지고 있던 것이다. 토지개혁을 정확한 방향으로 인도하는 것은 아주 힘든 사업이 아닐 수 없다"고 하였다.

1월 9일 마오쩌동은 회답하는 전보를 보내 "나는 종쉰 동지가 제기한 각항의 의견에 완전히 동의한다. 이런 의견들에 따라 사업을 진행할 것이고, 각 분구 및 각 현의 토지개혁 사업을 면밀히 지도하기를 바라며, 변구의 토지개혁 사업이 점차 정상적인 궤도에서 진행될 수 있도록 해야 하며, 그러기 위해서는 착오를 줄여야 한다"고 하였다.

같은 날 마오쩌동은 시종쉰이 1월 2일에 올린『우리 군이 가오자바오(高家堡)를 점령한 전투에서 기율을 위반한 사건에 대한 보고』에 대하여 "가오자바오에서 기율을 위반한 행위에 대해서는 반드시 책임 추궁을 하여야 하며, 전 군 내에서 정책교육과 기율교육을 실행해야 한다"고 서면지시를 내렸다. 1월 5일부터 13일까지 9일 동안 시종쉰은 쯔저우현(子洲縣)에서 조사연구를 하였으며 사업을 검사하고 지도하였다. 8일 조사결과에 관한 편지를 서북국에 보냈다.

1947년, 산간닝변구 당정군부 지도자들의 기념사진. 앞줄 좌측으로 부터 린보추, 허롱, 자오서우산(趙壽山), 시종쉰, 장방잉(張邦英), 차오리루(曹力如), 뒷줄 좌측으로 부터 왕웨이저우(王維舟), 구퉈푸(賈拓夫), 양밍쉬안(楊明軒), 마밍팡, 마원뤠이(馬文瑞), 훠웨이더(霍維德).

10일 서북국에서는 중국공산당 중앙에 전달하였다. 보고에서 시종쉰은 토지개혁에서 지주와 부농들에 대해 예외 없이 모두 투쟁을 했지만, 고문을 하고, 사람을 많이 죽이고, 대대적인 육형(肉刑)으로 토지개혁 명령을 관철시킨 것 등 9가지 착오를 종합하였다. 시바이포(西柏坡)에서 중국공산당 중앙 직속 기관 공작위원회(工委) 사업을 주최하던 류사오치는 "중앙의 각 동지들에게 읽어 보도록 하시오. 중앙에서는 이미 읽었음"이라고 하는 서면지시를 하였다.

1월 19일 시종쉰은 재차 마오쩌동에게 편지를 보내 진쉐이(晋綏) 토지개혁 시의 '좌'적 행동의 영향과 '이허회의'에서 잠재해 있던 불량정서를 지적하였다. 또한 변구의 토지개혁은 '빈고농노선'이라고 강조하고 '중농(中農)노선'을 반대하여, 소수의 기본군중이 아닌 자들이 득세하여 촌민들의 마음을 불안하게 만들어 극도의 긴장을 초래하였다고 지적하였다. 이상의 현상에 의거하여 반드시 주의 해야 할 9가지 문제들을 제기하였고, "우리 해방구에서는 중농들이 권력자가 되는 것을 두려워하지 말아야 한다. 진정으로 좋은 군중들은 중농계층과 일부 빈농계층의 중간에 있다"고 했다.

마오쩌동은 20일에 시종쉰에게 회담 전문을 보냈다. '완전동의', " '좌'적 편향을 확실히 바로잡기를 바란다"고 하면서 "시종쉰 동지의 의견에 완전히 동의한다. 화북, 화중의 각 오래된 해방구에서도 같은 정황이 있을 경우 '좌'적 착오를 바로 잡는 것에 대하여 주의해야 한다"는 서면지시를 내렸다.

2월 6일 마오쩌동은 시종쉰 등에게 전보를 보내 다른 구역에서의 토지개혁 사업에 관한 의견을 구했다.

2월 8일 시종쉰은 마오쩌동에게 회답 전문을 보내 변구의 실제 상황에 근거하여 창조적으로 3가지 종류로 나누어 토지개혁을 할 것을 건의하였다. 즉 "일본 투항 이전에 해방된 지역을 노(老)해방구로 하고, 일본 투항 이후부터 전국에서 실시한 대 반격까지 2년간의 해방구역을 반노(半老) 해방구고 하며, 대 반격 이후에 해방한 구역을 신 해방구로 하는 분류방법은 현실에 부합되는 것이다. 그렇기 때문에 이런 분류에 따라 토지개혁을 실행하는 내용과 절차는 서로 달라야 한다"는 것이었다. 이와 더불어 "노 해방구에서는 빈농단이 모든 것을 지도해서는 안 된다"는 등의 의견을 제기하였다.

마오쩌동은 이 의견을 매우 중시하였으며, 직접 시종쉰이 보낸 전보문을 수정하여 진쉐이(晋綏), 중국공산당 중앙 직속기관 공작 위원회, 한단국(邯鄲局), 화동국, 화동 중국공산당 중앙 직속기관 공작위원회, 동베이국(東北局)에 전달 발부하였다.

시종쉰은 산간닝변구(陕甘宁邊區)에서 황자촨(黃家川)에 있던 노 해방구의 실제로부터 출발하여 자원이 충족한 곳에서 부족한 곳을 보충해주어 부족한 것을 보태는 방식으로 토지를 조정한 대표적인 성공사례를 적극적으로 보급하였다. 3월 12일 마오쩌동은 황자촨의 경험과 진차지(晋察冀) 핑산현(平山縣), 진쉐이구(晋綏區) 궈현(崞縣) 등 3개 지역의 전형적인 경험을 전 해방구에서 실시하는 것에 대한 서면지시를 내렸다.

토지개혁 운동에서 시종쉰이 빠른 시간에 당 중앙과 마오주석에게 실제 상황을 진실하게 보고하여 '좌'적 편향을 바로 잡을 것에 대하여 제기했으며, 『1948년의 토지개혁과 당 정비사업』, 『토지개혁과 당 정비 사업에 관한 약간의 지도 문제』 등의 글을 발표하였다. 그는 신, 노 해방구를 구분하여야 한다고 제기하였으며, '좌'적 편향을 주의할 것과 같은 사상과 의견들은 마오쩌둥과 중앙의 큰 중시를 얻었다. 이런 의견들은 당시 해방 후의 토지개혁사업에서 중요한 지도 역할을 하였으며 참고작용을 하였다.

19

"모든 것은 전선을 위한 것이고, 모든 것은 새로운 해방구의 확대를 위한 것이다."

19. "모든 것은 전선을 위한 것이고, 모든 것은 새로운 해방구의 확대를 위한 것이다."

1948년 2월 산간닝진쉐이(陝甘宁晋綏) 연방군(聯防軍)은 중국인민해방군 간닝진쉐이 연방군관구로 개명하며 이를 약칭하여 "연방군관구"라고 했으며, 허룽이 사령관을 맡고 시종쉰이 정위를 맡았다. 이 시기 대서북(大西北) 해방에 대한 청사진은 서서히 베일을 벗고 있었다.

1948년 시종쉰과 허룽(좌측 첫 번째), 린보추(좌측 네 번째), 마밍팡(좌측 두 번째), 구퉈푸(賈拓夫–좌측 다섯 번째), 왕웨이저우(王維舟–좌측 여섯 번째)등과 쉐이더에서 합동 촬영.

3월 3일 서북야전군은 이촨(宜川)전투에서 승리를 거두었다. 10일 변구 각계는 미즈(米脂) 양자구(楊家溝)에서 이촨 승리 경축 및 '3.8'절 기념 만인(万人)대회가 열렸다. 시종쉰은 강화에서 이촨의 승리는 전 변구의 광복 및 대 서북지역을 해방하는 날이 멀지 않았다는 것을 증명해 주는 것이라고 하였다.

4월 21일 연방군관구 소속 부대는 옌안을 수복하였다. 그 후 서북국은 옌안으로 옮겼다. 치신 동지와 당지 전선기자인 장광(張光)의 회억에 따르면, 시종쉰은 왕자핑에서 마오쩌동이 머물렀던 방에서 사무를 보았다고 한다.

샤오허회의 이후에 시종쉰과 허롱, 린보추는 후방을 책임지고 후방에서 지방부대의 협동작전, 군량 운송, 군비확장, 군수품 조달 등을 지휘하여 대 서북 해방의 든든한 후원자 역할을 하였다.

국민당 군대가 옌안을 공격하기 전후하여 산간닝변구에서는 2만여 명의 유격대와 10여 만 명의 민병들을 조직하고 산과 들, 산골짜기와 산마루에서 활발하게 활동을 하여 적들의 교통을 차단해버리고 적의 소굴을 퇴치했고 적의 수송부대를 공격하고 적의 간첩들을 찾아내어 없애 버렸다. 적들은 밤낮으로 편하게 지낼 수가 없었다.

당시 변구 부대 및 기관에는 약 8만 명이 있었으며, 매 달 필요한 식량이 1.6만 석에 달하였다. 1947년 7월부터 1948년 봄 중앙 군사위원회, 마오쩌동, 펑더화이는 시종쉰과 허롱에게 군량을 준비하여 운송해 오라는 급한 전보를 20여 통 보냈다. 서북국에서는 『산간닝변구 양식 운송, 재해 퇴치 사업 대강』을 제정하고 양식 운송, 재해 퇴치 지휘부를 설립하고 시종쉰이 직접 정위를 맡았다. 각지에는 병참부대를 설립하여 야전군이 도착하는 곳마다 즉시 군량을 보충해 줄 수 있도록 하였다. 불완전한 통계에 의하면 1947년 산간닝변구에서는 그 전해보다 8.3만 석 많은 24.6만 석의 양식을 수집하였다. 1년 동안 군량 120만여 석을 준비하였고 땔나무 1.2억 근, 군화 92만 벌을 준비하였다.

시종쉰은 군중들이 적극적으로 전방을 지원하는 장면들을 생생하게 기억하고 있었다. "1947년 10월 쉐이더, 미즈(米脂), 칭젠이(淸澗) 일대에서 나는 많은 마을사람들이 완전히 여물지도 않은 수수며 동부들을 거두어 그날 밤으로 볶아서 부대에 가져다주는 것을 보았다."

| 옌안을 수복하는 인민해방군

| 전방 지원에 나선 당나귀 부대.

시종쉰은 1948년 2월 8일 서북무역회사 사장 겸 서북농민은행 행장인 위제(喩杰)등에게 보내는 편지에 다음과 같이 썼다. "비누를 대륙의 주요지점에서 교환할 수 있는 수입물자로 허락한다. 하지만 내지에서 유행되어 밀수 검거에 방해되는 일이 없도록 관련 규정제도에 따라 엄격히 시행하여야 한다."

이런 사소한 부분에서 시종쉰이 어려운 와중에도 질서정연하게 전방을 지원하였다는 것을 알 수 있다. 시종쉰과 허룽은 연방군관구 내에서 기구를 간소화하고 작전부대를 늘렸다. 또한 여러 차례 참군 동원령을 발표하여 4.2만 명의 청년들을 참군하게 했다.

| 서북야전군 전선위원회 제2차 확대회의에서 연설을 하고 있는 시종쉰.

또한 시종쉰은 부대에서 문물을 보호하라고 하였으며 간부를 보내 문물을 보호하는 사업을 맡게 하였다. 3월 26일 그와 허룽, 린보추는 연명으로 『각지 문물 고적들을 보호하는 문제에 관한 포고』를 발표하였다.

동시에 시종쉰은 서북야전군의 중요한 작전 결정에 참여하였으며, 전선위원회 회의에 참석하여 펑더화이를 협조하여 부대의 사상정치 임무를 훌륭하게 수행하였다.

1948년 5월 26일 시종쉰은 뤄촨현(洛川縣) 투지진(土基鎭)에서 열린 서북야전군 전선위원회 제2차 확대회의(역사상에서 이를 투지회의[土基會議]라고 한다)에 참석하였다. 회의에서는 서부전역의 경험과 교훈들을 종합하고 검토하였다. 시종쉰은 작전 중에 존재하고 있던 자유주의에 대하여 지적하였으며, 이런 행위들을 제멋대로 하게 놔두었거나 명령을 굳건히 집행하지 않아 전투시기를 놓쳤던 군 지도자들을 호되게 비평하였다.

승리는 점차 눈앞으로 다가오고 있다. "모든 것은 전선을 위한 것이고, 모든 것은 새로운 해방구 확대를 위한 것이다" 이것은 시종쉰이 서북국에 제기한 사업 방침이었다.

1948년 봄과 여름 서북국은 연속 세 차례에 걸쳐 회의를 열어 새로운 해방구사업을 연구하였다. 7월 19부터 8월 4일까지 산간닝변구 지방위원회 서기회의를 열었다. 시종쉰은 회의 시작과 마지막에 주제보고를 하였다. 이 보고에서 그는 기본구, 접적구(接敵區), 신구(新區, 새로운 해방구) 등 세 개의 새로운 개념을 제시하고, 접적구와 새로운 해방구에서는 적군들과의 투쟁을 사업의 중심으로 하고 잠시 동안 토지개혁을 하지 않으며, 노 해방구와 대부분의 반 노 해방구를 포함한 기본구에서는 토지개혁을 다시 하지 않고 토지소유권을 확정하고 토지사용증을 발급하는 것을 중심으로 대대적인 생산운동을 기본 임무로 한다고 하였다.

11월 중앙 군사위원회의 명령에 따라 산간닝진쉐이 연방군관구는 서북군관구로 이름을 바꾸고 허롱이 사령관, 시종쉰이 정위를 맡았다.

대 서북은 해방의 여명을 맞이하게 되었다. 도시를 인수하는 것이 시급한 과제로 떠올랐다. 1949년 1월 11일부터 23일까지 중국공산당 서북야전군 제1차 대표대회가 위북(渭北) 우좡(武庄)에서 개최되었다. 17일 시종쉰은 『도시 인수 관리에 관한 문제』라는 제목의 보고를 하였다. 그는 우선

상황을 파악하여 숙지한 다음 가능한 일정 기간 내에 합리적으로 토지개혁을 진행하여 한다고 했다. 구체적인 정책은 "기구를 해산하고, 재료를 이용하는 것"인데 즉 "낡은 정권의 여러 관리기구들을 철저하게 와해시킨 후 인민의 정치기구를 설립하고 설비들은 보호하고 보존해야 하며, 일반 공무원은 필요한 개조를 거쳐 상황에 따라 사용하는 것"이라고 하였다.

1월 24일 서북야전군 전선 위원회는 중앙군사위원회의 명령에 따라 서북야전군을 중국인민해방군 제1야전군으로 편성하고 2월 1일부터 새로운 편성 번호를 쓴다고 하였다. 같은 해 11월 30일 제1야전군과 서북군관구는 합병을 하게 되며 시종쉰이 제1야전군과 서북 군관구 정위를 맡았다. 1949년 3월 5일부터 13일까지 시종쉰은 허베이성 핑산현 시바이포(西柏坡)에서 열린 당의 제7기 2차 전체회의에 참석하였다.

시종쉰은 중국공산당 서북야전군 제1차 대표대회에서 『도시 인수 관리에 관한 문제』라는 제목으로 보고를 하였다.

5월 10일, 시종쉰은 옌안 타오린(桃林)광장에서 열린 시안으로 진출하는 간부 동원대회에서 연설하였다. 그는 엄격하게 기율을 준수하는 것을 견지해야 하며 군중들과 긴밀히 연계를 하여야만 순조롭게 시안을 인수하고, 시안을 재건하는 임무를 완성할 수 있다고 하였다. 그는 "우리에게 있어서 모르고 있는 것이 두려운 것이 아니라 배우려 하지 않는 것이 두려운 것이다. 우리가 소학생(小學生)[22]의 자세로 임한다면 언젠가 우리는 대학생이 될 수 있을 것이다. 그렇지 않고 소학생이 되기를 두려워한다면 영원히 소학생이 될 것이다."고 하였다.

6월 4일 『군중일보』(시안 편)에는 중요한 소식이 실렸다. 서북인민의 영수이며 당정군(黨政軍) 책임동지이며 중국공산당 중앙국 서기 시종쉰, 중국인민해방군 서북군관구 사령관 겸 시안군사관제위원회 주임인 허룽과 마밍팡, 리우징판, 자오서우산(趙壽山) 등이 시안에 도착하였다는 소식이었다. 시안에 들어 선 후 시종쉰은 원래 국민당 성정부 주둔지였던 신청다위안(新城大院)[23]에 거주하였다. 그 후 샤오차시(小差市) 국민당 시안시 시장이 사무를 보던 왕유즈(王友直)공관(公館)[24]으로 이사를 가 사무를 보았다.

22) 소학생: 소학교 학생, 한국의 초등학교에 상당함.
23) 신청다위안: 현 산시성 성정부 청사.
24) 현 시안시 젠궈로(建國路).

1949년 2월 15일 산간닝변구 참의회 상주의원 및 정부 위원들의 단체사진.
두 번째 줄 좌측 다섯 번째가 대리의장인 시종쉰.

6월 8일 중국공산당 중앙에서는 새로운 중국공산당 서북국을 구성할 것을 결정하여 펑더화이가 제1서기, 허룽이 제2서기, 시종쉰이 제3서기를 맡았다. 펑더화이는 제1야전군을 거느리고 서북(간 · 닝 · 칭 · 신[甘, 宁, 青, 新])지역으로 진군하고 허룽은 군대를 거느리고 쓰촨으로 진군할 준비를 하였으며, 시종쉰은 서북국의 일상 사무를 책임졌다.

9월 30일 중국인민정치협상회의 제1기 전체회의가 베이징에서 폐막되었다. 이 회의에서 시종쉰은 중앙인민정부 위원회 위원으로 당선되었으며, 얼마 지나지 않아 중앙인민정부 인민혁명 군사위원회 위원 으로 임명되었다.

| 1949년 6월 시안 보위 동원대회에서 연설하는 시종쉰.

1949년 10월 1일 마오쩌동은 천안문 성루에서 전 세계를 향하여 "오늘 설립되었다!"고 장엄하게 선포하였다.

이로부터 중화민족은 새로운 위대한 역사의 새로운 시대를 열었던 것이다. 새 중국은 금방 떠오르는 아침의 태양처럼 동방의 지평선으로부터 서서히 떠오르고 있었던 것이다.

1949년 가을 시중쉰(우측 두 번째)과 왼쪽으로부터 차례로 허룽, 류보청(劉伯承), 덩샤오핑(鄧小平), 천이, 왕웨이저우(王維舟) 들과 베이징 이허위안(頤和園)에서 남긴 기념사진.

20

대서북(大西北)을 다스리다.

20. 대서북(大西北)을 다스리다.

새 중국이 창립된 후 펑더화이, 시종쉰의 지도하에 서북에서의 정권 건립사업은 신속하게 시작되었다. 1949년 10월 31일, 11월 2일, 11월 10일 세 차례에 걸쳐 시종쉰은 서북국 상임위원회 사무회의를 개최하였다.

회의에서는 서북 군정위원회 조직기구 편성 방안을 연구 토론하였으며, 군정위원회는 약간 명의 당 외 인사들이 있어야 하며, 각 성 정부 위원회의 당 외 인사들은 3분의 1을 차지하여야 한다고 하였다. 시종쉰은 특별히 민주인사 마둔징(馬惇靖)이 닝샤성 성정부의 사업에 참여하였기에 마홍빈(馬鴻賓)은 간수(甘肅)성 인민정부 부주석을 맡을 수 있다고 제기하였다. 몇 달 안 되는 시간에 서북의 각 성 인민정부가 연이어 설립되었다.

시종쉰은 산시 창안현(長安縣)에서 정권 건립사업을 시행하기로 하였다. 10월 8일 오전 시종쉰은 창안현 제1기 농민대표대회 개막식에 참석하였다. 개막식에서 그는 "우리는 인민의 머슴이라는 것을 절대 잊지 말아야 한다. 인민의 심부름꾼인 우리는 군중들을 따라 배워야 하며, 우리 주인인 군중들의 가르침을 따라야 한다"고 각급 간부들에게 깨우쳐 주었다.

1950년 1월 19일 서북군정위원회(西北軍政委員會)가 시안에서 정식으로 설립되었다. 펑더화이가 주석을 맡고 시종쉰, 장즈종(張治中)이 부주임을 맡았으며, 44명으로 된 위원회에는 3분의 1의 당외 인사가 포함되어 있었다. 서북군정위원회는 중앙인민정부가 서북지구에서 군사 관제를 대표하는 기관이었으며, 서북인민정부의 직권을 대리 행사하였다.

시종쉰은 19일에 열린 취임식에서 "예전에 인민을 위하여 복무하던 정신으로 전 당의 동지들과 함께 여러 민족의 인민들, 각계 당외 인사들과 함께 서로 격려하며 협력하여 서북인민의 성실한 심부름꾼이 되어야 한다"고 진심어린 어투로 발언하였다.

그해 3월 펑더화이는 회의에 참석하러 베이징에 가기 전에 서북국 상임위원회 회의에서 "내가 베이징으로 떠난 후 정부의 직무는 시종쉰이 대리한다. 대내외의 모든 명령은 모두 대리 주석이 내린다"고 하였다.

10월 4일 베이징에서 보낸 전용기가 펑더화이를 모시고 갔다. 며칠 후에야 시종쉰은 펑더화이가 중국인민 지원군을 거느리고 조선(朝鮮)으로 향한 것을 알게 되었다. 그리하여 대서북을 다스리는 역사적 중임은 시종쉰의 어깨로 떨어지게 되었던 것이다.

| 1950년 문서를 검열하고 있는 시종쉰, 오른쪽은 비서 겸 연구실 주임인 황즈(黃植).

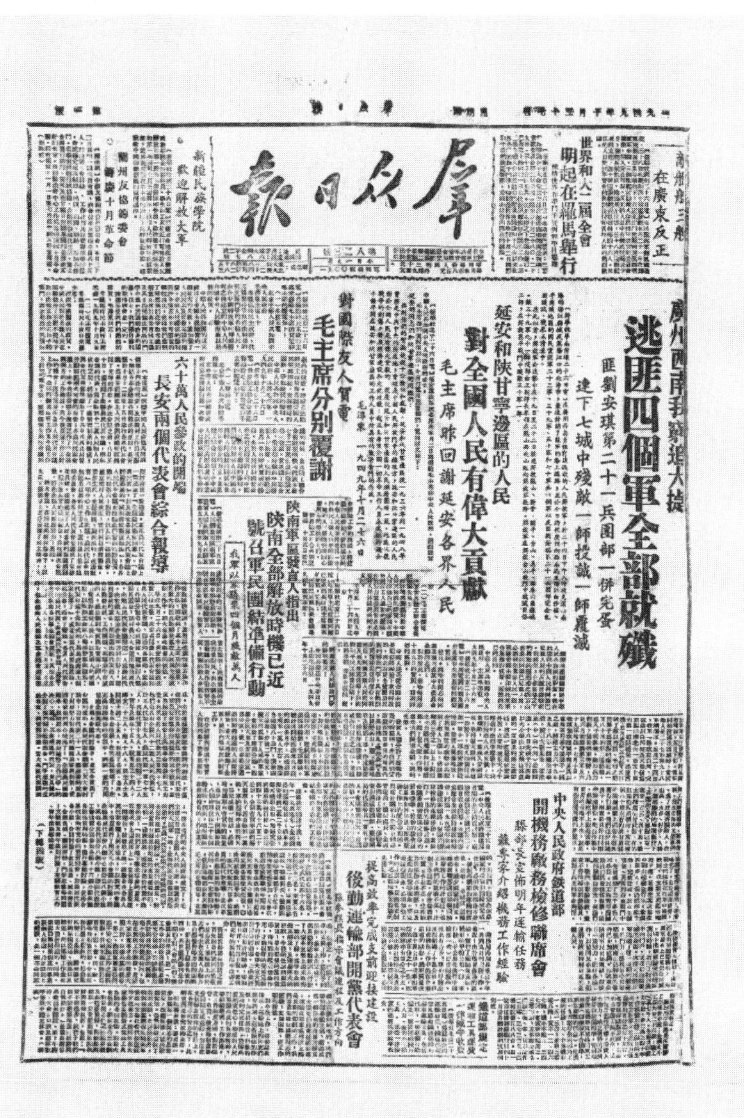

群众日报

在廣東反正

世界和大二屆全會
明起在羅馬舉行

新疆民族學院
歡迎解放大軍

蘭州友協籌委會
籌慶十月革命節

廣州西南我窮追大捷
逃匪四個軍全部就殲
匪劉安琪第二十一兵團部一併完蛋
連下七城中殘敵一師投誠一師覆滅

延安和陝甘寧邊區的人民
對全國人民有偉大貢獻
毛主席昨回謝延安各界人民

毛澤東 一九四九年十月二十六日

對國際友人賀電
毛主席分別覆謝

陝南軍區發言人指出
陝南全部解放時機已近
號召軍民團結準備行動

六十萬人民參政的開端
長安兩個代表會綜合報導

中央人民政府鐵道部
開機務廠務檢修聯席會
藤部長宣佈明年運輸任務
蘇專家介紹機務工作經驗

提高效率完成支前迎接建設
後勤運輸部開黨代表會

| 1949년 10월 27일 창안현에서 열린 두 차례 대표회의에 대한 상황 보도가 실린 『췬중일보(群衆日報)』.

1950년 1월 19일 시종쉰과 펑더화이(좌측 다섯 번째), 장즈종(좌측 네 번째) 등이 서북 군정위원회 창설대회에서 여러 민족대표들이 선물하는 깃발을 받고 있다.

1950년 1월 19일, 서북군정위원회 주석, 부주석, 위원들과 찍은 기념사진.

대 서북은 땅이 넓고 자연의 경치가 장관을 이루고 자고로 여러 민족들이 집거하는 곳이며, 그 덕에 경제사회의 발전은 극도로 불균형적이었다.

민족단결은 서북 사업의 절대적인 중심이다. 시종쉰은 모든 사업은 민족단결의 기초 위에서 진행하되어야 한다고 하였다. 그는 "착실하게 안정적으로 진행하며 신중해야 한다"는 방침 하에 진행해야 하는데 기본적인 순서는 먼저 각 민족의 상층 인사들을 포섭하고 종교방면의 인사들을 포섭해야 하며, 그 다음에는 군중들을 동원해야 한다고 하였다. 순서를 거꾸로 해서는 절대로 안 된다고 하였다. 당시 서북 군정위원회의 회의는 매년 두 차례 씩 진행되었으며, 매번 마다의 회의에는 여러 민족, 각 계층, 각 민주당파 인사들을 초청하였다. 참석한 당외 인사들은 위원회 위원수의 두세 배에 달하였다.

1950년 6월 중국공산당 제1기 3차 전체회의가 베이징에서 진행되었다. 회의에 참석한 중앙위원, 중앙 후보위원들의 기념사진. 시종쉰도 이번 회의에 참석하였다.

민족지구의 토지개혁 사업을 순조롭게 완성하는 것은 새로운 인민정부 앞에 놓인 중요한 시험이었다. 시종쉰은 직접 서북 토지개혁위원회 주임을 겸하였다. 그는 농업구, 목축구 순으로 순서에 따라 적절하게 사업을 진행하였다. 목축구와 반농반목축구가 대량으로 존재하는 문제에 대하여, 그는 창조적으로 "봉건을 연합하여 봉건을 반대"하는 관념을 제기하였다. 이것은 일부분의 봉건을 연합하여 대부분의 봉건을 반대하는 것으로 각 민족의 상층 인물과 종교 인사들의 통일전선사업을 쟁취한 후 군중들을 동원하는 것이다. 이런 방법으로 평화적이고 안정적인 형세 하에서 위로부터 아래로 순차적으로 진행해 나갔다.

서북국 통일전선부 처장을 맡았던 장핑(江平)은 당시를 회억하며 감개무량한 목소리로 다음과 같이 말하였다. "시종쉰이 고도의 이론적 수양을 가지고 있지 않고 충분한 용기가 없었더라면 당시 계급투쟁 중에서 이런 방법을 제기한다는 것은 절대로 쉬운 일이 아니었다. 그리고 마오 주석도 이 보고를 허가하였다. 일부 상층 봉건인사와 연합시킴으로써 서북의 우두머리들과 대 지주들이 민주인사로 되었으며, 모두 우리가 단결해야 하는 대상이 되었다."

1951년 2월에서 3월 사이에 "베이징 교수 토지개혁 참관단"이 서북에서 고찰을 하였다. 3월 18일,마오쩌둥은 "우징차오(吳景超), 주광첸(朱光潛)등이 시안 부근에서 실시한 토지개혁이 좋은 반응을 얻고 있는 것을 보았다. 이런 사례들을 가지고 우리 간부들을 교육하여 폐쇄주의 사상에서 벗어나게 해야 한다"고 하였다. 1953년 말 서북지구에서는 순차적으로 토지개혁임무를 완성하게 되었다.

1950년 7월 서북군정위원회 제2차 회의에 참석한 시종쉰과 펑더화이(우측 첫 번째), 장즈종(우측 두 번째), 자튀푸(賈拓夫, 우측 세 번째)의 합동촬영 모습.

낙후한 서북 지구에서 경제를 발전시키고, 공업건설을 진행하는 것은 중국공산당 중앙 서북국 앞에 놓인 어려운 임무였다. 곤란 앞에서는 곤란을 극복하여 앞으로 나아가는 것만이 길이다.

시종쉰은 기업관리 개혁을 제기하였다. 경제 전선에서 승전을 거두려면 노동자들과 자본가들 모두의 노력이 필요하였다. 1950년 4월에 있었던 연설에서 그는 자본가들에게 노동자들이 생산관리를 협조할 수 있으며, 그들의 관리 방면에서의 적극성을 높이고 스스로 노동규율을 지키는 자각성을 발휘할 수 있게 해야 한다고 하였다. 또한 그는 생산을 잘 하는 것은 사영공장 노동자들의 책임이라고 노동자들과 군중들에게 말하였다. 노동자들은 적극적으로 관리를 개선하는 방법 등 다양한 의견들을 제기해야 한다고 하였다. 또한 자본가와 협상하여 문제를 해결하여야 하지만, 이를 이유로 자본가들의 행정권과 인사권을 간섭하지 말아야 한다고 하였다.

1950년 3월 제1차 서북 교통회의에서 시종쉰은: "전체 직원들의 적극성을 불러일으키는 것은 교통사업을 잘 할 수 있는 방법의 하나이다. 도로기초 건설을 보수하고, 다리, 도로에 대한 보호, 도로에 대한 보수 등 각항 사업에 도로 양편에 있는 많은 농민들을 참가시켜야 한다"고 하였다.

1952년 8월 23일 톈란(天蘭)철로가 완공되었다. 9월 11일 시종쉰은 "톈란철로의 위대한 완공을 경축한다! 서북의 각 민족 인민들의 다년간의 염원은 해방 후 3년 만에 이루어 졌다. 이것은 기쁜 일이다. 우리는 반드시 계속 노력하여 서북 철로 간선 및 필요한 철로 공정의 건설을 위해 더욱 투쟁해야 한다"는 축하문을 보냈다.

1950년 시종쉰과 바오란(宝蘭)[34] 노선 철로 시공기획을 지도하러 서북에 내려온 원 철도부 부부장 루정차오(呂正操-좌)와 구 소련 전문가와 찍은 기념사진.

34) 바오란노선: 바오지(宝鸡)로부터 란저우(兰州)까지의 철로

시종쉰은 농업생산 사업도 중시하였다. 1950년부터 1952년까지 매년 봄갈이 철이면 그는 서북군정위원회의 명의로 때에 맞춰 농업생산 대출 등 사업에 대한 지시를 내렸다.

그는 각급기관에서 '농업대출위원회'를 설립하라고 요구했다. 그는 나라의 소중한 자금을 사용할 때 "중점적, 계획적으로 농업을 지원 발전시키고, 수리 공사를 진행하고, 양곡과 목화의 생산량을 높이고, 가축을 번식시켜야 한다"고 하였다.

1950년 7월부터 9월까지 서북지구 제1차 교육회의가 시안에서 진행되었다.
사진 좌측으로부터 펑더화이, 샤오싼(蕭三), 아이칭(艾靑), 자오중츠(趙仲池), 시종쉰.

시종쉰은 산시 싱핑(興平)현 장밍량(張明亮)등 47개의 호조소조(互助組)[35]는 서북지구와 전국 밀 생산지역의 여름 수확 및 여름 종자[36]의 수확량에 도전장을 내밀었다. 국가 농업부에서는 "높은 관심을 보이며 봄갈이 생산에 대한 기초 위에서 호조소조들 사이에 경쟁을 조직해야 한다"고 전국 밀 생산지구에 호소하였다. 산시의 3,300개 호조소조, 전국의 8,500개에 달하는 호조소조들이 경쟁에 참가하였다. 이 외에도 서북지구에서는 목화 애국 풍작 시합, 조림(造林), 수력 공정과 목축업 등 여러 가지 노동시합을 활발하게 진행하였다.

1951년 봄 서북군정위원회에서는 1년 동안 "57,615무의 삼림을 만들고 2,676만 그루의 나무를 심어 서북의 임업(林業)사업을 더욱 발전시키자"는 요구를 제기하였다. 1952년은 한사람이 일 년에 나무 한 그루씩 심는 식수운동을 적극적으로 진행하였으며, 서북의 모든 철로, 도로, 강의 양편에 나무를 심고 민둥산을 푸르게 하라고 호소하였다. 9월 3일 시종쉰은 제1기 서북 임업사업회의에 참가하였다. 그는 "우리가 지금 하고 있는 일은 우리의 중국을 알아가는 일일 뿐만 아니라 중국을 개조하는 일이며, 더욱 아름답고 더욱 좋은 중국을 건설하는 일이다"라고 하였다. 그는 서북인민들에게 "우리는 수천 리나 되는 유사(流沙)[37] 주위에 삼림 장성(長城)을 만들어야

---

35) 호조소조(农业生产互助组): 중화인민공화국 건립 이전의 중국공산당이 통치한 지역(解放區)과 건국 초기 농촌에서의 노동력 상호 품앗이 조직.

36) 여름 종자: 밀의 우량종자를 선택하여 남기는 작업.

37) 유사: 유사는 지각의 풍화작용이나 물 또는 바람 등에 의해 침식, 퇴적 되어 생성된 토사나 모래입자가 하천이나 바다 등에서 흐르는 물의 작용으로 인해 수중에서 하상 위를 이동하거나 떠다니는 것을 말한다.

하는데 이를 위해서는 나무를 많이 심어야 한다"고 호소하였다.

1951년 5월 27일 시종쉰은 마오쩌동과 중국공산당 중앙에 편지를 보내 서북의 유전을 하루 빨리 개발할 것을 건의하였다. 그는 베이징으로 가서 연로공업부와 함께 구체적인 연구를 하라고 서북 석유관리국 책임자인 캉스언(康世恩)을 파견하였다. 서북 석유공업은 공화국의 초기에 이미 큰 발전을 가져왔으며 서북 경제 발전을 이끄는 역할을 하였다.

시종쉰은 엄격히 정책을 잘 운영하고 있었으며, 사실에 입각하여 서북지구의 '삼반 오반운동(三反, 五反運動)'[38]을 지도하였다.

| 1951년 3월 시종쉰과 조선으로 떠나는 중국인민 위문단 서북단의 전체 대표들과 남긴 기념사진.

---

38) 삼반 · 오반운동: 1951년 년 말부터 1952년 10월까지 당정부 기관 사업 인원들을 상대로 한 "횡령을 반대하고, 낭비를 반대하고, 관료주의를 반대하는 것"과, 민간 상공업자들을 상대로 한 "뇌물을 주는 것을 반대하고, 탈세를 반대하며, 국가 재산을 훔치는 행위를 반대하고, 생산과정에서 원료를 줄이는 행위를 반대하고, 국가의 경제 기밀을 절도하는 행위를 반대하는 운동"을 이름.

특히 '삼반오반운동'이 고조를 이루던 "호랑이를 잡는 과정"에서 그는 제때에 "긴밀하게 지도하고 엄밀하게 제어하며 잘못을 의심할 수 있지만, 잘못 잡아서는 안 된다는 것을 견지하고 강제 자백을 얻는 것을 방지하여야 한다"고 지적하였다. 마오쩌동은 시종쉰이 "정확하게 제기하였다"고 긍정하면서 "운동이 고조에 달은 지금, 동지들은 이런 점들에 주의해야 한다"고 지시하였다.

1951년 국경절, 왼쪽으로 부터 차례로 서북군정위원회에서 진행된 열병식에 참가한 시종쉰과 장즈종, 자퉈푸.

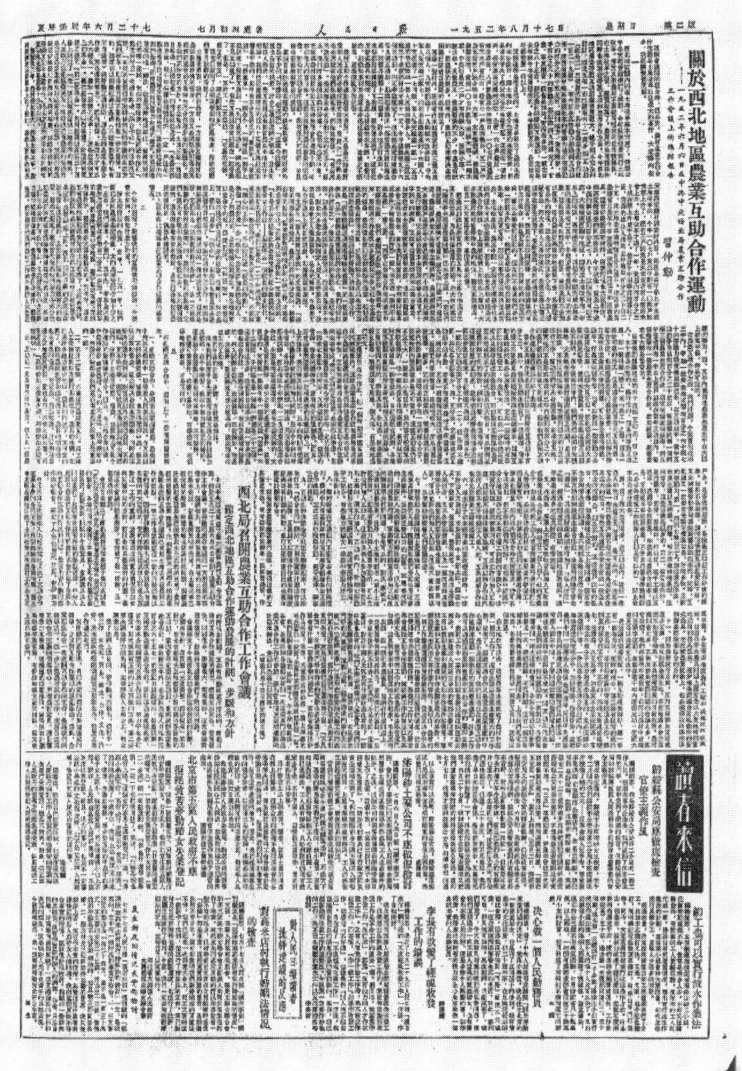

關於西北地區農業互助合作運動

——一九五二年六月六日在中共中央西北局農業互助合作工作會議上的總結報告

習仲勳

西北局召開農業互助合作工作會議

確定西北地區互助合作運動發展的計劃、步驟和方針

讀者來信

1952년 8월 17일 『인민일보(人民日報)』에 실린 서북국 농업호조합작사 사업회의에서 한 시종쉰의 종합 보고

1952년 초, 마오쩌동은 시종쉰이 시안에서 보내온 『중국공산당 중앙 서북국 위원회 전체회의 정황』에 관한 보고를 검열한 후 보고서를 잘 썼다며 연신 칭찬하였다. 그는 당내의 동지들 앞에서 시종쉰이 '노화순청(爐火純靑)'[39]의 경지에 이르렀다고 칭찬하였다.

| 1950년 시종쉰과 부인 치신, 딸 차오차오과 함께 시안에서 찍은 기념사진.

39) 노화순청: 수준이 최고의 경지에 이르렀음을 이르는 말.

21

중앙인민정부의 특명대표

21. 중앙인민정부의 특명대표

1951년 4월 22일 10세 판첸라마(Panchan Lama)[40]인 어얼더니(額爾德尼) 췌지젠짠(确吉堅贊)이 처음으로 칸부(堪布)[41] 의사청 관원들을 거느리고 베이징에 가는 길에 서안에 들렀다. 시종쉰은 중국공산당 서부국과 서북군정위원회의를 대표하여 공항에 마중하러 나갔다. 영준한 소년 활불과 자애로운 시종쉰은 옛 친구를 만난 것처럼 즐거운 대화를 나누었다.

"사람의 기개란 나이와는 상관이 없는 것이구나!"

라고 시종쉰은 감탄하였다. 그해 11세 판첸라마 어얼더니 췌지젠짠은 13세의 나이였다.

---

40) 판첸라마(Panchan Lama) : 티베트의 전생 활불로서 달라이라마 다음 가는 위치에 있는 사람의 통칭.

41) 칸부: 티베트 지방정부의 승관(僧官) 이름.

| 시안 공항에서 11세 판첸라마 어얼더니 취지젠짠(좌측 두 번째)을 마중하러 나온 시종쉰.

복잡한 역사적 원인과 티베트에 대한 제국주의 세력의 침략과 간섭으로 인하여 1920년대의 9세 판첸라마인 어얼디니 추지니마(曲吉尼瑪)는 부득이하게 티베트를 떠났다. 그는 시적(示寂)[42] 한 뒤에도 역대 주지(住持)라마들이 안치되어 있는 자스룬부사(扎什倫布寺)에 모셔지지 못하였다.

인민해방군이 티베트를 수복하면서 판첸 칸부의사청에서는 티베트로 돌아가겠다고 요청하였다. 시종쉰은 중국공산당 중앙 서북국과 상의한 후 중앙에 "전 티베트가 해방된 후 중앙정부와 달라이정부와 협상이 이루어진

42) 시적: 보살이나 높은 승려의 죽음.

후에 티베트에 들어가는 것이 타당하다고 본다. 만약 일찍 티베트에 들어간다면 우리가 티베트를 해방시키는 결정 및 전 티베트의 단결 방침에 영향을 미칠 수도 있다"는 내용의 전보를 보냈다.

서북국의 판단과 중앙의 정책이 일치하였다. 10세 판첸라마 어얼디니 춰지젠짠이 티베트 행의 안전을 위해 시종쉰은 왕펑, 판밍(范明) 등을 타얼사(塔爾寺)에 보내 판첸라마의 사무실과 자세한 교류를 하였다.

| 시종쉰과 10세 판첸라마 어얼더니 춰지전짠(앞줄 좌측 네 번째) 등과 남긴 기념사진.

5월 23일 『17조협의(十七條協議)』라고 불리는 『중앙인민정부와 티베트 지방정부의 평화적으로 티베트를 해방시키는 방법에 관한 협의(中央人民政府和西藏地方政府關于和平解放西藏辦法的協議)』가 정식으로 체결되었다.

6월 21일 10세 판첸라마 어얼더니 췌지젠짠이 칭하이(青海)로 돌아가는 길에 시안에 들렀을 때, 그들은 두 번째 만남을 가졌다. 24일 10세 판첸라마 어얼더니 췌지젠짠은 타얼사에서 시종쉰에세 편지를 썼다.

"이후 마오주석과 당신의 지도하에 더욱 행복하고 발전하는 새로운 티베트를 건설하기 위하여 노력해 주시기를 진심으로 바랍니다." 10세 판첸라마 어얼더니 췌지젠짠이 티베트로 돌아갈 수 있는 조건들이 점차 완성되어 갔다. 11월 11일 중국공산당중앙에서는 서북국에 전보문을 보내 칭하이성 성위원회에 전달하게 하였다. 전보문에는 "판첸라마가 티베트로 돌아갈 수 있는 여러 사항에 대하여 책임지고 검사하고 재촉해서 여러 곤란사항들을 해결하는 것에 소홀히 하지 말아야 한다"고 적혀 있었으며, "종쉰 동지가 마오주석과 중국인민정부를 대표하여 반첸라마가 티베트로 떠나기 전에 환송하는 책임을 지고 반첸라마와 함께 티베트로 들어가는 장족(티베트족)과 한족 수행원들에게 정책을 잘 설명해 줄 것"이라고 적었다.

12월 14일 시종쉰은 타얼사로 가서 10세 판첸라마 어얼더니 췌지젠짠을 방문하였다. 그는 진심을 담아 "이번에 제가 중국공산당중앙과 마오주석을 대표하여 티베트로 돌아가시는 활불님을 환송하러 시닝(西宁)에 왔습니다"라고 말하였다. "공산당이 아니고 마오 주석이 아니었다면 우리는 티베트로 돌아가지 못하게 되었을 것입니다." 10세 판첸라마 어얼더니 췌지젠짠은 감동하여 말하였다.

16일 시종쉰은 칭하이성 성 정부 홀에서 진행된 10세 판첸라마 어얼더니 췌지젠짠이 티베트로 돌아가는 환송회에서 아래와 같이 강화하였다.

"저는 판첸라마 어얼더니 선생께서 티베트에 돌아간 후, 마오 주석과 중앙인민정부의 지도하에 달라이라마와 함께 더욱 단결된 모습으로 인민해방군의 협조 하에 평화적으로 티베트 해방에 관한 협의의 모든 규정을 충실하게 집행하여 제국주의의 영향을 송두리째 뽑아 조국의 변방을 공고히 하고 티베트의 정치, 경제, 문화 등 여러 방면에서 큰 발전과 진보를 가져와 찬란한 새로운 티베트를 건설하기 위하여 분투할 것을 희망하며 그렇게 하리라고 굳게 믿습니다!"

1951년 12월 시종쉰은 당 중앙과 마오쩌둥 주석을 대표하여 칭하이 시닝에서 티베트로 돌아가려는 10세 판첸라마 어얼더니 쵀지젠짠을 배웅하러 나왔다.

답사에서 10세 판첸라마 어얼더니 쵀지젠짠은 감격한 어조로 다음과 같이 말하였다. "오직 공산당과 마오 주석을 따르고 조국의 여러 민족들과 긴밀히 단결하여야만 우리의 티베트는 완전한 해방을 맞이할 수 있고, 이길 만이 정확한 길이며 다른 길은 없다고 확신합니다."

17일 오찬하는 시간에 시종쉰은 또 한번 10세 판첸라마 어얼더니 췌지젠짠과 동행원들과 만나 허심탄회하게 대화를 나누었다. 그는 수행원들에게 티베트에 돌아간 후 주동적으로 달라이라마와 가샤(噶厦)[43]의 관리들과 단결을 잘해야 하며 앞으로 맞이해야 할 여러 가지 난제들을 미리 생각해 두어야 하며, 이런 난제들을 풀어나갈 용기와 신심을 가지고 있어야 한다고 하였으며, 이런 난제들을 해결할 때 성급해서는 안 되며, 평화적 해방의 여러 협의들을 차근차근 열심히 집행해야 한다고 하였다.

칸부 의사청 관리들은 일정한 수량의 총과 자금이 필요하며 판첸라마가 르카쩌(日喀則)에서 사용할 자동차 한대가 필요하다고 하였다. 시종쉰은 즉시 "활불님이 필요한 것이라면 우리는 모든 방법을 강구하여 요청하시는 것에 만족을 드릴 것입니다"고 하였다. 그는 "다음 날 모든 것을 마련해 주겠다"고 하였다. 그는 자동차 한대를 해체하여 야크들의 등에 싣고 티베트로 가져가게 하였다.

18일 시종쉰은 칭하이성 성 위원회 작은 회의실에서 "평화적으로 티베트 해방을 위한 협의가 철저히 실시하도록 하기 위함"이라는 주제로 하루 종일 장족과 한족을 포함한 모든 판첸라마의 동행인원 삼백여 명에게 강화하였다. 그는 "티베트에서 사업을 할 때 '신중하게 안정적으로 진행'한다는 방침으로 진행하여야 하며 성급해서는 안 된다.

43) 가샤: 청나라부터 새중국 초기까지 티베트 지방정부 명칭으로, 1959년 에 해체됨.

'안정적으로 라는 것'은 진행할 때 머리를 써서 여러 가지 상황을 고려하라는 뜻이다. 처리해야 할 것인지 아닌지? 일을 진행한 후의 후과는 어떻게 될지? 이런 상황들을 다 생각해서 일을 하다보면 임무 하나를 완성할 때마다 그에 응하는 성과를 얻게 될 것이다. 이는 티베트에서의 사업을 순조롭게 완성하는 방침이다. 티베트에서 사업을 진행할 때 일부 일에 대해서는 늦게 해결해도 되는 것을 급히 할 필요가 없으며, 시간이 문제가 아니라 그릇된 길로 가지 말고 정확하게 사업을 해나가는 것이 우선이다"라고 하였다.

같은 날 16일에 이미 중국공산당 서북 티베트중국공산당 중앙 직속기관 공작위원회와 함께 먼저 라싸(拉薩)에 도착한 판첸라마의 행원(行轅) 사업선견대는 시종쉰에게 "우리는 오늘의 승리가 당신과 영광의 당인 공산당이 우리들에게 가져다 준 것임을 너무 나 잘 알고 있습니다. 저희들 감사의 마음은 끝이 없습니다"라는 전보를 보냈다.

19일 10세 판첸라마 어얼더니 췌지젠짠은 티베트로 돌아가는 길에 나섰다. 길을 떠나기 전 판첸라마는 시종쉰에게 허리를 굽혀 인사를 하고 순백의 하다(哈達[44])를 선사하였다. 시종쉰은 10세 판첸라마 어얼더니 췌지젠짠의 두 손을 잡고 "활불님이 가시는 길이 순조롭기를 바랍니다!"고 하였다.

1952년 4월 28일 10세 판첸라마 어얼더니 췌지젠짠 일행은 넉 달 동안의

---

44) 하다: hada, 티베트족과 일부 몽골족 사람들이 경의나 축하를 표시할 때 신에게 바치거나 상대방에게 선사하는 (긴) 비단 스카프(scarf). 주로 흰색이 많음.

고난 여정을 거쳐 라싸에 도착하였다. 그해 6월 30일 꿈에도 그리던 자스룬부사(札什論布寺)에 도착하였다.

그 후 시종쉰과 중국공산당 중앙 서북국은 중앙의 위탁으로 10세 판첸라마 어얼더니 췌지젠짠과 의 연락을 책임졌다. 그들 사이의 우정은 가족과 같았다. 시종쉰이 중앙으로 전근되어 사업하게 된 60년대 초까지의 10년간 10세 판첸라마 어얼더니 췌지젠짠이 베이징에 가거나 베이징에서 티베트로 돌아오는 길에 들리게 되면 시종쉰은 매번 공항 혹은 기차역으로 가서 맞이하고 배웅하였다. 1962년 10세 판첸라마 어얼더니 췌지젠짠은 이른바 "칠만언서(七万言書)"사건으로 비판을 받았다.

시종쉰과 리웨이한(李維漢)등도 이 사건에 연루되었다. 더구나 시종쉰은 "소설 『류즈단(劉志丹)』 사건"으로 심사를 받게 되었다. 1962년에 마지막으로 만난 후 두 사람은 각각 돌이키기도 싫은 세월을 보내게 된다.

그 뒤로 16년의 세월이 흐른 후에야 다시 만날 수 있었다. 인민대회당에서 진행된 전국 정치협상회 제5기 1차 전체회의에서 오랜만에 만난 두 사람은 뜨거운 포옹을 했다. 두 사람은 그렇게 한참 동안 말 한마디 없이 서로를 부둥켜 안고 있었다.

시종쉰이 광동(广東)에서 정무를 주관하던 시절 10세 판첸라마는 특별히 시간을 내서 시종쉰을 만나러 갔다.

| 시종쉰과 10세 판첸라마 (우측 첫 번째), 아페이 · 아왕진메이(阿沛 · 阿旺晋美—좌측 첫 번째)의 합동 촬영

시종쉰이 다시 중앙으로 전근되어 사업을 하던 1980년대 초부터 매년 춘절 혹은 티베트 역(藏歷)의 새해가 되면 시종쉰 일가족은 명절의 하루를 10세 판첸라마와 함께 보냈다. 10세 판첸라마도 매년 양 두 마리를 시종쉰에게 보내 주었다. 시종쉰은 "길을 떠날 때에는 작별인사를 하고 돌아올 때까지 마음을 터놓고 이야기를 나누는 것은 그와 나의 오래된 습관이다"라고 회억하였다. 10세 판첸라마도 시종쉰에 대해 그가 제일 신뢰하는 선배이고 친구였다.

시종쉰과 10세 판첸라마는 1980년대에 "칠만언서"사건에 대하여 여러 차례 회억하였다. 당시 시종쉰과 리웨이한은 저우언라이의 부탁을 받고 여러 차례 10세 판첸라마와 함께 그의 "칠만언서" 중의 티베트 사업에 대한 비판과 건의를 토론하였다. 시종쉰과 리웨이한은 판첸라마의 대부분의 건의들은 정확하지만 일부는 확실히 도를 지나쳤다고 여겼다. 시종쉰은 10세 판첸라마의 거리낌 없는 솔직함은 고귀한 정신이라고 인정하면서 불필요한 말들은 하지 말라고 권고하였다. 이를 들은 10세 판첸라마는 당시 시종쉰에게 다음과 같이 말하였다.

"당신이 한 말들은 제가 모두 받아들입니다. 당신처음부터 저를 도와준 사람입니다. 또한 당신은 당을 대표하는 사람이며 개인적으로는 저의 친구이기도 합니다. 당신은 제가 어린 아이로부터 자라는 것을 봐온 분이기에 말입니다. 당신이 한 말들은 모두 저를 위한 것이라는 것을 잘 알기에 저는 너무 감사할 뿐입니다. 하지만 하지 말아야 할 말, 화가 나서 한 말들은 이미 다 말해 버린 뒤라 이제부터는 조심하겠습니다. 다만 분명히 말씀드릴 것은 제가 한 말들은 모두 진심으로 당을 위한 말이었다는 것입니다."

1986년 6월 15일 시종쉰과 10세 판첸라마(우측 두 번째)가 베이징 민족문화궁에서 티베트 탕카(唐卡) 전시회에 전시된 작품들을 둘러보고 있다.

역경 속에서는 진심을 알 수 있다. 시종쉰과 10세 판첸라마의 우정은 일생동안 변함이 없었다. 1989년 1월 28일 10세 판첸라마는 자스룬부사에서 시적(示寂)[45]하였다.

부고를 접한 시종쉰은 비통한 심정을 참지 못하고 10세 판첸라마가 마지막으로 그에게 선물한 하다를 손에 들고 눈물을 흘렸다. 그 후 시종쉰은 10세 판첸라마를 추억하며 글을 써서 『인민일보(人民日報)』에 등재했다. 글의 곳곳에서 더없이 진솔한 마음들을 엿 볼 수 있었으며 많은 독자들의 눈시울이 젖어 들게 하였다.

---

45) 시적: 보살(菩薩)이나 높은 승려(僧侶)의 죽음.

22

마오쩌동이 말했다.
"당신은 제갈량보다 대단하구려!"

22. 마오쩌동이 말했다. “당신은 제갈량보다 대단하구려!”

해방초기 서북지구에는 토비(土匪)[46]도둑 무리들이 창궐하였다. 비교적 규모를 가진 토비들은 470개가 되고 무리에 가담한 자들은 13만 명이나 되었으며 9만여 명의 군중들이 말려들어가 있었다. 1953년 상반기 시지(西吉), 아무추후(阿木去乎), 우쓰만(烏斯滿) 등 지역의 반란이 거의 모두 진압되었고 토비들로 인한 폐해를 거의 다 숙청하여 민족의 단결과 화목을 가져올 수 있게 되었다. 그중 칭하이 앙라(昂拉) 마을 천호(千戶) 샹첸(項謙)을 수복한 사적은 시종쉰이 토비를 숙청하고 민족문제를 해결한 성공적인 사례이다. 이일로 시종쉰은 마오쩌동의 높은 찬양을 받았다.

1950년 6월 29일 시종쉰은 서북국 확대회의를 총결하는 강화에서 “특무가 이끄는 무장폭동을 포함한 어떤 성질을 가지고 있는 도둑 무리이든간에 우리는 모두 인민군중의 문제로 보아야 한다. 다음과 같이 하는 것은 문제를 해결할 때 신중함을 잃지 않고 전술적 사상으로 문제를 대하게 하여 실수를 줄일 수 있는 것이다.”고 하였다. “모든 토비사건은 먼저 방어하고 후에 공격하며, 먼저 분화시키고 후에 타격을 가하며, 먼저 쟁취하고 후에 소굴을

46) 토비: 지방의 무장 도적떼.

궤멸시키는 방식으로 토비무리들을 제거해야 한다. 만약 불가피한 상황이면 궤멸시키고 보호하는 방식을 결합시켜야 한다." 시종쉰은 이와 같이 명확하게 요구하였다.

칭하이성 궤이더현(貴德縣) 젠자탄지구(尖扎灘地區)[47]에 위치한 앙라 마을은 시닝에서 약 300리 떨어져 있었다. 당시 마을에는 7개의 라마묘(喇嘛廟), 8개의 촌락, 1,000여 호, 8,000여 명의 인구가 있었다.

샹첸은 신권(神權), 족권(族權), 정권을 모두 가지고 있는 이 마을의 제12대 천호였다. 방금 해방 된 후 샹첸은 인민정부에 귀순되어 칭하이성 정협위원으로 초빙되었다. 1950년 초 마부팡(馬步芳)의 잔여 세력과 국민당 특무들의 이간에 넘어가 '반공구국군(反共救國軍)' 제2군을 조직하기 시작하여 무력으로 인민정부와 군중들을 습격하였으며, 심지어 인민해방군을 공격하기도 하였다. 정치공작 하에 1950년 8월 샹첸은 시닝에서 다시 한 번 귀순을 한다고 표명하였지만 앙라에 도착한 후 또 다시 배반하였다. 샹첸은 반란 중에서 반동의 사상도 있지만 귀순하려는 생각도 있어 우리 편으로 오게 할 수 있는 가능성도 있었다. 10세 판첸라마 어얼더니 췌지젠짠과 시라오자춰 대사(喜饒嘉措大師)는 편지를 쓰거나 사람을 파견하여 샹첸을 쟁취하려 하였다. 8번째 시도가 수포로 돌아 간 후 칭하이의 책임 동지는 군대를 파견하여 토벌할 것을 주장하였다. 시종쉰은 9월 30일 칭하이성 위원회에 전보문을 보냈다.

47) 지금의 젠자현(尖扎县).

| 풍경이 수려한 젠자(尖扎)

"우리는 목축구 티베트 족의 여러 부문의 사업에 대한 준비가 완성된 상태가 아니며 든든한 기반을 가지고 있다고 말하기 어렵다. 우리는 촨(川-쓰촨), 캉(康-중국의 옛 성의 명칭, 지금의 쓰촨, 티베트자치구 변경지대), 간(甘-간수), 칭(青-칭하이) 등 변경지구의 티베트족 마을에 들어가지도 못하였으며 그들과 손잡을 기회도 없었다. 우리는 응당 우리의 행동이 이와 같이 큰 티베트지역에 대한 영향을 고려해야 한다." 동시에 그는 아래와 같이 지적하였다. "만약 우리가 정치적으로 준비가 철저하지 못하면(물론 군사상의 준비도 포함한다.) 군사적으로 토벌하는 것을 잠시 미루도록 결정할 수 있다. 샹첸이 잠깐이나마 활개 치게 놔두는 것은 어쩌면 그들을 고립시킬 수 있는 것일 수도 있다."

칭하이성에서는 여전히 군사적 토벌을 주장하였다. 시종쉰은 즉각 성위 서기 장중량(張仲良)에게 전화를 걸어 "무력을 사용하여서는 절대 안 된다. 정치적인 사상 전환이 이루어진 후에 군사적 토벌을 고려해야 하며 중앙의 비준을 받은 다음에야 취할 수 있다. 먼저 시라오자춰(喜饒嘉措) 대사를 보내 사상전환을 시도토록 해야 한다."

1949년 12월부터 1952년 4월사이에 샹첸은 귀순하고 배신하기를 거듭하였다. 시종 수니의 지시 하에 티베트 불교의 대사인 시라오자춰 대사는 칭하이성 성위원회 통일전선부 부장 저우런산(周仁山) 및 티베트족 두목들과 사원 활불 등 50여 명은 17차례에 걸쳐 앙라 지구에 들어가 담판을 하였다.

| 앙라 천호부(千戶府)

1952년 봄 샹첸의 반란 무장대오는 인민해방군을 여러 차례 공격하였다. 일부 테베트족 두목들은 이런 상황을 보다가 동요하기 시작하면서 자신들의 무력장비들을 가지고 앙라지구로 들어가는 바람에 사태는 더욱 악화되었다. 군사적으로 토벌을 진행할 시기가 다가왔다. 4월 9일 칭하이성 성위원회에서는 서북국에 군사토벌을 진행할 것을 지시하였다.

"마음을 공략하면 번복함이 자연스레 사라지게 되며, 형세를 제대로 알지 못하면 강하게 하던 약하게 하던 모두 잘못될 수 있다." 시종쉰은 반복적으로 비교를 하면서 칭하이성 위원회와 칭하이성 군관구가 4월 하순에 군사적 토벌을 진행하려는 의견에 동의 하였다. 또한 22일과 25일 두 차례에 거쳐 칭하이에 전보를 보냈다. "토벌이 진행되는 과정에도 샹첸과 기타 특무 토비들 간의 분화를 가져오게 해야 한다. 샹첸이 중립을 취하는 것만이라도 우리에게는 이롭게 된다. 지금 상황에서도 우리는 여러 방면으로 정치적으로 샹첸을 넘어오게 해야 할 필요가 있으며 이것을 소홀히 생각하지 말아야 한다." 이 지시는 최종적으로 샹첸의 사상을 바꾸어 놓을 수 있는 사상적인 기초가 되었다.

전투는 5월 2일 새벽 6시 반에 시작하였다. 전투는 4시간에 끝났으며 반란에 참여한 무장세력들을 섬멸하였다. 샹첸은 소수의 대오를 거느리고 젠자 서남쪽에서 70여 리 떨어진 난후자가이(南乎加該) 밀림으로 도망쳤다. 칭하이성 위원회에서는 시종쉰과 서북국의 지시에 따라 앙라지구 안치위원회를 설립하고 군중대회를 열어 당의 관대한 정책을 선전하고 포로가 된 무장 장령들을 석방하였다.

| 제12대 앙라 천호 샹첸

칭하이성 인민정부에서는 젠자 지구에 구제금 2억 위안(구화폐), 구제 양곡 8만 근을 지급하였다. 또한 의료, 문화교육, 무역, 민족 등 분야의 간부들로 구성된 근무팀을 내려 보냈다. 이 근무팀에서는 대량의 옷감, 식염, 차, 약품, 영화 및 티베트 문화 선전용품들을 가지고 앙라 마을에 위문하고자 내려갔으며 몸져누운 샹첸 모친의 병을 치료해 주었다.

인민정부의 성의에 감동된 샹첸은 1952년 7월 11일 오후에 난후자가이 삼림에서 나와 인민정부에 귀순하였다. 7월 16일 당시 신장에 있던 시종쉰은 칭하이에서 보내온 전보를 받고 즉시 서북국과 칭하이성 위원회에 회신 전보를 보냈다. “샹첸은 생각하는 바가 많을 것이다. 어쩌면 예전처럼 우리들 상황을 탐색하는 지도 모른다. 그의 진정한 마음이 어떠하든 우리는 진심으로 대해 주어야 한다.

우리들이 정성으로 감동시키면 언젠가는 효과를 보게 될 것이다. 우리가 응당 알아야 할 것은 샹첸은 이미 화살에 놀란 새와 같아 자칫하면 또 달아날 수 있다. 어떤 상황에서, 어떤 방식으로 달아나든 우리는 경계를 늦추지 말고 다시 잡아 올 준비를 해야 한다. 우리는 그가 우리를 완전히 믿고 따르게 해야 한다.”

| 앙라 천호 샹첸의 후대들이 한자리에 모여 즐거운 시간을 보내고 있다.

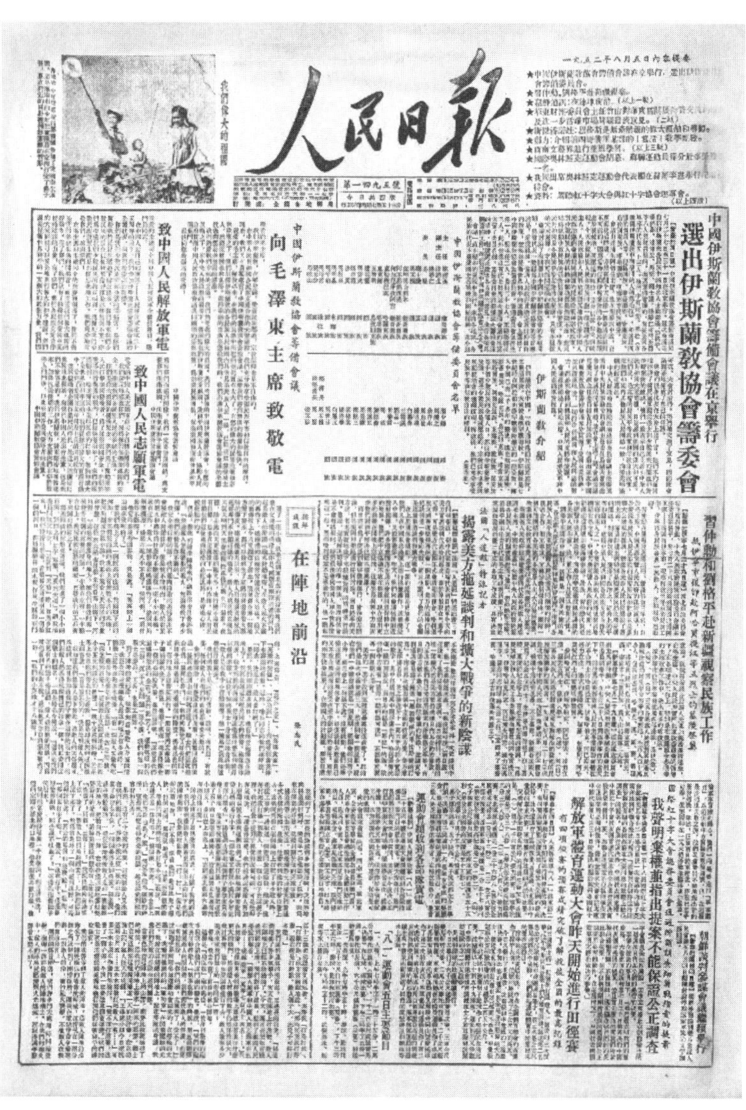

人民日報

中國伊斯蘭教協會籌備會議在京舉行
選出伊斯蘭教協會籌委會

中國伊斯蘭教協會籌備會議
向毛澤東主席致敬電

致中國人民解放軍電

致中國人民志願軍電

伊斯蘭教介紹

習仲勳和劉格平赴新疆視察民族工作

在陣地前沿

揭露美方拖延談判和擴大戰爭的新陰謀

解放軍體育運動大會昨天開始進行田徑賽

| 1952년 8월 5일,『인민일보』에 실린 신장의 민족사업을 고찰하기 위해 내려간 시종쉰에 관한 보도.

시종쉰의 주도 하에 정치적으로 감화된 샹첸은 1952년 여름에 인민정부에 귀순하였으며『칭하이일보(靑海日報)』에『인민에 귀순한 감상』이라는 글을 발표하여 서북지구에 큰 영향을 미쳤다.

8월 11일 시종쉰은 란저우(蘭州)에 도착하여 기쁜 마음으로 인민정부에 귀순한 "마지막 대(末代)의 천호"를 접대하였다. 시종쉰은 인민정부의 지도하에 더욱 나은 젠자(尖札)를 건설하라고 격려 하였다. 그런 시종쉰에 대해 감복한 샹첸은 순백의 하다를 선물하였다. 그 후 샹첸은 황난주(黃南州)의 주장을 맡았으며 시종쉰이 바랐던 것처럼 자신의 직위에서 책임을 다 하였다.

샹첸에 대한 정치사상사업은 2년 7개월이나 걸렸다. 중앙 통일전선부 부장 리웨이한의 샹첸에 대한 정치 사상적 사업에 대한 보고를 들은 마오쩌동은 찬사를 아끼지 않았다. 그는 "제갈량(諸葛亮)의 칠금칠방(七擒七放)[48]이 있었다면 오늘날 우리는 그 보다 더 많은 십금십방(十擒十放)이 있구려!" 라며 기뻐하였다. 그 후 시종쉰을 만난 마오쩌동은 우스갯말로 "종쉰, 참 대단하오, 제갈량이 일곱 번 맹획을 잡았다고 했으나 당신은 맹획(孟獲)[49]보다 더 대단하구려!"

48) 칠금칠방: 중국 촉나라의 제갈량이 맹획(孟獲)을 일곱 번이나 사로잡았다가 일곱 번 놓아주었다는 데서 유래함.

49) 맹획: 중국(中國) 삼국(三國) 시대(時代) 때 사람. 제갈량(諸葛亮)과 일곱 번 싸워 일곱 번 붙잡힌 후(後) 제갈량(諸葛亮)에게 항복(降伏)하여 그의 심복이 되었다한다.

23

“높은 수준의 중선부(中宣部) 부장”

23. "높은 수준의 중선부(中宣部) 부장"

1952년 8월 중국공산당 중앙에서는 여러 대구역(大區)의 주요 책임자들인 까오깡(高崗), 덩샤오핑(鄧小平), 라오수스(饒漱石), 덩쯔훼이(鄧子恢)와 시종쉰을 중앙으로 인사발령을 내렸다. 민간에서는 이를 '오마진경(五馬進京)[50]'이라고 한다. 당시 시종순은 39세였는데 나이가 제일 많은 덩즈훼이와는 17살이 어렸고, 비교적 젊었던 까오깡보다는 8살이 어렸다.

8월 7일 중앙인민정부위원회 제17차 회의에서는 시종쉰을 정무원 문교위원회 부주임 겸 문교위원회 당조직 서기로 임명하였다. 9월 22일 시종쉰은 루딩이(陸定一)에게서 중선부(中宣部)[52] 부장의 직무를 인계 받았다. 11월 16일 시종쉰은 또 국가 계획위원회 위원 직무를 겸임했다.

시종쉰이 중선부 부장 직무를 맡게 된 데는 이런 에피소드가 있었다.

---

50) 오마진경: '다섯 필의 말이 베이징에 들어가다'는 뜻으로 다섯 명이 중앙으로 올라 간 것을 의미한다.

51) 정무원: 중국 중앙 인민정부 정무원, 1949년 10월 1일 중화인민 공화국이 건립된 후 부터 1954년 9월 15일 제1기 전국인민대표대회가 열리기 전까지의 중국 국가 정무의 최고 집행기관.

52) 중선부: 중국공산당 중앙 선전부(中国共产党中央宣传部)

| 중선부 부장, 정무원(政務院)[51] 문교위원회(文敎委員會) 부주임 시기의 시종쉰.

중선부의 일부 동지들은 마오쩌동이 그들에게 수준이 높은 부장을 임명해 준다는 소식을 들었다.

시종쉰이 부임한 후에야 그들은 마오쩌동이 말하는 수준 높은 부장이 바로 시종쉰이라는 것을 알게 되었다. 시종쉰은 중선부 부장 직책에 대하여 많은 생각을 하지 않으면 안 되었다. 루딩이는 중국공산당 제7차 전국 대표대회 전부터 중선부 부장 직무를 맡았던 '오랜 선전원'이었기 때문이었다. 그는 이런 루딩이를 무척이나 존중하였다. 그런데 루딩이가 부부장으로 자신을 보좌하는 위치에 있게 되는 상황이 되자 이는 타당하지 않다고 생각되었다.

| 사무를 보고 있는 시종쉰

다른 한편으로는 자신이 중선부 부장 직책에 대한 사상적 준비가 되어 있지 않다고 여겼던 것이다.

시종쉰은 마오쩌동과 함께 거용관(居庸關)의 철로를 시찰하는 기차에서 마오쩌동에게 자신의 불안함을 표시하였다. 마오쩌동은 유머스럽게 사인(蛇人)[53]의 이야기를 들려주었다. "뱀은 보기에는 무섭고 사람을 해칠 것 같으나 사인에게 길들여진 뱀은 사인의 말을 고분고분 잘 듣지요. 이것은 사인이 뱀의 활동 규칙을 잘 알고 있기 때문이오. 자네가 선전사업을 해본

53) 사인: 뱀재주를 부려 먹고 사는 사람.

적이 없으나 시간이 지나 선전사업의 규칙을 알게 되면 사업을 잘 해낼 수 있을 것으로 보오"

루딩이와 중선부의 기타 지도자 동지들은 시종쉰이 중선부에 부장으로 임명되어 오는 것을 진심으로 환영하였을 뿐만 아니라 각 사업을 진행할 때에도 손발이 서로 잘 맞았다.

1952년 가을 마오쩌동은 사회주의 과도단계사상을 제기하였다. 다음해 9월 중앙에서는 정식으로 공산당 사회주의 과도시기 총노선을 발표하였다. 즉 "상당히 긴 시간을 거쳐 국가의 사회주의 공업화를 점차 실현하고 국가는 농업, 수공업과 자본주의 공상업에 대한 사회주의 개조를 실현해야 한다"는 것이었다. 시종쉰의 지도 하에 중선부에서는 『모든 역량을 동원하여 우리나라를 위대한 사회주의 국가로 건설하기 위해 투쟁하자-공산당이 과도시기의 총 노선에 대한 학습과 선전개요』 초안을 작성하였는데 중앙의 인정을 받았다. 마오쩌동은 친히 수정하여 전국적으로 배포하여 실행, 관철하게 하였다. 그리하여 중국공산당의 선전사업은 신민주주의 강령, 방침, 정책의 선전교육으로부터 과도시기 총 노선에 대한 선전과 교육으로의 중대한 역사적 전환을 완성하였다.

1954년 5월 중국공산당 중앙에서는 제2차 전국선전사업회의를 열었다. 회의에서는 1951년 제1차 전국 선전사업회의 이후 3년간의 경험을 바탕으로 "마르크스 레닌주의의 사회주의사상으로 전 당과 인민 군중을 교육하고 전 당과 전국인민을 동원하여 당의 총 노선을 실현하고, 국가 건설의 제1차 5개년계획의 원만한 완성을 위하여 투쟁하자"는 것을 선전사업의 주요 임무로 하였다. 동시에 『신문사업을 개선할 것에 관한 결의』,『농촌에서의 당 선전사업을 강화할 것에 관한 지시』 등의 결의문을 통과시켰다.

마우쩌동은 시종쉰에게 문교사업을 잘해야 할 뿐만 아니라 제1차 5개년계획에서 문교사업에 투자한 20억 석의 좁쌀을 잘 관리하고 잘 사용할 것을 분부하였다.

1953년부터 중국에서는 제1차 5개년 계획을 실행하여 대규모적인 경제건설을 진행하였다. 시종쉰은 문교위원회 부주임 겸 문교위원회 당조직간사회 서기 직무를 맡고 부총리 겸 문교위원회 주임인 궈모뤄(郭沫若)의 문화부[54], 교육부[55], 고등교육부[56], 위생부[57], 출판총서[58]와 문자개혁위원회[59]에 대한 지도 업무를 협조하였다. 대규모적인 경제건설의 요구에 맞추고 문교공작의 기본적인 사상노선을 정리하기 위하여 시종쉰은 조사와 연구에 근거하여 전국 대 구역 문교위원회 주임 회의를 개최할 것을 건의하였는데 중앙의 지지를 받았다.

---

54) 부장-선옌빙(沈雁冰)
55) 부장-마수룬(马叙伦)
56) 부장-양슈펑(杨秀峰)
57) 부장-리더촨(李德全)
58) 서장-후위즈(胡愈之)
59) 주임-우위장(吴玉章)

| 1953년 중난하이(中南海)에서의 시종쉰.

1954년 5월 제2차 전국선전사업회의 참가 대표들의 단체사진. 앞줄 좌측으로 부터 시종쉰, 린보추(林伯渠), 주더, 마오쩌둥, 류사오치, 우위장(吳玉章), 덩샤오핑(鄧小平).

회의는 1953년 1월 13일부터 21까지 열렸다. 시종쉰은 "정돈 공고, 중점 발전, 질량 제고, 안정 전진(整頓鞏固, 重点發展, 提高質量, 穩步前進)"이라는 16개 한자로 된 방침을 내 놓았다.

이는 중앙의 인정을 받았고 회의에 참석한 동지들의 찬성을 받았는데, 실천과정에서 이 방침은 해방초기 문교업무를 지도하는 과정에서 큰 역할을 하였다. 건설의 열기가 전국을 휩쓸었다. 맹목적이고 무모한 관료주의 기풍이 문교전선에서 특출하게 표현되었다. 농촌에서는 문맹을 퇴치한다고 하면서 250교시 혹은 300교시를 한 주기로 강압적으로 40명을 한개 반으로 편성하였다. 이 과정에서 허위로 반을 편성하고 가짜로 졸업을 시키는 현상들이 여간 많지 않았다.

고등학교에서는 구소련의 5년제 과정을 4년으로 단축시키려 하였다. 이 목표를 위하여 교학시간은 매주 70 혹은 90교시에 달하였다. 때문에 번역이 미처 따라가지 못하였을 뿐만 아니라 강의를 하는 교수들뿐만 아니라 수업을 받는 학생들도 힘들기는 마찬가지였다. 1953년 3월 2일 시종쉰은 중국공산당 중앙과 마오쩌동에게 아래와 같은 다섯 가지 의견을 내 놓았다. 첫째, 반관료주의와 여러 가지 실제사업을 결합시켜 "폭풍이 휘감는 형식"이 아닌

| 시종쉰

"잔잔한 바람에 보슬비 오는 식"으로 진행하여야 한다. 둘째, 관료주의의 실제를 정확하게 인식하고 분석하여 구체적인 사건, 구체적인 인물에 따라 요점을 잡아야 한다. 구체적 사실을 바탕으로 문제를 해결하고 죄명을 마구 덮어씌우지 말며 흠을 잡으려 하지 말아야 한다. "눈썹도 수염이라 마구 잡아들이는 현상"을 없애야 한다. 셋째, 중요한 것은 당내, 당외 인사들은 문서의 문자만 읽고 자아반성을 하게 하는 것이다. 넷째, 관료주의를 반대해야 하며 실제상황을 연구하여 군중들과 자주 연락을 하는 사업태도가 필요하다. 다섯째, 집중적으로 관료주의를 반대하여야 하며, 같은 시간에 많은 구호들과 해결해야 할 문제들을 너무 많이 제출하지 말아야 한다.

마오쩌동은 3일에 중공중앙과 중앙군위원회 각 부문, 중앙인민정부 각 당 조직에 "시종쉰 동지의 보고는 아주 좋았다. 지금 이 보고문을 보내는데 관료주의를 반대하는 투쟁에서 참고하기 바란다"고 하였다.

3월 13일 시종쉰은 당시 중선부 부부장, 문화부부장 겸 당조직 위원회 서기인 저우양(周揚)의 요청으로 제1기 영화예술 사업회의에서 두 시간에 달하는 보고를 하였다. 그는 영화예술사업의 지도자들에게는 간단하게 폭력적인 방법을 취하지 말아야 하며, 그들의 모든 예술작품이 통일된 표준에 부합되어야 한다고 요구하지 말아야 하며, 작가들에게 단숨에 작품을 만들어 내라고 하지 말아야 하며, 공장에서 상품을 찍어 내듯이 기한에 맞추어 완성해야 한다고 하지 말아야 한다면서 류칭(柳靑)이 창작한 『창업사(創業史)』와 『금성철벽(銅墻鐵壁)』을 예를 들어 설명하였다. 이번 보고는 문학예술사 종사자들에게 강렬한 반응을 일으켰으며 새 중국의 문예창작에 적극적인 영향을 미쳤다.

24

"국무원의 대 집사"

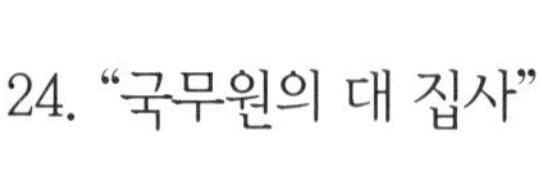

24. “국무원의 대 집사”

1953년 9월 시종쉰은 리웨이한(李維漢)을 대신하여 정무원(政務院)비서장 직무를 맡았다. 1954년 9월 정무원은 이름을 국무원(國務院)으로 바꾸었는데, 시종쉰은 비서장 직무를 계속 담당하였다.

비서장 직무에서(1959년 4월, 국무원 부총리 겸 비서장으로 임명되었다) 시종쉰은 저우언라이 총리와 10년간 함께 일하였다. 당시 저우언라이의 제일 유능한 조수 중 한 명으로 국무원의 “대 집사(大管家)”라고 불리기도 하였다. 처음에 시종쉰의 사무실은 중난하이 시화팅(西花廳)에 위치하였다.

1953년 9월 18일 중앙인민정부위원회 제 28차 회의에서는 시종쉰을 정무원 비서장으로 임명하였다. 위의 사진은 당시 업무를 보고 있는 시종쉰.

1959년 3월 19일부터 25일까지 시종쉰은 중국공산당 중앙 부주석으로 중화인민공화국 부주석 주더(朱德-앞줄 좌측 두 번째)가 인솔하는 중국공산당과 정부 대표단의 일원으로 헝가리 방문에 동행하였다.

1959년 여름, 저우언라이(우측 세 번째)의 수행인원으로 베이징 미윈(密云)저수지 시공현장에 함께 간 시종쉰.

저우언라이는 밤에 사무를 보는 습관이 있어 저녁 늦게까지 사무를 처리해야 했기에 잠을 자는 시간은 여간 귀중한 것이 아니었다. 시종쉰은 아침 일찍 일어나는 습관이 있었고, 여러 가지 업무를 맡고 있어 회의도 많았으며, 방문을 와서 사업보고를 하는 사람들도 많았다. 저우언라이의 휴식에 영향을 미칠까 봐 시종쉰은 직접 시화팅에서 조건이 안 좋은 국무원 기관으로 옮겨달라고 요구하여 몇 명의 부 비서장들과 같은 빌딩에서 사무를 보았다.

업무범위로 볼 때 시종쉰은 총리와 부총리가 지시한 업무 외에도 기타 12개 국무원 직속기구의 업무를 완성하여야 했다. 1954년 10월 31일 제2차 국무원 전체회의에서 저우언라이는 중대 사무는 국무원 전체회의와 상무회의에 집중시키고 일부 사무는 자신과 천윈(陳云), 천이, 시종쉰에게 보고하여 처리하도록 하였다. 다음해 5월 10일 저우언라이는 국무원 보고회의를 개최하여 주요 관리 부서가 없는 국무원 직속기구의 업무는 모두 시종쉰이 책임지고 관리한다고 지시하였다. 종합성을 띤 사무에 대하여 시종쉰은 내용에 따라 저우언라이에게 전해주거나 기타 주관 부문을 명시하여 해결하도록 하였다.

비서장은 국무원 여러 기관이 사무를 완성하는 중추적 위치에 있었다. 그는 저우언라이의 요구와 국무원 기관의 사업의 실제 상황에 따라 국가기관의 활동에 관한 일련의 규정과 제도를 제정하여 국가 기관의 정상적이고 유효적인 운영을 담보하였다. 1954년 11월 16일 시종쉰의 주최 하에 국무원 제1차 비서장회의가 열렸다. 이 회의에서 국무원 기관 집무제도가 통과되었으며 매주 금요일에 비서장 집무회의를 열고 기밀사무실을 설립하여 총리, 부총리, 비서장의 전보와 문서들을 받고 배분하고 열독하고 편철하고 인쇄하는 사무를 보게 하였다.

1954년부터 1956년 초에 이르기까지 35차례에 달하는 비서장 회의를 소집하여 국무원 비서청, 기관사무관리국, 외국전문가관리국, 법제국, 당안국, 방송국, 인사국, 종교사무국, 계량국, 측량국, 참사실, 문사관, 기요교통국, 대외문화연락국, 문자개혁위원회사무실, 편제월급위원회사무실, 출국공인관리국 등 10개 단위의 직무범위, 기구편제, 간부 배분, 사업기획, 검사와 총결 등에 대하여 실질적이고 실행 가능한 규정들을 제정하고 건전히 하였다. 이리하여 국무원의 여러 기관의 일상적인 사무들은 엄격하고 효율적이고 규범적으로 정연하게 진행 될 수 있었다.

새 중국 창립 10주년을 맞이하기 위하여 국가에서는 수도에 10개의 큰 건물을 건축할 것을 기획하였다. 1958년 관련부처에서는 푸유가(府右街)일대에 국무원 사무 빌딩을 건설하려 하였다.

1959년 8월 27일부터 9월 11일까지, 국무원 부총리 시종쉰은 중국정부대표단을 인솔하여 구소련과 체코슬로바키아를 방문하였다. 키예프공항에서의 시종쉰 일행.

1960년 6월 시종쉰은 중앙국가기관 간부들을 인솔하여 베이징시 교외에 위치한 홍싱(紅星)인민공사(人民公社)[60]에 내려가 사원들과 함께 가을밀을 수확하는 모습.

60) 인민공사: 중국 사회주의 사회 구조의, 공농상학병(工农商学兵-공인, 농 민, 상인, 학생-교육자, 군인)이 결합되어 있는 기층단위이며 사회주의 조직의 기층단위이다.

저우언라이는 이 기획을 보고 시종쉰의 의견을 물었다. 시종쉰은 "인민대회당은 인민대표들이 회의를 열어 나라의 대사를 의논하는 장소이니 응당 건설해야 합니다. 중난하이는 예전에 위안스카이(袁世凱), 돤치뤠이(段祺瑞)도 집무를 보던 곳이니 지금 우리가 다시 정리하면 사무를 볼 수 있을 것입니다. 국무원 사무 빌딩은 건설하지 않아도 될 것 같습니다. 사무 빌딩을 건설하려면 많은 개인 주택을 철거하여야 하지 않습니까?"고 하자 저우언라이도 "당신의 의견이 참 좋소. 나도 같은 생각이오"라고 하였다. 그 이후 저우언라이는 그의 임기 내에는 국무원 사무빌딩을 건설하지 않을 것이라고 하였다.

이 시기 시종쉰의 사무는 여간 바쁘지 않았다. 각종 회의 안배, 출국방문대표단의 구성원에 대한 심사로부터 각 부문 체제의 설치, 국민경제기획의 제정, 중요한 외사활동 등에도 그의 지도와 참여가 있었다. 뿐만 아니라 기관사업인원들의 생활에 대한 배려도 그의 업무의 하나였다. 3년 곤란시기에 그는 기관사무관리국에 지시하여 베이징시 교외에 있는 황무지를 여러 몫으로 나누어 각 부문의 생산농장으로 하였다. 여러 부문에서는 황무지를 개간하여 밭을 일구고, 돼지, 양들을 키워 기관 직원들의 일상생활을 개선하는데 노력하였다. 이 일로 시종쉰은 많은 간부들과 직원들의 사랑스런 대우를 받았다. 자주적으로 농장을 만드는 방법은 중앙각 부위와 각 성의 기관에 신속하게 보급되었다. 하지만 얼마 후 그는 이런 방법이 일부 지방에서는 농민들의 이익에 손해를 준다는 것을 알고 중앙에 이런 자주적으로 농장을 건설하는 임시적인 방법을 취소하라고 건의하였다.

25

저우 총리(周恩來)의 "내교부장"

25. 저우 총리(周恩來)의 "내교부장"

저우언라이 총리를 협조하여 사업을 한 10년간 시종쉰은 거의 모든 정력을 통일전선사업에 투자하였다. 시종쉰이 처음으로 정무원에서 사업할 때부터 저우언라이는 시종쉰에게 외교부 부장직을 겸하게 할 의향이 있었지만 시종쉰은 굳이 받아들이지 않았다. 시종쉰은 농담반 진담반으로 "저의 당적을 취소한다고 해도 저는 사양하겠습니다"라고 했다. 그는 진심을 담아 "외교부장은 맡지 않겠지만 '내교부장(內交部長)'을 맡아 총리의 통일전선사업을 대대적으로 협조해 드리겠습니다"라고 저우언라이에게 말하였다. 저우언라이는 시종쉰이 통일전선사업에 풍부한 경험을 가지고 있으며 특히 민족, 종교 사업에 대하여 깊은 견해를 가지고 있는 것을 알고 있었기에 그의 원대로 민주인사들과 자주 연락하고 많은 사업을 하라고 부탁하였다.

항일전쟁시기, 쉐이더에서 시종쉰은 아래와 같은 재미있는 이야기를 하였다. 몇몇 통일전선사업에 종사하는 간부들과의 식사자리에서 그는 『삼국연의』의 이야기를 예로 들면서 통일전선의 이치를 설명하였다. 그는 제갈량이 관우가 조조를 죽이지 않을 것을 알면서도 관우를 화용도(華容道)에 보낸 것은 바로 통일전선을 이루기 위한 전략

때문이었는데, 만약 조조를 죽이게 되면 동오(東吳)는 실력이 제일 약한 촉나라를 멸망시킬 수도 있기 때문이었다고 하였다. 그리고 유비가 실패한 원인은 파벌주의를 추종하여 결의형제만 믿었기 때문에 촉나라에 장수들이 없어 마지막에는 요화(廖化)가 선봉을 맡을 처지에까지 이르게 된 것이라고 하였다.

시종쉰은 당내에서 비교적 일찍 민족문제와 종교문제를 연구한 지도자의 한명으로 서북지역 해방전쟁 전부터 민족지구에서의 조직건설과 정권건설의 문제를 연구하기 시작했었다.

서북지역를 다스리는 과정에서 시종쉰의 제일 큰 공헌은 복잡하게 엉킨 각종 민족문제를 적절하게 처리하고 수천 년간 실현하지 못했던 민족의 대단결을 실현했다는 점이다.

간수, 칭하이, 신장과 잇닿아 있는 아얼진산(阿爾金山) 산기슭 등에는 카자흐족, 장족(藏族), 몽골족 등 여러 소수민족들이 생활하고 있었다. 대대로 내려온 역사적인 문제로 인하여 그들은 초원쟁탈 과정에서 대규모적인 충돌이 여러 차례 일어났으며 심지어 전쟁까지도 발생하곤 하였다.

1958년 9월 시종쉰과 덩바오산(鄧宝珊—뒷줄 우측 두 번째), 위신칭(余心淸—뒷줄 우측 첫 번째)은 간수성 아커싸이(阿克塞) 카자흐족 자치현에서 당지 간부들과 군중들과 함께 한 모습. 뒷줄 좌측 세 번째에 서있는 분은 당시 하커싸이 카자흐족 자치현 현장인 사하이두라(沙海都拉)이다.

시종쉰은 조사연구를 통해 간수성의 민족, 인구분포상황에 따라 아커싸이에 카자흐족 자치현을 설립할 것을 제기하여 오랜 기간 내려오던 민족 분쟁을 잠재워 카자흐족 군중들이 그들의 아름다운 토지에서 안락한 생활을 할 수 있게 하였다. 1954년 간수성에는 카자흐족이 주체민족이 된 자치현이 설립되었다. 1958년 서북지역을 고찰하러 가게 된 시종쉰은 특별히 란저우(蘭州)에서 멀리 떨어진 아커싸이에 들려 카자흐족 동포들을 위문하였다. 당시 자치현 현장인 사하이두라는 예전의 일을 생각하며 감동의 눈물을 흘렸다.

1950년대 시종쉰은 신장 등 몇 개 민족자치구의 창립 방법 연구 사업에 참여하였다. 1953년 중앙에서는 덩샤오핑, 리웨이한, 우란푸(烏蘭夫),

시종쉰, 바오얼한(包爾漢), 싸이푸딩(賽福鼎) 등에게 위탁하여 신장에 자치구를 설립할 방안을 연구하도록 하였다. 전 중국 육지면적의 6분의 1을 차지하는 신장에 한 개 혹은 두세 개의 자치구를 건립해야 하는 문제와 자치구의 명칭 등 여러 면에서 의견이 서로 달랐다.

1960년 1월 연회에 참석한 시종쉰과 천이(좌측 다섯 번째), 리웨이한(우측 세 번째), 왕펑(좌측 첫 번째), 제10세 판첸라마 어얼더니 췌지젠짠(우측 다섯 번째) 등과 합동촬영.

마오쩌동은 특별히 시종쉰에게 서북민족지역의 자치문제에 대한 의견을 이야기 하라고 하였다. 시종쉰과 이번 사업에 참가한 여러 지도자들과의 공동 노력을 통하여 최종적으로 통일된 의견을 도출해 냈다. 그리하여 1955년 신장 위그르자치구는 순리롭게 설립되었다.

1958년에 창립된 닝샤(宁夏)회족 자치구의 창립에 중앙에서는 천이, 리웨이한, 우란푸, 시종쉰에게 구체적인 실시방안을 제정하게 하였다. 섬세하고 꼼꼼한 사업을 통하여 닝샤 훼이족자치구의 행정기획안을 최종적으로 확정지었다. 저우언라이 총리의 내교부장으로서 시종쉰은 많은 통일전선 정책의 연구와 중요문제의 해결에 참여하였다. 시종쉰은 당내외 인사들과 단결하여 함께 사업을 완성했는데, 그들과 "마음을 털어놓고 진심으로 사귀어 영광과 치욕을 함께할 수 있는 사이"가 되었다고 했다.

시종쉰과 장즈종(張治中)은 "당원과 비당원 인사 간 왕래의 모범"이었다. 시종쉰은 장즈종을 존경하였다. 서북 군사정치위원회에서 함께 일을 할 때에 여러 방면에서 그의 의견을 물었으며 그가 분담하고 있는 사무에 대하여 진정으로 직권을 가지고 있도록 배려하였다. 매번 중앙인민정부 회의에 참석하고 돌아 온 후에는 장즈종에게 중앙의 중요한 결정과 정신을 전달하도록 하였다. 장즈종이 시안을 떠나거나 시안에 돌아 올 때면 시종쉰은 직접 공항이나 기차역으로 가서 배웅하고 마중하였다.

당시 장즈종은 사업 보고를 하거나 혹은 글에서 장제스를 언급할 때마다 선생이라는 칭호를 붙였다. 한번은 『군중일보(群衆日報)』의 책임동지가 신문을 가지고 와서 시종쉰의 의견을 물을 때 시종쉰은 장즈종 선생의 의견을 절대적으로 존중하여야 하며 한 글자도 수정하지 말라고 하였다. 베이징에 와서 사업을 할 때에도 장즈종은 당과 정부에 건의가 있으면 시종쉰을 찾아가 이야기하곤 했다.

푸쭤이(傅作義)와 시종쉰 역시 서로 존중하며 아주 가깝게 지냈다. 푸쭤이는 매년 여름 뜰 안의 복숭아가 익으면 한 광주리를 따서 시종쉰의 집에 보내주곤 하였다. 주말이 되면 시종쉰은 늘 아이들을 데리고 푸쭤이네 집에 놀러갔다. 시종쉰의 딸인 치차오차오(齊橋橋)는 어린시절 푸쭤이 네 집에서 놀던 유쾌한 동년시절의 일들을 기억하고 있었다. 1957년 푸쭤이가 심장병이 돌발하여 입원하게 되었다.

시종쉰은 여러 차례 병문안을 갔으며 마음을 편하게 가지고 건강을 우선으로 생각하여 맡고 있던 수리부의 사무를 잠시 멈출 것을 권하였다. 매번 수리부의 동지들이 국무원에 와서 사업 보고를 하게 되면 시종쉰은 언제나 푸쭤이의 건강 상황을 물어보곤 했다. 1962년 초 시종쉰은 저우언라이에게 보고를 한 후 푸쭤이와 가족들을 광동총화(广東從化)에 가서 휴양을 하도록 안배해 주었다.

1952년 봄, 시종쉰과 장즈종(우측 세 번째), 장즈종 부인 홍시허우(洪希厚-우측 첫 번째), 구퉈푸(賈拓夫-좌측 두 번째), 양밍샨(楊明軒-좌측 첫 번째), 장자푸(張稼夫-좌측 다섯 번째), 왕이샤(王亦俠-좌측 세 번째) 등이 산시린퉁(陝西臨潼) 진시황릉에서 찍은 사진. 시종쉰의 무릎에 앉은 어린 아이는 시종쉰의 딸 차아차오.

1987년 7년 29일, 8월 5일, 우란푸와 시종쉰은 중앙 대표단을 거느리고 네이멍구자치구 창립 40주년 경축행사에 참석하였다. 경축 행사에 참석한 우란푸와 시종쉰의 모습.

덩바오산(鄧宝珊) 장군은 중국공산당 당원들의 충실한 친구이다. 그와 시종쉰은 항일전쟁시기 쉐이더에서 만났다. 두 사람은 진솔하게 서로를 대하였다. 1956년 중난하이 펑저위안(丰澤園)에서 덩바오산은 마오쩌동에게 시종쉰을 "이 동지는 기백이 넘치고 도량이 넓어 사람들을 단결시키는 능력이 있어 중요한 임무를 담당할 수 있습니다"라고 평했다. 그러자 마오쩌동도 찬성하며 "당신도 사람 보는 눈이 있구먼 그래. 이 동지의 제일 큰 특점은 각계 인사들을 단결시키는 것이고, 도량이 넓어 중임을 짊어 질 수 있다는 것이라오"라고 답하였다.

몇 년 후 시종쉰은 이른바 "소설 『류즈단(劉志丹)』 사건"에 휘말려 격리 심사를 받게 되었다. 이때 덩바오산과 장즈종은 마오쩌동에게 시종쉰을 위하여 공정한 말을 했다. 시종쉰과 우란푸는 옌안에서 만났다. 우란푸는 네이멍구자치구 창립에 큰 공헌을 하였다. 시종쉰은 이런 우란푸를 존경하고 경탄했다. 1961년 설 전야에 우란푸는 특별히 시종쉰 부부를 후허하오터(呼和浩特)에 초대하여 설을 함께 보냈다. 1980년대 초에 두 사람은 모두 통일전선사업과 민족사업을 하였다. 1987년 7, 8월 간, 우란푸와 시종쉰은 중앙대표단 정 · 부 단장을 맡고 네이멍구 자치구 창립 40주년 경축행사에 참가했다. 처음 대표단 단장을 임명할 때 중앙에서는 시종쉰을 단장으로 임명하려고 했다. 하지만 시종쉰은 우란푸 동지가 대표단 단장을 맡을 것을 중앙에 건의하였다.

신장 평화봉기시기 디화(迪化)[61]의 시장인 취우(屈武) 선생과 시종쉰은 모두 산시(陝西)사람이었다. 그들은 만나면 산시방언으로 우스갯말을 하였다. 그들의 우정은 평생 동안 지속되었다. 한번은 취우가 시종쉰을 만나러 갔는데, 시종쉰을 만나자마자 그는 "당신 집은 출입하기 참 어렵군요!"라고 퉁명스레 말했다. 사실 취우가 볼 일이 있어 시종쉰을 찾아 갔던 것인데 집 문 앞에 새로 배치된 호위병에게 막혀 들어가지 못했던 것이다. 그러자 시종쉰은 급히 사과를 하였다. 몇 년 후 시종쉰은 "서리 내린 나뭇잎이 이월에 피는 꽃보다 붉도다!(霜葉紅于二月花)"라는 제목으로 『취우문선(屈武文選)』에 서문을 써서 혁명 노인의 아름다운 애국심을 칭송하였다.

61) 디화: 지금의 우루무치(乌鲁木齐)

| 멍구(蒙古)의 전통복장을 입은 시종쉰.

위신칭(余心淸)은 저명한 애국장령 풍옥상(馮玉祥)의 막료이며 옛 부하였다. 정무원 행사국(典礼局) 국장, 국무원 부비서장을 역임하였으며, 개국대전 등 많은 중요한 활동의 행사기획과 안배 등 업무에 참여하였다. 그는 시종쉰과 다년간 함께 사업을 하였다. 반우운동(反右運動) 중에 위신칭은 저우언라이와 시종쉰의 보호 하에 우파로 몰리지는 않았지만 기분은 우울하였다. 1958년 가을 시종쉰이 서북지역을 시찰을 할 때, 시종쉰은 위신칭과 같은 민주인사인 덩바오산에게 위신칭과 이야기를 나누게 하여 그의 마음의 응어리를 풀어 주고자 하였다. '문화대혁명'시기 위신칭은 모욕을 참지 못하고 자살을 하자 시종쉰은 몹시 애석해하면서 "위신칭은 당을 따르는 고급 지식분자이다. 그는 강직하고 정직하다. '죽음보다 더 치욕스러운 것은 모욕이다'라는 정신을 가지고 있는 그였으니 어찌 이런 모욕을 참을 수 있었겠는가!"하며 탄식하였다.

1959년, 시종쉰과 왕펑(우측 네 번째), 왕빙난(王炳南-우측 첫 번째), 취우(우측 다섯 번째), 위신칭(좌측 네 번째) 등과 함께.

그때 내가 베이징에 있어 그를 달랠 수 있는 기회가 있었다면 그런 선택을 하지 않았을 텐데……"라고 애석해 하였다.

저명한 사회 활동가이며 교육가인 장시뤄(張奚若)와 시종쉰은 비밀이 없는 고향 친구였다. 1957년 하고 싶은 말은 다 하는 것으로 유명한 장시뤄는 마오쩌둥을 "큰일과 공을 세우는 것을 좋아하며 눈앞에 이익만 중시하고 공을 세우는 것에만 급급하고 과거를 멸시하고 불확실한 미래에 대해 맹목적인 믿음을 가지고 있다"라고 평하였다. 이 말로 인하여 반우파가 성행하던 특별한 시기에 많은 사람들은 장시뤄에 대해 여간 조마조마해 하지 않았다. 하지만 그는 기적적으로 피해갔다. 이것은 저우언라이와 시종쉰의 도움이 있었기 때문이었다. 시종쉰은 일찍이 이런 말을 하였다. "내가 그의 거처에 가면 그는 매번 고향음식을 해주곤 하였다.", "베이징에서 패루(牌樓)를 허물고 옛 성벽을 무너뜨리던 시기에 장시뤄는 이런 상황들을 이해하지 못했다. 저우총리는 나에게 심리상담을 해주라고 말해, 나는 그에게 우리는 시안 고성의 성벽을 보존하는 것을 임무로 하자고 하며 달래었다."

저명한 민주인사 천수퉁(陳叔通)은 비록 시종쉰보다 37살이나 많았지만 그에게 의견은 개진하고 사상적인 교류를 위하여 직접 시종쉰의 집에 찾아가곤 하였다. 그때마다 시종쉰은 너무 송구스러워 '천 아저씨, 할 이야기가 있으시면 찾아오시지 마시고 제가 아저씨 댁으로 갈게요' 라고 하였지만, 천수퉁은 문제나 의견이 있을 때면 언제나 직접 찾아가 "나는 당신 집에 자주 들리는 것을 좋아하네'라고 하였다.

1962년 2월 18일 시종쉰이 중국불교협회 회장 시라오자춰(우측 두 번째), 부회장 자오푸추(趙朴初-우측 첫 번째) 등과 화기애애한 가운데 대화를 나누고 있다.

라마교의 교승 따더(大德), 티베트학(藏學)[62] 대사인 시라오자춰와 시종쉰 역시 망년지우(忘年之友)였다. 시라오자춰는 그의 일생 동안 탄복할만한 사람이 별로 없었지만 시종쉰은 그가 경탄해 마지않는 지도자 중 한명이었다. 시종쉰이 샹첸의 귀순을 권하는 과정에서 네 차례에 걸쳐 시라오자춰와 동행하였다.

시라오자춰도 곤란에 부딪치거나 문제가 있으면 직접 시종쉰을 찾아가서 상의하곤 하였다. 시종쉰은 언제나 인내심을 갖고 마지막까지 그의 의견을

62) 티베트학-시짱(西藏)의 역사·문화·정치·경제 등을 연구하는 학문.

들었으며 그런 후에 구제적인 문제들을 해결해 주었다. 시라오자춰는 그를 "중국공산당의 존경하는 쟁우(諍友)[63]의 한 명이다"라고 말하였다.

1997년 1월 25일 시종쉰과 황정칭(黃正淸-좌측)이 선전(深圳) 영빈관(迎賓館) 란위안(蘭園)에서 이마를 맞대고 인사를 나누고 있다.

63) 쟁우-친구의 잘못을 바른말로 충고하는 벗.

황정칭(黃正淸)은 5세 지아무양 전생활불(五世嘉木樣活佛)의 형인데 간난샤허(甘南夏河)지구의 티베트군 사령관을 맡았었으며, 항일전쟁시기 국민당은 그를 "소장보안사령(少將保安司令)"이라고 불렀으며, 그 후에 국민당 중앙 후보위원에 당선되었다. 1949년 란저우(蘭州) 해방 전야, 황정칭은 부대를 이끌고 기의를 일으켰다. 란저우에서 시종쉰과의 첫 만남에 오래된 친구같은 느낌이 들었다고 하면서 시종쉰을 "티베트족 동포들 마음속의 친인"이라고 여겼다.

시종쉰도 황정칭을 잘 알고 있으며 그에 대한 믿음도 굳건하였다. 1953년 봄 타이완 당국은 그에게 중장 임명장을 보내주어 그를 마부팡 잔여 부대가 린샤(臨夏)에서 일으킬 무장반란에 참여할 것을 기대했다. 하지만 시종쉰의 황정칭에 대한 신임은 여전하였다. 그는 황정칭을 토비숙청 총지휘부 부사령으로 임명하였다. 황정칭이 시안을 떠나 전선으로 나갈 때 시종쉰은 허룽이 선물로 준 진귀한 작은 권총을 황정칭에게 주면서 "우리는 오랫동안 같이 일을 하였기에 나는 누구보다도 당신을 믿소. 이후에 무슨 일이 있으면 얘기하시오. 다른 사람들이 뭐라고 해도 달리 생각하지 마시오"라고 하였다.

황정칭은 시종쉰의 기대에 부응하여 간수성 군부대와 연합하여 단기간에 무장반란을 진압하였다. 황정칭은 1950년에 깐난(甘南) 티베트족 자치주 주장 직책을 맡았으며, 1955년에 소장 계급을 수여 받았다. 그는 깐난지구의 민족단결과 간수 사회주의 건설에 큰 공헌을 하였다. 그들의 우정은 시간의 흐름과 더불어 더욱 깊어 갔다. 만년에 황정칭은 자신의 생이 얼마 남지 않았음을 알고 일부러 선전(深圳)에 있는 시종쉰을 만나러 갔다. 그는 이것이 자신의 생전에 "가장 큰 염원"이라고 하였다.

1958년 11월 시종쉰과 매란방(梅蘭芳), 톈한(田漢), 상샤오윈(尙小云)(앞줄 우측으로 부터) 등이 산시 희곡연구원의 청년배우들과 찍은 단체사진.

시종쉰은 문예사업도 중요시하여 많은 문예종사자들의 진솔한 친구였다. 저명한 경극 표현예술가인 매란방, 상샤오윈, 청옌추(程硯秋), 순훼이성(荀慧生), 월극(越劇) 표현예술가인 위안쉐펀(袁雪芬), 예극(豫劇) 표현예술가 창샹위(常香玉), 월극(粵劇) 표현예술가 훙셴누(紅線女), 진강(秦腔) 표현예술가 왕톈민(王天民), 성악가 궈란잉(郭蘭英), 왕쿤(王昆), 왕위전(王玉珍) 그리고 희극가 차오위(曹禺), 어우양산쮠(歐陽山尊) 등 모두 시종쉰과 두터운 우정을 쌓았다.

1956년 초여름 매란방 선생은 일본 유관부문의 요청을 받았지만 항일전쟁시기 수염을 기르면서까지 일본인들을 상대로 하는 경극무대에 서지 않았다. 그렇기 때문에 일본인들의 요청에 선뜻 결정을 내리지 못하고 있었다. 시종쉰은 저우언라이 총리의 부탁을 받고 매란방 선생을 설득하였다 그는 경극예술은 중-일 양국 인민들의 우정을 맺어 주는 역할을 할 수 있을 것이라고 하면서 매란방 선생과 함께 높은 수준을 갖춘 예술단을 조직하여 일본에 파견하였다.

1960년 봄, 시종쉰(두 번째 줄 우측 두 번째)과 부인 치신(앞줄 우측 세 번째)과 양밍샨(楊明軒-앞줄 우측 다섯 번째), 자오서우산(趙壽山-앞줄 우측 두 번째), 황정칭(黃正清-앞줄 우측 첫 번째), 위신칭(余心淸-두 번째 줄 우측 세 번째), 자오보핑(趙伯平-두 번째 줄 우측 네 번째), 판쯔리(潘自力-두 번째 줄 우측 첫 번째), 왕빙난(王炳南-두 번째 줄 우측 다섯 번째), 선옌빙(沈雁冰-세 번째 줄 우측 첫 번째), 저우얼푸(周而复-세 번째 줄 우측 두 번째), 자오위(曹禺-세 번째 줄 우측 세 번째), 추우(屈武-세 번째 줄 우측 네 번째) 등과 함께 이화원(頤和園)에서.

'문화대혁명'이후 매 씨 가족들은 유관부문을 향해 '대혁명'시기 억지로 징수해갔던 서화 등 문물들을 되돌려줄 것을 요구하였다. 그들은 여러 경로를 통하여 200여 통에 달하는 상소문을 보냈지만 감감무소식이었다. 그 후 시종쉰의 건의 하에 매란방기념관이 세워졌고 매란방 선생의 생전에 남겨 놓은 많은 서화들이 기념관에 소장되게 되었다. 1986년 10월 27일 시종쉰은 친히 매란방기념관의 막을 올렸다.

상샤오윈(尙小云)은 경극 4대 명배우 중 한 명이다. 그는 자신의 집을 팔아서 학교를 지었으며, 의리 있는 배우로 유명하였다. 1959년 시종쉰의 건의와 요청 하에 상샤오윈은 산시(陝西)성으로 이사를 갔다. 이는 문예계에서 큰 파장을 일으켰다. 상쇼윈은 산시성 희곡학교 예술 총감독과 산시성 경극원 수석원장을 담임하면서 산시성 희극사업의 발전에 지대한 공헌을 하였다.

그는 자신이 소중하게 보관하고 있던 66점의 서화, 옥기(玉器)를 무상으로 산시성 박물관에 기증하는 등 행동으로써 중국 서부의 문화건설에 온 힘을 다 기울였다. 시종쉰은 산시에서 희곡 예술 영화를 제작할 것을 지시하였다. 그러나 유감스럽게도 시종쉰은 상샤오윈과 함께 이 예술영화를 볼 기회가 없었다.

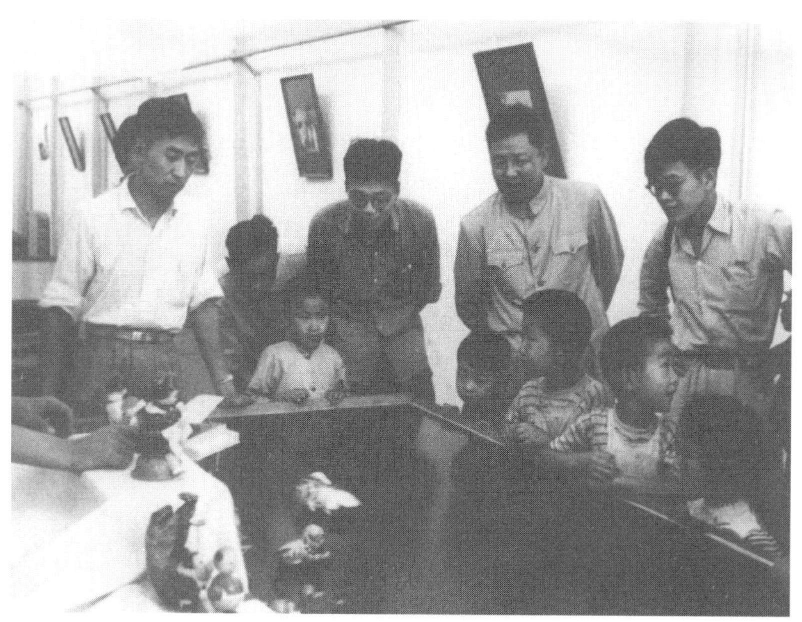

| 시종쉰이 놀이를 하고 있는 어린이들을 보고 있다.

이는 시종쉰이 "소설 『류즈단(劉志丹)』 사건" 때문에 많은 사람들의 시선에서 사라졌기 때문이었다. 16년이 지난 후에야 시종쉰은 복귀하게 되지만 상샤오원은 불행히도 이미 저세상 사람이 되어있었다. 이 영화는 한 시기 유명했던 명배우의 마지막 외침이 되었다.

항미원조(抗美援朝) 초기 시종쉰은 "비행기 한대를 기부"하려는 창샹위(常香玉)의 생각을 적극적으로 지지하였다. 창샹위가 시종쉰에 보낸 보고에는 다음과 같이 쓰여 있다. "당과 당신의 교육과 도움이 있었기에 우리는 이런 영광스러운 임무를 완수 할 수 있게 되었습니다.

국경일을 맞이하게 되는 지금 저의 진심어린 고마움을 전하며 우리는 더욱 노력하여 저희들의 영광스러운 기부 임무를 완성할 것을 맹세합니다." 매번 창샹위가 베이징에 들릴 때마다 시종쉰과 부인 치신은 그녀를 집으로 청하여 그녀가 좋아하는 시금치국과 죽을 끓여 대접해 주었다.

시종쉰이 사무가 다망하여 시간이 없으면 그는 그의 부인 치신을 보내 일부 민주인사들과 노 예술가들을 방문하게 하였다. 치신의 회억에 의하면 "그분들의 가족에 도움이 필요하면 종쉰 동지가 직접 가지 못하면 저를 보내곤 하였지요. 예를 들면 순훼이성(荀慧生)의 부인이 병이 들었을 때 종쉰 동지는 저에게 그를 대신하여 병문안을 가게 하였다"고 했다.

1962년 3월 8일 시종쉰은 수도에서 진행된 국제 노동부녀절 연회에서 외국 손님들과 축배를 들고 있다. 좌측 첫 번째는 당시 전국 부녀연합회 주석인 차이창(蔡暢)이다.

2006년 치신은 집에서 매란방의 아들인 메이바오주(梅葆玖)와 매란방의 둘째 아들 메이사오우(梅紹武)의 부인인 투전(屠珍)과 함께 하고 있다.

시종쉰의 딸 치차오차오는 어린 시절에 아버지는 매일 쉴 틈도 없이 여러 사람들과 담화하였다고 회상하였다. 그녀는 이상하게 여겨 "여러 사람들과 대화를 하는 것이 혁명입니까?"라고 묻자 시종쉰은 어린 딸을 내려다보며 "혁명은 사람들을 단결시키는 사업이야"라고 말해주었다고 한다.

26

군관 계급장 수여문(授與文)을 읽다.

26. 군관 계급장 수여문(授與文)을 읽다.

1955년 9월 27일 오후 중난하이 화이런당(懷仁堂)과 국무원 강당에서는 중국인민해방군 군관 계급장, 훈장 수여식이 거행되었다.

| 시종쉰이 중국인민해방군 군관 계급장 수여 명령문을 낭독하고 있다.

14시 30분 수여식이 거행 되자 국무원 비서장 시종쉰은 중화인민공화국 국무원 총리의 중국인민해방군 군관장관 계급장 수여 명령을 읽었다. 저우언라이 총리는 대장, 상장, 중장, 소장 계급장의 명령장을 일일이 수여하였다.

원수 계급장의 수여식은 화이런당에서 진행되었다. 마오쩌동은 직접 계급장 수여문과 3개의 일급 훈장을 주더, 펑더화이 등 계급장 수여식에 참가한 원수들에게 직접 수여하였다.

시종쉰이 중화인민공화국 국무원을 대표하여 계급장 수여 명령문을 낭독하였는데 이것은 국무원 비서장의 직무의 범위이기 때문만이 아니라 그와 인민군과 깊은 역사적 연계가 있기 때문이다. 그는 17세의 어린 나이에 적군 병사들을 책동하는 정신운동에 참가하였으며, 19세에 두 차례의 병변을 일으켰다. 또한 서북홍군의 건립에 참아하였으며 산간(陝甘)변경지구 혁명근거지의 주요 창건자이며 지도자의 한 명이었다.

산간변경구(陝甘邊區)[64] 혁명근거지의 역사적 변혁과정에서 시종쉰은 직접 산간변경구 유격대 제1, 3, 5, 7, 9, 11 지대, 안싸이(安塞), 허쉐이(合水), 바오안(保安), 중이(中宜), 핑쯔(平子)등 지역 유격대의 창건에 직접 참가하였으며 직접 지휘하기도 하였다. 수십 차례에 달하는 전투를 지휘하는 과정에서 수차례 중상을 입기도 했다. 그의 지도하에 역량을 키워온 산간 변경지구 홍군 임시 총지휘부와 이를 기초로 하여 새로 일어선 홍군

64) 산간변경구: 산시성, 간수성 변경지구.

제26군이 바로 중국인민해방군 보병 11사 전신의 일부이다.

시종쉰은 토지혁명전쟁시기에 위북(渭北)유격대 제2지대 지도원과 제1지대 정치위원, 중국 산간변경지구 특별위원회 서기, 산간변경지구 유격대 총지휘부 정치위원, 제1로 유격대 총지휘부대 서기 등을 역임하였다.

항일전쟁기에는 관중(關中)의 보안사령부 정치위원, 쉐이더 경비사령부 정치위원, 예타이산(爺台山) 반격전 임시지휘부 정치위원, 산간닝진쉐이 연합방위군 대리 정치위원 등을 역임하였으며, 해방전쟁기에는 서북야전군 부 정치위원 및 제일야전군 부 정치위원, 산간닝진쉐이 연합방위군 정치위원 및 제일 야전군 및 서북군관구 정치위원 등의 직책을 역임하였다.

풍부한 군사투쟁의 실천 중에서 그는 우리 군의 탁월한 사상정치지도자로 우수한 지휘자로 성장하였다. 그는 산간유격대의 창설과 정비 과정에서, 산뻬이로 이동하는 전투에서, 대 서북지역을 해방시키는 위대한 역사적 과정에서 중요한 역사적 작용을 발휘하였다.

해방전쟁기 시종쉰은 장종쉰(張宗遜), 왕스타이, 펑더화이, 허룽 등과 함께 천군만마를 지휘하여 산뻬이에 있던 마오 주석을 보호하였고, 당 중앙을 보호했으며, 연안을 수복시켰고, 시안, 란저우를 해방시켰으며, 신장으로 진군하는 전투에서 적은 수량의 병력으로 많은 병력을 이끌고 승전하였고, 적은 역량으로 강한 화력을 가진 적을 물리치는 찬란한 승리를 거두었다.

1980년 시종쉰은 군부대 관병들과 온화한 표정으로 대화하고 있다. 오른쪽 네 번째는 광저우 군관구 사령관 우커화(吳克華)이다.

새 중국이 건립된 후 우리 군의 제1차 계급 수여 과정에서 시종쉰, 덩샤오핑, 덩쯔훼이(鄧子恢), 장딩청(張鼎丞), 탄전린(譚震林) 등 혁명전쟁기에 공헌한 일부 지도자들은 군부대의 직무를 더는 감당하지 않아서 계급 수여식에는 참가하지 않았다. 하지만 시종쉰은 역사적으로 특수한 영광을 지니고 중화인민공화국 국무원을 대표하여 중국인민해방군 장관 계급 수여 명령을 낭독하였다.

2013년 10월 시종쉰 탄생 100주년에 그의 파란만장한 일생을 담은 다큐멘터리가 제작되었다. 사람들은 이 다큐멘터리를 통하여 처음으로 생동적이며 진귀한 역사 장면을 영상으로 만나 볼 수가 있었다.

| 1983년 12월 시종쉰은 전국 경위(警衛)공작회의 대표들을 접견하고 있다.

이런 자료들은 다큐멘터리 감독인 샤멍(夏蒙)이 58년간 봉인되어 있던 중앙의 신 영상 자료에서 구해온 진귀한 자료였다. 사람들은 반세기 넘게 봉인되어 있던 영상을 통해 위풍당당했던 당시 시종쉰의 모습을 볼 수 있었으며 장엄했던 순간들을 느낄 수가 있었다.

27

국무원 신방제도(信訪制度)를 건립하다

27. 국무원 신방제도(信訪制度)를 건립하다

시종쉰은 언제나 노동인민들의 특징을 지니고 있어 인민군중들의 신방(信訪)[65]사업을 중요시하였다. 그는 신방사업은 당과 정부가 군중의 목소리를 듣고 군중들과 밀접하게 연계할 수 있는 경로라고 생각했다.

1954년 저우언라이 총리의 영도와 시종쉰의 구체적인 지도하에 국무원 신방실이 설립되자 이곳을 방문하러 온 군중들을 접대하고 보내온 편지들을 처리하게 하였다. 그리하여 신방사업은 정상적인 궤도에 들어섰으며 점차 국무원 신방제도가 만들어 지게 되었다.

일찍이 국무원신방실 주임을 역임했던 마용(馬永順)은 "시종쉰은 인민군중들이 편지를 통해 반영해 오는 여러 가지 문제들을 매우 중시하였다. 시종쉰은 보내온 편지들로 편집한 『적보(摘報)』, 방문한 군중들의 의견을 적은 『접견보고(接見報告)』와 종합 보고 등을 내용에 따라 모두 관련 부서들과 관련 성·시로 내려 보내 처리하게 하거나 우리들에게 구체적인 해결 방법을 지시하기도 하였다"고 회억했다. 시종쉰은 군중들이 제기한

---

65) 신방: 중국에서 대중들이 서신이나 방문을 통해 정부기관 등에 상황을 알리거나 억울함을 호소하는 것을 말함.

문제들을 '사소한 일'로 여기 거나 없었던 일로 한 적이 없었다.

시종쉰은 사무가 아무리 다망하여도 시간을 내어 직접 중요한 신방 편지를 읽고는 방문객들을 만나보았다. 시종쉰은 신방사업의 본보기 역할을 하였다. 1954년 12월 30일 시종쉰은 서북지구 군중들의 신방 편지에 근거하여 마오쩌동, 저우언라이에게 농촌사업에 존재하는 일부 문제를 적은 특정 보고서를 작성하여 올렸다. 보고서 초안을 작성 할 때 그는 정확한 사례를 예로 들어 진실한 언어들을 사용해야 한다고 비서에게 부탁하였다.

그러나 작성된 보고서 초안을 본 시종쉰은 이마를 찌푸렸다. 그는 "왜 군중들이 식용유의 공급이 잘 안 되고 있다는 불편한 사정을 솔직히 적지 않았는가?" 하고 물었다. 비서는 난처한 어조로 "신방 편지에 사용한 어투가 너무 저속하여 그대로 옮겨 적을 것까지는 없지 않겠습니까?"라고 하였다. 하지만 시종쉰은 진실한 상황을 마오주석에게 알려야 한다고 했다.

한 농민이 보내온 편지에는 다음과 같이 쓰여져 있었다. "식용유 값이 4냥이라니 늙은 장(장제스를 가리킴)이 생각나는군!" 다른 한 편지에는 농민이 나무로 만든 수레를 끌고 물건을 나르는데 수레바퀴에 오일을 치지 못하여 '지지직' 소리가 났다. 그러자 수레를 몰던 사람이 "나도 먹을 기름이 없는데 너도 기름을 달라느냐?"라고 소리치면서 바퀴에 오줌을 누었다고 한다. 이 보고서는 중앙의 중시를 받아 마오쩌동과 저우언라이는 직접 이 보고서를 여러 유관 부문에 보냈다.

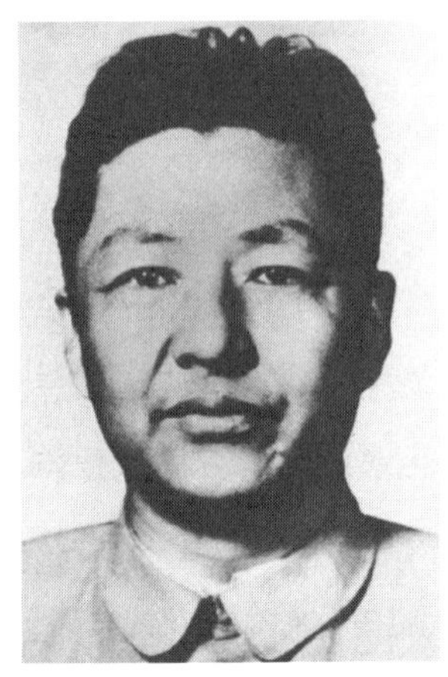

국무원 부총리 겸 비서장을 담당하던 시기의 시종쉰

시종쉰의 마음은 시종 백성들과 연결되어 있었다. 군중들이 보내온 편지에 저축 임무를 완성할 수 없어서 간부들 앞에 무릎을 꿇어 용서를 빌었고, 심지어 국채를 구매할 능력이 없어 우물에 뛰어들어 자살을 하는 상황도 있다고 쓰여 있자 그는 사무용 책상을 내리치면서 화를 냈다.

"우리 공산당 간부들이 어찌 군중들의 대립 면에 서 있을 수 있다는 말이오! 이러다가 언젠가는 군중들의 멜대에 맞을 날이 오고 말 것이오!"

1957년 5월 31일 시종쉰의 건의 하에 제1차 전국 신방사업회의가 개최되었다. 회의는 중국공산당 중앙 사무청과 국무원 비서청에서 공동으로 주최하였다. 시종쉰은 중앙기관 단위와 지방정부의 일부 간부들이 신방사업을 중시하지 않고, 관료주의 작풍이 심각하며, 올라온 편지들과 찾아 온 사람들의 이견을 그대로 옮기거나 심지어 틀리게 옮기고 잘못 전달하는 경솔한 행위들과 서로 책임을 타인에게 떠미는 상황들을 심각하게 꾸짖었다.

그는 이런 상황이 나타나게 된 주요한 원인은 사상의식의 변화에서 오는 것으로 군중들과 멀어지고 군중에 대한 의식이 적어졌다는 것의 표현이며, 군중의 생활 질곡에 대한 관심이 멀어졌기 때문이라고 하였다. 그는 국가 측회국(測繪局)에서 시안에 집을 지을 때, 불도저로 거의 다 여물어 가는 밀 58무를 밀어 버린 사건을 예를 들면서 아무리 돈을 지불하고 땅을 사서 건설하는 것이라고 하지만 이런 일 처리 방식은 백성들의 불만을 가져올 수 있으며, "이런 공산당이 있나!"하는 욕을 자처하는 꼴이라고 질책하였다. 그는 신방사업은 인민내부의 모순을 반영하는 것으로, 신방으로 올라온 편지나 찾아오는 방문객들에 대한 사업은 "작은 일이 하나도 없고 모두 큰일이며 일반적인 사업이 아니라 중요한 정치임무"라고까지 하였다.

그러면서 신방사업의 6가지 요구를 제기하였다.

1. 각 성, 시, 자치구의 당정 지도자 중 민방사업을 책임지는 사람이 있어야 한다. 2. 문제를 해결함에 있어서 주동적으로 해결해야 하며 피동적이어서는 안 된다. 3. 전문적인 기구를 설립하고 많은 사람들이 함께 하는 방법으로 해결하여야 하며, 기관 간부 중에서 일부 책임을 지는 간부들이 여가시간을 이용하여 사업하여야 한다. 4. 올라온 편지의 내용으로 부터 반영하는 문제의 성질에 따라 중앙 혹은 지방의 각 관련기관에 보내 처리하게 하고, 간단히 복제하여 전달하는 형식이 아니라 문제의 해결을 위한 노력을 해야 한다. 5. 묵은 안건들을 해결해야 하는데 간부들을 파견하여 집중적으로 전달하지 못한 안건이나, 전달하였으나 해결되지 못한 안건들을 처리하게 하여야 한다. 6. 간부들의 관리 권한에 따라 연루된 간부들을 처리해야 한다.

| 1950년대 중난하이에서의 시종쉰.

이 여섯 가지 의견은 국무원 신방제도의 기본 준칙이 되어 신방사업의 제도화, 규모화의 건설을 촉진시켰다. 이는 지금도 여전히 실질적인 의미를 가지고 있다.

| 1958년 시종쉰은 국무원에서 열린 회의에서 연설하고 있다.

28

'대약진(大躍進)'의 열조 속에서 명석했던 시종쉰

28. '대약진(大躍進)'의 열조 속에서 명석했던 시종쉰

1958년 5월 중국공산당 제8차 대표대회 제2차 회의에서 "힘을 모아 좋은 성과를 얻기 위하여 더 많이, 더 빨리, 더 좋게, 더 절약하면서 사회주의를 건설하자"는 총 노선이 통과되었다. '대약진(大躍進)[66]'운동의 열기는 빠른 시간에 최고조에 달하였고, 제시된 높은 표준에 도달하기 위해 터무니없는 지휘를 하고, 실속 없이 결과만 추구하는 공산풍(共産風)[67]이 성행하기 시작하였다.

---

66) 대약진운동: 1958년에서 1960년까지 중국 전국에서 공·농업 생산의 비약적인 발전을 위해 맹목적으로 전개한 군중 운동.

67) 공산풍: 공산풍은 1958년 '대약진', '인민공사화' 운동 중에서 발생한 착오를 의미한다. 주요내용은 각 생산대 사이의 차이를 인정하지 않고 빈부 차이를 줄이기 위하여 공사 범위에서 실행하는 절대적인 평균주의를 의미하며, 공공적인 축적이 많고 의무노동이 도를 넘게 많으며 등가 교환의 원칙을 파괴하여 무상으로 생산대 집체와 개인의 일부 재산을 재 분배 하는 것이다.

| 1958년 4월 정주(鄭州)시 교외를 시찰하고 있는 시종쉰과 펑더화이(좌측 첫 번째).

4월 하순에 시종쉰과 펑더화이는 저우언라이 총리를 배동하고 허난(河南) 농공업 생산 상황을 시찰하러 내려갔다. '대약진운동'이 고조하던 시기에 시종쉰은 저우언라이의 부탁을 받고 두 차례에 거쳐 기층에 내려가 조사연구를 하였다. 이런 연구를 토대로 그는 신속히 당 중앙과 국무원에 기층의 실정을 반영하고 존재하는 문제를 제기하였다. 이는 중앙에서 '좌'적 경향을 바로 잡고 곤란을 극복할 수 있는 방안을 마련하기 위한 중요한 근거들이었다.

1958년 9~10월 기간에 시종쉰은 처음으로 조사 소조를 거느리고 서북지역의 다섯 개 성자치구에 내려가 조사연구를 하였다. 그는 군중들이 낙후한 상황을 개선하려는 높은 열정을 보았을 뿐만 아니라, '대약진운동'이

가져오는 중대한 문제도 발견하였다. 산시(陝西) 리촨현(礼泉縣)의 밭에 있는 무수한 작은 흙더미들을 보았다. "이건 뭐하는 것이오?"라고 묻자 답하기를 베이징 과학자들이 '발명'한 새로운 농작물 재배 방법인데, 태양의 직사면을 넓게 하여 농작물의 수확량을 높일 수 있는 방법이라고 하였다.

그는 밭에 쭈그리고 앉아 흙더미를 헤쳐 보았다. 흙더미 사이로 나온 농작물의 뿌리는 이상할 정도로 가늘었다. 그는 이마를 찌푸리며 "아무리 태양의 빛을 많이 받는다고 해도 뿌리를 지지해주는 흙과 비료가 제한되어 있는데 어찌 수확량을 늘릴 수 있단 말이오?"라고 하였다.

1958년 9월 5일 산시 푸청(蒲城)현에서 시종쉰은 국무원기관에서 농촌에 내려온 간부들과 학생들에게 연설을 하고 있다.

1958년 9월 6~7일 시종쉰은 고향 푸핑현으로 내려갔다. 7일 이른 아침 현 기관간부들과 함께한 단체사진

1958년 9월 7일 시종쉰은 고향인 푸핑현 단촌향에 들렀다.

시종쉰은 간수의 '대약진'시기에 일부 간부들이 실행하는 "조하(洮河-간수성의 강)를 산으로 흐르게 하자"는 공정을 여간 우려하지 않았다. 이 공정은 조하를 룽난(隴南)의 민현(岷縣)으로 부터 룽동(隴東)의 칭양(慶陽)으로 흐르게 수로를 만드는 것인데 그 길이가 1,000여 Km에 달하였다. 당시 간수의 주요 지도자는 한전(旱田)을 수전(水田)으로 만들고 물의 낙차를 이용하여 전기를 생산하고 세계에서 처음으로 산에 위치한 운하를 건설하고 산 위에 유람선을 띄우겠다는 계획이었다.

그는 수만 명의 농민들이 곡괭이를 들고 산을 파고 바퀴가 하나 달린 손수레로 돌멩이를 나르는 것을 보았다. 사용하는 도구 중 체인이 감겨 있는 바퀴가 제일 선진적인 도구라고 할 정도였다. 그들은 낮에 드높은 열정으로 일하고 저녁에도 전등을 켜고 열심히 하였지만 효율은 여지없이 낮았다.

대량의 노동력이 공사현장에 투입되어 농업생산에 심각한 영향을 미쳐 풍년에도 농작물의 수확량이 적었다. 이 보다 심한 것은 간수에서는 식량의 수확량이 30억 근이나 증가하였다고 거짓보고를 한 것이었다. 이 사실을 알게 된 시종쉰의 우려는 더욱 커졌다. 그는 중국공산당 성 위원회의 책임동지 앞에서 "이렇게 하면 안 되오. 이러다가 백성들이 막중한 손해를 보게 될 것이오"라고 하였다.

1958년 9월 시종쉰과 성장 덩바오산(鄧宝珊-우측 첫 번째), 국무원 부 비서장 위신칭(余心清-우측 세 번째)과 함께 황막고굴(敦煌莫高窟)에서 합동촬영.

| 1958년 10월 시종쉰이 닝샤(寧夏) 회족(回族)자치구에서 시찰을 하고 있다.

간수 둔황현(敦煌縣)에서 그는 "의식주행, 생로병사, 유치원에 가고 학교에 다니게 한다"는 등의 10가지 항목 모두를 제공하여 주는 제도에 대하여 명확하게 의심하였지만 성 위원회 주요 책임 동지는 자신의 의견을 고집하며 불쾌한 논쟁까지 벌였다. 시종쉰은 칭하이, 닝샤 등에서도 비슷한 문제들이 존재하는 것을 발견하였다.

시종쉰은 옛 친구인 간수성 성장 덩바오산과 깊은 대화를 나누었다. 덩바오산은 농민들이 기아에 허덕여 외지로 동냥을 떠나는 상황을 포함하여 여러 가지 문제들을 말하면서 "조하를 산으로 흐르게 하자"는 문제에 대해 깊은 우려를 나타냈다. 시종쉰은 덩바오산을 누구보다 잘 알고 있어 "당신은 하늘을 오를 수 있고, 직접 주석을 찾아갈 수도 있지 않소!"라면서 주석에게 이러한 상황을 말해달라고 하였다.

이번 서북의 시찰에서 시종쉰은 '대약진운동'의 여러 가지 시행방법에 대한 염려는 더해졌다. 베이징에 돌아 온 후인 11월 6일 그는 저우언라이 총리와 중국공산당 중앙에 보고를 올렸다. "목전 각급 당 위원회에서는 강철을 제련하는데 정신이 없어 생산 기획의 제정과 다음해 농업생산 수확량을 이번 해의 배로 늘리는 방법 등은 해결하지 못할 문제로 보입니다. 이 문제를 해결하기 위해서는 시간이 제일 중요합니다. 만약 늦어지면 다음해의 농업생산이 영향을 받게 됩니다." 강철을 대대적으로 연마하던 시기 그는 "강철을 대대적으로 연마하는 운동이 일정한 수준에 도달하면 강철공업에 종사하던 노동 대군은 반드시 전업 화를 이루어야 합니다.

하나의 성 혹은 하나의 전문 구역에는 응당 광산이 있어야 하고 석탄과 물 등 조건이 좋은 곳을 택하여 강철기지, 공업기지로 지정하여 작은 강철 연마장을 큰 강철 생산기지로 만들어 강철생산이 다른 공업의 발전을 이끌도록 해야 합니다. 이를 위해서는 다음과 같이 하여 노동력의 낭비를 줄이고, 기술을 제고시켜 질량을 제고하고, 노동효율을 제고하며, 공업을 크게 발전시키기 위하여 후비군을 양성해야 합니다"라고 의견을 제시하였다.

| 1958년 10월 닝샤 스줴이산(石嘴山)에서 시찰을 할 때 탄광 공인들과 함께 한 시종쉰.

1958년 11월부터 12월까지 시종쉰은 우창(武昌)에서 열린 중앙정치국 확대회의와 제8기 6중 전체회의에 참석하였다. 『인민공사의 약간 문제에 관한 결의』에서 그는 서북에서의 고찰상황에 근거하여 다음과 같이 발언하였다.

| 1959년 5월 시종쉰과 허난성 안양(安陽)시 시위기관 간부들과의 단체사진.

"인민공사는 이른바 '일대이공(一大二公)[68]', '최대최공'이라고 하는데, 한 개 현에 한 개 공사의 정도로 공사의 규모가 커지지 말아야 하며, 모든 것을 제공하는 공사로 변하게 해서는 안 됩니다. 또한 집체소유제가 전민소유제로 변하지 말아야 하며, 특히 사회주의에서 공산주의로 넘어가게 해서는 안 됩니다. '최대최공(最大最公)'이라고 해서 수요에 따른 분배가 노동에 의한 분배를 대체하지 못하도록 해야 합니다."

68) 일대이공: 일대는 공사의 규모가 큰 것을 의미하고, 이공은 높은 공사의 공유화(公有化) 정도를 의미한다.

그의 우려는 현실로 되었다. 이듬해 보릿고개를 제대로 넘기지 못한 간수 등의 성에서는 흉년이 들어 굶어 죽는 사람들이 나타났다. 저우언라이의 지시에 따라 시중쉰은 즉시 양식부, 내무부, 철도부, 교통부 등의 책임 동지들을 불러 회의를 개최하여 산시, 닝샤, 스촨 등에서 양식을 지원하게 하였다.

1959년 4월 중하순 시중쉰은 저우언라이의 지시를 받은 후 국무원의 이름으로 재해가 심각한 11개 성정부의 주요 책임동지들을 불러 베이징에서 회의를 열었다. 마용쉰(馬永順)의 회억에 따르면 "여러 성에서 모두 회보를 하였다. 보고에는 서로 다른 의견들이 있었다. 대다수의 성에서는 사람들에게 부종(붓는) 증세가 나타나고 사람들이 죽어 가는 현실적인 문제들이 존재한다고 했다.

회의가 끝날 때 시중쉰은 요약한 보고서를 그 날 밤 안으로 제출할 것을 요구했다. 그는 그 보고들을 그 날로 총리에게 전달하였으며 총리는 빠른 시간에 비준하였다. 우리가 제출한 보고는 총리를 통해 마오주석에게 전달되었으며 항공편으로 각 성에 하달되었다.

그 후로 총리는 우리에게 열흘에 한 편씩 보고서를 쓸 것을 요구하였다. 시중쉰도 우리는 응당 사실을 반영해야 하며 경상적으로 종합적인 결론을 내야 한다고 했다. 그 시기에는 여간 요구가 높지 않았다! 만약 이처럼 여러 지도자들이 조금이라도 느슨하게 처리하였다면 굶어 죽는 사람들은 더 많았을 것이다"고 하였다.

| 1959년 5월 시종쉰이 허난(河南) 자오쭤(焦作)의 강철 생산을 시찰하고 있다.

| 1959년 5월 시종쉰은 허난성 안양(安陽)을 시찰하였다.

| 1960년 5월 4일 시종쉰은 선양(瀋陽)에서 중국-체코 우의공장 명명(命名)식 행사를 주관하였다.

이 달 제2기 전국인민대표대회 제1차 회의에서 시종쉰은 국무원 부총리 겸 비서장으로 임명되었다. 한 달 후 문제들이 점차 심각해 지자 시종쉰은 조사소조를 거느리고 허난성, 산시성으로 내려갔다. 5월 하순 허난성에서는 집중적으로 선철의 수량과 질량의 문제를 파악하였다. 6월 초에는 허난으로부터 산시성으로 이동하여 저우즈(周至), 후현(戶縣), 퉁촨(銅川), 린퉁(臨潼), 웨이난(渭南)등 현에서 사업하면서 농촌의 상황을 상세하게 파악했다. 동시에 산시성 위원회의 지도자 동지들과 두 차례의 좌담회를 개최하였는데, 국장 이상 급의 간부들에게 모두 보고 하는 민주인사 좌담회를 개최하였다. 이것은 그가 두 번째로 '대약진운동'에 대해 진행한 조사연구였다.

베이징에 돌아 온 후 시종쉰은 신속하게 비서청에 조사결과와 군중들이 보내온 편지와 찾아와서 반영한 문제들을 종합하게 하였다. 문제들은 주로 다음과 같은 몇 가지로 종합할 수 있었다. "인민공사의 조건이 성숙하지 않은 상황에서 발전은 너무 성급하고 맹렬하다. 무상으로 밥을 먹는 것은 무노동 무임금의 원칙에 부합되지 않는다. '전민이 강철을 연마하자'는 구호는 잘못된 것이다. 정치적으로나 경제적으로 모두 맞는 계산을 해야 한다.

이를 위해서는 '다섯 가지' 문제를 해결해야 한다. 즉 '방치되거나 지체된 각종 일들을 모두 다시 시행해서는 안 된다'. '두 다리로 걷는 길이 수많은 다리들로 길을 걷는 격이 되고 있는데 이러한 것은 시정되어야 한다'는 것 등이었다.

7월 2일부터 8월 16일까지 역사상 뤼산(廬山)회의라고 불리는 중앙정치국 확대회의와 제8기 8중전체회의가 장시(江西)성 뤼산에서 연속해서 열렸다. 시종쉰은 비서청에 자료들을 정리하여 저우언라이에게 보내게 하고 마오쩌동에게도 보내게 하였으며, 대회의 브리핑을 인쇄하여 배포하게 하였다. 이와 동시에 그가 미처 생각지 못한 상황이 발생하였다. 전 당에 '좌'적 잘못을 느끼게 하려는 '신선회(神仙會)'는 펑더화이가 마오쩌동에게 쓴 한통의 편지 때문에 회의는 완전히 다른 방향으로 흘러갔다. 회의는 마지막에 집중적으로 '펑더화이를 위주로 하는 반당집단'에 대한 비판으로 변질되었다. 이로 인해 시종쉰의 마음은 무겁기만 하였다.

1961년 4월부터 5월까지 시종쉰은 중앙의 조사소조를 거느리고 허난성 창거(長葛)현에서 현장조사를 하였다. 사진은 시종쉰과 창거현 기관 간부들과 찍은 기념사진이다.

'대약진'의 열기에서 시종쉰은 언제나 백성들의 실질 생활에만 관심을 두었다. 그 해 6월 간수성의 군중들이 부단히 편지를 보내 양식이 심각하게 부족하다는 상황을 반영해 보여주었다. 26일 마용쉰은 군중이 보내온 편지 1통과 함께 보내온 '음식' 한 포를 시종쉰에게 가져다주었다. 그는 편지를 읽은 후 보내온 물건을 한참 보고는 약간 뜯어 먹어 보았다. 그는 이마를 찌푸리며 괴로운 어투로 "이 어찌 사람이 먹는 음식이라 할 수 있겠소?"라고 외쳤다. 이튿날 이른 아침 그는 두 명의 간부를 간수 현지에 내려가 조사하여 처리하게 하였다. 『농업 60조례』를 관철시키고 '대약진'이 초래한 '실속 없이 성과를 부풀리는 작풍'을 바로잡기 위하여 1961년 4월 상순 시종쉰은 중앙의 통일적인 배치에 따라 허난성 창거(長葛)현에 내려가 심도 있는 조사를 진행하였다.

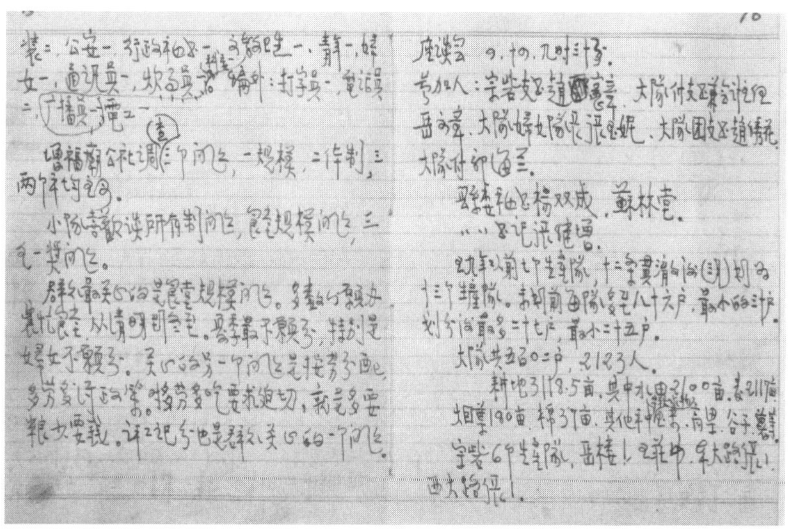

| 시종쉰이 창거(長葛)현 현장조사를 할 때 기록한 문건

4월 23일과 5월 9일 두 차례에 걸쳐 중국공산당 중앙 총서기인 덩샤오핑과 중국공산당 중앙에 상세한 서면보고서를 제출하였다. “지금의 상황에서 식당을 개설하는 것은 적합하지 않다. 양식을 매 호에 나누어주는 것은 농촌의 가난한 국면을 하루 빨리 개선시킬 수 있는 유효적인 방법이다”라고 특별히 설명을 첨가하였다. 창거현은 전에 땅을 깊이 팠다고 마오쩌동의 칭찬을 받은 적이 있었는데 이는 “성과를 부풀리는 작풍”의 대표적인 사례였다. 새로 건설된 현은 베이징의 창안(長安)거리를 모방하여 건설하였으며 대강당은 인민대회당 못지않았다. 하지만 군중들은 거의 매일 붉은 고구마와 산나물, 나뭇잎을 먹어야만 했다.

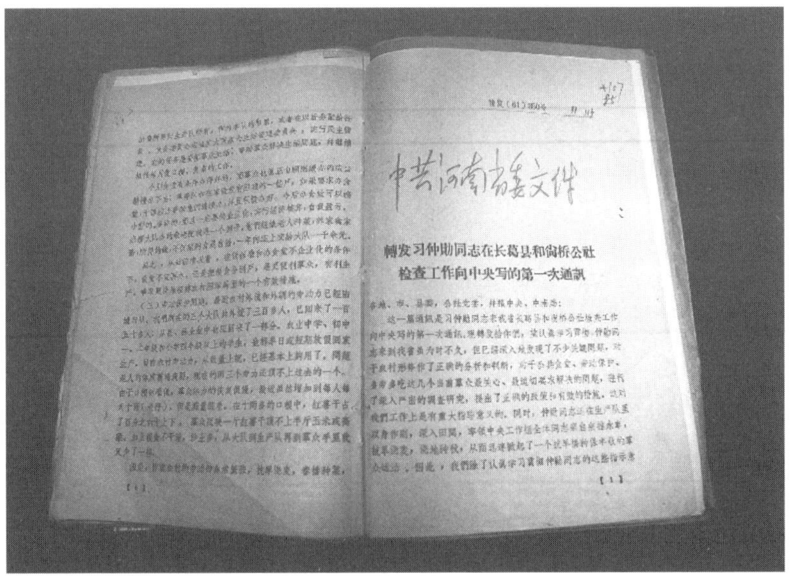

中共河南省委文件

轉发习仲勋同志在长葛县和尚桥公社检查工作向中央写的第一次通訊

1961년 4월 25일 중국공산당 허난성 위원회에서는 문건 형식으로 시종쉰이 창거현과 상차오(尙橋)공사에서의 조사보고서를 배포하였다.

시종쉰은 현 당위원회의 확대회의에서 엄숙하게 비판하였다. "다음과 같이 대대적으로 토목건설을 진행하여 새로운 것을 만들 필요는 없을 뿐만 아니라 그만하는 것이 오히려 좋은 점이 더 많다. 오래된 도시에 현급기관이 있을 사무처가 없단 말인가? 마오쩌둥 동지가 옌안에 있을 때 이렇다 할 건축물이 없어도 큰일을 해냈고 많은 사업들을 진행하였다." 그는 "군중들의 이익을 생각하지 않고 자신의 이익만 추구하려는 당원들은 당원 자격이 없다!"고 정곡을 찌르는 말을 하였다.

시종쉰이 창거현에 관한 두 개의 보고는 중국공산당 중앙의 충분한 인정을 얻었으며, 중국공산당 중앙 사무청에서는 부가 설명을 추가하여 전 당에 이 두 개의 보고서를 배포하였다.

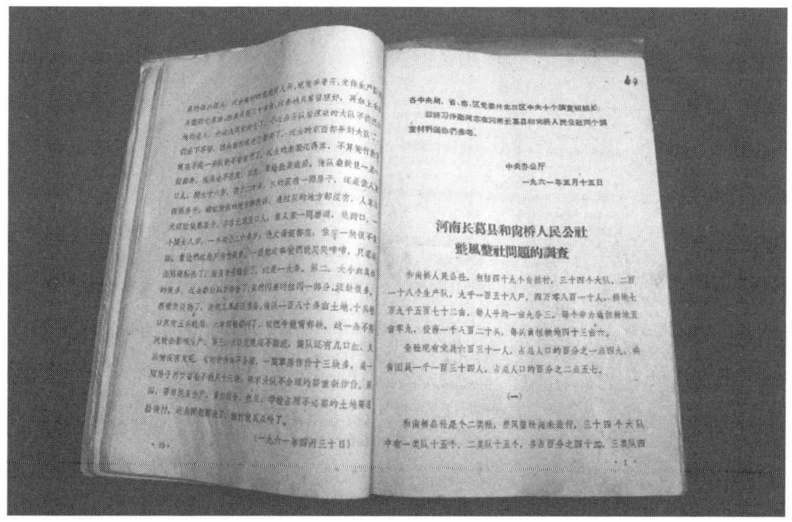

中央办公厅
一九六一年五月十五日

河南长葛县和尚桥人民公社
整風整社問題的調查

(一)

1961년 5월 15일 중국공산당 중앙 사무청에서는 시종쉰이 허난성 창거현과 상거공사(尙橋公社)에 대한 두 개의 조사보고서를 배포하였다.

29

세 차례나 시안(西安)의 옛 성벽을 보호하다

29. 세 차례나 시안(西安)의 옛 성벽을 보호하다

시안 옛 성벽(古城墻)은 명나라 홍무황제(洪武)[69]시기에 수나라, 당나라 때의 황성(皇城)을 크게 재건축 한 것이다. 600여 년 전인 약 1374~1378년 사이에 건축한 시안 옛 성벽은 오랜 역사를 지니고 있으며 중국 나아가서 세계적으로도 그 규모가 제일 크고 제일 완전하게 보존된 전통 무기시대에 방어 작용을 했던 성벽이다. 새 중국이 창립된 후부터 '문화대혁명'시기에 이르기 까지 시종쉰은 세 차례에 걸쳐 역사적 의의를 가지고 있는 "회음벽(回音壁, 소리가 벽을 타고 메아리쳐 돌아오도록 설치된 벽 -역자 주)"을 허물어지지 않게 지켜냈다. 특히 '대약진운동' 시기에 성벽을 보호하는 결정적인 작용을 하였다.

1950년 시안시에서는 성벽을 철거하려는 기획을 제기하였다. 시종쉰은 시안 서북군정위원회 제3차 집체사무회의에서 성벽을 허물어서는 안 된다고 하면서 "조금이라도 성벽을 훼손하면 사회가 혼란에 빠질 것이다"라고 강조하자 서북군정 위원회에서는 펑더화이, 시종쉰, 장즈종의

69) 홍무: 명나라 명태조의 연호.

명의로 『성벽의 벽돌을 허물고 운반하는 것을 일절 금지하는 통령(通令)』을 내려 시안 옛 성벽이 훼손되는 것을 방지하였다.

'대약진운동'은 전국에서 성벽을 허무는 풍조를 가져왔다. 시안시 정부에서도 시안의 성벽을 철거하려는 보고를 성정부에 올려 비준을 기다렸다. 이 시기에 베이징의 성벽, 난징의 성벽, 카이펑(開封)의 성벽들도 연이어 무너져버렸다. 시안 옛 성벽의 타구(垜口)[70]는 거의 허물어져 사라지게 되고 남쪽 성벽 외벽의 벽돌도 사람들이 거의 모두 뜯어 간 상황이었다.

| 오랜 역사를 지닌 시안의 성벽

70) 타구: 활이나 총을 쏠 수 있게 갈라놓은 자리.

당시 중국공산당 산시성 위원회 서기처 서기였던 자오보핑(趙伯平)은 시종쉰에게 전화를 걸어 시안의 옛 성벽 철거를 제지해 줄 것을 건의하였다.

거의 비슷한 시기에 저명한 고고학자이며 산시성 문화국 부국장이었던 우보룬(武伯綸), 산시성 문물관리 위원회 간부 왕한장(王翰章)등 5명은 여러 경로를 통하여 성벽을 보존하려고 애썼지만 해결되지 않자 산시성 문물관리위원회의 명의로 직속 상급기관을 거치지 않고 곧바로 국무원에 전문을 보내 시안의 옛 성벽을 보존하도록 조치해 줄 것을 시종쉰에게 부탁하였던 것이다.

시종쉰은 시안에서 온 보고를 받자마자 국무원 비서청에 연락하여 산시성과 시안시에 성벽을 허무는 것을 중단하라는 전문을 보내도록 했다.

| 시안의 성벽 일각.

동시에 문화부에 전문을 보내 서안 옛 성벽을 보호하는 방안을 강구해 오라고 지시하였다. 1959년 7월 1일 문화부에서는 국무원에 『시안 성벽을 보호하자는 건의에 대한 건의 문』을 제출하였다. 이 건의문에는 "성벽은 동서로 7리가 넘고 남북으로는 5리에 달하며 그 둘레는 25리, 높이는 3장 4치에 달하며, 그 기반은 6장이 넘고 성벽 위의 너비는 3장에 달한다.

네 개의 옛 성문에 성루, 전루(箭樓), 각루 등이 완전하게 보존되어 있는 웅대한 건축으로 그 규모가 거대하다.

이 성루는 중국에서 현존하는 성루 중 제일 완전하고 규모가 큰 봉건사회 도시의 성벽으로 봉건사회의 도시 기획, 군사 역사를 연구하는데 중요한 실물적 인증 작용을 할 뿐만 아니라, 고대의 건축공정과 건축예술을 연구할 수 있는 훌륭한 참고자료이다. 연구에 의하면 시안 성벽은 현시대 도시발전기획에서 공업건설의 발전을 방해하지 않게 할 수 있다. 그렇기 때문에 우리 부에서는 반드시 보존해야 하며 보호해야 한다고 여긴다"고 쓰여 있었다.

| 시안 성벽 옛 터

7월 22일 국무원에서는 정식으로『시안 성벽의 보호에 관한 통지』를 하달하여 시안 옛 성벽 보존에 대한 명확한 규정을 내렸다. 1961년 3월 4일 시안의 옛 성벽은 처음으로 전국 중점 문물보호단위로 된 문물 중의 하나로 지정되었다. 이렇게 해서 시안의 옛 성벽은 보호를 받게 되는 법률적 근거를 갖게 되었던 것이다.

하지만 '문화대혁명' 시기에는 시안의 옛 성벽도 심각한 파괴를 피하지 못했다. 1981년 겨울 시종쉰은 시안 성벽이 심각하게 파괴 되었다는 내부보고서를 받은 즉시 비서에게 국가 문물사업관리국에 전화를 걸어 처리하게 하였다. 국가 문물사업관리국에서는 그해 12월 31일에『시안 성벽 보호사업을 강화에 하는데에 관한 의견』을 내놓았으며 이를 산시성 인민정부에 하달하였다. 1983년 2월 시안에 환청(环城)건설위원회가 설립되면서 시안 성벽의 보호 사업은 보장받게 되었다.

중국 공정원(工程院)[71] 원사인 장진추(張錦秋)은 이를 두고 감개무량한 나머지 다음과 같이 말했다. "'문화대혁명' 기간 시안의 옛 성벽은 심각하게 파괴되어 성벽의 벽돌로 방공호를 만드느라 많은 부분이 이미 허물어져 여기저기에 큰 구멍이 나 있었다. 이런 상황을 시노(習老, 시종쉰)에게 전달하자 그는 다시 한 번 산시성과 시안시에 옛 성벽을 보호하는데 만전을 기하라고 지시하면서전면적으로 훼손된 성벽을 원상 복구하도록 하였다. 그리하여 시안의 옛 성벽은 새로운 삶을 맞이하게 되었다."

1980년대와 90년대 초, 유관 책임자들은 두 차례에 걸쳐 시종쉰에게 시안 옛 성벽의 보존사업에 대한 진행 현황을 보고하였다. 시종쉰은 온 힘을 기울여 성벽에 대한 보존사업을 잘하라고 고무격려 하였다. 그는 중국은 문명대국으로 우리는 선조들이 물려준 업적들을 잘 보호하여 외국인들이 문명대국이라는 점을 믿을 수 있는 실질적 증거들을 가지고 있어야 한다고 하였다. 그는 이미 허물어진 것들을 다시 복원하여 완전한 성벽으로 갖춰져야 2백년이 지난 후에도 문물로서의 가치를 지닐 수 있다고 하였다.

71) 공정원: 공학 과학 기술계의 최고 학술기구. 원사(院士)로 구성되며, 공학 방면의 학술 연구와 자문을 담당함.

| 1981년 9월, 시중쉰은 산시 린퉁(臨潼) 화칭츠(華淸池)를 시찰을 하고 있다.

30

정(情)으로 이어진
진성(秦聲)과 경운(京韻)

30. 정(情)으로 이어진 진성(秦聲)[72]과 경운(京韻)[73]

진강(秦腔)은 중국 희곡계의 "살아있는 화석"으로 불린다. 『시경(詩經)』 중 『진풍(秦風)』 제10편으로 부터 『사기 이사열전 (史記李斯列傳)』 에 이르기까지 모두 진강을 "옹(瓮)을 두드리고 부(缶)를 치고 정(箏)을 타고 손으로 넓적다리를 치고 노래를 홍얼홍얼거리니 귀를 즐겁게 하니 이것이 진정한 진(秦)의 소리다.(擊瓮叩缶彈箏搏髀, 而歌呼嗚嗚快耳者, 眞秦之聲也)"고 하였다.

진강은 강의하고 장엄한 아름다움을 지니고 있을 뿐만 아니라 애절한 선율로 사람을 감동시키는 독특한 매력을 가지고 있는데 높낮이는 마치 하늘의 구름같이 호방하고 격정에 넘치며, 세밀하고 섬세한 부분은 사람들의 심금을 울린다.

---

72) 진성: 진강(秦腔-Qinqiang Opera)이라고도 하는데 중국 서북의 제일 오랜 역사를 지닌 희곡의 하나이다. 서주(西周)에서 시작하여 진(秦)나라 시기에 제일 홍성하였다.

73) 경운: 경극(京剧)을 말한다. 경극은 중국 주요 전통극의 하나로, 18세기 말 휘극(徽劇)과 한극(漢劇)이 베이징으로 들어와, 서피(西皮)·이황(二黃) 을 주요 곡조로 하여 점차 융합 발전하여 완성되었다.

| 시종쉰이 진강 예술가들을 접견하고 있다.

1942년 초 시종쉰의 지원 하에 관중(關中) 분구(分區)에 '8.1극단'이 설립되었으며 새로운 작품을 창작하여 군부대와 군중들에게 선보였으며, 우수작품들은 옌안의 무대에도 등장하였다. 쉐이더에 있을 때 시종쉰의 직접적인 지도하에 쉐이더 문공단(文工團)을 설립하였으며, 문공단에게 도구, 복장 등을 사줄 것을 비준하였으며, 양발과 신발들은 특별히 공급하여 정상적인 연출에 지장이 없도록 하였다. 당시 문공단은 묘회(廟會)에서도 공연을 하고 농촌에 내려가서도 공연을 했다. 그들은 이런 방식으로 활동 경비를 해결하였는데 한 분기가 지나보니 1천 위안 정도의 수익을 냈다.

해방 후 서북 군정위원회의에서는 희곡(戲曲) 개선위원회를 설립하여 진강 등 희곡 예술을 널리 보급시키고 진흥시키고자 하였다. 1951년 저명한 진강

과반(科班-예술의 양성소)인 이쑤사(易俗社)는 다른 극단보다 먼저 공영 극단으로 전환하였다. 7월 13일 시종쉰은 체제전환 경축대회에 참가하였다.

오랜 예능인인 레이전중(雷震中)은 다음과 같이 회억하였다. "시종쉰은 먼저 요지를 설명하면서 이쑤사는 낡은 시대의 진보적인 인사들이 설립한 것으로 신해혁명시기에 창립되었다. 이쑤사가 예전에 공연한 희곡들은 진보적인 것이었다. 이런 희곡들이 나 시종쉰에게는 큰 영향을 미쳤는데 이런 희곡들 때문에 혁명에 참가하게 되었다." 당시 시종쉰은 표어에 "이쑤사를 인수하여 관리한다"고 쓰여 져 있는 것을 보자마자 나 시종쉰은 반동조직이 아니니 "인수하여 관리한다"라는 말보다 "맡아서 처리한다"라고 해야 하는 것이 더욱 합당하며 "더욱 좋게 만들어야지 더욱 나빠져서는 안 된다"고 하였다.

1950년대 말부터 60년대 초에 이르기까지 시종쉰은 베이징에 있던 몇몇 산시 출신 인사들과 함께 "3개의 유명한 진반(秦班)이 베이징에서 연출하는 일"을 성사시켰다. 이것은 희곡 진강의 발전사에서 가장 성황을 이루게 된 기회가 되었다.

1958년 11월 산시성 희곡연구원 2단(청년 실험단), 3단(메이완단-眉碗團)과 이쑤사 등 세 개의 예술 단체는 베이징에 가서 공연하였다. 시종쉰은 희곡 레퍼토리의 선정, 공연 지점의 선정으로부터 초대하는 귀빈의 명단까지 모두 관심을 가지고 구체적인 지시를 하였다. 11월 9일 저녁 시종쉰과 양밍쉔(楊明軒), 왕평, 장시뤄(張奚若)등 산시 동향(同鄉)들은 특별히 공연에 참가한 배우들을 청하였다. 진강의 유파(流派)는 여러 갈래가 있어 모두 공연순서에 민감하였다. 시종쉰은 여러 사람들의 의견을 들은 후 공연의 개막은 완완창(碗碗腔)의 『진완차이(金碗釵)』가 첫 무대에 오르기로 결정하였다. 『진완차이』는 짧은 피영(皮影-그림자극)으로부터 변화 발전되어 온 것으로 희곡 예술의 발전을 보여주는 것이기 때문에 이 극을 개막 무대에 오르게 하였던 것이다. 이번 공연은 중국 문련 강당에서 진행되었으며 큰 성공을 거두었다. 11월 12일 국무원의 작은 강당에서 『세 방울의 피(三滴血)』가 공연되었다. 시종쉰은 저우언라이, 주더, 천이 등 중앙 지도자들을 초청하여 그들과 함께 연출을 감상하고 배우들을 접견하였다. 당시 이런 에피소드가 있었다. 12월 20일 류사오치는 외지에서 시찰을 마치고 막 베이징에 돌아왔는데 『세 방울의 피』가 훌륭하다는 것을 알고는 특별히 시종신에게 자신과 함께 공안부 강당에서 이 희곡을 함께 보자고 요청했다고 한다.

진강은 베이징에서 한 달 넘게 공연하였으며 열렬한 환영을 받았다. "유명한 진반(秦班) 3개의 베이징 공연"은 커다란 성공을 거두었다.

저우언라이 총리는 연회를 열어 전체 배우들을 초대하였다. 어우양위첸(歐陽予倩), 매란방, 톈한(田漢), 차오위(曹禺), 마사오보(馬少波) 등은 산시 진강희곡을 찬양하는 글을 발표하였다.

1958년 11월 시종쉰과 장즈종(張治中-앞줄 우측 두 번째)은 베이징에 와서 연출한 진강 『량추옌(梁秋燕)』 제작진을 접견하였다.

진강 표현예술가인 리뤠이팡(李瑞芳)은 여러 차례나 감동하여 "시노(習老, 시[종쉰] 선생)가 아니면 저희 삼대 진반이 베이징에 들어올 수가 없었습니다. 시노가 저희들을 첸먼(前門) 호텔에서 청하였고 기념사진도 찍었는데 매란방 선생도 저희들과 함께 사진을 찍었습니다"고 하였다.

1959년 가을 시종쉰의 관심 하에서 산시성 희곡 연출단은 새로 개편한 『시호를 거닐다(游西湖)』, 『세 방울의 피』 라는 프로그램을 다시 한 번 베이징에서 공연했으며, 13개 성시로 내려가 순회공연을 하였다. 전례 없던 이런 성황을 "삼대 진반이 15차례나 강남에 내려가다"라고 했다.

1961년 시종쉰 고향의 아궁창(阿宮腔)[74]극단을 베이징에서 공연하도록 요청하였다. 아궁창은 오랜 희곡의 한 종류이다.

현 레벨의 극단이 베이징에서 공연한다는 것은 흔한 일이 아니었다. 베이징에 있는 동안 10여 차례에 달하는 공연을 하였으며, 시종쉰은 모든 공연을 보았다. 베이징에서 연출하는 동안 시종쉰은 고향의 배우들을 집에 초청하여 정원에서 금방 딴 포도를 대접하였다. 그는 배우들의 공연이 매우 훌륭했다고 치하하면서 휴식을 취해 성대를 보호하여 모든 공연을 잘 끝내기를 부탁하였다. 또한 이후 고향에 돌아가서도 좋은 작품을 창작하여 몇 년 후에 다시 와서 공연해 달라고 격려 하였다.

| 1961년 10월 시종쉰은 아궁창(阿宮腔)의 배우들을 접견하였다.

74) 아궁창: 산시성의 전통 희곡예술의 일종.

시종쉰은 진강의 발전을 매우 중시하였다. 1980년대 초 시종쉰은 안타까운 마음으로 산시성의 주요 지도자들에게 진극(晋劇)[75], 예극(豫劇)[76]들은 모두 사회로부터 호평을 받고 있는데, 희곡의 시조나 다름없는 진강도 자신의 입지를 다져야 한다고 하였다. 1985년 9월 23일 시종쉰은 베이징 국빈관에서 대형 진강극 『천고일제(千古一帝)』의 녹화 영상을 보고는 12월 5일 『천고일제』가 베이징의 무대에 오르도록 지원하였다.

첫 공연 전날 시종쉰은 황급히 외지에서 베이징으로 돌아와 중앙의 지도자들, 즉 중국선전부, 문화부의 책임인사들과 문학예술계의 유명 인사들을 요청하여 같이 관람하였다. 『천고일제』의 베이징에서의 첫 공연은 큰 성공을 거두었으며 시종쉰과 중앙의 일부 지도자들은 공연에 참가한 전체 인원들을 접견하였다. 그는 기쁜 목소리로 우리 산시의 진강은 노래며 연기며 모두 좋다고 하였다.

시종쉰은 희곡예술의 참신한 창작물에 대해 관심을 가졌다. 1986년 12월 시종쉰은 산시에서 시안사변 기념활동에 참가할 때 진강예술은 개혁하지 않으면 안 된다고 하면서, 개혁을 하더라도 진강이 가지고 있는 본래의 멋이 사라지지 않도록 해야 한다고 하였다.

---

75) 진극: 포극(蒲劇)에서 파생되어 산시(山西)성·네이멍구(内蒙古)·허베이(河 北)성 북부·산시(陝西)성 북부 등지에서 유행하는 지방 전통극의 하나.

76) 예극: 나무 타악기를 치고 판호(板胡)를 주요 반주 악기로 쓰는 중국의지방 전통극. 주로 허난(河南)성과 산시(陝西)성·산시(山西)성의 일부 지역에서 유행함.

1961년 10월 시종쉰과 천이 부총리는 베이징에 와서 공연에 참가한 산시 푸핑현 극단 아궁창 배우들을 식사에 초대하였다.

시종쉰은 경극 등 기타 희곡에도 많은 관심과 열정을 보였다. 중앙선전부 부장 직책을 맡고 있던 시기 그는 새 중국의 희곡 개혁방안 제정에 참여하였으며 직접 지도하기도 하였다. 이처럼 그는 희곡 사업의 건강한 발전에 중요한 공헌을 하였다. 국무원 비서장직을 맡고 있던 시기에 그는 자주 저우언라이 총리와 함께 여러 지방에서 베이징으로 와 공연하는 희곡들을 보았으며, 많은 예술가들과 깊은 우의를 맺었다.

궈모뤄(郭沫若), 톈한(田漢), 샤옌(夏衍), 차오위(曹禺), 우쭈광(吳祖光), 어우양위첸(歐陽予倩), 양한성(陽翰笙), 마사오보(馬少波) 등 희곡 대가들의 새로운 작품이 공연될 때마다 그들은 시종쉰을 공연에 요청하였으며 시종쉰의 의견을 진지하게 들었다.

경극 예술가 두진팡(杜近芳)의 회억에 따르면 "1958년 봄 일본 마츠야마 발레단이 중국의 가극 『바이마오뉘(白毛女)』를 개편하여 창작한 동명 발레극은 중국 공연에서 큰 성공을 거두었다. 중국 경극 예술가들은 여기서 큰 계시를 받아 리사오춘(李少春), 두진팡(杜近芳)이다(大春)과 시얼(喜儿) 역을 맡고 가극 『바이마오뉘』를 경극 무대에 올리려 하였다. 경극은 오래 역사를 지닌 예술 형식으로 현대의 가극을 전통적인 방식으로 표현한다는 것은 어려운 것이며 모험적인 것이었다. 그러나 시종쉰은 여러 차례 저우언라이 총리를 모시고 그들의 연습현장을 찾아 경극 예술가들의 담대함과 창의성을 열정적으로 격려하였다"고 하였다.

시종쉰이 『천고일제(千古一帝)』의 배우들과 직원들을 접견하고 있다.
우측 첫 번째가 덩리춘(鄧力群)이다.

1980년 1월 시종쉰이 광저우 군관구 제일정위 직책을 겸임하던 시절 그는 직접 광저우 군관구 문예공작자들을 따뜻하게 접견하였다.

1983년 4월 29일 시종쉰은 베이징에서 청옌추(程硯秋) 부인인 궈쑤잉 (果素瑛–우측 세 번째), 청파(程派)의 유명한 배우인 왕인추(王吟秋–우측 첫 번째)를 따뜻하게 회견하였다.

10년 간의 '문화대혁명' 동란은 많은 예술가들의 몸과 마음에 깊은 상처를 남겼다. 시종쉰이 중앙에서 사업을 하게 된 후 여러 차례에 걸쳐 관련 부문에 정책을 제정하도록 지시하였으며, 노 예술가들에게 진심으로 관심을 두어 그들의 사업과 생활상의 여러 곤란한 문제들을 해결해 주었다. 샤옌(夏衍)은 만년에 행동이 불편하여 휠체어가 없이는 움직이지 못하였다. 어느 날 시종쉰이 직접 샤옌의 집에 방문하게 되었는데, 샤옌의 집 뜰이 작아서 휠체어가 드나들기 어려운 것을 보고는 관련 부문에 지시하여 큰 뜰이 있는 집으로 바꾸어 주라고 하였다.

1980년대 많은 시간 동안 시종쉰은 문화부, 중국문학예술계 연합회, 중국작가협회를 관리하였다. 그 시기에 전국 각지의 여러 극단들이 베이징에 와서 공연을 하였다. 시종쉰은 모든 공연을 관람하였으며 당 중앙과 국무원을 대표하여 공연에 참가한 예술가들을 접견하고 위문하였다. 그 시기에 그는 직접 중국 문학예술계 연합회, 중국 작가협회, 중국 연극가협회의 차기 사업에 관심을 두고 지도하였다.

저명한 희곡예술가 마샤오보(馬少波)는 "시종쉰은 진보적이고 겸손한 지도자"라고 하였다. 또한 "예술가들에 대한 관심과 보살핌은 사람들을 편안하게 하였으며, 예술계에 불량한 현상이 나타나면 그는 따끔한 충고와 비평도 서슴지 않고 말했다"고 하였다. 이런 비평은 단호하였지만 위에서 억누르는 어투가 아니라 친구 간, 동지 간의 어투로서 듣는 사람들의 반감을 사지 않아 "시종쉰은 저우언라이 총리와 같이 문예 종사자들의 제일 친근한 지도자이며 제일 친한 친구였다"고 하였다.

31

소설 『류즈단(劉志丹)』 사건

31. 소설『류즈단(劉志丹)』사건

1962년 8월 24일, 베이다이허(北戴河) 중앙 사업회의가 거의 끝날 무렵 누군가가 소설『류즈단(劉志丹)』을 빌미로 시종쉰에게 반기를 들었다. 이 소설은 까오깡(高崗) 안건[77]의 기존 판결을 뒤덮으려는 짓으로 시종쉰이 바로『류즈단』의 '제1 작가'라고 모함하였던 것이다. 9월 8일 제8기 10차 전체회의 예비회의기간에 캉성(康生, 마오쩌동의 세 번째 부인 역자 주)도 소설『류즈단』을 빌어 서남부팀 회의에서 "지금 현재의 핵심 문제는 지금 이 시기에 까오깡에 대한 선동이 진행되서야 되겠는가?"하는 것이라고 모함에 부채질을 하였다. 시종쉰은 하루아침에 펑더화이(彭德怀) 건을 뒤엎으려고 비판하는 전형이 되어 "당을 배반하는 대 음모가이며 야심가"라는 모함을 받게 되었다.

---

77) 까오깡 사건: 중화인민공화국 중앙인민정부 부주석 이였던 까오깡은 1954년 2월 중국공산당 제7기 4차 전체회의에서 라오수스(饶漱石)와 함께 당의 분열을 시도하고 국가의 최고 권력을 탈취하려는 음모라고하는 구실로 적발 되었다. 까오깡은 비판을 받자 1954년 8월 17일 자살하였다. 1955년 3월 중국공산당 전국대표대회에서는 까오깡의 당적을 취소하고 당내외의 모든 직무를 해임한다는 결의안을 통과시켰다.

그 전에 시종쉰은 저우언라이의 위탁을 받아 베이징에서 전국 36개 성시(省市) 사업회의를 주최하였다. 그가 제8기 10차 전체회의 예비회의에 참가하러 왔을 때는 그 전에 발생한 사건에 대하여 하나도 모르고 있었다. 그러나 자신이 회의에서 지명 비판을 받을 거라는 소식을 들은 후 시종쉰은 믿을 수가 없었다.

“이것은 청천벽력이고 아무리 생각해도 이해할 수 없는 일이었지요!” 시종쉰은 중앙에 편지를 써서 사실을 설명하려고 하였다.

소설 『류지단』의 작가 리젠퉁(李建彤)은 류지단의 친동생 리우징판(劉景范)의 아내이다. 1956년을 전후하여 리젠퉁은 공인(工人)출판사의 요청에 의하여 서북 혁명투쟁사와 류지단의 혁명사업적을 소재로 한 소설을 쓰게 되었다. 그리하여 소설을 쓰기 전 시종쉰의 의견을 물었다. 시종쉰은 장엄하고 복잡한 서북혁명사를 소설로 쓰는 것에 동의하지 않는다고 확실하게 표하였다.

소설 『류지단』의 제3고가 나온 후 시종쉰은 서북에서 당의 역사 문제들이 제대로 정리되지 못하게 쓰여 졌는데, 이는 많은 이견 분쟁을 일으킬 것이 완곡하게 권고하였다. 그러나 서북의 많은 동지들은 그가 쓴 내용에 많은 지지를 해주었다. 이에 대해시종쉼은 자신의 의견을 표했다. “서북의 혁명을 쓸 때는 전 시대에 대해서 써야 한다. 사상 면에 대해서는 마오 주석이 영도한 혁명의 정확한 사상은 류지단을 통하여 구체적으로 실현되었다고 볼 수 있다. 그러나 마지막 단락에서 단지 산간(陝甘)소비에트구만 남게 되었다”고 했는데, 이는 최후에 마오 주석이 왔기에 그리 된 것이지 그렇지 않았다면 그리되지 않았을 것이다”라고 특별히 강조하였다.

| 중난하이 사무실에서의 시종쉰

그러나 9월 19일 제8기 10차 전체회의 예비회의에서 펑더화이와 시종쉰을 모함하는 장편의 자료가 공개되었다. 시종쉰에 대한 비판도 이와 더불어 더욱 심해져갔다. 부득이하게 시종쉰은 더 이상 회의에 참가할 수가 없자 저우언라이를 찾아가서 당분간 쉬겠다고 요청했다.

9월 24일 제8기 10차 전체회의가 개막되고 마오쩌둥이 강화를 할 때 캉성(康生)이 "소설을 이용하여 반당활동을 하는 것은 새로운 발명이다"라는 쪽지를 전달해 주었다. 마오쩌둥은 이 쪽지를 읽은 후 "지금 소설, 간행물들이 유행하고 있다고 하는데, 소설을 이용하여 반당활동을 한다는 것은 큰 발명이 아닐 수 없다"라고 하면서 "소설을 이용하여 당에 반대하는 활동을 하는 것은 캉성이 발견했다"고 하였다.

1958년 시종쉰이 아들 진핑(近平)·
위안핑(遠平)과 함께 하고 있는 사진.

1959년 시종쉰과 그의 가족들

마오쩌동은 계급투쟁은 "매년, 매월, 매일 강조해야 한다"고 하자 전체회의에서는 "펑더화이 특별안건 심사위원회"와 "시종쉰 특별안건 심사위원회"가 설립되었다. 캉성이 이 두 개 특별 심사위원회의 사업을 책임졌다. 시종쉰의 '죄상'은 소설 『류지단』이 "당의 역사를 위조"하고 산간에서의 혁명역사를 중국 혁명역사의 '중심'이고 '정통'이라 한 것이고, "마오쩌동 사상을 류지단 사상이라"고 한 것이며, 소설에 나오는 "뤄옌(羅炎)과 수중(許鍾)은 바로 까오깡과 시종쉰을 가리킨다"고 하였다.

또한 "까오깡 사건을 뒤엎기 위하여 시종쉰의 공로를 과장하여 선전한 것이다"라고 비난하였다.

시종쉰은 극도의 고통에 잠겨 매일 말 한마디 없이 지냈다. 저우언라이와 천이가 당 중앙과 마오쩌동의 부탁을 받아 그를 찾아와 담화하였다. 저우언라이는 애정 어린 말로 "당 중앙과, 마오쩌동 동지는 당신을 여전히 신임하고 있소. 정부를 대표하여 많은 사업들을 하였는데 소설 『류즈단』의 문제가 있다고 하니 잘못이 있으면 고치면 되지 않소! 우리는 여전히 친한 친구요. 절대 나쁜 생각을 하지 마시오!"라고 그를 다독였다.

펑더화이는 제8기 10차 전체회의에 참석하지 않았다. 그는 "나의 문제가 어찌 그에게까지 화를 미치게 됐나요?"라고 아내인 푸안슈(浦安修)에게 한탄조로 말하였다.

시종쉰은 집에서 '폐문사과(閉門思過)[78)]'하고 심사를 받았다. 1963년

78) 폐문사과: 문을 닫아걸고 잘못을 반성하다.

가을부터 '조사보고'를 쓰기 시작하였다. 치신은 "종쉰은 당의 이익을 항상 우선순위에 놓기 때문에 이번 책임도 자신이 짊어져야 한다고 했지요. 그의 검토서는 (19)26년에 중국 공청단에 참가할 때부터 (19)62년까지 36년간의 회억을 기록한 것이었습니다. 비록 막수유(莫須有)[79]라는 죄명으로 큰 고통에 시달리게 되었지만, 그래도 그는 여전히 당만을 생각하고 있었어요. 당시 애들은 모두 어려서 어떤 일이 발생하였는지도 몰랐지요"라고 회억하였다.

얼마 후 시종쉰은 중앙당교(中央党校)와 얼마 떨어지지 않은 시공쉬(西公所)라는 정원이 있는 집으로 이사를 가서 2년간 '당교에서 교원' 생활을 했다. 부지면적이 10여 무(畝)에 달하는 시공쉬는 앞뒤에 뜰이 있었다. 앞뜰에는 사랑채가 없고 잡초들이 무성하게 자라나 있었다. 당교의 활동 외에 그는 집을 나설 수가 없었다. 오전에는 독서를 하고 오후에는 노동을 하였다.

시종쉰은 가족들과 함께 뒤뜰의 공터에 옥수수, 아주까리, 채소들을 심어 반 이상은 상부에 바쳤다. 예전에는 명절이 되면 그는 아이들과 함께 톈안먼(天安門)에 가서 놀곤 했기에, 1964년 5.1노동절에 시종쉰의 아들인 위안핑(遠平)이 "아버지! 이번에도 저희랑 천안문에 가실 거지요?"하고 묻자 시종쉰은 "그래 가자! 얘들아 이번 해에는 너희들과 진정한 노동절을 보내자꾸나"라고 답하였다.

79) 막수유: 어쩌면 있을 수도 있다는 뜻으로 죄명을 날조한다는 뜻. 송사·악비전(宋史·岳飛傳)에서 간신 진회(秦檜)가 악비(岳飛)를 반역죄로 무고 했는데, 한세충(韓世忠)이 그 증거가 있는지를 묻자 진회(秦檜)가 '莫须 有'라고 대답한 고사에서 유래함.

1960년 시종쉰·치신 부부는 친우들과
베이하이(北海) 공원에서 기념사진을 남겼다.

그러나 밖으로 나갈 수 없는 그는 아이들을 데리고 밭으로 가서 일을 할 수밖에 없었고, 시끌벅적하게 잊을 수 없는 5.1국제 노동절을 대신해야 했다.

하루는 여동생 시옌잉(習雁英)이 그들을 보러 시공쉬에 갔다. 만나자 마자 그녀는 눈물을 흘리며 안타까워하였다. 시종쉰은 눈물을 흘리는 여동생을 위로하며 "오랫동안 당의 교육을 받아왔으면서도 왜 이리 작은 역경에도 나약해지니? 너는 나처럼 이리되지 말고 네 자신의 사업을 잘 하거라" 하고 타일렀다. 후에 시옌잉은 "사실 오빠를 위로하여 그의 정신적인 부담을 덜어주려 했던 것인데 도리어 그는 나에게 정치교육을 했다. 그는 당에 어떤 원망도 없었을 뿐만 아니라, 가족들의 혁명 신념을 굳건히 하라고 하였으며 자신들의 사업을 잘 완성하라고 하였다"고 회고하였다.

시종쉰은 아내에게 "혁명을 하는 것은 큰 벼슬을 하려는 것이 아니다. 농사짓는 것이라고 혁명하지 않는 것이 아니에요!"라고 북돋아 주었다. 1965년 여름 그는 당 중앙과 마오쩌동에게 편지를 써서 자신의 착오를 검토하였으며 "저에게 농촌생산대의 집체 노동에 참가하여 자신을 단련하게하고 자신을 마오쩌동 사상을 지닌 참신한 보통 노동자로 개조하려합니다. 저를 장기간 집안에만 있게 하면 현실에서 벗어나게 되어 개조를 제대로 완성할 수 없습니다"고 하였다.

마오쩌동은 시종쉰에게 공장에 내려가서 단련할 것을 건의하면서 "이삼년 지나면 다시 오라"고 하였다.

펑더화이와 시종쉰의 안건에 대하여 중앙에서는 오랜 기간의 심사를 했으면서도 어떠한 이렇다 할 결론을 내지 못했다. 중앙에서는 펑더화이와 시종쉰을 각각 서남삼선(西南三線)과 뤄양(洛陽) 광산 기계공장으로 가서 노동을 하도록 결정하였다. 예전 서북전선의 친밀한 전우였던 두 사람은 비슷한 죄명으로 베이징을 떠나 서로 멀리 떨어진 이후 다시는 만나지 못하였다.

| 시종쉰이 부인 치신 및 작은 아들 위안핑과 함께 한 사진.

32

누명을 쓴 16년, 두 차례나 뤄양(洛陽)으로 하방(下放)되다.

32. 누명을 쓴 16년, 두 차례나 뤄양(洛陽)으로 하방(下放)되다.

1965년 12월 7일 시종쉰은 처음으로 뤄양(洛陽) 광산 기계공장 부공장장으로 허난의 뤄양으로 갔다. 국무원 부총리에서 부 공장장으로의 신분변화는 어마어마한 것이었다. 하지만 누구도 시종쉰의 얼굴에서 어떠한 실망의 표정이나 낙담의 기운을 느끼지를 못하였다.

시종쉰은 매일 오전 제1금속가공 작업장 전기 2반에서 작업을 하고, 오후에는 독서를 하고 신문을 읽었다. 그가 계속 견지하는 두 가지 생활습관이 있었는데, 바로 전신욕과 산책이었다. 그는 공인들과 함께 큰 욕탕에 몸을 담그고 목욕을 하면서 이러저러한 한담을 하기도 하고, 저녁 식사 후에는 멀지 않은 곳에 있는 사과 과수원으로 가서 군중들과 잡담을 나누곤 하였다. 그러나 아쉽게도 이런 상대적으로 평안한 일상은 오래 지속되지 못하였다. 전례 없는 극좌 사회주의운동인 '문화대혁명'이 시작되었던 것이다. 여느 때보다 신속하게 전국적으로 퍼진 '문화대혁명'에 대하여 시종쉰은 처음부터 곤혹을 느꼈으며 이 운동을 이해할 수가 없었다. 홍위병(紅衛兵)[80]의 "때리고 부수고 빼앗고 태우는 행위"에 대하여 몹시

---

80) 홍위병: 중국의 문화혁명 초기 학생들을 중심으로 마오쩌둥의 이념을 관철시키기 위해 조직한 준군사조직.

분개해 하였다. 그에게 이발을 해 주었던 딩홍루(丁宏如)는 다음과 같이 당시의 시종쉰을 기억하였다. "어느 때인가 이발을 하러 온 그는 국영상점의 담배와 술들을 빼앗아 불태우는 것을 보고는 정말로 화를 냈다. 그는 판(范)비서에게 기록하여 총리에게 편지를 보내라고 하면서 '어찌 이럴 수가 있단 말이오!'하며 한탄을 해서, 내가 '자오판파(造反派)[81]는 모두 홍위병들이고 그들은 아예 도리를 따지지 않으니 이런 일은 모른 척하시고 나서지 마세요'라고 하였다. 하지만 그는 '나는 이때까지 나라의 재산을 마구 불살라 버리는 것은 본적이 없다'고 하면서 자신은 무섭지 않다고 했다."

1967년 1월 1일의 『홍치(紅旗)』 잡지에는 야오원위안(姚文元)의 『반혁명의 양면파 저우양(周揚)에 대한 평가』 라는 글이 실렸다. 이 글에는 저우양과 소설 『류지단』 을 지명하여 비판하였다. 이리하여 비판의 상대는 자연스레 시종쉰이 되었다.

달빛도 없던 바람세찬 어느 저녁, 산시에서 온 홍위병들은 강압적으로 시종쉰을 시안(西安)으로 이송하여 감금하고 괴롭혔다.

서북대학에서 그를 감시하던 한 홍위병은 그와 서로 신임하는 친구가 되었다. 그리하여 베이징에 있는 가족들은 시안에서 보내온 하드커버로 된 『마오주석어록(毛主席語录)』 과 편지를 받을 수 있었다. 어려웠던 세월에 이런 따스한 인정은 여간 얻기 힘든 것이 아니었다.

---

81) 자오판파: 문화대혁명시기 "자오판(반역, 반항 뜻을 폄하한 말)"파라고 자칭하며 잘난척하는 군중 조직의 하나인데, 그들은 정치적 실전과 관련 된 일련의 사상방법, 행위특징, 가치취향을 가지고 있던 전국적 규모의 대중조직.

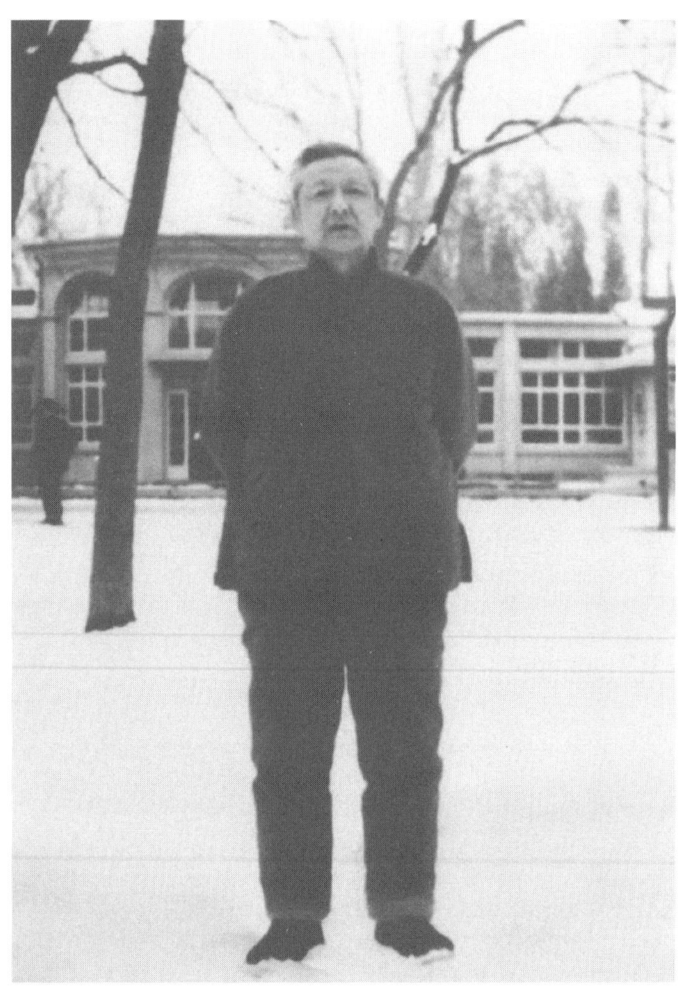

| 뤄양에서의 시종쉰

어느 한 투쟁대회에서 시종쉰은 그의 '좋은 스승과 친근한 벗'인 원 산시성 성장이었던 자오보핑(趙伯平)을 만났다. 제8기 10차 전체회의 서북팀 회의에서 자오보핑은 "종쉰은 좋은 동지이다"라는 자신의 생각을 굽히지 않았으며, 폭로하지 않고, 비평하지 않으며, 태도를 표시하지 않아 그 또한 그와 연루되게 되었다. 시종쉰은 당시 이미 65세 고령의 자오보핑이 괴롭힘을 당하는 것을 보면서 여간 괴로워하지 않았다. 자오보핑은 긴 한숨을 내쉬며 "에이! 늙어서 이런 화를 입을 줄이야 누가 알아겠소?"라고 한탄하였다.

시종쉰은 자신이 받고 있는 비판상황과 '문화대혁명'에 대한 의문이 담긴 편지를 저우언라이에게 보냈다. 시종쉰이 처한 상황은 저우언라이에게 중요한 관심사가 되었다. 2월 중순 저우언라이는 시안의 자오판파 대표를 접견할 때 "우리는 당신들이 무엇 때문에 함부로 시종쉰을 시안에 잡아갔는지 모르겠오!"하면서 비판하였다. 그리고 의미심장하게 "당신들이 시종쉰을 잡은 것을 마치 보배를 얻은 것 같아 하지만 그것이 가시 달린 고슴도치인 줄을 어찌 알겠소!"라고 충고하였다.

3월 19일 산시성 군관구에서는 저우언라이의 지시에 따라 시종쉰에 대해 군사적인 관제를 실시하여 그를 성 군관구 기관단위로 이동시켜 잠시나마 실질적으로 보호해 주었다.

10월 2일 자오판파에서는 시종쉰을 또 푸핑(富平)현 이산(迤山)중학교 운동장으로 끌고 와서 괴롭혔다. 푸핑(富平)현 현위서기인 저우둔(周惇)도 함께 그들의 투쟁 대상이 되었다. 시종쉰이 단상대에 오르자 수천 쌍의 눈이 그를 바라보았다. 여러 마을에서 소식을 듣고 달려온 촌민들은 그들

마음속 영웅의 안위를 걱정하고 있었다. 찌는 듯 무더운 날씨에 시종쉰이 자주 얼굴의 땀을 닦아내자 아래에서 누군가가 우산을 들고 그의 옆에서 태양을 막아 주었다. 군중들은 그를 괴롭히는 자들에게 분분이 질책하였다. "뭐라고 떠드는 거야? 그가 아니었다면 어찌 1962년 봄 보리 고개를 넘을 때 산시북부의 이자 양곡을 관중의 여러 현에 보내줄 수 있었겠나? 그나 아니면 아마 많은 사람들이 굶어 죽었을 거야!"

비판대회는 부득이하게 어수선하게 마무리 지어졌다. 시종쉰은 "이산(迤山)중학교에서 나를 비판할 때 날씨가 너무 더워 내가 쓰러질까봐 누군가가 우산을 씌워 주었다. 비판대회가 끝난 후 나는 그들에게 고향에까지 왔으니 고향의 음식을 먹게 해달라고 했다. 그러자 그들은 편두죽, 팥면 등 고향의 음식을 해주었다"고 회고하였다.

시종쉰은 10월 31일과 11월에 두 번에 걸쳐 마오쩌동과 저우언라에게 비판대회의 상황과 사상 변화를 보고하였다. 1968년 1월 3일 중앙에서는 전용기를 파견하여 시종쉰을 베이징으로 데려왔다. 그로부터 긴 감호세월이 시작되었다.

1968년 초 부터 1975년 5월까지 8년간 시종쉰은 베이신차오(北新橋)교통간부학교의 7, 8㎡ 남짓한 작은 방에서 외부와 차단된 채 생활하였다. 천만다행인 것은 매일 『인민일보(人民日報)』를 구독할 수 있었다는 것이었다.

작은 방안에서 시종쉰은 매일 두 차례의 특수한 산책을 할 수 있었다. 그것은 한 바퀴 두 바퀴 방안을 도는 것인데 처음에는 1바퀴부터 10,000 바퀴까지 바퀴 수를 세면서 돌고 그 다음에는 10,000 바퀴부터 거꾸로

1바퀴까지 숫자를 세면서 도는 것이었다. 그는 언젠가는 다시 당과 인민을 위하여 사업할 수 있을 것이라는 신념을 가지고 참고 지냈다. 이를 위해 강인한 의지를 단련하고 신체를 단련하자는 것이었다. 그는 "나는 공산당에 대해 충분한 믿음을 가지고 있었다. 중앙에서 언젠가 나에게 정확한 결론을 줄 것이라고 생각하였다"고 회고하였다.

1972년 겨울 저우언라이의 특별지시를 내려 시종쉰은 가족들을 만날 수 있었다. 이는 1965년 12월 뤄양에 내려간 후로 7년이 지난 뒤의 상봉이었다. 그는 그의 두 아들인 진핑과 위안핑을 분간 할 수가 없자 순식간에 시종쉰의 두 눈에는 눈물이 고였다.

1974년 12월 21일 마오쩌동은 소설 『류즈단』 사건에 대하여 "이 안건에 대해서는 오랜 시간 심사하였으니 더 이상 시간을 끌 필요가 없으므로 석방을 선포할 것을 건의하며 더는 추궁하지 말도록 하시오"라는 지시를 내렸다. 1975년 구정이 지난 후 특별안건조사소조에서는 시종쉰에 대한 감호를 해제한다고 선포하고 그를 "환경을 바꾸어 휴식하고 병간호를 받으라"고 하였다. 그러자 시종쉰은 뤄양으로 돌아가는 것을 선택하였다.

1975년 5월 22일 시종쉰은 부인 치신과 동행하여 뤄양으로 가서 "당원도 아니고 구체적인 사업도 없는 생활"을 하였다. 뤄양 내화(耐火, 불에 잘 타지 않는 재료)공장의 한 주택 2층 서쪽에 위치한 24㎡ 남짓한 작은 방은 그들이 발붙이고 있는 곳이었다. 시종쉰의 월급은 여전히 내려오지 않아 매번 공장에서 200위안의 생활비를 빌려다 썼다.

돈을 절약하기 위해 시종쉰은 직접 석탄을 가공하는 기계를 만들어 구고탄을 만들었다.

'문화대혁명'이 시작된 후 시종쉰은 홍위병에 의하여 뤄양에서 시안으로 끌려가 비판당하였다. 1년 후 다시 베이징으로 이송되어 감호를 받으며 특별안건팀의 심사를 받았는데, 가족들과 7년간 떨어져 지내야 했다. 1972년 겨울 치신은 허가를 받고 자식들과 함께 감호 중에 있는 시종쉰을 만날 수 있었다. 치신과 자녀들은 특별히 외지에서 베이징으로 들어와 왕푸징(王府井)에 있는 중국사진관에서 이 사진을 찍었다. 당시 치차오차오(齊橋橋)는 네이멍구(内蒙古) 생산건설병단에서 노동을 했고, 시안안(習安安)은 산시 윈청(運城) 린이(臨猗)로 내려가 생산노동에 참가 하였다. 시진핑은 산시 옌촨(延川)현 량자(梁家)하촌에서 생산노동을 했고, 시위안핑은 허난 시화현 황판(黃泛)구 농장 중앙당학교 '57중학교'를 막 졸업하였다. 치신은 허난 시화현 황판구 농장 중앙당교 '57'간부학교에서 노동하였다. 앞줄 오른쪽으로 부터 치차오차오, 치신, 시안안. 뒷줄 오른쪽으로 부터 시진핑, 시위안핑.

| 1975년 뤄양(洛陽)에서의 시종쉰

하루는 옆에 사는 노동자인 리진하이(李金海)가 그를 도와 석탄을 날랐다. 그날 그들 둘은 배갈(흰 술)도 마셨다. 술상에서의 에피소드는 리진하이에게 특별한 인상을 남겼다. “땅콩 한 알이 바닥에 떨어 졌는데 그가 얼른 줍더니 두어 번 불고 입에다 넣었다.”

치신 동지의 회억에 따르면 “주위 사람들은 우리 자녀들이 아버지를 보러 다닐 왕복교통비가 부족한 것을 알고, 월급이 얼마 되지 않는 내화재료공장의 노동자들은 묵묵히 주도적으로 조금이라도 우리에게 빌려 주었다. 광산기계공장의 노동자인 송푸탕(宋福堂)은 우리를 집으로 초대하여 돼지고기와 부추로 만든 속을 넣은 맛있는 교자를 대접해 주었다. 또 그의 고향 산동의 큰 땅콩도 꺼내놓았다. 그 시절 이보다 더 따뜻하게 대해준 일은 없었다”고 회고하였다.

1975년 시종쉰과 부인 치신은 자녀들과 함께 뤄양 훙치사진관에서 사진을 찍었다. 뒤줄 왼쪽으로부터 아들 시진핑, 딸 시안안, 사위 우룽(吳龍).

시종쉰은 직공들의 출퇴근시간에 차를 타기가 곤란한 것을 알게 된 후, 시 위원회에 이 문제를 알리고자 갔는데 시 위원회의 대문에서 당직을 서는 사람에게 막혀 들어가지도 못하였다. 그는 "나는 시종쉰이오, 시 위원회 지도자에게 문제점을 알리러 왔소."라고 하고 들어갈 수 있었다. 그는 시 위원회 서기를 직접 만난 후 사실을 설명하여 문제를 끝내 해결하였다.

| 1975년 시종쉰이 작은 아들 시위안핑과 뤄양에서 찍은 사진.

1976년 1월 9일 이른 아침 시종쉰은 라디오에서 저우언라이가 세상을 떠났다는 소식을 듣게 되었다. 광야에 서 있던 그는 그 자리에 멍하니 서있었다. 그는 유관부문의 방해에도 애통한 심정으로 장례위원회 주임인 덩샤오핑에게 조전(唁電)[82]을 보냈고, 덩잉차오(鄧穎超)에게 "부고를 접하고 놀라움을 금할 수 없으니 그 비통함을 견디기 어렵습니다. 직접 추도회에 참여하지 못하는 것이 평생 한탄할 일이 될 것입니다!"라고 전하였다. 총리의 초상을 바라보면서 그는 여러 차례 실성통곡하였다.

그해는 중국 음력으로 용띠 해 였다. 7월 6일 인민군대 창시자의 한 사람이며 홍군총사령, 팔로군 총사령, 중국인민해방군 총사령직을 역임하였던 주더 위원장이 서거하였다. 7월 28일에는 당산대지진이 일어났다. 9월 9일에는 중국공산당, 중국인민해방군과 중화인민공화국의 주요한 창시자이며 지도자인 마오쩌동이 서거하였다. 일련의 거대한 변고 앞에서 그는 국가의 앞날과 운명에 대해 큰 걱정을 하지 않을 수 없었다.

마오쩌동이 서거한 후 시종쉰은 마음이 무너지는 것 같아 매우 슬퍼했다. 그는 홀로 교외의 작은 산에 올라 생화를 꺾어 가슴에 달고는 숙연하게 한참 동안 서서 묵념하였다. 2년 후 『붉은 태양이 산간의 고원을 밝게 비추네』라는 글에서 그는 다음과 같이 회억하였다. "나는 오랜 시간동안 지방에서 사업하였다. 마오주석은 나에게 중앙당학교에 가서 학습을 하게하였다.

82) 조전: 조문의 뜻을 표하기 위하여 보내는 전보.

그 후로 여러 지방, 당 학교, 군부대와 지도기관에서 일하였다. 10여 년간 나는 여러 차례 마오주석과 접촉하는 동안 그의 관심과 사랑을 느낄 수 있었다. 그는 때로는 나를 중앙의 관련 회의에 참가하게 하고 때로는 나를 찾아 이야기를 나누었으며, 때로는 나에게 편지를 써서 격려해 주면 부단히 교육을 해주었다."

1976년 10월 '문화대혁명'에서 호란을 주동하던 "사인방(四人帮)[83)]"이 무너졌다. 이 소식을 들은 시종쉰은 기뻐해 마지않았다. 1977년 8월 중국공산당 제11차 전국대표대회가 베이징에서 열렸다. 이 회의에서 10년간 지속된 '문화대혁명'의 끝났음을 선언하였다. 시종쉰은 '사인방'이 와해된 후 중앙에 편지를 써서 사건을 다시 조사하여 공평하게 판결하여 줄 것을 요구하였으며, 자신에게 합당한 사업을 안배해 줄 것을 청하였다. 치신과 그의 자녀들도 모두 시종쉰이 공평한 판결을 다시 받도록 여러 모로 노력하였다.

1978년 2월 중순 중앙 사무청에서는 전화로 허난성 성위원회에 명하여 시종쉰을 베이징으로 호송할 것을 통지하였다. 22일 시종쉰은 기차를 타고 뤄양에서 정저우(鄭州)에 도착하자 허난성 위원회 서기인 왕훼이(王輝)가 플랫폼에까지 나와 영접하였다. 그는 기차에서 내리자 왕훼이와 열렬한 포옹을 하였다. 그는 격동된 어조로 "왕훼이! 이거 16년 만에 처음으로 한 포옹이오!"라고 하였다.

---

83) 사인방: '문화대혁명' 기간 동안 무소불위의 권력을 휘둘렀던 장칭(江 青), 왕훙원(王洪文), 장춘차오(張春橋), 야오원위안(姚文元) 등 4명으로 구성되었던 중국공산당 지도자들을 의미함.

33

65세에 남하하여 광동의 정무를 주관하다.

33. 65세에 남하하여 광동의 정무를 주관하다.

1978년 초 시종쉰은 특별위원으로 전국정치협상회의 제5기 1차회의에 참석하였으며, 전국정치협상회의 상임위원으로 당선되었다. 이것은 그가 16년 만에 처음으로 익숙했던 인민대회당에 들어선 것이었으며 많은 옛 친구들과 옛 전우들을 만난 것이다. 그들은 악수한 손을 오랫동안 놓지 않았으며, 여느 때보다도 더욱 열렬히 포옹하였다.

| 개혁개방 초기의 시종쉰

바오얼한(包爾漢)과 시종쉰은 만나자마자 포옹하였다. 눈물은 양 볼을 타고 내려오고 마음속으로부터 이름 모를 감정들이 치밀어 올라왔다. 시종쉰은 두 사람이 대화하는 중에 자신에 관해서는 한마디도 하지 않고 바오얼한에 대하여 여러 방면으로 물었다. 그 때 옆에 있던 바오얼한의 딸인 이리수야(伊麗蘇婭)가 "아버지의 여러 가지 문제들이 확실한 해결이 되지 못한 것을 파악한 후 부친을 위로하면서 '중앙을 믿으세요. 당신에게 공정한 결론을 주게 될 거예요.' 라고 하였다"고 회억하였다.

예젠잉(叶劍英)은 시종쉰을 보고 멈칫하였다. 그는 온갖 시련을 겪은 시종쉰의 신체가 여전히 건강한 것을 보고 무척 기뻐하였다. 그 후 얼마 지나지 않아 예젠잉은 화궈펑(華國鋒)과 함께 얼마 전에 중국공산당 중앙 조직부 부장을 맡은 후야오방(胡耀邦)에게 시종쉰이 광동(广東)에 가서 일하도록 해 줄 것을 건의하였다.

얼마 지나지 않아 65세의 시종쉰은 조국의 "남쪽대문을 지키는" 역사적 중임을 짊어지게 되었다. 떠나기 전 화궈펑(華國鋒), 예젠잉(叶劍英), 덩샤오핑(鄧小平)과 리셴녠(李先念)등 당과 국가의 지도자들이 각각 시종쉰을 회견하였다. 그들은 모두 그에게 큰 기대를 하고 있었으며 광동에서의 사업은 중대한 의미를 가지고 있으며 사업을 할 때 틀에 구속받지 말고 대담하게 진행할 것을 요구하였다.

치신 동지는 "야오방은 경력, 경험, 사업능력, 수준, 명망 등 다섯 가지 방면에서 그이를 칭찬하였다. 예 원수는 종쉰이 하루라도 빨리 사업에 참가하는 것을 굳건히 지지하였다 …… 샤오핑 동지와 담화를 한 후 업무를 회복하였으며, 중앙에서는 그를 광동에 가서 일하라고 결정하였다. 야오방은

'남쪽대문을 지키시오'라고 하였다."고 회억하였다.

광동은 '문화대혁명'에서 심각한 파괴를 당한 구역이었다. "홍콩, 마카오와 잇닿아 있고 화교들이 많은 것"이 원래는 장점이었는데, '문화대혁명' 시기에는 이것이 오히려 약점이 되었다. 해외와 관련이 있는 것은 "검은 관계가 있는 것"으로 여겼다. 이는 광동의 경제발전에 만 타격을 준 것이 아니었다. 연해 일대의 많은 사람들 중 해외로 탈출하려는 사람들이 점점 많아지고 있었기 때문이었다. 시종쉰을 기다리고 있는 일은 결코 쉬운 업무들이 아니었다.

4월 5일 시종쉰은 항공편으로 광저우에 도착하였다. 그는 그날 오후에 진행되는 광동성 제4차 당대표대회에 참석하였다. 6일 오전 중국공산당 광동성 제4차 대표대회 제3차 회의에서 시종쉰은 열정적인 강화를 하였다. 그는 북방은 나를 키워주었고, 지금 광동에 온 나의 하 반생은 남방에 바쳐야 한다고 엄중하게 표하였다.

당시 훼이양(惠陽) 지방 위원회 부서기 겸 바오안(宝安)현 위원회 서기였던 팡빠오(方苞)은 다음과 같이 회억하였다. "그는 (강화할 때) 원고가 없었다.

'문화대혁명' 이후의 모든 지도자들은 원고를 보면서 강화를 하였는데 그는 광동에 온 후 처음으로 전체 위원회 위원들을 만난 자리에서 하는 강화인데도 불구하고 원고 없이 강화했다. 그 내용도 정말 솔직했다. 나는 강화를 하고 있는 이 동지의 성격이 호탕하고 의지가 굳셀 것이라고 여겼다. 광동에 이런 지도자가 있게 되어 광동은 희망이 있을 것이라고 생각했다."

1978년 4월 5일 시종쉰이 베이징을 떠나 광동에 부임하러 갈 때 공항에 배웅하러 나온 사람들과 남긴 기념사진. 좌측 첫 번째로부터 다섯 번째까지는 시진핑, 우칭퉁(吳慶彤), 송양추(宋養初), 치신, 취우(屈武), 우측 두 번째로부터 오른쪽 세 번째까지는 치차오차오(齊橋橋), 시위안핑(習遠平).

| 공항에서 광동에 시찰을 온 예젠잉(叶劍英) 인민대표대회 위원을 마중하고 있는 시종쉰.

6일 오후 성 위원회 제4기 1차 회의에서 시종쉰은 중국공산당 광동 성위원회 제2 서기로 선출되었다. 동시에 중앙에서는 그를 성 혁명위원회 부주임으로 임명하였으며, 같은 해 12월에 성위원회 제1서기 겸 성혁명위원회 주임을 맡았다. 그는 주요 정력을 성 위원회, 성혁명위원회에 두었으며, 일상 업무는 성위원회 서기, 성혁명위원회 부주임인 류톈푸(劉田夫)가 책임졌다.

시종쉰이 부임한 일주일 후, 81세 고령의 예젠잉(叶劍英)이 광동에 시찰을 내려왔다. 시종쉰의 사업보고를 들은 후 "심도 있는 조사연구, 적절한 기획, 신속한 중앙 보고, 순차적인 실시, 사업의 우선순위 분별, 기밀안전에 주의할 것" 등의 여섯 마디 말을 해주었다.

1978년 6월 30일 시종쉰은 성 위원회 제4기 1차 회의 확대회의에서 성위원회 상임위원회의 기풍을 바로잡는 사업상황을 종합하였다. 그는 특별히 여러 사람들에게 "최근 신문에 실린 일부 글들을 잘 읽으시오. 예를 들면 『마르크스주의의 제일 기본적인 원칙』, 『실천은 진리를 검증하는 유일한 표준이다』 등의 이론은 실천과 결합해야 한다. 이론은 실천을 지도하고 실천이 다시 이론을 풍부하게 하는 것이다. 실천을 벗어난 이론은 아무런 가치도 없다"고 하였다.

9월 20일 『인민일보』는 『실사구시는 사상을 해방하고 전진하는 속도를 빠르게 한다』는 제목으로 시종쉰이 주도하는 광동성 위원회 진리표준의 학습토론회를 보도하였다. 이 내용의 개요는 "광동에서 성위원회 상임위원회와 성혁명위원회 부주임 학습회의를 열었다. 회의에서는 실제에 연계시켜 진리의 표준문제를 토론하였다. 시종쉰은 실천은 진리를 검증하는 유일한 표준인데 이것은 단순한 이론의 문제가 아니라 중요한 실천 의미를 가진 문제이다" 였다. 당시 시종쉰은 전국에서 처음으로 신문을 통해 진리표준의 대 토론을 공개 지지한 몇 명 안 되는 성급 주요 책임 동지의 한 사람이었다.

| 1979년 1월 하이난(海南) 산야(三亞)에서의 시종쉰

1979년 6월 시종쉰과 쉬스여우(許世友)가 차 문을 사이에 두고 팔씨름을 하고 있다.
좌측은 양상쿤(楊尙昆).

1980년 1월 시종쉰과 쑤위(粟裕–중앙), 쉬스여우(우측)가 광저우에서 찍은 기념사진.

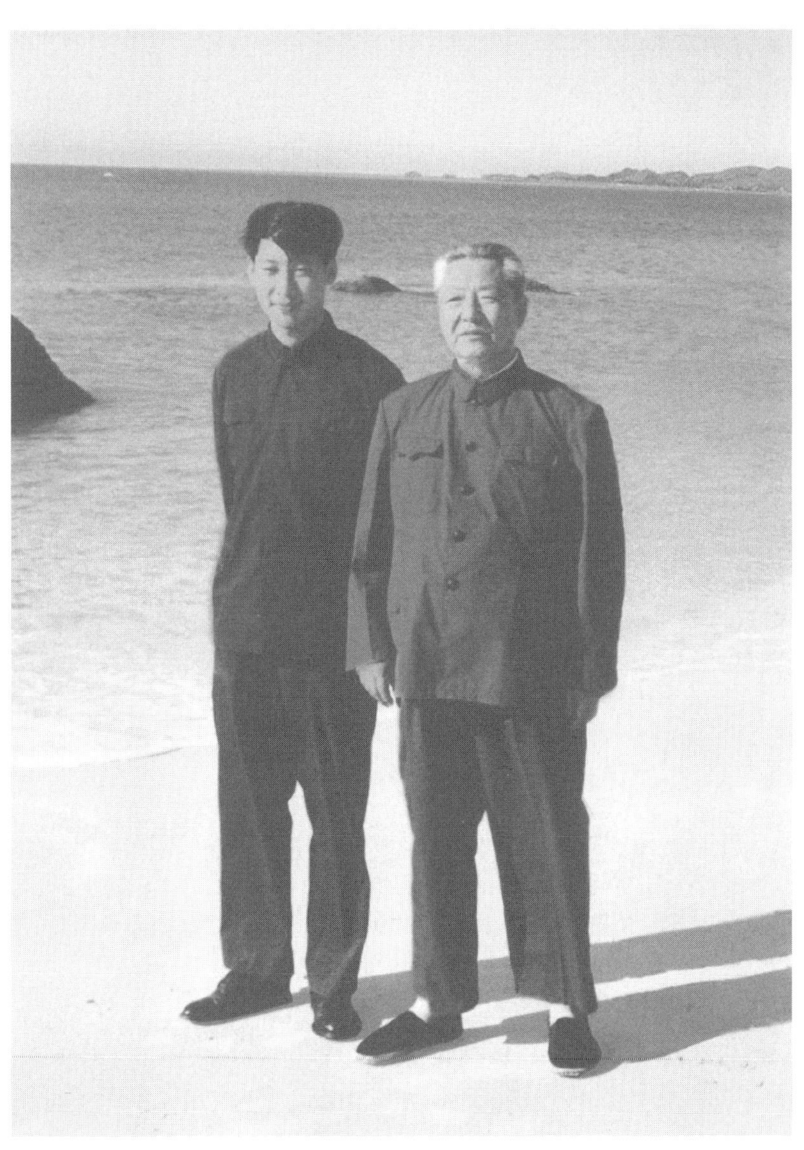

| 1978년 하이난에서의 시종쉰과 시진핑.

1980년 1월 시종쉰은 광저우 군관구 제1정위를 겸임하였다. 그의 독촉 하에 광저우 군관구의 일부 '문화대혁명' 시기 억울한 안건과 잘못된 안건들이 제대로 된 공정한 평가를 얻었다.

시종쉰이 광동에서 일하던 시기 군민 단결을 매우 중시하여 지방과 군대의 관계를 잘 처리하였다. 광저우 군관구 제1정위인 그는 앞장서서 광저우 군관구 사령관을 맡았던 쉬스여우(許世友)와 우커화(吳克華)가 마음을 터놓으면서 친밀한 우정을 맺었다.

쉬스여우의 성격은 명쾌했고 술을 마시면서 이야기 하는 것을 좋아하였다. 처음 만났을 때 쉬스여우는 시종쉰에게 호된 맛을 보여주려고 하였다. 그는 자신과 시종쉰에게 배갈(흰 술)을 큰 잔으로 3잔을 부었다. 그런데 술 석 잔을 마신 시종쉰의 얼굴은 여전하였고 정신도 한 치의 흐트러짐이 없었다. 그리하여 쉬스여우는 시종쉰을 새로운 안목으로 대했다.

1978년 8월 시종쉰이 보뤄(博羅)현 뤄푸산(羅浮山)에서 제124사 지도자들과 찍은 기념사진.
첫 번째 줄 왼쪽 두 번째는 시진핑.

34

억울한 사건, 잘못된 사건들을 대대적으로 바로잡다.

34. 억울한 사건, 잘못된 사건들을 대대적으로 바로잡다.

1979년 1월 8일부터 25일까지 시종쉰은 성위원회 제4기 2차 상임위원회 확대회의를 주최하고, 중국공산당 제11기 중앙위원회 제3차 전체회의 정신을 전달하였다. 회의에서 시종쉰은 철저하게 '문화대혁명' 전의 역사적인 문제들을 해결하기 위한 전면적인 조치를 내렸다. 억울한 사건, 잘못된 사건에 대하여 단숨에 11개 방면의 문제를 이야기 하였다. 반 우파문제를 말할 때 그는 광동성은 응당 중앙의 지시정신에 따라 틀린 부분이 얼마나 되건 그 부분을 바로잡아야 하고, 전부가 잘못되었으면 모두 바로 잡아 뒤끝이 없게 해야 한다고 하였다. 시종쉰의 강화는 끊이지 않는 박수소리에 여러 번 중단되었다. 사람들은 링난(岭南)에 진정한 봄이 왔다고 했다. 시종쉰은 패기 있게 억울한 사건, 잘못된 사건들을 재심하여 바로잡았는데, 그중에서 유명한 것은 "반 지방주의", "리이저(李一哲)사건", "반 펑파이(彭湃) 열사 사건"이었다.

펑파이는 저명한 "농민운동대왕"이었다. 1960년대 '사청(四淸)[84]운동' 중

---

84) 사청: 네 가지 정돈 즉 정치, 조직, 경제, 사상 정돈을 말하는데, 계급 투쟁을 기본으로 하는 전제 하에서 발동한 사회주의 교양운동을 가리킴.

광동 하이펑(海丰)에서 돌연 '반 펑파이(反彭湃) 운동'이 무섭게 시작되었다. '문화대혁명' 기간 펑하이 열사의 아들 펑홍(彭洪)등 몇 명의 친척들이 살해 되었으며, 대량의 무고한 간부들과 군중들이 연루되어 감금되고 비판 받았으며, 일부는 맞아서 불구가 되기도 하였다.

이 사건은 전국을 뒤흔드는 중대한 억울한 사건이 되었다.

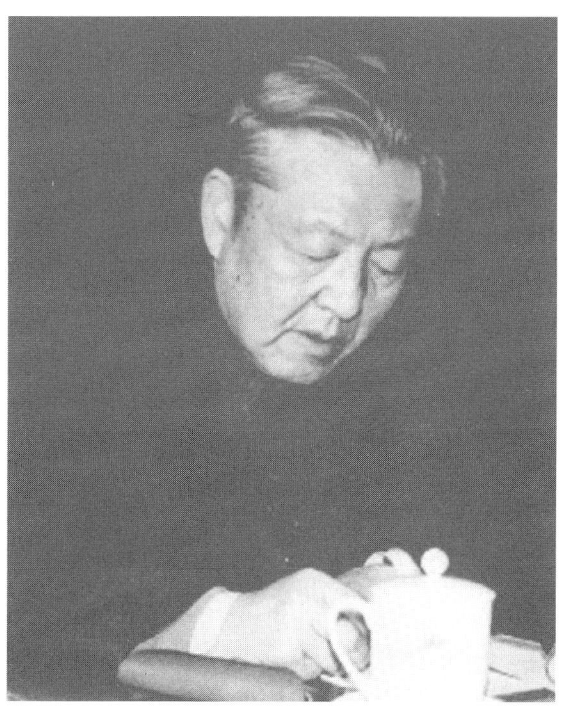

1978년 12월 시종쉰은 중국공산당 제11기 중앙 위원회 제3차 전체회의에 참석하였으며 중앙위원으로 보충 선출되었다. 11기 3차회의에 참석한 시종쉰.

1979年2月12日 星期一 第四版

广东省委、省革委会经过认真清查后作出决定

严肃处理反彭湃烈士的事件

犯有严重罪行的原汕头地委副书记孙敬业已被依法逮捕；残杀彭湃烈士亲属及其他革命群众、民愤极大的反革命分子洪桂文等交专政机关依法严惩

本报讯 记者雷力行报道：经过认真清查，广东省海丰县十年前发生的一起反彭湃烈士的严重事件已经真相大白。中共广东省委和省革委会决定对这一事件严肃处理。被残酷迫害的彭湃烈士的亲属和大批革命群众，已彻底平反昭雪；纪念彭湃烈士的遗迹遗物，已全部恢复；在这一事件中犯有严重罪行的原汕头地委副书记孙敬业，已由国家专政机关逮捕；疯狂进行阶级报复、残酷杀害彭湃烈士侄儿彭科的反革命分子洪桂文和其他几个民愤极大的杀人凶手，正交由专政机关依法严惩。革命正气伸张，人心大快。

一九六六年春，孙敬业和支持他的几个人一起，在海丰大造舆论，他们制造材料，无限上纲，把九十五岁的彭湃烈士的母亲周凤打成“黑旗”，煽动说：“海丰碰到了一个天大的问题”，“什么天大的问题，就是海丰是毛泽东思想的天，还是彭老太太的天。是听毛主席的话，还是听彭老太太的话？”孙敬业竟说：“不砍倒周凤这面黑旗，毛泽东思想就进不了海丰”。接着，文化大革命开始，林彪打着“高举”、“紧跟”的旗号，借文化大革命之机，疯狂进行篡党夺权的阴谋活动。这时，林彪、“四人帮”的追随者又直接写信给林彪，恶毒攻击彭湃同志和海陆丰农民运动，说什么彭湃的“思想既有右倾的表现，也有‘左’的倾向”，海陆丰起义是“盲动主义”，“混淆了中国革命的两个阶段”，纪念海陆丰苏维埃是“抵制毛泽东思想”等等。他们向林彪叩求：“我们日夜期待你的指示，盼望你的支持”。不久，他们就扬言得到林彪的“批示”。从此，反彭湃的恶浪便铺天盖地而来。孙敬业等一伙利用各种场合和各种形式，大肆攻击海陆丰三次武装起义是“不必要的”，“路线是错误的”，攻击彭湃烈士是“左倾冒险主义者”、“右倾机会主义者”，甚至不惜利用数十年前国民党反动派诬蔑海陆丰农民运动的反革命宣传作为攻击的炮弹。他们对彭湃烈士的母亲进行秘密监禁，施以人身摧残，使她受尽折磨，最后含冤死去。他们暗中组织“彭湃专案组”，四处收集黑材料，千方百计要把彭湃同志打成“叛徒”。

林彪、“四人帮”及其追随者，还把彭湃烈士著的、周恩来同志题写书名的《海丰农民运动》，以及新华书店发行的宣传彭湃烈士和海陆丰农民运动的书籍，统统诬为“黑书”，予以没收。孙敬业公然宣布：今后谁再收藏海陆丰史料，就以反毛泽东思想、反革命分子论罪。他们捣毁革命文物，把国务院颁布的全国重点文物保护单位红宫、红场改了名，拆毁了红宫、红场的大门，把红色围墙涂成黄色。连大革命时期沿用下来的“赤坑”、“红草”两个地名也改掉。群众愤慨地说：当年还乡团反攻倒算，就是这样“毁红灭赤”的。

林彪、“四人帮”及其追随者的倒行逆施，激起了海丰人民的强烈反对。广大干部和群众挺身而出，维护烈士英名，声讨他们大反彭湃的罪行。孙敬业等疯狂进行压制，叫嚣海丰的事情，血不流，事不止。他们暗中策划阴谋，利用手中的权力，秘密调动武装民兵进城，于一九六七年八月二十六日制造了骇人听闻的血腥镇压，随后进行了长达半月的“围剿”。在这次反革命事件中，有一百多名干部和群众被杀害，四百多人被打成重伤和残废，三千多人被打伤。彭湃烈士的亲属有五人惨遭杀害。对彭湃烈士怀有阶级深仇的杀人凶手洪桂文，父亲是血债累累的伪乡长、日伪维持会长，叔祖父曾任伪区长，在大革命时被我镇压。在这次反革命事件中，洪桂文凶相毕露，举起屠刀，连砍带割，把彭湃烈士侄儿彭科的脑袋砍下，挂在海丰附城区示众三天。有的烈士遗孤也被“斩草除根”。“八·二六”事件后，他们又大搞株连，对死难者的家属进行惨无人道的迫害，给他们戴上“反属”的帽子，驱赶到农村。有的被逼得走投无路，只好拖儿带女乞讨要饭。他们还通过“清理阶级队伍”，把过去跟随彭湃同志革命的老同志，大批地打成“叛徒”、“反革命”，把大革命时期牺牲的烈士家属打成“反属”。彭湃烈士的儿子彭洪，插队时被从广州揪回批斗，最后被迫害死在狱中。

在大反彭湃的反革命事件中，这伙反革命公然把矛头指向周总理和叶副主席。在周凤受迫害时，周总理下令救救这位革命老人，他们却攻击周总理和叶副主席“为地主婆周凤翻案”。“八·二六”大屠杀时，周总理下令收缴枪支，停止杀人，不准围捕上山群众；他们竟上街示威，贴出“揪国务院后台老板”等反动标语。一九七四年，叶副主席派出解放军总政治部工作组，前来调查海丰事件，孙敬业百般阻挠破坏，搞假材料欺骗工作组，掩盖罪行。

去年夏天，中共广东省委常委举行扩大会议进行整风，揭开了海丰问题的盖子。在揭批林彪、“四人帮”的斗争中，海丰人民彻底清查了这伙反革命的滔天罪行。广大干部和群众愤慨地指出，林彪、“四人帮”及其追随者妄图抹煞彭湃烈士和海陆丰武装起义的历史功绩，妄图篡改党的历史，把攻击的矛头指向周总理和叶副主席，但是，历史是涂抹不了的，他们的阴谋永远也不能得逞。

去年六月，广东省委公布了彭湃烈士家属的申诉。省委、省革委会同广州军区党委，派出联合工作组，协助汕头地委彻底清查海丰事件，海丰群众受到了极大的支持和鼓舞，迅速掀起揭批查运动的高潮。工作组先后收到群众来信八千多封，接待群众来访五千多人次。反彭湃事件的真相被彻底揭露。

在处理海丰事件过程中，广东省委、省革委会坚持把清查工作搞到底，特别是对主要策划者和民愤极大的杀人凶手进行彻底追究；在处理时坚决按党的政策办事，对犯错误的人，主要着眼于教育提高，分清路线是非，团结绝大多数；对犯有严重罪行而又不肯改悔的极少数，则绳以法纪。同时，对受迫害的彭湃烈士的亲属和干部、群众，则大张旗鼓地进行了平反昭雪。

海丰县委专门为烈士的母亲周凤作了平反决定，恢复和维护了她革命家庭的荣誉。为烈士的儿子彭洪同志平反昭雪，隆重举行了追悼会和骨灰安放仪式。到目前为止，全县平反的有三千二百多人，被开除出队和被迫退职的干部、教师、职工已有一千三百多人重新安排工作。许多受迫害的干部回到了领导岗位，县、社领导班子得到了初步的调整和充实。

严明法纪 大得人心

十年前，广东汕头地区海丰县发生了一起骇人听闻的严重事件，一小撮反革命分子，肆意诬蔑忠诚的共产主义战士、我国早期农民运动优秀领导人彭湃烈士，疯狂迫害彭湃烈士的亲属和其他革命干部、群众，激起了全党全国人民的公愤。“四人帮”被粉碎以后，中共广东省委拨乱反正，昭雪冤案。经过几个月的认真清查，反彭湃烈士的严重事件终于真相大白，原来是一件骇人听闻的反革命阶级报复事件。事件的主谋策划者及其支持者和一小撮杀人凶手，有的已被依法逮捕，有的正交由专政机关依法严惩。严明法纪，得到了广大群众的热烈拥护。

发扬社会主义民主，加强社会主义法制，这是把全党工作的着重点转移到现代化建设上来，为早日实现“四化”而努力的政治保证。加强社会主义法制的一个重要的任务是要继续平反错案、昭雪冤案。实事求是，“有反必肃，有错必纠”，这是我们党坚定不移的方针。我们一定要认真贯彻执行，把这方面的工作抓紧抓好。

目前，有一种情况值得注意。有些人本身与冤错案件有牵连，因而不愿意实事求是地进行平反昭雪冤错案件的工作。我们要象甘肃、浙江等地那样，对于抵制平反错冤案件工作的人，首先要认真进行清查，必要时采取组织措施。有些人本身是与制造冤案、错案有牵连的打砸抢分子，现在经过揭发查证，就应该毫不犹豫地依法进行惩处。有些人不但千方百计隐瞒自己的罪行，而且蓄意反诬别人，就应该反坐，依法给予惩处。只有这样，社会主义的法制才能得到加强，人民的民主权利才能得到保障，不法分子才能受到打击，安定团结，努力实现“四化”的政治局面，也才能不断得到巩固和发展。

| 1979년 2월 12일, 『인민일보』에는 광동에서 잘못된, 억울한 사건들을 바로 잡는 보도가 실렸다.

| 1980년 봄, 광저우 바이윈(白云) 공항에서의 시종쉰과 후야오방(胡耀邦).

광동에 온지 두 달 후인 1978년 6월 18월 시종쉰은 '반 평파이 사건'에 대한 보고를 듣고는 재심을 통하여 잘못된 안건은 바로잡을 것을 명확하게 지시하였다.

일부 반역사건을 통해 출세한 사람들은 '반 평사건'을 재심하지 말아야 한다고 끝까지 주장하였다. 그들은 중앙에 기소하겠다고 떠벌렸다. 이 소식을 들은 시종쉰은 분노하여 "그러다 기소를 하지 않으면 개놈들이다!"라고 소리를 질렀다.

당시 광동성 공안청 청장이던 왕닝(王宁)은 "시 서기의 지시에 따라 성위원회, 성혁명위원회의에서는 광저우 군관구와 연합하여 조사소조를 파견하여 산터우(汕頭) 지방위원회와 협력하여 하이평 반 평파이 열사 사건을 철저히 조사하였다. 나는 약 30명으로 구성된 조사소조는 지휘하였다. 주요 구성원들은 각 단위의 처장급 이상의 간부들이었다. 이번 조사는 반년 넘게 지속되었다"고 회억하였다.

바로 제4기 2차 회의 상임위원회 확대회의에서 시종쉰은 '반 평파이 사건'은 린뱌오(林彪)와 '사인방'들이 당의 최고 권력을 탈취하려는 음모의 하나였으며, 그 대상은 저우 총리, 예 부총리 등 전 세대 무산계급 혁명가들로써 이는 '반 혁명사건'이라고 명확히 지적하였다.

"반 지방주의"는 두 차례가 있었다. 1952년부터 1953년까지 중국공산당 중앙과 마오쩌동은 광동의 토지개혁과정에서 '방향을 잃은 것'을 엄격히 비판하였다. 화난(華南)분국의 지도자인 팡팡(方方)이 '지방주의' 착오를 범하였다고 한 것으로 이것이 첫 번째 '반지방주의' 사례였다. 두 번째는 1957년말 광동성위원회에서는 성 위원회 서기인 펑바이주(馮白駒), 구따췬(古大存)을 우두머리로 하는 "하이난 지방주의 반당연맹"이 존재한다고 여겨 중앙에 보고하여 중앙의 승인을 받은 것이다. 이 두 차례의 '반 지방주의'는 극도로 심각한 후과를 초래하였다. 이 두 안건에 연루된 지방간부들만 하여도 2만 7천여 명에 달하였다.

시종쉰은 각 지도층의 압박에도 불구하고 '반 지방주의' 사건에 대한 재심을 끝까지 밀어부쳤다. 그는 거침없이 "두 가지 가능성이 있는데 하나는 내가 광동으로부터 퇴출당하는 것이고, 다른 한 가능성은 지방주의 등의 사건을 바로잡는 것이다"라고 하였다.

1979년 8월 광동성 위원회에서는 『지방주의 안건을 재심할 것에 관한 통지』를 내려 "당시에 구따췬, 펑바이주 두 동지가 '연합하여 반당 활동을 하였다'고 한 것, '펑바이주 동지를 우두머리로 하는 하이난 지방주의 반당집단'이 존재했다고 한 것, 일부 지방에서 지정한 반당 소집단이 존재했다는 것 등 안건은 지금에 와서 볼 때 모두 타당하지 못한 결론으로 응당 취소하여야 한다"고 결론 지었다.

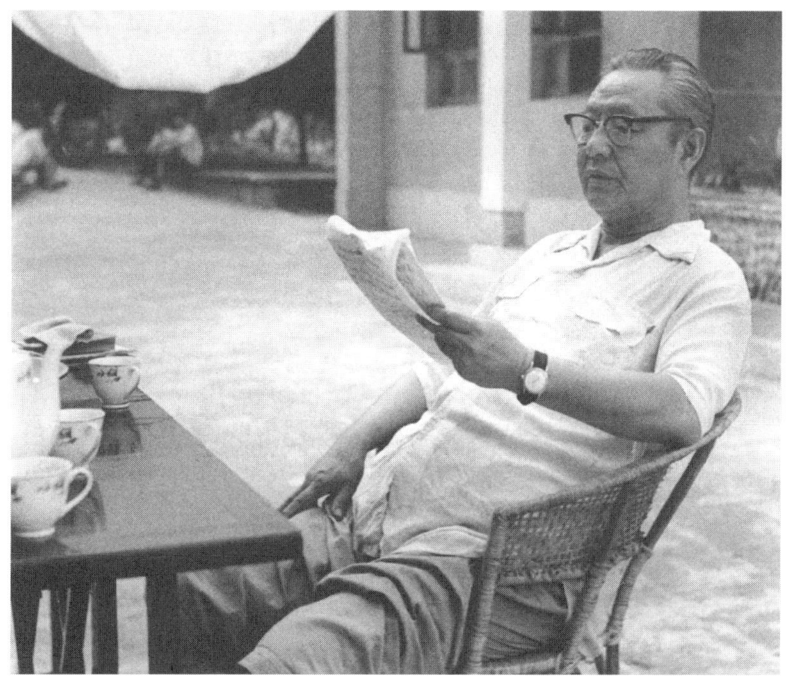

| 군중들이 보낸 편지를 읽고 있는 시종쉰

시종쉰이 중앙으로 전근된 후에도 이들 사건의 진행상황에 관심을 두었다. 1983년 시종쉰과 천윈(陳云), 황커청(黃克誠) 등의 관심 하에 중국공산당 중앙은 2월 9일『평바이주, 구따춴 동지의 명예 회복에 관한 통지』를 내렸다. 그 후 팡팡(方方)에 대한 처분도 취소하였으며 명예를 회복시켜 주었다. 30여 년이 흐른 후 광동 '반 지방주의' 억울한 사건은 마침내 철저하게 바로 잡아지게 되었던 것이다.

'리이저(李一哲) 안건'은 '문화대혁명' 시기 광동성에서 유명했던 이른바 '반혁명집단 안건'이라고 일컫는 사건이다. 1974년 11월 10일 '리이저'라고 서명한『사회주의 민주와 법제에 관하여—마오주석과 제4기 인민대표대회에 드림』이라는 제목의 대자보가 광저우의 거리에 나타났다. 이 대자보에는 린뱌오 집단이 민주와 법제를 파괴하는 죄행을 폭로하였다.

비록 지명하지 않았지만 '사인방'의 심각한 죄행을 지적하여 강렬한 사회적 반응을 일으켰다. 시종쉰이 광동에 부임한지 얼마 지나지 않아 감옥에 갇혀있던 '리이저'의 성원인 리정톈(李正天)은 시종쉰에게 상소편지를 두 번 보냈다. 시종쉰은 '리이저' 문제에 관한 연구회의를 여러 차례 주최하였다. '리이저'는 반 혁명집단이 아니기에 응당 바로잡아 주어야 한다고 하였다. 1978년 12월 30일 리정톈(李正天) 등은 석방되었다.

1979년 1월 24일 오후 시종쉰은 리정톈 등을 접견하였다. 그는 무거운 어조로 "당신들이 나아가야 할 길은 아직도 멀고도 머오. 당신들이 올바른 길로 가기를 바라며 건강하게 성장하기를 기원하오."라는 의미심장한 말을 하였다. 그 후로 2달 동안에 시종쉰은 여러 차례 리정톈 등을 찾아 대화를 나누었으며 대화기록은 이십여 만자에 달하였다.

시종쉰이 광동에서 끝까지 잘못된 안건과 억울한 안건들을 바로 잡고 있을 때, 그의 억울한 '소설 『류즈단』 안건'과 '시종쉰 반당집단' 안건은 아직 바로잡아 지지 않았다는 것을 많은 사람들은 모르고 있었다. 중국공산당 중앙에서는 1979년 8월 4일 중앙 조직부에 『소설〈류즈단〉사건을 바로 잡을 것에 관한 보고』를 전달하였다. 1980년 2월 25일에는 이른바 『'시종쉰 반당집단' 사건을 바로 잡을 것에 관한 통지』를 내렸다. 이는 시종쉰이 광동에서 일한지 2년이 지난 후의 일이다.

시종쉰은 16년간의 시련을 겪은 후 남하하여 광동의 정치를 책임지게 되었지만, 세월의 간박감과 역사의 사명감은 그의 정신을 더욱 단단하게 하여 사업에 몰두할 수 있게 하였다. 늦은 밤에 업무를 끝내면 독서를 하거나 신문을 구독하여 국내외 동향을 파악하였다. 그는 이렇게 하는 것이 하루를 이틀처럼 보내는 것이라고 하였다. 부인 치신은 이 모든 것을 묵묵히 지켜보고만 있었다. 그녀는 후에 "그의 아내로써 그의 마음을 이해할 수 있었다. 그는 잃어버렸던 16년의 시간을 되찾아 당과 인민을 위하여 더 많은 실질적인 일들을 하려 하였다"고 말했다.

1980년 봄 시종쉰, 양상쿤(楊尙昆-좌측 네 번째), 우커화(吳克華-좌측 두 번째), 류톈푸(劉田夫-좌측 첫 번째), 리젠전(李堅眞-좌측 다섯 번째) 등이 군대와 지방의 좌담회에 참가하였다.

35

표본겸치(標本兼治), "외국으로 탈출"하는 열풍을 제지하다.

35. 표본겸치(標本兼治)[85], "외국으로 탈출"하는 열풍을 제지하다.

"외국으로 탈출(偸渡外逃)"하는 것을 다스리는 것은 광동에서 장기간 해결하지 못한 난제였다. 이는 시종쉰이 광동에서 정무를 주관하던 시기 그가 해결해야 할 문제이며 그에게 있어 이것은 중대한 도전이 아닐 수 없었다.

자료에 의하면 1960년대 부터 70년대에 이르기까지 광동성 전 지역에서 홍콩으로 탈출한 군중은 15만 명에 달하였다. 바오안(宝安) 한개 현에서만 4만여 명이 탈출하였다. 사터우자오(沙頭角) 공사를 예를 들면 인구가 1,200명 남짓이었다. 그러나 해방 이후 홍콩으로 달아난 사람만 무려 2,400명에 달하여 당시 남아 있는 인구의 두 배나 되었다.

남겨진 사람들이라고는 노약자와 장애인 그리고 부녀자들 뿐이었다. 많은 사람들은 풀려나면 또 기회를 봐 달아났다.1978년 7월 상순 시종쉰은 홍콩과 잇닿아 있는 바오안현에 내려갔다. 찌는 듯이 무더운 여름이었지만 그는 변경선(邊境線)을 따라 관찰을 하였다.

85) 표본겸치: 겉으로 보이는 증상과 근본적인 원인을 함께 치료한다는 뜻.

변경의 농촌에는 젊은이들의 그림자조차 찾아 볼 수가 없었다.

난링촌(南岭村)에서 조사연구를 하면서 그는 농촌에 600여 명의 인구가 있었는데 500여 명이 홍콩으로 넘어가는 바람에 집 10채 가운데 9채가 비워져 있으며, 몇 해째 황무지들만 늘어난 사실을 알게 되었다.

사터우자오(沙頭角) 부근의 도로변에서 두 사람이 묶여져 있는 것을 본 시종쉰은 의아해서 물었다. 그를 동반해 시찰을 하던 바오안현 현위서기인 팡바오는 "탈출자들인데 달아나려다 우리 변방군에 잡힌 것입니다. 병방군은 다른 사람들을 잡으러 가야해서 미처 압송하지 못하여 여기에 묶어 놓은 것입니다"라고 답하였다.

| 1978년 7월 광동 화교농장에서 조사연구를 하고 있는 시종쉰.

시종쉰은 수용소에 대해 팡바오에게 물었다. 팡바오는 "롄탕(蓮塘)의 수용소에는 주로 산웨이(汕尾), 산터우(汕頭)에서 탈출하려는 사람들을 모아 놓은 곳인데, 현재 몇 십 명이 갇혀 있다고 하자, 종쉰 동지가 다시 그들이 왜 밖으로 탈출하려고 하였느냐고 물어와 그들은 집이 가난하여 돈을 벌려고 홍콩에 가려고 한 것입니다"라고 대답하였다고 회억하였다.

조사과정에서 보고 들은 모든 것들은 시종쉰의 마음을 무겁게 하였다. 팡바오는 시종쉰을 모시고 위탁생산공장 두 개를 고찰하였다. 고찰을 마친 후 시종쉰은 깊은 감명을 받았다. 그는 "사터우자오의 발전방향을 고려 할 때 우선 먼저 서로 다른 한 거리의 양쪽 세계를 생각해야 한다. 한 쪽은 화려하게 번영 발전한 모습이고 우리 쪽은 황량한 모습이니 어찌 사회주의 우월성을 말할 수 있다는 말인가? 반드시 어쩐 방법을 생각해 내어 사터우자오를 발전시켜야 한다"고 하였으며, "내가 생각하건대 문제는 정책문제인 것 같다. 정책이 합당하면 경제는 빨리 발전할 수 있다. 여기는 우리나라의 남쪽대문이기에 나라의 위엄을 지켜야 한다. 지나가는 외국인들이 사회주의의 새로운 면모를 볼 수 있도록 해야 한다"고 하였다.

시종쉰은 명확하게 변경의 땅을 갈고 파종을 하여 홍콩의 자본가들이 설비를 들여올 수 있게 해야 하며, 모래와 돌들을 수출하여 외국 자본을 끌어 들여 가공업을 발전시키고 변경의 소액무역을 회복시키는 등 여러 방안들이 나오고 있는데, "말이 나왔으면 꼭 실행하고, 기다리지 말라"고 명확하게 지시하였다. 그는 "우리가 생산을 발전시킬 수 있는 방안들은 꼭 실행에 옮겨야 하는데 그들이 우리와 다른 주의라는 것을 먼저 생각해서는 안 된다. 그들의 사회는 자본주의이지만 그들의 좋은 점들은 우리가 본받을 필요가 있다"고 하였다. "홍콩시장이 필요한 것, 외화를 더 많이 벌수 있는 것들을 재배하고 길러야 한다"고 지시하였다.

먼저 실행하고 먼저 부유해져야 하며, "다른 주의라 하여 먼저 반대하지 말아야 한다"고 강조했다. 팡바오 등에게 있어서 이런 말들은 기상천외한 이야기가 아닐 수 없었다. 이것이 바로 시종쉰이 찾은 탈출을 근본적으로 막을 수 있는 "효과가 탁월한 방법"이였다!

| 1978년 7월 광동 메이(梅)현 담배공장을 시찰하고 있는 시종쉰.

하지만 삼척 깊이의 얼음이 하루아침에 생긴 것은 아니다. 1978년 하반기에 들어 탈출은 더욱 빈번하게 발생하였다. 10월 14일부터 18일까지 광동성 반 탈출을 위한 좌담회가 산터우(汕頭)에서 진행되었다. 회의에서는 반 탈출투쟁에 대한 지도를 강화하며 생산을 통하여 경제를 발전시켜 인민들의 생활수준을 제고시켜야 한다고 하였다. 동시에 변방의 관리를 엄격히 하며 탈출 통로를 막는 등의 방법을 강화하여야 한다고 했다.

성위원회 상임위원회 회의에서 시종쉰은 "탈출을 막는다는 것은 계급투쟁이 아닌 인민내부의 모순이다"라고 명확하게 표하였다.

1978년 8월 시종쉰은 광동 훼이양의 농촌에서 조사연구를 하였다. 좌측 첫 번째는 시진핑이다. 당시 시진핑은 칭화대학에서 학습을 하고 있었다. 그는 여름방학이 되면 광동에서 사회실천 활동을 하였는데 이때 시종쉰은 그의 부친과 함께 농촌에 내려갔다.

홍콩도 중국의 영토인데 군중들이 생활고 때문에 홍콩으로 달아나는 것을 "외국으로 달아"난다거나 "밖으로 유실된다"고 할 수 없다.

외지로 달아나는 군중들이 많아지자 탈출자들을 수용하는 업무는 과부하가 걸렸다. 작은 방안에 1~2백 명의 사람들을 수용하여 앉을 수도 없을 지경이었다. 1979년 1월부터 6월 초까지 선전(深圳)수용소에는 10만 명이 넘는 사람들을 수용하였다. 이 숫자는 그 전해에 수용했던 인원수보다 두 배가 넘는 숫자였다. 시종쉰은 "외부로 가려는 군중들을 적으로 봐서는 안 된다. 당신들은 그들을 모두 풀어 주게나. 사람을 잡기만 해서는 안 된다.

우리는 우리 내륙의 건설을 잘 하여 밖에 있는 사람들이 우리 쪽으로 오게 만들어야 한다"고 하였다.

1978년 8월 광동 뤄(羅)현에서 조사연구를 하고 있는 시종쉰. 앞줄 가운데 서 있는 사람이 바로 시진핑이다.

| 훼이양 지방 위원회에서 담화를 하고 있는 시종쉰.

『광동성에서 군중들이 대량으로 외지로의 탈출을 견결히 제지할 것에 관한 지시』를 발표하였다. 시종쉰은 17일과 18일 연속 이틀간 성 위원회 상임위원회 회의를 주최하였다. 회의에서는 반탈출 사업에 대한 배치를 연구 토론하였다. 회의에서는 10명으로 구성된 지도 소조를 설립하기로

결정하였으며 시종쉰이 직접 조장을 맡기로 하였다. 그는 외지로 탈출하려는 군중들을 "적대적 모순"으로 여기지 말아야 하며 반 탈출행동이 제일 긴장하던 시기에 6월 14일 국무원과 중국공산당 중앙 군사위원회에서는 대량으로 수감된 군중들을 석방하라는 명령을 내렸다.

1987년 2월 14일, 광동을 떠난 지 7년이 지난 후 시종쉰은 선전 난링(南岭)촌에서 농민들의 생황상황을 파악하고 있다. 개혁개방 후 광동 농촌의 변화에 시종쉰는 무척 기쁘고 위안이 되었다.

20일 시종쉰은 훼이양(惠陽) 지방위원회 반 탈출회의에서 탈출 문제에 대한 방침을 강조하면서 표면적인 현상을 섬멸해야할 뿐만 아니라 근본적인 원인도 해결해야 한다고 하였다. 근본적으로 해결하는 방법은 물질적 기초, 정신적 기초와 조직적 기초에서 부터 사회주의를 견고하게 하는 것이고, 밖으로 달아나려는 것을 방지할 수 있는 견고한 조건은 바로 생산을 높여 수익을 증가시키는 것이다. 다음과 같이 되면 외지로 달아나려는 현상을 크게 줄일 수 있다고 하였다.

7월 7일 시종쉰은 국무원 부총리인 리셴녠(李先念), 천무화(陳慕華)에게 전문을 보냈으며, 중앙에 그 전해부터 발생한 홍콩으로 탈출하려는 현상이 크게 줄어든 상황을 보고하였다. 동시에 그는 수용업무를 개선하여야 하는데 탈출하려는 사람들을 범죄자로 대하지 말아야 한다고 제기하였다.

8월 27일 광동성위원회에서는『반 탈출업무를 잘 완성해야 하는 문제에 관한 지시』를 발표하였다. 이 지시에는 각급 당 위원회에서는 반 탈출업무를 장기적인 정치임무로 간주하여 "겉으로 보이는 현상과 근본적인 원인을 모두 없애도록 하며, 근본원인을 없애는 것을 주요 임무로 하는 방침"에 의해 수용하고 송환하는 사업을 실제에 부합되게 실행하여 군중들에게 어려움을 해결할 수 있도록 도와주어야 한다고 하였다.

이와 동시에 시종쉰과 광동성위원회의 여러 차례의 노력을 거쳐 중국공산당 중앙과 국무원에서는 50호 문건(1979년 7월 15일)을 반포하여 선전 등 특별구역을 시험적으로 운영하도록 결정하였다. 이는 중국 경제특별구의 정식 출항을 의미하며 "생산을 높이고 수입을 증가"시켜 '탈출 열조'라는 말이 소리 없이 사라지도록 하자는 것이었다.

36

중앙에 "권리를 요구"하여 광동이 "먼저 앞서 나아가게 하다."

36. 중앙에 "권리를 요구"하여 광동이 "먼저 앞서 나아가게 하다."

시종쉰은 1979년 4월 8일 오후 중앙 사업회의 기간(4월 5일부터 28일까지)에 화궈펑(華國鋒)과 리셴녠, 후야오방(胡耀邦)등 중남조(中南組) 토론에 참가하였다. 시종쉰은 토론을 주최하였고 토론에서 체계적인 발언을 하였다. 그는 정중하게 중앙에서 광동에 일부 권력을 넘겨줄 것을 요구하였다

| 남해를 바라보고 있는 시종쉰.

그는 경제관리 체계에 권리가 과도하게 집중되어 있는 문제를 말하면서 “광동은 홍콩, 마카오와 잇닿아 있어 화교들이 많다. 마땅히 이런 유익한 조건을 이용하여 대외기술 교류를 활발히 진행하여야 한다.

저희 성위원회에서는 토론을 거쳐 중앙에서 일부 권리를 넘겨주어 광동이 먼저 발전할 수 있게 날개를 달아 줄 것을 요구한다”고 직언하였다. 그는 형상적으로 “ ‘참새는 몸집이 작으나 오장육부를 다 가지고 있다.’ 광동은 비록 한 성에 불과하지만 큰 참새와 같다. 또한 한 국가 혹은 몇 개의 작은 나라 정도 넓이의 큰 지역을 갖고 있다. 하지만 지금 성행정구역이 가지고 있는 능동적인 권력이 너무 적으며, 국가와 중앙의 여러 부문은 융통성이 적어 국민경제의 발전에 불리하다.

우리는 전국적이고 집중적인 통일된 관리 하에 있는 권리를 아래 행정기관에 넘겨주고 융통성이 있게 실행하였으면 하는 바람이다. 다음과 같이 하는 것은 지방뿐만 아니라 국가에도 유익한 것이다”라고 하였다. 더 나아가서 그는 “만약 광동을 하나의 ‘독립적인 국가’(물론 이것은 비유해서 한 말이다)의 형태로 발전을 한다면 몇 년의 시간이 걸리지 않겠지만 현 시스템에서는 발전을 가져오기 힘들다”는 대담한 가설을 내놓았다.

| 1978년 8월 5일 훼이양(惠陽)지구에서 조사연구를 하고 있는 시종쉰.

이것은 시종쉰이 광동성의 5,600만 인민을 대표하여 그들의 간절한 희망인 "중앙에서 권리를 지방에 주어 광동이 먼저 발전하게 해달라는 요청"으로 처음 정식 제기한 것이었다. 앞서 그해 1월 예젠잉(叶劍英)이 광동에 왔을 때 시종쉰 등 광동의 책임동지들을 보고 "우리의 고향은 정말로 낙후해 있소. 당신들이 빨리 방법을 강구하여 경제를 발전시켜 주시오!"라고 부탁했었다.

약 5개 월 전인 1978년 11월 중순에 중앙 사업회의가 개최되었다. 시종쉰은 회의에서 중앙에서 지방에 문제를 해결할 수 있는 능동적 여지를 주기를 바라며, 광동성에서 홍콩에 사무처를 설립하여 홍콩과 마카오의 화교들 자금을 들여오고 선진적인 기술과 설비들을 들여올 수 있게 하며, 광동에서 위탁가공, 보상무역 등 방면에 대한 처리를 내리게 할 수 있다는 가능성을 제기하였었다. 사실 이 시기에 이미 '권리 요구'의 뜻을 표하였었는데, 이는 당시 "먼저 부유해지고", "권력을 아래로 내려 보내자"는 덩샤오핑(鄧小平)의 관념과 일치하는 것이었다.

| 1978년 12월 광동성 위원회 사업회의에서 연설을 하는 시종쉰. 왼쪽은 류톈푸(劉田夫).

1979년 4월 17일 중앙 정치국에서는 각 소조의 보고를 들었는데 이때 화궈펑과 덩샤오핑 등도 참석하였다. 이번 보고에서 시종쉰은 다시 한 번 "우리 성에서 회의 전에 먼저 토론을 하였는데 중앙에서 일부 권리를 주어 광동에서 자신의 유리한 조건을 충분히 이용하여 먼저 발전하게 하기를 바란다"고 하였다. 또 한 번 "만약 광동을 하나의 '독립적인 나라'라고 생각하면 홍콩을 앞설 수 있을 것이다"라는 담대한 가설을 제기하였다.

동시에 광동에서 외국의 위탁가공구역의 형식을 본받아 관찰하고, 배우며, 시험하고, 국제관례를 운용하여 홍콩과 마카오와 인접한 선전시(深圳市), 주하이시(珠海市)시와 중요한 화교의 도시인 산터우시(汕頭市) 등의 일부 지역을 단독적으로 관리하여, 화교 및 홍콩 · 마카오의 동포와 외국상인들이 투자하는 국제시장의 수요에 따라 생산을 조직할 수 있는 '무역합작구'라는 초보적인 이름을 가진 구역을 제정해 주기를 제기하였다.

"권리를 요구하고", "먼저 발전하는 것"과 '무역합작구'를 설립하겠다는 건의는 중앙의 주요 지도자들의 적극적인 호응을 얻었으며 찬성을 얻었다. 덩샤오핑은 "광동, 푸젠(福建)에 대해 특수한 정책을 실시하여 화교들의 자금, 기술을 이용하거나 공장을 건설하면 자본주의로 변하지 않을 것이다. 그 원인은 이렇게 해서 벌어들인 돈은 화궈펑(華國鋒) 동지나 우리들의 호주머니에 들어가는 것이 아니라 인민들에게 돌아가기 때문이다. 만약 광동, 푸젠 양 성의 8천만 인민들이 먼저 부유해질 수 있다면 나쁠 것이 없다"고 보충하였다.

시종쉰은 이번 중앙사업회의에서 "먼저 부유해지"고 "권리를 요구"하기 위하여 '무역합작구'로 지정해 달라는 생각을 제기하였다.

| 1979년 하이난에서의 시종쉰과 예젠잉(葉劍英).

역사적으로 볼 때 이것은 "광동과 푸젠 두 성의 대외경제활동에서 특수한 정책, 현명한 정책을 실시하여 선전 등 4개의 경제 특별구"를 요구한 첫 번째 외침이었던 것이다.

조사가 없으면 발언권도 없다. 광동의 곳곳에는 시종쉰의 흔적이 남겨져 있다. 그는 반복적으로 광동의 네 가지 현대화를 빨리 실현하는 방법을 열심히 생각하였다. 오랜 사고를 통하여 홍콩, 마카오와 가까이 있는 지리적 장점을 충분히 이용하는 것이 이 방법이라는 것을 명확하게 인식하게 되었다. 시종쉰이 바오안현(宝安縣)을 시찰할 때 현위원회 서기인 팡바오는 홍콩으로 탈출한 사람들은 홍콩에서 일자리를 찾은 후 집에 돈을 부쳐 보내오는데 1~2년이면 광동에 새 집을 지을 수 있게 된다고 하였다.

푸닝현(普宁縣)을 시찰할 때 그는 세 사람이 아직도 쟁기로 밭을 가는 것을 보고 매우 걱정스러워했다. 그는 "해방이 된지 29년이 지났는데 아직도 도경화종(刀耕火种)[86]을 하는구려!"하고 탄식하였다.

1979년 6월 광동성위원회에서는 3급 간부회의를 열고 시종쉰이 중앙에서 광동이 개혁개방 중에서 먼저 실행하겠다는 요구에 동의한 결의를 전달하였다. 서로 팔장을 끼고 회의 장소에 입장하고 있는 시종쉰과 예젠잉, 수스유, 양상쿤.

86) 도경화종: 풀을 태워 비료로 쓰고 그 자리에 종자를 심는 농사방법.

1980년 8월 말부터 9월 초까지 시종쉰은 광동 잔장(湛江)에서 농경지의 수리건설 상황을 시찰하였다.

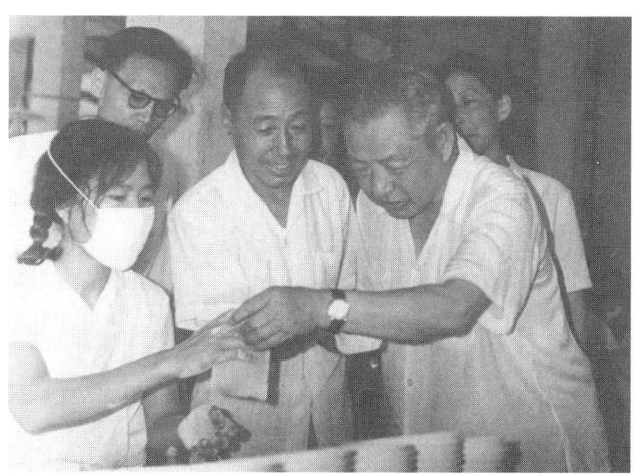

시종쉰은 광동에서 국유기업의 개혁방법을 적극적으로 탐색하였다. '칭위안(淸遠)경험'을 일반화하여 기업의 주도권을 확대하여 기업의 생산효율을 높이는 것을 지지하였다. 시종쉰이 기업에 대한 고찰을 통하여 기업의 생산과 개혁상황을 파악하고 있다.

| 1980년 8월 말부터 9월 초까지 광동의 잔장(湛江) 농촌을 시찰할 때 청년들과 교류하는 모습

| 1980년 8월 말부터 9월 초까지 잔장(湛江)지구에서 재해를 입은 군중들을 찾아가 위로하는 시종쉰.

시종쉰은 연이어 두 차례의 중앙 사업회의에서 “권리를 주고”, “권리를 요구”해야 만 경제개혁의 여러 가지 문제에 대하여 “결단을 내릴 수 있는 조치”를 내릴 수 있다고 발언하였다.

그의 언행에서 마음속의 긴박함을 알아 볼 수 있었다. 중앙공상회의가 끝나자 시종쉰은 급히 광동으로 돌아가 성위원회에 회의정신을 전달하고 중앙에 “권리를 요구”한 과정을 보고하였다. 그는 특별히 “광동이 먼저 부유해지는 것은 광동의 문제일 뿐만 아니라, 국가 전체의 문제이기에 전체 국면을 고려하여 시작해야 한다”고 강조하였다. “이번 광동의 일은 오늘 제기 안 하면 내일 하게 될 것이고, 내일 제기 안하면 그 다음날에나 제기하게 될 것이다. 중국사회의 발전은 지금 변화를 가져와야 한다. 다른 사람이 제기하지 않더라도 중앙에서 제기할 것이다. 늙은 목숨을 바쳐서라도 우리는 꼭 해내야 한다”고 굳건히 말하였다.

예젠잉은 시종쉰이 중앙에 “권리를 요구”하고 “먼저 부유해지는”것을 요구한 행동에 대해 큰 지지를 보냈다.

1979년 6월 1일 광주에서 열린 3급 간부회의에 참가한 지방, 시, 현의 서기들을 접견할 때, 그는 “광동을 잘 다스리면 전국을 이끌 수 있고 전국의 발전을 촉진시킬 수 있다. 그렇지 못하면 전국은 소란스러워지기만 할 것이다. 때문에 우리들의 사명은 매우 중요하다. 동지들은 반드시 노력하여 성취하도록 해야 한다”고 격려하였다.

1979년 11월 22일부터 12월 6일까지 시종쉰은 광동성 친선사절단을 거느리고 오스트레일리아를 방문하였다. 오스트레일리아에서 철광의 생산을 고찰하고 있는 시종쉰.

1979년 12월 홍콩을 방문했을 때 증권회사를 참관하고 있는 시종쉰.

37

특별구역을 설치하여 “혈로를 뚫다”

37. 특별구역을 설치하여 "혈로를 뚫다"

경제특별구역의 제기와 건설은 시종쉰의 이름 석 자와 긴밀히 연결된 것이다. 1978년 봄과 여름이 교차하는 시기에 국가기획위원회와 대외무역부에서는 홍콩, 마카오에 고찰팀을 파견하였다. 고찰 후 광동성에 바오안(宝安), 주하이(珠海) 두 현을 성할시(省轄市)[87]로 전환시키고 건축재료 위탁가공 등을 발전시킬 것을 건의하였다. 시종쉰 등 성위원회의 책임 동지들은 이를 굳건히 견지해 갈 것을 명확히 표하였으며 적극적으로 준비공작을 하였다.

그해 10월 광동에서는 국무원에 『바오안, 주하이 두 현의 대외무역기지와 도시행정기획 구상안』을 보고하였으며 "세 가지를 건설"하는 목표를 제기하였다. 세 가지 건설은 바오안과 주하이를 일정한 수준을 지닌 수출상품기지로 만들고, 홍콩과 마카오의 여행객들을 유치하는 여행구역을 건설하며 신흥의 변방도시를 건설하자는 것이었다.

1979년 1월 6일 광동에서는 교통부와 연명으로 국무원에 『광동 바오안에

---

87) 성할시(省辖市): 성(省)이나 자치구(自治區)의 직할시(直轄市).

공업구역을 건립하는 안에 대한 주(駐)홍콩초상국(招商局, 투자유치국) 보고』를 올렸다. 1월 23일 광동에서는 바오안시를 선전시로 이름을 변경하고 주하이현을 주하이시로 개명하였으며 수출기지를 건립하기 시작하였다. 3월 5일 국무원의 동의를 거쳐 두 현은 성할시로 변경되었다.

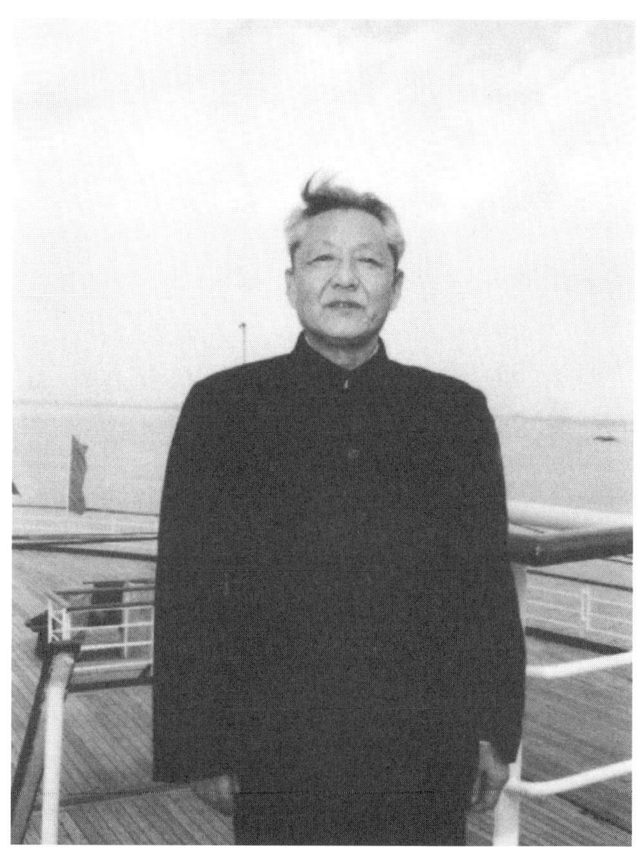

| 광동에서 정무를 주관하던 시기의 시종쉰.

시종쉰은 선전과 주하이에서 장순푸(張勛甫) · 우젠민(吳健民)과 대화를 할 때 두 지방 백성들이 먼저 부유해지게 해야 한다고 강조하였다. 제1기 선전시의 시위서기인 장순푸는 당시의 상황을 다음과 같이 회억하였다. "그는 우리 서기 등 지도자들을 불러 우리들에게 의견을 제기하고 지도그룹을 형성하라고 하였다.

내가 최고 책임자가 되고 두 번째 책임자는 팡바오 …… 그는 예전부터 당신들은 생활의 질을 먼저 끌어올려야 한다고 하였는데, 인민들이 부유해져야 홍콩으로 탈출하는 문제를 해결할 수 있다고 하였다. 만약 달아나는 사람들을 잡아 그들을 달아나지 말라고 한다면 그들은 오늘 아니더라도 내일이나 모레, 언젠가는 달아나게 되어 있다고 했다. 그는 백성들은 외지로 달아나려는 것은 그쪽이 부유하기 때문이라고 명확히 말하였다. 때문에 우리가 먼저 부유해지는 구역을 만들어야 한다. 시노(習老)의 지지가 있었기에 먼저 부유해지는 구역을 만들 수 있었다." 시종쉰의 지지 하에 조용하게 시험적으로 시작된 "먼저 부유해지는 구역"은 경제특별구의 실천 중에서 우리가 가장 먼저 이룰 수 있었다."

'특구(특별구역)'라는 단어가 중국역사의 큰 무대에 재차 나타날 수 있었던 것은 시종쉰과 덩샤오핑 간의 유명한 대화 때문이었다. 중앙사업회의 기간인 1979년 4월 5일부터 28일 사이에 시종쉰은 화궈펑과 중앙정치국 상임위원회 위원들에게 보고를 한 후 덩샤오핑에게 선전 · 주하이 · 산터우에서 '무역합작구'를 건설하는 문제에 대한 구상을 상세하게 보고하였다.

1978년 7월 시종쉰은 바오안현을 시찰 할 때, 대외무역상품 생산기지를 건립할 것을 요구하였다. 시종쉰과 광동성 기획위원회 부주임인 장순푸(좌측 첫 번째) 등과 함께 남긴 기념사진. 우측 두 번째는 치신.

| 1979년 새봄 시종쉰은 광동 쓰훼이현(四會縣)의 밭머리에서 농민들을 만나고 있다.

시종쉰이 이름을 확정짓지 못한 원인을 '수출가공구'라는 이름은 타이완에서 부르는 이름과 비슷하고, '자유무역구'라고 하면 자본주의라고 할 우려 때문이라고 하면서 잠정적으로 '무역합작구'라고 하였다고 하였다.

그러자 덩샤오핑이 시종쉰에게 " '특구'라고 하는 것이 좋겠다. 산간닝도 처음에는 '특구'라고 하지 않았는가!"라고 하였다. 덩샤오핑은 시종쉰에게 이런저런 걱정을 하지 말고 대담히 실행하라고 격려하였다.

1979년 6월 주하이(朱海)를 시찰하고 있는 시종쉰. 왼쪽 첫 번째는 주하이시 시위 서기 우젠민(吳健民)이다.

| 유화『1979년의 시종쉰과 덩샤오핑』. 작가는 랴오샤오밍(廖曉明)이다.

덩샤오핑은 "중앙에 돈은 그리 없지만 일부 정책은 줄 수가 있다. 당신들이 피로 물든 길을 개척하여 잘 해 보라"고 하였다.

시종쉰은 토지혁명시기에 20세도 안 되는 나이에 산간의 변경 근거지 건설에 뛰어 들었었다. 항일 전쟁 초기에 시종쉰은 산간닝특구(후에는 변경구라고 하였다)의 남쪽 대문을 지켰다. 관중의 특구에서 서기를 맡고 있을 때 덩샤오핑과 서로 친분이 있었다. 이번 특구에 관한 대화가 진행된 것은 그들 간의 역사적인 필연성에 의해 이루어졌던 것이다.

"피로 물든 길을 개척하자"는 것은 관념의 돌파이며, 체제 변혁을 의미하며, 두려움을 모르는 영웅적 기질이 필요하며, 용감하게 개척하려는 용기가 필요하며, 나라를 위하여 자신을 희생시킬 수 있는 책임성을 지닌 정신을 필요로 한다는 의미였다. 시종쉰은 힘찬 목소리로 "이 늙은 목숨을 다 하여 광동의 체제개혁을 잘 완성하겠습니다"라고 하였다.

1979년 5월 중순 국무원 부총리인 구무(谷牧)가 중앙근무팀을 거느리고 광동에 도착하였다. 시종쉰 등 광동성의 책임 동지들은 중앙과 국무원에 올리는 보고 초안의 내용에 대하여 깊은 의견을 나누었으며 공동으로 구체적인 내용을 토론하고 초안을 작성하였다. 그 후 6월 6일 광동성 위원회에서는 중공중앙과 국무원에 『광동의 우월한 조건을 발휘하여 대외무역을 확대시키고 경제 발전을 위한 발걸음을 다그치는 것에 관한 보고』를 올렸다. 6월 9일 푸젠성 위원회에서도 비슷한 보고를 제출하였다.

7월 15일 중공중앙과 국무원으로부터 두 개의 보고서가 전달되었다. 이것이 바로 광동의 간부와 군중들이 오랫동안 기다려 온 50호 문건이다. 문건에서는 "두 성의 대외경제활동 중에서의 특수정책 실시와 현명한 조치를 위하여 지방에서 더욱 많은 주도권을 행사할 수 있도록 하여, 당지의 우월한 조건을 이용하고 목전의 유리한 국제 형세에 맞추어 먼저 부유해지고 경제를 빨리 활성화 시켜야 한다. 이것은 중요한 결책이며 우리나라 네 가지 현대화 실현에 중요한 의미가 있다"고 쓰여져 있었다.

1980년 봄 시종쉰 · 예젠잉(우측 두 번째) · 후야오방(우측 첫 번째) · 양상쿤(좌측 첫 번째)이 함께 좌담하고 있는 모습.

구무(谷牧)와 함께 하고있는 시종쉰.

| 1980년 봄 시종쉰은 광저우에서 의무노동에 참여하였다.

국무원 부 비서장이며 50호 문건의 기안자 한 분인 리하오(李灝)는 "우리 근무팀이 내려갔을 때 시종쉰 동지가 직접 기차역까지 마중을 나왔다.

아직도 당시의 상황이 기억에 남아 있다. 나는 시종신에게 부 총리와 함께 내려온 우리 팀만 중요시 할 것이 아닙니다. 50호 문건이 제정된 것은 시노(習老)가 11기 3중 전회에서 특히 사업회의에서 소리 높이 격동된 어조로 광동성에서 대담하게 실행할 수 있게 해달라고 요구한 것 때문입니다. 바로 개혁개방에 앞장 서겠다고 한 것이 중요한 작용을 하였다 이겁니다"라고 그에게 말해주었다.

9월 21일 시종쉰은 전 광동성 지방위원회 서기 회의에서 중앙의 50호 문건의 실행에 대하여 명확한 지시를 내렸다. 그는 "광동은 전국적인 큰 국면으로부터 출발하여 이 일을 잘 완수해야 한다. 지금은 실행하느냐 안 하느냐가 문제가 아니고, 또 소규모로 할 것인지 아니면 중간 정도의 규모로 할 것인지를 따질 때가 아니라 대규모로, 빠른 시간 내에 실행하는 것이다.

전족을 한 아낙네들처럼 길을 걸어서는 안 된다"고 하였다. "형세가 사람을 압박하니 우리는 모든 힘을 다하여 대외경제활동을 잘 실행해야 한다. 또한 특구를 잘 건설하는 등 방면의 방법에 대하여 우리들의 길을 만들어야하며, 전국에서 이를 참고할 수 있게 하여야 한다"고 시종쉰은 확고한 신념으로 말하였다.

1980년 광동에서 시종쉰 · 예젠잉(좌측 첫 번째) · 녜룽전(聶榮臻-좌측 두번째) 등과 함께 하고 있는 모습.

"피로 길을 개척하는 방법"은 무엇인가? 그는 "나는 태도에 '세 가지가 있고' '세 가지가 없어야 한다'고 생각한다. 첫째, 결심이 있고 믿음을 가지고 있어야 하며 뒤로 물러서지 말아야 한다. 둘째, 담력과 실력이 있어야 하며 용감하게 중요한 책임을 짊어질 수 있어야 하며, 실수를 두려워하지 말고 위험을 감당할 수 있어야 한다. 셋째, 실무적인 정신이 있어야 하며, 겸손하고 신중해야 하며, 무모하고 자신을 내세워서는 안 된다. 특히 우리 각급 지도자 간부들은 자신들의 목숨을 바치더라고 광동의 체제개혁 시행의 임무 잘 완성해야 한다"고 지적하였다.

"나는 중앙의 지도하에 우리가 열심히 노력하면 50호 문건을 훌륭하게 실행할 수 있을 것이라고 믿는다. 우리는 경제관리 체계를 개혁하는 시험 중에서 새로운 길을 개척할 것이다"고 하였으며, 동시에 의미심장하게 "우리가 걸음마를 떼기 시작을 하게 되면 많은 곤란한 문제들과 저지하려는 세력들이 있을 것이며, 심지어 욕을 먹을 수도 있으니 정신적인 각오를 단단히 해야 할 것이다"라고 여러 사람들을 일깨워 주었다.

1980년 6월 4일부터 7일까지 시종쉰은 마카오를 방문하여 당시 마카오의 총독인 에지디오(Eg dio-앞줄 우측 네 번째), 량웨이린(梁威林-앞줄 좌측 세 번째), 훠잉동(霍英東-앞줄 좌측 첫 번째), 마완치(馬万祺-앞줄 좌측 세 번째), 허셴(何賢-앞줄 좌측 네 번째)등과 기념사진을 찍었다.

12월 17일 구무는 베이징 징시호텔(京西賓館)에서 광동, 푸젠 양성의 회의를 주최하였다. 구무는 "시종쉰 동지가 말한 바와 같이 만약 광동이 한 개의 '독립국'이라면 발걸음이 무조건 빨라질 것이다. 현재의 상황에서 보면 광동은 거의 절반이 독립된 것과 같으니, 이제 당신들이 나설 차례다. 중앙의 일부 사상은 아직 완전하게 해방되지 않아 우리는 계속 그들을 설득해야 한다. 여러분들도 여러분들의 능력을 보여주어야 한다"고 하였다.

1980년 3월 24일부터 30일까지 구무는 광저우에서 두 성의 책임자 회의를 다시 한 번 개최하여 중앙 50호 문건의 실행상황을 검사하고 종합하였다. 회의에서는『광동, 푸젠 양성 회의요록』을 만들었다.『요록』에서는 '수출특구'를 '경제특구'라고 정식 명명하였다.

1980년 가을 양상쿤(좌측 첫 번째)이 중앙으로 발령나기 전 그의 원래 업무를 인계 받으러 온 런중이(任仲夷–우측 첫 번째) 등 동지들과 함께 차를 타고 중산 기념당으로 가고 있는 모습.

리하오는 "시종쉰 동지가 11기 3중 전회 특히 이듬해의 중앙사업회의에서의 발언과 주장이 중요한 작용을 하였는데, 이것은 무슨 뜻일까? 중국 개혁개방 사업이 시작되니 사업 중심의 이동이 전면적으로 시작됐다는 것인가? 아니면 어느 지방에서 먼저 시작되어야 한다는 것인가? 먼저 시험적으로만 실행해야 한다는 것인가? 하는 이런 문제들은 매우 중요한 문제였다."

8월 26일 제5기 전국인민대표대회 상임위원회 제15차 회의에서는 『광동성 경제특구조례』를 통과시켰다. 이로써 선전 등 경제특구는 설립의 기초를 완성하게 되었던 것이다. 경제특구를 창건하고 "피로 물든 길을 만드는 것"은 개혁개방 초기의 중요한 "아르키메데스의 지렛대" 역할을 하였으며, 낡은 체제를 뒤엎고 새로운 역사의 장을 열게 되었던 것이다.

1980년 10월 20일부터 11월 6일까지 시종쉰은 중국 성장(省長)대표단을 거느리고 미국을 방문하였다. 오른쪽에 앉은 사람은 부단장 송핑(宋平).

1980년 10월 20일부터 11월 6일까지 시종쉰은 중국 성장대표단을 거느리고 미국을 방문했는데, 도중에 디즈니랜드를 참관하고 있다.

| 새벽안개 속의 선전 특구 모습(2013년 촬영)

신생의 경제특구에 튼튼한 날개를 달아 놓기 위하여 시종쉰은 다시 한 번 중앙에 "권리를 요구"하였다. 1980년 9월 24일부터 25일까지 후야오방은 중앙 서기처회의를 주최하였다. 24일 오전 시종쉰과 양상쿤, 류톈푸는 중앙 서기처에 광동 특히 선전, 주하이 특구의 사업을 보고하였다. 동시에 중앙에서 광동에 더 많은 자주권을 줄 것을 재차 요구하였으며, 광동에서 외국과 아시아의 "네마리 작은 용(四小龍)[88]"의 성공 경험을 참고하여 경제특구를 대 규모로 시행할 수 있게 해 달라고 요구하였다.

9월 28월 중공중앙에서는 『중앙 서기처 회의 요록』 을 인쇄 발행하였다.

88) 사소룡: 아시아에서 경제가 비교적 발달한 4개국-한국, 싱가포르, 대만, 홍콩.

『요록』에는 "중앙에서는 광동성에서 중앙 각 부문의 지령과 요구를 현명한 방법과 적합한 방식으로 시행할 수 있으며, 적합하지 않은 것은 시행하지 않아도 되며, 융통성 있게 처리할 수 있는 권리를 준다"고 하였다. 이것은 시종쉰이 그해 11월에 베이징으로 인사되기 전에 광동을 위하여 얻어온 '상방보검(尙方宝劍)[89]'이었다.

시종쉰이 광동의 정무를 주관한 시간은 비록 2년 8개월 밖에 되지 않았지만, 그의 마음은 언제나 영남(岭南)[90]과 이어져 있었다. 그는 개혁개방을 위하여 큰 공헌을 한 노 동지들과 옛 부하들을 마음에 두고 한시도 잊지 못하였다.

1983년 겨울 런중이(任仲夷)가 광동에서 베이징으로 가 수술을 할 때, 시종쉰은 병원에 모든 방법을 동원하여 치료해 주도록 지시하였으며, 수술 당일 친히 병원 수술실 앞에서 수술이 끝나기를 기다렸다가 수술이 순리롭게 끝나서야 병원을 떠났다. 1990년대 말 이미 모질지년(耄耋之年)[91]에 들어선 시종쉰은 광동성 성장이었던 류톈푸(劉田夫)가 병으로 입원하게 되자 직접 병문안을 가려고 하였다. 당시 신변에 있던 동지가 다른 동지를 파견하여 위문하게 하는 것이 좋지 않겠느냐고 하자, 그는 모두가 "개혁개방을 위하여 큰 공헌을 한 오랜 동지들이고, 이들의 공동 노력이 없었더라면 개혁개방도 좋은 국면을 맞이하지 못했을 것이다"라고 하였다. 그는 직접 광저우로 가서 류톈푸를 문안하였다.

89) 상방보검 : 면사금패의 작용을 하는 황제가 하사한 보검.
90) 영남 : 오령(五嶺) 이남 지역. 광동성·광시(广西)성 일대를 가리킴.
91) 모질지년 : 70~80세의 노인.

| 2000년 7년 2월 방금 준공된 선전빈하이대도(深圳濱海大道)에서 기념사진을 남긴 시종쉰.

38

중난하이(中南海)로 돌아가다.

38. 중난하이(中南海)로 돌아가다.

1980년 8~9월 기간에 제5기 전국인민대표대회 제3차 회의는 시종쉰을 전국인대 상임위원회 부 위원장으로 보충 선출하였다. 11월 중앙에서는 시종쉰이 베이징으로 돌아와 사업할 것을 결정하였다.

1978년 4월부터 시종쉰이 광동에서 정무를 주관한 시간은 비록 2년 8개월뿐이었지만, 중요한 역사적 전환점에서 조국의 남쪽대문을 지키기 위해 있는 힘을 다하여 개척하며 용감하게 일을 맡아 처리해 갔으며 개혁에 앞장서 노력하였다. 그는 경제특구 건설을 제창하였으며, 놀라운 담력과 식견, 비범한 용기로 중국 개혁개방에 있어서 제일 웅장한 교향악을 만들어 냈던 것이다.

1981년 3월 28일 중앙에서는 시종쉰이 중앙 서기처의 업무에 참가하도록 결정하였으며, 후야오방 총서기를 협조하여 중앙서기처의 일상 업무를 처리토록 하였다. 11기 5차 전체회의서 부터 13기 전국대표대회까지 중앙 서기처는 중앙의 일상 업무를 주관해 왔었다.

| 1981년 6월 11기 6차 전체회의에서의 시종쉰.

후치리(胡啓立)는 "서기처에서는 임시지도팀을 특별히 설립하였는데 후야오방이 조장을 맡았고, 시종쉰이 부조장을 맡았으며, 많은 일상 업무는 시종쉰이 책임지고 처리하였다"고 하였다.

6월 하순 11기 6차 전체회의에서는 시종쉰을 중앙서기처 서기로 보충 선출하여 중앙서기처의 일상 업무를 책임지도록 하였으며, 중앙 사무청, 중앙 조직부, 중앙 통일전선부, 중앙 조사부 등의 부문을 책임지게 하였다. 그는 발언에서 "금년 3월 말 중앙에서는 나에게 중앙 서기처의 업무에 참가하라고 통지하였다. 야오방(耀邦) 동지에게 나는 전심전력으로 나의 여생을 당을 위해 자그마한 힘이라도 바칠 것이며, 나에 대한 중앙의 신임과 기대를 저버리지 않겠다고 하였는데, 그 마음은 지금도 여전하다. 또한 나는 좋은 인재가 있으면 언제나 자리를 내놓을 준비가 되어 있다"고 하였다.

1982년 9월 시종쉰은 12기 1차 전원회의에서 중앙 정치국 위원, 중앙 서기처 서기로 당선되었다. 비록 12기 대표대회가 시작되기 전에 그는 차기 중앙서기처 서기 직을 맡지 않겠다고 요구하면서 다른 경험이 풍부한 동지를 선출하여 중임을 맡겨 줄 것을 바랐지만, 중앙에서는 시종쉰이 덕망이 높으며 정치 경험이 풍부하여 계속 시종쉰에게 중앙서기처 서기를 맡도록 하였다.

1981년 중공중앙 서기처 성원들의 단체사진. 좌측으로 부터 시종쉰, 팡이(方毅), 구무(谷牧), 양더즈(楊得志), 후야오방(胡耀邦), 완리(万里), 야오이린(姚依林), 위추리(余秋里), 왕런중(王任重).

제12기 중앙서기처에서는 시종쉰과 후치리(胡啓立) 에게 서기처의 일상 업무를 책임지도록 하였는데, 시종쉰의 업무는 제12기 전체회의 이전과 같이 중앙 사무청, 중앙조직부, 중앙 통일전선부를 관할하는 것이었으며, 간부, 인사, 통일전선, 민족종교, 노동자청년부녀 사업 등을 책임졌고, 정국인민대표대회, 중앙 정치협상회의와 중앙 규율 검사위원회의 연락을 책임졌다.

1981년부터 시종쉰과 후야오방은 6년 동안 함께 사업하였다. 후치리(胡啓立)는 "당시는 개혁개방이 초창기였다. 샤오핑(小平)동지는 개혁개방의 총 설계사로 멀리 내다보았고, 야오방 등 동지들은 전력을 다해 이를 추진했고, 종쉰 동지는 기치선명하게 굳건한 태도로 개혁개방의 강력한 옹호자이며 적극적인 추진자였다. 야오방 동지는 그를 완전히 신임하여 많은 중대한 일들을 모두 그에게 맡겼다"고 하였다.

시종쉰의 앞에 놓인 긴박한 임무는 중앙 직속기관의 체제개혁과 성급 지도그룹의 저령화와 세대교체를 실현하는 것이었다.

1981년 10월 15일 중앙서기처 제127차 회의에서는 중앙기관의 체제 개혁은 후야오방과 자오쯔양(趙紫陽)이 주최하고, 중앙 직속기관의 체제 개혁은 시종쉰이 책임을 지며, 국무원 기관의 체제 개혁은 완리(万里)가 책임지도록 결정하였다. 1982년 1월 28일 중앙 서기처에서는 중앙 직속기관의 체제 개혁은 시종쉰이 총 책임을 지며, 중앙 사무청, 중앙조사부, 중앙 서기처 연구실, 중앙 당학교, 전국 총 공회, 공청단 중앙, 전국 부녀연합회, 전국 인민대표대회 상임위원회 기관 등 모든 단위들이 포함된다고 하였다.

시종쉰은 여러 단위들에 대하여 하나씩 조사연구를 하고 각 단위의 특징에 따라 정성들여 조직하고 분류하여 지도하였으며, 각항의 개혁조치들을 구체화하였다. 그는 여러 부문의 지도자들, 관련 간부들과 자주 담화하고 인내심을 갖고 설득하였다.

| 독서를 하고 있는 시종쉰.

| 중난하이(中南海) 친정뎬(勤政殿)에서 업무를 보고 있는 시중쉰.

| 1982년 1월 윈난 농촌에서 조사연구를 하고 있는 시중쉰.

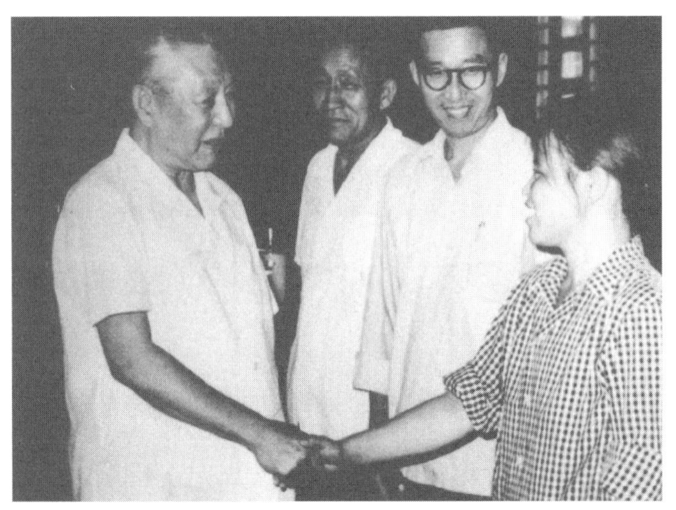

1982년 9월 시종쉰은 당의 제12차 전국 대표대회에 참석하러 온 시안의 '발 손질사(脚女工)'인 위쑤메이(于素梅)를 접견하고 있다.

그는 반복적으로 체계 개혁에서 적당한 과도적인 방법을 취하여 점차 간부 직무의 종신제를 폐지하고 우수한 중·청년 간부들을 대량으로 각 급 지도자 자리에 보내는 새로운 제도를 건립하였고, 그렇게 해야 당과 국가의 사업이 예전의 우수한 전통을 계승하고 지속적인 발전을 가져 올 수 있다고 말하였다.

시종쉰은 특별히 새로운 지도자 진영의 건설과 젊은 간부들의 성장에 관심을 두었다. 그는 안전부의 새로운 지도자층을 접견하면서 "당신들은 용기를 다해 중임을 짊어져야 한다. 일은 압력을 받아야 만들어 지는 것으로 스스로 중임을 짊어져야 한다"고 하였다. 1983년 설을 전후하여 중앙에서는 시종쉰에게 남방으로 가서 휴가를 보내라고 하였다. 그러나 그는 푸젠(福建) 등 지방에 내려가 전문적인 주제를 갖고 조사연구를 하였다. 2월 17일 시종쉰은 샤먼(廈門)시의 지도자 간부들과 좌담을 하면서 "젊은이들에 대해서는 짐을 짊어지게 해야 그들을 단련시킬 수 있다. 짐을 짊어 지지 않으면 성장할 수 없다"고 하였다. 그는 젊은 간부들을 배양하는 방법에 대하여 다음과 같은 요구를 하였다. "이번 해부터 각 성, 시, 자치구에서는 매년 대학교 졸업생들 가운데서 일부를 선발하여, 그들을 기관단위에서 사무를 보는 책상에 앉히지 말고, 공사(公社), 대대(大隊), 공장으로 내려가도록 해야 한다. 몇 년간의 단련을 거쳐 그들을 점차적으로 각급의 지도자 위치에 있도록 해야 한다."

| 1983년 2월 푸젠(福建) 샤먼(廈門)항을 시찰하고 있는 시종쉰.

1981년 가을부터 1983년 봄이 지날 때까지 제1차 전국 체제 개혁은 순리롭게 완성되었으며, 정상적인 간부 퇴직제도들 건립하였다. 시종쉰의 노력 하에 중앙 직속기관의 국급(局級)간부의 총 수량은 11%적어 졌고, 사업일군의 총 편제는 17.3% 줄어들었다. 새로운 지도부에서 중청년 간부들은 16%를 차지하였으며, 평균 연령은 64세에서 60세로 줄어들었다.

시종쉰은 중앙 직속기관의 체제 개혁과 성급 지도자 진영의 배정에서 원칙을 견지하고 공평하게 파견함으로써 중앙의 충분한 인정을 받았다.

1983년 4월 14월 중앙에서는 "이후 각 성 · 시 · 자치구의 인민대표대회, 정치협상회의 부직(副職) 배정의 보고는 서기처에 할 필요 없이, 중앙 조직부에서 시종쉰 · 후치리의 비준을 받으면 된다"고 결정하였다.

1983년 2 월 시종쉰이 후난(湖南)에서 시찰을 할 때 수행인원들과 함께 사오산(韶山) 마오쩌동의 옛집 앞에서 남긴 기념사진. 앞줄 우측 세 번째가 당시 중앙서기처 연구실 주임을 맡고 있던 왕위밍(王愈明).

중국공산당 산시성 위원회의 책임자들은 간부에 대한 조정 배정 사업을 보고할 때, 마침 부성급(副省級) 간부들 중에 시종쉰의 친동생인 시종카이(習仲愷)가 있어 일부 간부들이 등용하려고 하였다. 이를 알게 된 시종쉰은 즉각 이를 부결토록 지시하였다. 시종카이는 항일전쟁 이전에 사업에 참가했던 오랜 동지이며, 장기간 지방의 시에서 지도자 직무를 담당하고 있어 그를 발탁하는 것은 정상적인 행위였다. 하지만 시종쉰은 간부들의 업무는 솔선수범하여야 한다고 하면서 승급의 기회를 다른 동지에게 양보하라고 자신의 친동생을 설득하였다.

후야오방의 업무에 협조하는 것은 시종쉰이 당을 정비하는 업무에 참여하면서부터 그에게 맡겨진 중요한 업무였다. 중앙에서는 1983년 겨울부터 3년 동안에 순차적으로 당에 대한 정비를 한다고 결정하였다.

중앙의 정비사업 지도위원회의는 후야오방이 주임을 맡았고 완리(万里), 위추리(余秋里), 보이보(薄一波), 후치리(胡啓立), 왕허서우(王鶴壽) 등이 부주임을 맡았으며, 왕전, 양상쿤(楊尙昆), 후차오무(胡喬木), 시종쉰, 송런충(宋任窮) 등이 고문을 맡았다. 비록 고문이지만 시종쉰은 서기처의 특수한 위치에 있다. 때문에 당의 정비 업무에 대한 구체적인 지도는 그와 보이보에게 맡겨졌다.

1984년 5월 22일부터 6월 12일까지 시종쉰은 상하이, 저장(浙江), 장쑤(江蘇), 산동(山東)에서 조사연구를 진행하였다. 각 지방에 도착하면 그는 보고를 자세히 들었으며, 기층의 동지들과 좌담회를 가지고 교류를 하였다.

동시에 많은 사람들이 반영하는 문제에 대하여 차례로 설명을 하였으며, 그들과 함께 문제점과 해결 방법을 연구하고 토론하였다. 상하이에서 조사연구를 할 때, 그는 젊은 간부를 선발하는 문제에 관하여 친밀한 관계와 소원한 관계가 있는 간부들이 있을 수 있으나 이런 관계로 사람들을 차별하지 말아야 하며, 현명한 자를 임명하고 광명정대하고 공정하게 대하여야 하며, 방방곡곡의 인재들을 등용시켜야 한다고 하였다.

장쑤에서 조사연구를 할 때는, 당을 정비하는 목적은 당에 대한 정비를 통하여 경제를 촉진시키고 개혁을 촉진시키며 개방을 촉진시키기 위함이라고 지적하였다.

시종쉰은 6월 20일 중앙 서기처에 『화동(華東) 1시(市) 3성(省 행정에 관한 보고』를 제출하였다. 그는 제1기 당 정비사업의 호불호는 이후에 미치는 영향이 아주 크므로 다급히 처리 해서는 안 되며 어중간하게 해서도 안 된다고 하였다. 동시에 점차적으로 지방의 시·현과 기층에서 사업을 시작하여야 한다고 하였다. 또한 그는 새로운 지도부는 충실하게 강화되어야 하며, 세 번째 인재 라인을 건립하는 사업을 확실하게 실시해야 한다고 하였다. 후야오방은 시종쉰의 보고를 각 성, 시, 직할구의 당 정비 지도위원회에 전달하여 참고하도록 하였다.

1985년 4월 20일, 시종쉰과 덩샤오핑(좌측 첫 번째), 덩잉차오(鄧穎超-우측 두 번째)등과 함께 중국인민의 성실한 친구이며 전국 정치협상회 상임위원인 이스라엘 엡스타인[92](우측 세 번째)의 생일 및 중국에서 사업한지 50년을 축하하기 위한 초대회에 참석하였다.

1985년 5월 시종쉰은 대학 졸업생 선진대표들을 접견하였다. 우측 첫 번째가 후차오무(胡喬木), 두 번째가 펑충(彭冲)이다.

92) 이스라엘 엡스타인(Israel Epstein-1915～2005): 폴란드 출신으로 유년 시절부터 중국에서 살다가 1950년대 말 중국 국적을 얻은 언론인.

정책을 구체화하여 실시하는 것은 통일전선 사업의 새로운 형세의 전제이고 기초이며, 번거롭고 고생스럽고 양이 많고 범위가 넓은 복잡한 공정이었다.

1981년 12월 21일부터 1982년 1월 6일까지 시종쉰의 제의하에 제15차 전국 통일전선 사업회의가 개최되었다. 후야오방은 통일전선사업의 주요임무는 힘을 다해 정책을 구체화하는 것이라고 강조하였다. 시종쉰은 강화에서 회의기간에 저명한 민주인사인 후줴원(胡厥文), 후즈앙(胡子昂)이 후야오방에게 보낸 편지를 특별히 담론하였다. 편지에는 통일전선 정책을 구체화하는 사업에 대하여 구체적인 의견이 적혀 있었다. 그는 "편지의 내용은 정곡을 찌르고 있으며 목전의 우리 통일전선 사업의 정황과 알맞다. 그들은 매우 겸손해 하며 편지를 썼는데 우리는 그의 이런 좋은 사업 작풍을 본받아야 한다. 50년대 초 우리의 일부 공산당원들이 오만함으로 말미암아 남을 능멸하는 현상이 있었는데, 이는 자신이 남들보다 우월한 위치에 있다고 여겼기 때문에 일어난 현상인데, 이는 정말로 좋지 않은 것이다"라고 하였다.

1983년 9월 15일 후야오방(胡耀邦)은 통일전선 정책의 실시에 관하여 시종쉰에게 편지를 보냈다. 편지에서 후야오방은 정책을 실시할 때 특히 당 외의 인사, 귀국 화교들의 설득사업은 중요한 사업이므로 당신이 서기처를 대표하여 책임지라고 하였다. 11월 후야오방은 "당 외 인사들에게 정책을 실시 할 때 사업팀을 조직해야 하며, 1~2 년의 시간을 이용하여 각지의 실시 상황을 점검해야 한다고 하였다. 후야오방의 지시에 따라 1984년 초에 중앙에서는 정책실시 소조를 설립하게 되는데 시종쉰이 책임지고 조직하였다.

1984년 7월 6일 시종쉰은 중앙 '정책 실시소조 확대회의'를 주최하였다. 그해 말 재물에 대하여 정리한 후 돌려줄 것은 돌려주고, 조사하여 몰수해야 하는 것은 몰수하는 사업을 거의 완성시켰다.

이 정책은 수년간에 걸쳐 실시되었다. 이 정책에 관여되는 부분이 많았는데, 1천 호가 넘는 가정과 개인이 관련되었었다. 후야오방과 시종쉰의 지도하에 1986년에는 거의 완성 되었다. 이는 어지러웠던 질서를 바로 잡고 사회의 안정을 촉진시키는 면에서 중요한 의미를 가졌다.

| 1985년 11월 장시(江西) 농촌에서 조사연구를 할 때, 농민들의 부족함과 고충을 들어 주고 있다.

1987년 3월 광동 런화현(仁化縣) 단샤촌(丹霞村)에서 군중들과 온화한 분위기에서 이야기를 하고 있는 시종쉰.

치신동지는 다음과 같이 회억하였다. "1980년 11월 말 종쉰이 베이징으로 전근하여 온 후 제5기 전국인민대표대회 부 위원장, 정치국 위원, 중앙 서기처 서기 등의 직무를 담당하였다. 특히 야오방 동지의 업무에 협조하던 기간에, 그는 낮에는 친정전(勤政殿, 근정전)에서 업무를 보고, 집에 돌아 온 후에는 각지에서 정책 실시를 도와달라고 요구하러 베이징에 온 동지들을 응접하였다. '그날의 일은 그날로 완성하자'는 오랫동안의 습관이 있었기에 종쉰은 매일 늦은 밤까지 업무를 보았다."

1985년 9월 제12기 5차 전체회의에서 시종쉰은 두 번째로 중앙 서기처 서기를 맡지 않겠다고 정중하게 제기하여 다른 경험이 많은 동지를 위하여 일자리를 넘겨주려고 하였다.

1988년 3월 제7기 전국 인민대표대회 제1차 회의에서 시종쉰은 두 번째로 전국인민대표대회 상임위원회 부 위원장으로 임명하였으며, 내무사법위원회 주임 위원을 겸하게 하였다. 제6, 7기 전국인민대표대회 상임위원회 부위원장의 직에서 시종쉰은 인민대표대회제도를 견지하고 완벽하게 하고, 민주법제 건설을 강화하며, 전국인민대표대회와 외국 의회간의 친선교류 등에 적극적인 영향을 끼쳤다.

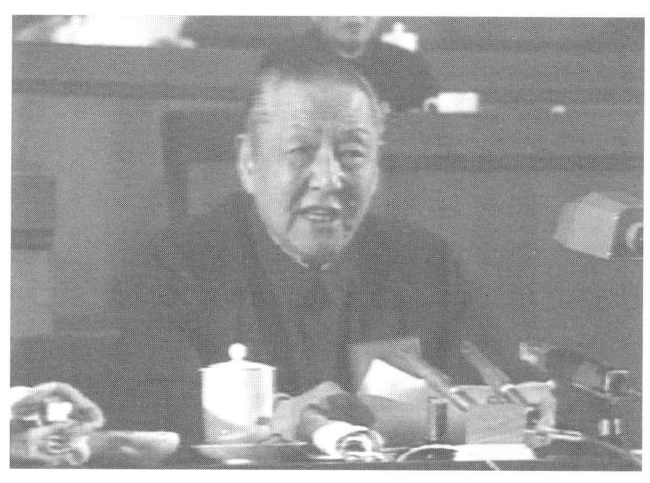

| 1982년 12월 4일 제5기 전국인민대표대회 제5차 회의를 주최하고 있는 시종쉰.

1981년 9월 시종쉰은 스웨덴 국왕 칼 구스타프 16세 (Carl XVI Gustaf-좌측 두 번째)와 동행하여 시안을 참관방문 하였다.

1983년 11월 23일부터 12월 3일까지 시종쉰은 중국공산당 대표단을 거느리고 프랑스를 방문하였다. 좌측 세 번째는 대표단 부단장인 차오스(喬石)

| 시중쉰

시종쉰은 국가의 법율 제도 건설을 매우 중시하였다. 1982년 12월 4일 제5기 전국인민대표대회 제5차 회의에서 전국인민대표대호 상임위원회 부 위원장인 펑전(彭眞)은 예젠잉 위원장의 위탁을 받고 헌법수정위원회를 대표하여 헌법 수정 초안에 대해 보고하였으며 회의를 주관하였다.

회의에서는 수정 후의 『중화인민공화국 헌법』을 표결하여 통과시켰다. '8.2헌법'으로 불리는 이 헌법은 국가에서 개혁개방을 안정시키는 초석이 되었다. 실천이 증명하다시피 이것은 잘 수정된 헌법이었다. 1953년 시종쉰은 중화인민공화국 헌법초안 위원회의 위원이었다. 그는 새 중국의 첫 번째 헌법 초안을 작성하는데 참여하였던 것이다.

시종쉰은 직접 『행정소송법』,『부녀권익보장법』,『미성년보호법』,『장애인보장법』등 여러 법률, 조례의 초안과 심의 업무에 참여하였으며 이를 주관하였다.

시종쉰은 중국 변호사 제도의 건강한 발전에도 솔선수범하였다. 1980년대 중기 랴오닝(遼宁) 타이안현(台安縣)에 있던 3명의 변호사가 한 형사안건을 변호하다가 체포되었다. 그리하여 "변호사의 합법적인 권익은 어떻게 보장 받아야 하는가?"하는 문제가 대두되었다. 이 문제는 전국 인민대표대회 상임위원회까지 반영 되었다. 시종쉰 등 몇 명의 부 위원장들은 이 안건을 매우 중시하였다. 전국인민대표대회 상임위원회의 감독과 개입 하에 세 명의 변호사는 끝내 무죄로 석방되었다.

1988년 3월 26일『인민일보』는『변호사의 변호 권리를 침범해서는 안 된다』는 논설을 발표하였다. 전 사법부 부장인 쩌우위(鄒瑜)는 "종쉰 동지가 나를 찾아와 신속하게 신문에 등재되어야 한다고 말했다. 당시 원고 초안이 나와 세 번째 날 인민대표대회가 시작되기에 나는 그날 밤으로 『인민일보』 편집장에게 전화를 걸어 인민대표대회기간에 신문에 실려야 하며 제1면 머릿기사로 나와야 한다는 위원장의 지시가 있다고 하였다”고 회억하였다.

39

드넓은 흉금으로 중화를 마음에 두다.

39. 드넓은 흉금으로 중화를 마음에 두다.

시종쉰은 중국공산당 통일전선 정책의 모범적인 집행자이며 탁월한 지도자의 한 사람이었다. 그는 자신의 70~80%의 정력을 통일전선 사업에 투자하였다고 하였다. 일찍 산간변(陝甘邊)근거지를 창건하던 시기에 그는 류즈단과 함께 적극적으로 통일전선 사업을 하여 많은 산적 무장대를 홍군에 가입시켰다. 항일전쟁 시기 시종쉰은 관중과 쉐이더의 정무를 주관하여 항일 통일전선의 확대에 적극적인 공헌을 하였다.

1980년대 초 개혁개방의 새로운 형세 하에 시종쉰은 실천과 이론 두 방면에서 중국공산당의 통일전선 사업의 새로운 국면 개척에 탁월한 공헌을 하였다. 1982년 1월 제15차 전국 통일전선 사업회의에서 시종쉰은 "각급 통일전선부는 간부들의 집과 같은 조직부의 역할 같이 당 외 인사들의 집이 되어야 한다. 민주당파 인사, 무당파 인사, 일체 모든 당 외 인사들이 통일전선부를 그들의 집으로 여겨 어떤 말도 할 수 있고 어떤 문제라도 모두 제기할 수 있게 해야 하며, 어떤 일이든 상의할 수 있게 하여 그들의 곤란한 점을 우리가 성심성의껏 해결해 주어야 한다"고 하였다.

1980년 1월 시종쉰은 광저우에서 고에너지 물리학 토론회에 참가하러 온 노벨 물리학상 수상자인 양전닝(楊振宁-우)25)과 리정다오(李政道-좌)26)를 온화하게 접견하고 있다.

1985년 2월 시종쉰의 지도하에 제1차 전국 통일전선 이론사업회 좌담회가 개최되었다. 그는 강화에서 "통일전선은 민족과 종교가 포함된 과학의 일종이다. 통일전선이 포함하고 있는 내용은 풍부하고 복잡하다. 하지만 높고 큰 과학의 최고봉에 오를 수 있다"고 명확히 지적하였다.

"통일전선이라는 과학은 실천 속에서 발전한다. 멈추면 관계가 응고되어 생명력을 잃게 된다"고 솔직하게 인정하였다.

시종쉰은 지도자의 위치에 있는 공산당원들은 바다와 같은 흉금과

25) 양전닝(Chen Ning Yang, 1922): 중국 출신의 미국 이론물리학자, 1957년 노벨 물리학상을 수상함.
26) 리정다오(Tsung-Dao Lee, 1926): 중국 출신의 미국 물리학자, 1957년 노벨 물리학상을 수상함.

너그러운 민주적 풍모를 가져야 하며 진심으로 많은 친구들을 사귀어야 한다고 했다. 그가 지니고 있는 제일 선명한 특징은 바로 친구가 많다는 것이다. 당 내외, 각 민족, 각 계층, 전국의 방방곡곡에 친구들이 있으며, 사람들을 감동시키는 망년지교(忘年之交)도 있었다.

앞 장에서 열거하였던 친구들 외에도 신장(新疆)의 바오얼한(包爾漢), 싸이푸딩(賽福鼎), 칭하이(青海)의 야오시 구궁차이단(堯西 古公才旦), 네이멍(內蒙)의 아라산치(阿拉善旗) 다리자야(達理扎雅)친왕, 닝샤(宁夏)의 마텅아이(馬騰靄), 산시(陝西)의 양밍솬(楊明軒), 루위리(茹欲立), 자오서우산(趙壽山), 간수의 마훙빈(馬鴻賓), 궁탕창(貢唐倉) 활불(活佛) 등이 있다.

| 1981년 봄 중난하이에서의 시종쉰.

1981년 5월부터 6월까지 시종쉰은 전국인민대표대회 대표단을 거느리고 핀란드, 스웨덴, 노르웨이, 덴마크 등 여러 나라를 방문하였다.

언제 어디서나 곤란들을 실질적으로 해결해주는 것은 시종쉰의 일괄된 사업 작풍이었다. 신장위구르자치구 인민대표대회 부주석이었던 마이누얼(瑪依努爾)은 신강 위구르 민족 영수인 아허마이티장 하쓰무(阿合買提江哈斯木)의 미망인이다. 그녀는 "시노(習老)와 치신 언니는 저에게 항상 관심을 가지셨다. 매번 베이징에 들르게 되면 정성을 다 해 대해주었다.

한번은 제가 『신장의 아들 딸들』 이라는 화집을 출판하려 했는데, 그때는 제일 곤란하던 3년 시기라 어디서도 인쇄용 아트지를 구할 수가 없었다. 베이징에 가서 시노(習老)하고 이 문제를 이야기 하자 당시 부총리였던 그는 직접 전화를 걸어 문제를 해결헤 주었는데, 그리 빠른 시간에 해결해 줄 것으로는 생각지를 못했다"고 회억하였다.

1980년대에 드라마 『창해일속(滄海一粟)[27]』을 제작하였다. 당시 유관 부문에서는 '인체화보' 장면이 나오는 '음란한 영화'라면서 제작해서는 안 된다고 하는 반대 편지를 계속해서 받았다. 류하이쑤(劉海粟)는 사람을 통해 편지와 함께 대본을 시종쉰에게 보냈다.

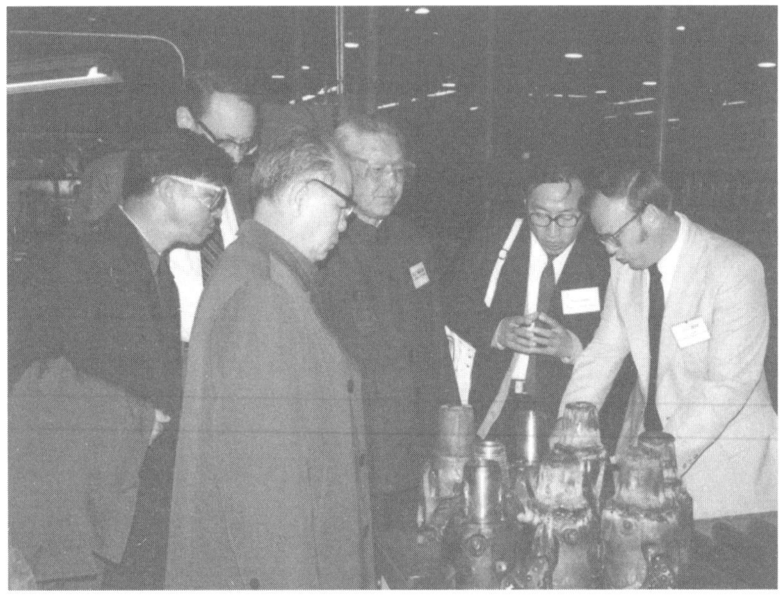

| 1981년 5월부터 6월까지 전국 인민대표대회 대표단을 인솔하여 북유럽 네 개 국가를 방문하였다.

27) 창해일속: 큰 바다에 던져진 한 알의 좁쌀.

1983년 12월 5일 시종쉰이 스위스를 방문하던 당시 제네바 호숫가에서 남긴 기념사진.

1983년 2월 11일 시종쉰이 푸젠에서 푸젠에 거주하고 있는 타이완 동포들을 접견하고 있다. 좌측 두 번째는 당시 푸젠성 성위서기인 샹난(項南).

1984년 9월 28일 시종쉰과 우란푸(吳蘭夫, 우측 첫 번째), 제10세 반첸라마인 어얼더니 췌지젠짠(우측 네 번째), 싸이푸딩 아이쩌쯔(賽福鼎 艾則孜-우측 네 번째), 양징런(楊靜仁-우측 다섯 번째) 등과 함께 베이징 민족문화궁에서 열린 제11기 3차 전체회의 이후에 진행된 민족사업 전람 개막식에 참가하였다.

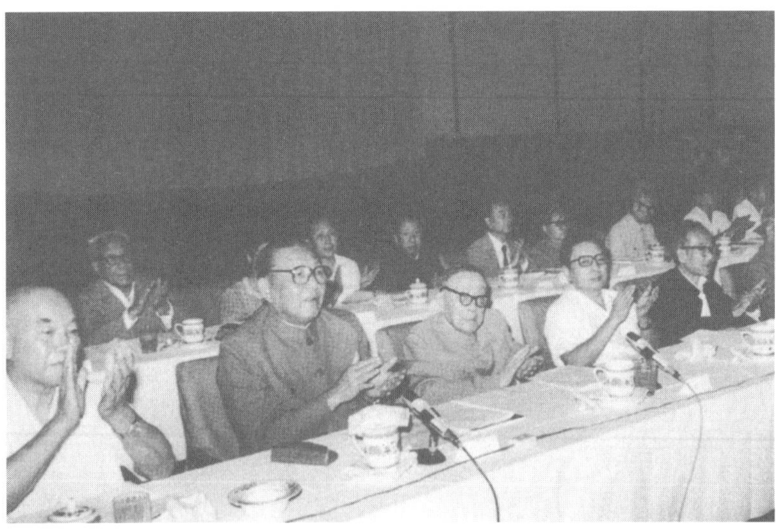

1985년 9월 2일 시종쉰은 중국공산당 중앙을 대표하여 9.3학사(學社) 건립 40주년 대회에서 강화를 하였다. 앞줄 좌측으로부터 샤오커(蕭克), 시종순, 쉬더항(許德珩), 차오스(喬石), 왕런중(王任重)

3일 후 시종쉰은 "창해일속, 웅장하고 아름다운 장려한 일생"이라는 제사를 썼다. 드라마는 순조롭게 크랭크인하게 되었다. 옌밍푸(閻明夫)의 회억에 따르면 훗날 류하이쑤가 홍콩으로 가서 거주하겠다는 건의도 시종쉰의 직접적인 관심과 문의 하에 원만하게 해결되었다고 한다.

시종쉰은 특별히 민주당파의 세대교체에 관심을 두었으며 젊은 간부들의 배양을 중요시하였다. 그는 장즈종(張治中)의 아들인 장이춘(張一純)의 사업 배치 문제에 관하여 직접 통일전선부의 책임 동지를 찾아 상담을 하였다. 그는 "적당한 배치가 필요한데 베이징에 있는 것이 더 큰 역할을 할 것 같다"고 여겼다. 그는 또한 직접 청옌추(程硯秋)의 부인 궈쑤잉(果素瑛)과 매란방의 아들인 메이사오우(梅紹武)가 전국 정치협상회의 위원을 담당할 것을 제의 하였다.

홍콩, 마카오, 타이완 동포와 해외교포들의 사업을 잘하여 조국통일을 하루 빨리 실현하는 것은 통일전선 사업의 절대적인 중심사업이며 이는 시종쉰이 자주 사고하고 연구한 중요한 내용이었다.

1981년 5월 6월 사이에 시종쉰은 북유럽 네 개 국가를 방문할 때 타이완 '행정원' 화교사무 위원회 위원장인 마오송넨(毛松年)이 '유럽 화교 대표회의'를 마침 스웨덴에서 열 예정이었다. 처음에 대사관에서는 사람을 파견하는 것을 꺼려하였다. 시종쉰이 이 일을 알게 된 후 "많이 보내도 되겠구먼 그래!"라고 호탕하게 말하면서, 마오송넨에게 "이건 모두 우리나라 내부의 일이니 당신들이 당신들의 일을 하되 '청천백일' 깃발[28]을 들고 여기서 시위만 하지 않으면 된다"는 말을 전해 줄 것을 부탁하였다. "만약 마오송넨이 나를 만날 의향이 있으면 나는 기꺼이 만나줄 것이다"라고 당부까지 하였다.

시종쉰은 타이완 동포들의 대륙에서의 생활과 사업을 시시각각으로 관심을 두었다. 1982년 4월 잡지 『칭윈정황(青運情況)』에 『타이완 출신의 의사 저우랑(周朗)이 일편단심으로 나라를 위하려 하지만 받아야할 신임을 얻지 못하고 있다』는 글이 실렸다. 글에는 텐진 허시구(河西區)병원 혈액병 전문가이며 타이완 동포인 저우랑이 동료들의 신임을 얻지 못하고, 그의 사업도 병원의 지지를 얻지 못하고 있다는 상황들이 적혀 있었다. 이 글을 본 후 그는 즉시 "만약 이런 타이완의 동포들과 동지들이 단결을 잘 하지 못하면 어찌 타이완에 대한 사업을 광범위하게 진행할 수 있겠는가? 이것은 타이완에 대한 사업의 방침과 정책의 문제이니 심각하게 대처해 주기를 바란다"고 지시하였다.

---

28) 청천백일기: 신해혁명시기에 만든 첫 깃발. 홍중회(興中會)의 회원인 루하오동(陸皓東)이 설계하였다. 그 후 홍중회를 계승한 중국 국민당에서 당기로 지금까지 사용하고 있다.

1986년 12월 3일 전국 통일전선 사업회의에서 강화를 하고 있는 시종쉰. 앞줄 좌측으로 부터 아페이·아왕진메이(阿沛·阿旺晋美), 시종쉰, 주쉐판(朱學范), 제10세 제10세 반첸라마인 어얼더니 춰지전짠, 룽이런(榮毅仁).

1990년대 중기 시종쉰은 선전에서 전 타이완 국민당 중앙평의위원인 천젠중(陳建中–우측 첫 번째)을 회견하였다. 좌측 세 번째는 치신, 좌측 두 번째는 딸 치차오차오.

1983년 12월 27일 오후 타이완과 국외에서 조국에 들어와 거주하고 있는 부분 인사들은 함께 모여 새해를 맞이하게 되었다. 시종쉰은 전 국민당 공군 소령(少校)이며 중국 인민해방군 공군 모 항공학교 부교장인 리다웨이(李大維)와 대화할 때 "지금 산시에서 사업한다고 하는데 나도 산시 사람이오!"라고 하면서 기쁜 목소리로 담화를 나누었다. 리다웨이는 "나는 일하면서 배우고, 배우면서 일합니다. 나는 나의 직책 범위에서는 누구도 봐주는 법이 없지요"라고 시종쉰에게 말하자, 시종신도 "당연한 일이요! 정말 잘하는 것입니다!"라면서 연속해서 칭찬해주었다.

| 휴양 중인 시종쉰.

시종쉰은 통일전선 사업, 대 타이완 사업은 통일전선부, 대외무역부, 상업부, 우전부, 외교부에만 해당되는 것이 아니라 각 부문에서 모두 해야 하는 사업으로 모든 사람들이 공동의 사업으로 생각해야 일을 잘 할 수 있으며 각 방면의 적극성을 발휘해야 한다고 하였다.

시종쉰과 국민당 고위층 인사인 천젠중(陳建中)은 같은 고향이며 같은 학교를 다녔다. 천젠중은 타이완에서 "국가 통일 건설 촉진회" 부이사장, 국민당 중앙평의 위원 등 직무를 담당하였다. 1980년대 초기 그는 양안(兩岸)[29]의 적대관계를 중지할 것을 주장하는 글을 발표하였다. 중앙의 동의를 거쳐 시종쉰은 관련 부문에 천젠중의 조국 대륙을 방문하는 것을 성사시키라고 지시하였다. 1990년 10월 중순 시종쉰은 통일전선부의 관련책임자의 안내 하에 네 차례에 걸쳐 천젠중과 회견하였다.

그는 조국 대륙의 개혁개방 정황과 타이완에 대한 중국공산당의 정책을 소개하면서 천젠중이 조국의 통일 대업을 위하여 유익한 사업들을 더 많이 할 것을 희망하였다. 시종쉰의 건의 하에 중국공산당 중앙 총서기인 장쩌민(江澤民)도 천젠중을 회견하였다. 천젠중의 대륙에 대한 이번 방문은 당시 중국공산당 중앙과 국민당 고위층 인사 간의 중요한 접촉이었다. 이는 해협양안(海峽兩岸)의 관계에 적극적인 의미가 있는 만남이었다.

29) 양안: 중국 대륙과 타이완을 가리킴.

2000년 2월 21일 장쩌민은 선전에서 시종쉰을 방문하였다. 우측 첫 번째는 당시 중국공산당 정치국 후보위원인 청칭훙(曾慶紅).

| 1994년 11월1 2일 후진타오(胡錦濤)와 함께 자리한 시종쉰.

| 1999년 국경절 기간 시종쉰과 후진타오가 만나 악수하고 있다.

1993년 3월 시종쉰은 지도자의 자리에서 물러났다. 하지만 그는 여전히 당과 국가의 사업에 관심을 두고 있었다.

1999년 가을 이미 86세 고령이 된 시종쉰은 베이징에서 열린 중화인민공화국 창립 50주년 기념행사의 각항 활동에 참가하였으며, 천안문 성루에 올라가 성대한 열병식과 대중들의 행진을 관람하였다.

50년 전 신중국 창립을 알리는 경축식에 멀리 서북에 있었던 시종쉰과 펑더화이는 베이징의 기념행사에 참가하지를 못했었다. 50년 후 천안문 성루에 오른 전 세대의 무산계급형명가들 중에서 시종쉰은 유일하게 건국초기 부터 중앙인민정부 위원회와 중앙인민정부 혁명군사 위원회 위원을 담당하였던 개국공신이었다.

| 1999년 10월 1일, 중화인민공화국 창립 50주년 기념행사에 참석한 시종쉰.

10월 1일 저녁 시종쉰은 여전히 씩씩한 걸음으로 천안문 성루에 올라 불꽃쇼를 보았다. 쇼가 시작되기 전 중앙의 지도자동지들은 그를 만나 인사를 나누었으며, 따뜻하게 손을 잡고 친밀하게 담화를 나누었으며 기자들을 불러 사진을 찍었다. 휘황찬란한 불꽃과 함께 사람들이 노래를 부르고 춤을 추는 즐거운 정경을 보면서 시종쉰은 끝없는 사색에 잠겼다. 그는 문안을 하러 온 중앙지도자 동지들을 보면서 격동된 어조로 "우리는 인민이 곧 강산이고, 강산이 바로 인민이라는 것을 영원히 잊어서는 안 된다"고 하였다.

"우리는 인민이 곧 강산이고, 강산이 바로 인민이다"라는 말은 시종쉰의 마음에서 우러나 온 간절한 부탁이었으며, 한 세대 중국공산당 당원의 진실한 마음이 담긴 말이었던 것이다.

| 1999년 10월 1일 저녁, 시종쉰과 장저민이 천안문 성루에서 남긴 기념사진.

| 만년의 시중쉰.

| 1999년 10월 선전에서의 시종쉰과 치신.

| 아들 시정닝(習正宁-좌), 시진핑(우)과 함께 하고 있는 시종쉰.

| 외손녀들과 함께 즐거운 시간을 보내고 있는 시종쉰.

| 2000년 10월 15일 시중쉰과 가족들.

시종쉰과 시진핑 일가. 앞줄 좌측으로부터 펑리위안(彭麗媛), 시밍저(習明澤), 시종쉰, 휠체어를 밀고 있는 시진핑.

맺는말

맺는말

2002년 5월 24일 5시 34분 시종쉰은 향년 89세에 노환으로 베이징에서 서거했다. 중국공산당 중앙은 『시종쉰동지의 생애(시종쉰同志生平)』라는 글에서 시종쉰을 "중국공산당의 우수한 당원이며, 위대한 공산주의 전사이며, 걸출한 무산계급 혁명가이며, 우리 당 · 우리 군의 탁월한 정치사업 지도자이며, 산간변구 혁명근거지의 주요 창건자이며, 지도자의 한사람이다"라고 칭송하였으며 아래와 같이 평가하였다.

> "시종쉰 동지의 76년간의 혁명생애는 흔들리지 않는 공산주의 신념으로 일관 되었으며, 당과 인민, 무산계급혁명사업에 충성을 다하였다. 비록 순탄하지 못한 시절이 있었지만, 그는 역경 속에서도 굴하지 않고 분발하였다. 그는 당 중앙 3개 세대의 지도자 집단들과 정치적으로 통일을 시종 견지하였으며, 끝까지 당의 기본노선을 집행하였다. 그는 마르크스주의에 대한 학습을 조금도 게을리 하지 않고 열심히 하였으며, 마르크스주의의 입장, 관점, 방법들을 이용하여 예리하게 문제를 발견하고 해결하였다. 당과 국가의 앞날과 운명의 관건적인 시점과 중대한 문제에서 그는 원칙을 견지하고 자신의 입장을 견지하였으며, 관점은

명확하게 당의 이익을 우선 순위에 놓았다. 그는 공산당 당원의 강인한 당성을 지니고 있었으며, 혁명과 건설사업에 심혈을 기울였으며, 나라를 위해 마지막 날까지 자신의 힘을 다 하였다."

시종쉰은 산간변구 혁명근거지의 주요 창건자이며, 지도자의 한사람일 뿐만 아니라, 중국 개혁개방 사업의 주요한 개척자이며, 추진자의 한사람으로, 그의 위대한 정신은 바로 실사구시의 정신이다.

2005년 5월 24일 시종쉰 서거 3주년이 되는 해에 그의 유골은 베이징 바바오산(八宝山) 혁명 공동묘지로 부터 고향인 산시 푸핑현에 안치되었다.

관중의 대지는 그가 혁명을 시작한 곳이며, 일생동안 심사숙고하며 지키려하던 지방이다. 그날 수많은 어르신들과 마을 사람들은 사면팔방에서 푸핑에 모여들었다. 그들은 자발적으로 도로 양변에 숙연하게 서서 고향으로 돌아오는 시종쉰의 영령을 맞이하였다. 수 년 후 사람들은 중국 중앙텔레비전 방송국의 다큐멘터리 『시종쉰』에서 이런 장면을 볼 수 있었다. 시종쉰의 영구차 대열이 푸핑에 들어설 때, 당시 중국공산당 저장성(浙江省) 성위원회 서기였던 시진핑은 중국공산당 당기가 덮인 아버지의 유골이 담겨 있는 유골함을 안고 있었다. 시진핑은 차안에서 묵묵히 도로 양변에 숙연히 서있는 고향사람들을 바라보고 있었다. 화면이 클로즈업되면서 사람들은 시진핑과 친척들의 눈가에 맺힌 눈물을 볼 수가 있었다.

| 2005년 5월 치신이 베이징의 집에서 시종쉰의 유상을 유심히 올려보고 있다.

인기리에 방영된 다큐멘터리와 함께 시종쉰의 영령이 고향에 들어서는 이 장면은 오랫동안 중국 인민들의 기억에 남아 있을 것이다.

"왜 나의 눈가에 항상 눈물이 맺혀 있는가 묻는다면 그건 내가 이 땅에 대한 깊은 사랑 때문이오!(爲什麽我的眼裏常含泪水, 因爲我對這土地愛得深沉)" 아이칭(艾青)의 이 시는 중국인들이 선혈들에 대한 경모와 딛고 있는 땅에 대한 위대한 감정을 그대로 보여주었다.

푸른 측백나무가 둘러져 있고, 사계절 푸른 묘지에 시종쉰의 조각상이 우뚝 솟아 있다. 조각상의 뒷면에는 시종쉰의 부인이 친필로 쓴 "일생동안 투쟁하고, 일생동안 유쾌하였으며, 매일 분투하고, 매일 행복했다.(戰斗一生, 快樂一生；天天奮斗, 天天快樂)"는 문구가 새겨져 있다. 이것은 시종쉰의 좌우명이며 그가 후세에 남겨준 소중한 정신적 재산이다.

2005년 5월 24일 산시 푸핑현의 인민들은 자발적으로 도로 양변에 서서 고향으로 돌아오는 시종쉰의 영령을 맞이하고 있다.

| 2005년 5월 24일 시종쉰의 유골은 산시 푸핑현에 안치되었다.

시종쉰 일생
대사년표(大事年表)

시종쉰 일생 대사년표(大事年表)

- 1913년

  10월 15日(음력 9월 16일), 산시 푸핑현 단촌진(淡村鎭) 중허촌(中合村)의 한 보통 농민가정에서 태어났다.

- 1922년부터 1925년

  더우촌(都村)소학교에서 학습.

- 1926년

  리청(立誠)중학교 고소부(高小)부에서 학습.

  5월, 리청중학교에서 중국 공산주의 청년단에 가입.

- 1927년

  푸핑 현립 제일 고소부에서 학습.

- 1928년

  1월, 산시성 성립 제3사범에서 학습.

  3월, 학생운동에 참가하다 체포됨.

  4월, 감옥에서 중국공산당 정식 당원으로 됨.

  8월, 보석 출옥.

- 1929년

  위북(渭北) 재해모금 활동에 참가. 고향에서 비밀리에 당원들을 발전시킴.

1930년

2월, 서쪽의 창우(長武)로 가서 신병(身兵)운동 사업에 참가.

1931년

5월, 펑샹(鳳翔)의 방위를 책임지며 군 영(營)위원회 서기를 담당.

1932년

4월 2일, 류린푸(劉林圃) 등 지도자들과 두 차례의 병변을 일으켜 부대를 산간유격대 제5지대로 개편하고 대(隊)위원회 서기를 맡음.

9월초, 야오현(耀縣)·자오진(照金)·양류핑(楊柳坪)에서 처음으로 류즈단, 셰즈창(謝子長)을 만났고 자오진에 남아 군중을 조직, 동원함.
10월 중하순, 산간 유격대 제2대 특무대를 거느리고 위북(渭北) 소베이트구에 들어가 개편 후의 위북(渭北) 유격대 제2지대 지도원을 맡음.
12월, 단촌(淡村)지구에서 양곡분배 투쟁을 지도하고 단촌 당 지부를 조직하고, 단촌 유격대의 편성을 지도함.

1933년

2월, 공청단 싼위안(三原) 중심(中心)현 위원회 서기를 맡음.
3월, 자오진을 중심으로 한 산간변구 혁명근거지의 창설 사업에 참가, 중국공산당 산간변구 특별 위원회 회원, 중앙군사위원회 서기를 담당.
4월 5일, 산간변구 혁명위원회 부주석 겸 당단(党團) 서기를 담당. 4월, 산간변구 유격대 총지휘부 정위 겸임.
8월 14일, 친우산(秦武山) 등과 함께 천자포(陳家坡)에서 산간변당정군(党政軍) 연합회의를 주최하고, 산간변구 홍군 임시 총 지휘부를 설립하는 문제에 관한 정확한 결정을 내림.
10월 16일, 쉐자자이(薛家寨)를 빼앗긴 후, 자오진에 남아 투쟁을 견지함.

1934년

1월, 산간 제2로 유격대 총지휘부 대 위원회 서기를 담당하였으며, 난량(南梁)을 중심으로 한 산간변 혁명근거지의 창건을 시작함.

2월 25일, 산간변구 혁명위원회가 회복되자 혁명위원회 주석으로 당선 됨.

10월, 산간변구 군정간부학교 정위를 겸임.

11월 7일, 산간변구 소비에트 정부 창립. 소비에트 정부 주석으로 당선.

1935년

2월 5일, 중국공산당 서북 중국공산당 중앙 직속기관 공작위원회 위원.

4월, 후방의 사업인원들과 보위대, 유격대 100여 명을 거느리고 간촨뤄허천(甘泉洛河川)으로 이동.

9월 중순, 리우징판 등과 함께 바오안용닝산(保安永宁山)에서 장정 중 산뻬이에 도착한 홍25군을 맞이함.

10월, 잘못된 반 혁명분자 숙청에서 체포되어 감금됨.

10월, 중앙홍군이 장정 중 산뻬이에 도착하여 숙청의 착오를 바로잡음.

12월, 와야오바오(瓦窯堡) 중국공산당 중앙 당학교에서 학습. 제3반 담당을 맡음.

1936년

1월, 관중 특별구 소비에트 정부 부 주석 겸 당단 서기를 맡음.

4월, 중국공산당 중앙 직속기관 공작위원회 서기를 맡아 투쟁을 견지함.

5월, 홍군 서쪽 야전군을 데리고 서쪽으로의 정벌과 함께 취즈(曲子), 환현(环縣)의 중앙 직속기관 공작위원회를 창설하고 환현 현위원회를 창설하고 서기를 담당함.

9월, 바오안(保安)에서 중국공산당 중앙정치국 확대회의에 참관자의 자격으로 참가함. 두 번째로 관중으로 남하하여 중국공산당 관중 특별위원회 서기, 관중 유격대 정위를 겸임함.

10월, 관중 특구사령부 정위를 겸임함.

1937년

5월, 중국공산당 산간닝특구 제2차 대표대회에 출석하여 집행위원으로 당선됨.

10월, 관중특구가 관중분구로 명칭이 바뀌며 분구 제1차 당 대표대회를 주최하여 관중 분구위원회 서기로 당선되었으며, 분구 보안사령부 정위를 겸임함.

1939년

5월, 관중분구 행정감찰 행정책임자, 관공서책임자를 담당함.

9월, 관중분구 제2차 당 대표대회에서 서기로 당선됨.

11월부터 12월, 중국공산당 산간닝변구 제2차 대표대회에 참석함.

1940년

3월 15일, 관중분구 마자바오(馬家堡)에 산간닝변구 제2사범이 설립되며 교장을 담당함.

7월, 양포터우(陽坡頭)에서 관중분구 위원회 확대회의를 주관하여 일 년 넘는 기간 동안 반 마찰 투쟁의 경험을 종합하고, 새로운 투쟁 임무를 배치하였다.

9월, 중국공산당 산간닝변구 중앙국 위원을 맡음.

1941년

4월, 중국공산당 산시성 위원회 위원으로 임명됨.

8월, 경비1여 겸 관중 분구 경비사령부 정위로 임명됨.

1942년

8월, 서북 당학교 교장으로 취임함.

10월 19일부터 다음해 1월 14일까지, 중국공산당 서북 중앙국에서 열린 산간닝변구 고급 간부회의에 참석함.

1943년

1월 14일, 산간닝변구 고급간부회의 폐막회의에서 경제건설 발전에 탁월한 공헌을 하여 표창을 받음. 마오쩌동은 그를 위하여 "당의 이익을 우선 순위에"라는 글을 써줌.

2월, 중국공산당 쉐이더 지방위원회 서기 겸 경비사령부 정위.

4월 중순, 대오를 거느리고 하오자차오촌(郝家橋村)에서 한 달간의 현장조사를 거쳐 노동영웅 류위허우(劉玉厚)의 본보기 형상을 발견하고 수립하여 전 구의 대 생산운동을 추진함.

여름, 문화교육사업은 전 구의 52만 인민군중을 위하여 복무하여야 하며, 노동과 결합하고, 사회와 결합하며, 정부와 결합하고, 가정과 결합하여 학교를 운영하는 교육개혁 방안을 제기하여 마오쩌동의 긍정을 받음.

1944년

4월 28일, 쉐이더 지방 위원회 소재지 주전관(九貞觀)에서 치신과 혁명의 동반자가 됨.

간부심사사업에서 그는 '좌'로 기울어지는 현상을 제지하고 규정하여 간부 및 군중들을 보호하였다.

1945년

4월 23일부터 6월 11일, 중국공산당 제7차 전국 대표대회에 참석하였으며 중앙 후보위원으로 당선됨.

6월, 서북당의 역사 좌담회에 참가.

7월부터 8월, 예타이산(爺台山) 반격전 임시지휘부 정위로 임명되었으며, 사령관 장종쉰(張宗遜)과 함께 부대를 지휘하여 예타이산 반격전의 승리를 거둠.

8월, 중국공산당 중앙 조직부 부부장에 임명됨.

9월, 산간닝 진수이 연방군 대리 정위를 겸임.

10월, 중국공산당 서북 중앙국 사업을 주최함.

1946년

4월, 산간닝변구 제3기 참의회(參議會)에 참가하여 상주의원으로 선출됨.

6월, 중국공산당 서북 중앙국 서기에 임명됨.

7월부터 9월, 남부 전선으로 조직 출격하여 중원에서 포위를 뚫고 나온 359여단을 맞이하여 변구로 돌아오게 함.

10월, 후징뤄가 인솔하는 국민당 산뻬이 보안단의 기의를 책동함.

11월 13일, 산간닝변구의 기관 간부 동원 대회에서 변구를 보호하고 옌안을 보호하는 전쟁 준비운동인 동원상황을 보고함.

12월 16일, 펑더화이와 함께 중앙의 위탁을 받고 산시 리스(离石)현 까오자구(高家溝)에서 허룽 등과 함께 산간닝변구, 진쉐이군관구, 타이웨 지구 고급간부회의를 주관하여 개최함.

1947년

2월 10일, 산간닝 야전집단군 정위를 맡았으며, 사령관 장종쉰(張宗遜)과 함께 부대를 거느리고 룽동(隴東)을 공격함.

3월 16일, 마오쩌동은 "상술한 각 병단 및 변구의 모든 부대는 3월 17일부터 통일적으로 펑더화이, 시종쉰 동지의 지휘를 받는다"는 중앙군사위원회원회 주석령을 발표하였다. 3월 25일부터 5월4일까지 펑더화이와 함께 부대를 지휘하여 칭화볜(青化砭), 양마하(羊馬河), 판룽진(蟠龍鎭) 등 전투에서 3전 3승을 거두었으며 14,000여 명의 적을 섬멸함.

5월 21일부터 7월 7일까지, 펑더화이와 함께 부대를 지휘하여 룽동을 공격하여 3변구에서 적 6,200여 명을 섬멸하였으며, 환현(环縣), 딩볜(定邊), 안볜(安邊), 징볜(靖邊) 등 지역을 수복함.

7월 21일부터 23일까지, 징볜현 쇼허촌에서 열린 중국공산당 중앙 확대회의에 참가함. 산간닝진쉐이 연방군 정위, 서북인민해방군 야전군 부정위, 중국공산당 서북 야전군 전선 위원회 위원에 임명됨.

11월 1일부터 25일까지, 쉐이더 이허진(義合鎭)에서 허룽, 린보추과 함께 산간닝변구 간부회의를 주최하여 개최하였다. 회의에서는 전국 토지회의 정신을 전달하고 실시하게 하였으며, 변구의 토지개혁과 당 정비 사업을 배치함.
12월 25일부터 28일까지, 미즈 현(米脂縣)현 양자구(楊家溝)에서 개최된 중공중앙확대회의에 참가하였으며, 회의 준비과정에 마오쩌동에게 토지개혁에 존재하는 문제들을 보고함.

1948년
1월 4일, 토지개혁 문제로 서북국과 중국공산당중앙에 편지를 보냈다.
9일, 마오쩌동은 "나는 종쉰 동지가 제기한 각항의 의견을 동의한다"는 전보를 보내 회답하였다.
1월 19일, 마오쩌동에게 전보를 보내 "토지개혁에 나타난 '좌'적 정서를 주의해야 한다."고 하였다. 20일, 마오쩌동은 "시종쉰동지의 이런 일견들을 완전히 동의한다."고 회답 전보를 보냈다.
2월 6일, 마오쩌동은 시종쉰에게 전보를 보내 부동항 지구에서의 토지개혁 사업에 대한 의견을 물었다.8일, 시종쉰은 마오쩌동에게 창조적으로 세 가지 지구로 분류하여 토지개혁을 진행할 것을 건의하는 회답 전보를 보냄.
3월 26일, 허룽, 린보추와 공동으로 『각지 문물 고적을 보고하는 것에 관한 공고』를 발표함.
5월 26일부터 6월 1일까지, 뤄찬 투지진(土基鎭)에서 열린 서북야전군 전선위원회 제2차 확대회의에서 강화를 하였다.
7월 14일, 신 해방구의 사업문제에 대하여 마오쩌동에게 보고하였다. 24일, 중앙에서는 보고의 각항 방침을 동의한다고 회답하였으며 내용을 각 중앙국과 분국에 전재하여 참고하게 함.
7월부터 8월까지, 서북국 간부회의의 시작과 결속 시에 1948년 토지개혁과 당 정비사업에 대한 주제보고를 하였다. 11월 14일, 중국공산당중앙에서는 이 보고를 각 중앙국과 분국에 전재하여 내려보냄.
11월, 산간닝진쉐이 연방군관구는 서북 군관구로 개명하고 정위로 임명됨.

1949년

1월 17일, 중국공산당 서북야전군 제1차 대표대회에서 『도시 인수, 관리에 관한 문제』 라는 제목의 보고를 함.

2월 1일, 서북야전군은 중국인민해방군 제1야전군으로 개칭. 부 정위로 임명.

2월 8일, 산간닝변구 참의회 상주의원, 정부 위원 및 진쉐이대표 연합회의에서 대리 의장으로 추천됨.

3월 5일부터 13일까지 중국공산당 제7기 2차 전원회의에 참석함.

6월 8일, 중국공산당중앙서북국 제3서기로 임명됨. 펑더화이가 제1서기, 허룽이 제2서기.

7월 27일부터 8월 4일까지 관중신구지방위원회 서기 회의를 주최하였으며 『관중신구 사업에 대한 검토와 목전 임무』 라는 제목으로 보고를 함.

9월 30일, 중국인민정치협상회의 제1기 전체회의에서 중국인민정부 위원회 위원으로 당선됨.

10월 19일, 중국인민정부 인민혁명 군사 위원회위원으로 임명됨.

11월 17일부터 22일까지, 란저우에서 펑더화이와 함께 중국공산당 중앙서북국 확대회의를 주최하였다. 11월30일, 제1야전군 및 서북군관구 정위로 임명됨.

12월2일, 중국인민정부에서는 펑더화이를 서북 군정위원회 주석으로 시종쉰, 장즈종을 부주석으로 임명됨.

1950년

1월 19일, 서북군정위원회 창립대회에서 취임강화를 하였으며 "서북 인민의 충실한 근무원이 되겠다"고 함.

2월, 중국공산당중앙서북국 제2서기에 임명됨. 펑더화이가 제1서기.

3월 4일, 서북 군관구 정위로 임명. 3월 18일, 서북 재정 경제 책임자 회의에서 『국가 재정경제사업 통일을 위하여 투쟁하자』는 제목으로 강화함.

6월, 중국공산당 제7기 3차 전원회의에 참석함.

7월 10일부터 17일까지, 서북군정위원회 제2차 회의에서 『서북구 토지개혁에 관한 보고』를 했다. 회의에서 서북 토지개혁 위원회 주임으로 당선됨.

10월, 펑더화이가 조선민주주의 인민공화국으로 파견되어 전투를 지휘하게 된후 서북의 당정군의 사업을 책임짐.

1951년

4월, 시안에 들러 베이징으로 들어가는 10세 판첸라마 어얼더니 췌지젠짠을 맞이하고 배웅함.

7월 1일, 서북국에서 열린 중국공산당 성립 30주년 기념대회에서 『마오쩌동을 따르는 것은 곧 승리이다』는 제목으로 강화함.

9월 22일, 서북구 제1차 문화사업회의에서 『문화사업은 경제건설을 위하여야 한다』는 제목으로 강화함.

12월 14일, 중국인민정부와 마오쩌동주석을 대표하여 시닝에 가서 곧 티베트로 떠나게 되는 10세 판첸라마 어얼더니 췌지젠짠을 배웅함.

12월 22일, 중국-소련 우호협회 서북총회 회장에 임명됨.

1952년

1월 6일, 서북국, 산시성, 시안시 기관 차장급 이상 간부 대회에서 『대대적으로 군중들을 동원하여 탐오를 반대하고 낭비를 반대하며 관료주의를 반대하는 투쟁을 심도 있게 전개하자』는 동원보고를 함.

7월부터 8월까지, 중국공산당 신장분국 제2기 대표대회에서 중앙과 마오쩌동의 신장 사업에 대한 중요지시를 전달하였으며 신장에서 나타난 문제들을 타당하게 처리함.

8월 7일, 정무원 문화교육 위원회 부주임으로 임명. 11일, 란저우에서 샹첸을 위한 초대회를 염.
9월 3일, 서북구 제1기 임업사업대회에서 전 구의 군민들이 녹화를 위하여 노력할 것을 호소하는 강화를 하였다. 9월 22일, 중국공산당 중앙 선전부 부장으로 임명함.
11월 16일, 국가 기획위원회 위원을 겸임함.
12월 7일부터 8일까지, 서북군정위원회 제6차회를 주최하였으며 대행정구(大行政區) 인민정부(군정위원회)의 기구 개편과 임무에 대한 보고를 함.

1953년
1월, 중화인민공화국 헌법초안 위원회 위원으로 임명. 1월 13일부터 21일까지, 전국 대구역 문교위원회 회의를 주최하여 그해의 문교사업의 방침을 제기하였다. 1월 14일, 서북군정위원회는 서북행정위원회로 개칭되며 부주석으로 임명됨.
9월 18일, 국무원 비서장으로 임명됨.

1954년
3월 12일부터 23일까지, 전국 문교사업회의를 주최하고 회의에서 보고함.
5월, 제2차 전국 선전사업회의에서 종합보고를 함.
9월, 제1기 전국인민대표대회 제2차 회의에 출석. 국무원 비서장에 임명됨.

1955년
1월, 국무원 기관당조직 서기를 겸임.
9월 27일, 중국인민해방군 군관 계급장수여 의식에 참가 하였으며 군관 계급장 수여 명령을 읽음.

1956년

9월, 중국공산당 제8차 전국 대표대회에 출석하였으며 중앙위원으로 당선됨.

1957년

5월 31일, 전국 내신내방사업회의에서 강화함.

11월 26일, 저우언라이와 함께 간부 하방(下放)문제를 연구함.

1958년

4월, 저우언라이를 모시고 비행기를 타고 싼먼샤(三門峽)저수지 시공현장을 참관하였으며 저우언라이, 펑더화이와 함께 허난 정저우(鄭州)시교에서 농업생산을 시찰함.

6월, 베이징 13릉 저수지(十三陵水庫)에서 의무노동에 참가함.

9월부터 10월까지, 산시, 간수, 닝샤, 칭하이, 네이멍구등 성(구)에 내려가 시찰을 하였으며 9월 6일부터 7까지는 푸핑에서 시찰함.

12월, 저우언라이에게 국무원 조직기구 문제에 대하여 보고함.

1959년

3월 19일부터 25일까지, 주더가 인솔하는 중국 당정 대표단과 함께 헝가리를 방문함.

4월, 제2차 전국인민대표대회 제1차회의에서 국무원 부총리 겸 비서장으로 임명됨.

5월부터 6월까지, 사업소조를 거느리고 허난, 산시에서 강철을 대대적으로 연마하는 상황과 인민공사 상황을 파악함.

7월 2일부터 8월 16일까지, 장시 루산에서 열린 중국공산당 중앙 정치국 확대회의와 중국공산당 제8기 8차 전원회의에 참가함.
8월 하순부터 9월 초까지, 중국정부 대표단을 거느리고 소련, 체코슬로바키아를 방문함.

1960년
9월, 중국공산당중앙에 『중앙 각 부문 기구 편제 정황과 간소 의견에 대한 보고』를 바침.

1961년
2월, 네이멍구자치구에 내려가 시찰을 하였으며 우란푸 등과 함께 춘절을 보냄.
4월부터 5월까지, 중앙조사소조를 이끌고 허난 창거현(長葛縣)에 내려가서 조사를 하였다. 인민공사와 농촌식당에 존재하는 문제들에 대하여 두 차례에 거쳐 중앙에 서면보고를 바침.
10월, 네팔 국왕 마힌드라(Mahindra)를 모시고 항저우를 방문함.

1962년
7월 30일부터 8월 24일까지, 전국 중등공업도시 좌담회를 주최함.
9월, 중국공산당 제8기 10차 전체회의에서 캉성(康生)의 모함을 받는다. 이른바 "소설 『류지단』 문제" 때문에 심사를 받게 됨.

1963년부터 1964년까지
중앙 직속 고급 당학교에서 '학습'하고 심사를 받음.

1965년

12월, 뤄양 탄광기계공장으로 내려가 부 공장장을 맡음.

1968년

1월 3일, 저우언라이의 안배 하에 중앙 사무청에서 베이징으로 데려와 베이징 경비지역에서 감호를 받음.

1972년

겨울, 저우언라이의 배려 하에 감호 중에서 7년간 떨어져 있던 가족들과 만나게 됨.

1975년

5월, 감호가 풀리고 뤄양 내화재료공장에서 "휴식하고 요양함."

1978년

2월 24일부터 3월 8일까지, 특별초청위원의 신분으로 전국 정치협상회의 제6기 1차 전체회의에 참가하였으며, 이 회의에서 전국 정치협상회 상임위원으로 당선됨.

4월, 중국공산당 광동성 제2서기, 성 혁명위원회 부주임에 임명됨.

11월 10일부터 12월 15일까지, 중앙 사업회의에 참가하여 광동에서 신속하고, 규모가 크게 사업할 것에 관하여 발언을 함.

12월 11일, 중국공산당 광동성 제1서기, 성혁명위원회 주임으로 임명.

12월 18일부터 22일까지, 중국공산당 제11기 3차 전체회의에 참석하여 중앙위원으로 보충 선출됨.

12월 26일, 『인민일보』에 『붉은 태양이 산간고원을 비추네』라는 글을 발표하여 마오쩌둥 탄신 85주년을 기념함.

1979년

3월 15일, 중국공산당 광동성위원회 당교 교장을 겸임하.

4월 5일부터 28일까지, 중앙사업회의에 참석하여 중앙에서 일부 권력을 지방에 주기를 희망하였으며, 광동성이 개혁개방의 앞장에서 먼저 실행하기를 요구함.

7월 15일, 중국공산당중앙, 국무원에서는 광동의 대외경제활동 중 특수정책을 실시하고 현명한 조치를 할 수 있다고 동의하였으며, 선전, 주하이를 수출 특구로 만들어 시험적으로 운영해보라고 함.

8월 4일에 중앙에서는 조직부의 『소설〈류즈단〉사건에 올바른 조사와 수정에 관한 보고』를 전달함

11월 22일부터 12월 6일까지, 광동성 친선 사절단을 거느리고 오스트레일리아 뉴사우스웨일스 주(State of New South Wales)를 방문함.

12월 6월부터 12일까지, 오스트레일리아에서 돌아오는 길에 홍콩에 들러 방문함.

12월, 광동성 성장으로 임명됨.

1980년

1월, 광저우 군관구 제1정위 겸임함.

2월 25일, 중국공산당중앙에서는 『'시종쉰 반당집단 사건'이라 일컫는 안건을 바로 잡을 것에 관한 통지』를 공표함.

4월 27일부터 5월 17일까지, 예젠잉을 모시고 선전, 주하이, 하이난, 메이현을 시찰함.

6월 4일부터 7일까지, 마카오를 방문함.

9월, 제5기 전국인민대표대회 제3차 회의에서 전국인민대표대회 상임위원회 부 위원장으로 보충 선출됨.

10월 20일부터 11월 6일, 중국 성장대표단을 인솔하여 미국을 방문함.

11월 9일, 중앙으로 전근함.

1981년

3월, 중국공산당중앙 서기처 사업에 참가함.

5월 하순부터 6월 상순까지, 시종쉰은 전국인민대표대회 대표단을 거느리고 핀란드, 스웨덴, 노르웨이, 덴마크 등 나라를 방문함.

6월 27일부터 29일까지, 중국공산당 제11기 6차 전체회의에 참가하여 중앙 서기처 서기로 당선됨.

9월, 시종쉰은 스웨덴 국왕 칼 구스타프 16세 (Carl XVI Gustaf)를 안내하며 시안, 청두, 상하를 참관 방문함.

11월 15일부터 25일까지, 장시를 시찰함.

11월 30일부터 12월 13일까지, 제5기 전국인민대표대회 제4차 회의에 참석하고 난 얼마 후 법제 위원회 주임위원을 겸임하게 됨.

1982년

1월 14일부터 23일까지, 중앙의 경제범죄를 강화하는 문제에 대한 긴급통지를 전달하러 윈난(云南)에 내려갔으며, 위시(玉溪), 훙허(紅河), 취징(曲靖) 세 개 주(州) 일곱 개 현시를 고찰함.

5월 26일, 티베트로 가는 제10세 판첸라마 어얼더니 췌지젠짠을 회견함.

9월 1일부터 11일까지, 중국공산당 제12차 전국대표대회에 참석하여 중앙위원으로 선출됨.

9월 12일부터 13일까지, 중국공산당 제12기 1차 전체회의에 참가하여 중앙 정치국 위원, 서기처 서기로 당선되어 중앙 서기처의 일상 사업을 책임지게 됨.

10월 8일부터 16일까지, 전국인민대표대회 대표단을 인솔하여 조선민주주의 인민공화국을 방문함.

1983년

2월, 푸젠을 시찰함.

3월 8일, 각성, 자치구, 직할시 인민대표대회 상임위원회 책임자 좌담회에서 강화함.

11월 23일부터 12월 3일까지, 중국공산당 대표단을 인솔하여 프랑스를 방문함.

1984년

3월 30일부터 4월 6일까지, 중화인민공화국 특사의 신분으로 기니에 가서 아메드 세쿠 투레(Ahmed S kou Tour)의 장례식에 참석하고 귀국 도중 신장에 들러 4일간 시찰함.

5월 20일부터 6월 12일까지, 유고슬라비아 공산주의자 동맹(League of Communists of Yugoslavia) 대표단과 함께 상하이를 방문하고, 그 후 저장성 항저우, 쟝수성 쑤저우(蘇州), 우시(无錫), 난징(南京), 산동성 지난(濟南) 등 지역에서 당 재정비 사업을 조사 연구함.

10월 30일부터 11월 8일까지, 중국공산당 당정 대표단을 인솔하여 알제리 무장혁명 30주년 경축 활동에 참가함.

1985년

2월 6일, 전국 통일전선 이론 사업좌담회에서 강화함. 강화에서 "당의 통일전선은 여전히 유용한 열쇠이다"라고 제기함.

9월 24일, 중국공산당 제12기 5차 전체회의에서 중앙 서기처 서기 직무를 사직함.

10월부터 12월까지, 장수, 상하이, 장시, 후베이 등 성에 내려가 시찰함.

1986년

1월, 전국 종교국 국장 회의에 출석하여 강화함.

4월, 글 『뤄양 광산 기계공장에서의 일년』을 씀.

6월, 중국공산당 대표단을 인솔하여 유고슬라비아 공상주의자 연맹 제13차 대회에 참가함.

11월, 전국 민족위원회 주임 회의에 참석하여 강화함.

1987년

2월 11일부터 3월 16일까지, 광동, 후난에서 시찰함.

10월 25일부터 11월 1일까지, 중국공산당 제13차 전국 대표대회에 참석함.

12월 4일부터 다음해 1월 6일, 후난, 광동, 하이난을 시찰함.

1988년

3월 25일부터 4월 13일까지, 제7차 전국인민대표대회 제1차 회의에 출석하여 전국인민대표대회 부위원장으로 선출되었으며, 내무사법위원회 주임위원을 겸함.

4월 20일, 『영명한 결책, 위대한 승리』를 발표하여 산뻬이 승리 40주년을 기념함.

6월 12일부터 20일까지, 광동 장먼(江門)외해대교 개통 의식에 참가하였다. 광저우, 선전을 시찰함.

7월 8일부터 15일까지, 전국 인민대표대회 방문단을 인솔하여 조선민주주의 인민공화국을 방문함.

12월, 광동을 시찰함.

1989년

1월, 내무사법감독 사업좌담회를 주최함.

2월, 산시를 시찰함.

3월, 왕한빈(王漢斌)등과 함께 행정소송법 초안 수정문제를 연구함.

12월, 선전을 시찰함.

1990년

7월, 제1야전군 전쟁역사 편찬 위원회 설립 회의에 참석하였으며 편찬위원회 주임위원으로 임명됨.

1995년

12월, 『시종쉰문선』 출판함.

1999년

9월 30일, 국무원에서 진행한 중화인민공화국 창립 50주년 경축 초대에 참석함.

10월 1일, 수도 각계 중화인민공화국 창립 50주년 경축대회에 참가하였으며 그날 밤 진행된 국경연환야회에 참석함.

2000년

5월, 전국 관심 새 일대 사업 표창 대회에 참석함.

11월, 선전 경제측구 건립 20주년 경축대회에 참가함.

2002년

5월 24일 5시 34분, 향년 89세 나이로 베이징에서 병으로 서거함.

淡村乡八一紅專学校